广义叙述学译丛

王欣 方小莉 刘佳
—— 主编 ——

非自然叙事
小说与戏剧中的不可能世界

Unnatural Narrative
Impossible Worlds in Fiction and Drama

〔德〕扬·阿尔贝／著

石坚／等译　曹韵竹／校对

四川大学出版社
SICHUAN UNIVERSITY PRESS

UNNATURAL NARRATIVE: Impossible Worlds in Fiction and Drama by Jan Alber

Copyright © 2016 by the Board of Regents of the University of Nebraska

Published by arrangement With THE UNIVERSITY OF NEBRASKA PRESS

Simplified Chinese translation copyright @ (2025)

by Sichuan University Press Co.. Ltd

ALL RIGHTS RESERVED

四川省版权局著作权合同登记图进字 21-25-173 号

图书在版编目（CIP）数据

非自然叙事：小说与戏剧中的不可能世界 ／（德）
扬·阿尔贝著；石坚等译. -- 成都：四川大学出版社，
2025. 6. --（广义叙述学译丛 ／ 王欣，方小莉，刘佳主
编）. -- ISBN 978-7-5690-7916-6

Ⅰ. Ⅰ045

中国国家版本馆 CIP 数据核字第 2025PP3582 号

书　　　名：非自然叙事：小说与戏剧中的不可能世界
　　　　　　Feiziran Xushi: Xiaoshuo yu Xiju zhong de Bukeneng Shijie
著　　　者：〔德〕扬·阿尔贝
译　　　者：石　坚　等
丛　书　名：广义叙述学译丛
丛书主编：王　欣　方小莉　刘　佳

出 版 人：侯宏虹　　　　　　总 策 划：张宏辉
丛书策划：陈　蓉　　　　　　选题策划：陈　蓉
责任编辑：陈　蓉　　　　　　责任校对：刘一畅
装帧设计：李　野　　　　　　责任印制：李金兰

出版发行：四川大学出版社有限责任公司
　　　　　地址：成都市一环路南一段 24 号（610065）
　　　　　电话：（028）85408311（发行部）、85400276（总编室）
　　　　　电子邮箱：scupress@vip.163.com
　　　　　网址：https://press.scu.edu.cn
印前制作：四川胜翔数码印务设计有限公司
印刷装订：成都金龙印务有限责任公司

成品尺寸：160 mm×235 mm
印　　张：17.25
字　　数：297 千字

版　　次：2025 年 7 月 第 1 版
印　　次：2025 年 7 月 第 1 次印刷
定　　价：76.00 元

本社图书如有印装质量问题，请联系发行部调换

版权所有 ◆ 侵权必究

扫码获取数字资源

四川大学出版社
微信公众号

目　　录

第一部分

「非自然」的概念

有关小说叙事最有趣的事之一，是它们不仅再生产出我们周围的经验世界，而且往往含有真实世界中不可能的非现实性元素。鲁斯·罗南（Ruth Ronen，1994，45）写道："小说能够建构不可能之物以及其他与现实世界中的对应物明显不同之物。"马克·柯里（Mark Currie，2007，85）进一步说道："不可能的物体，甚至不可能的世界，正是小说（或虚构作品）的可能性。"事实上，许多虚构叙事向我们呈现了一个奇异的世界，而这个世界所遵循的原则（或支配这个世界的原则）显然超越了真实世界参数。

在此项研究中，我要表明的是：在整个文学史中，小说、短篇小说和戏剧的故事世界充斥着"非自然"（即物理上、逻辑上或人力上不可能的）场景和事件，挑战了我们对真实世界的认知。[①] 这些叙事中的"非自然"（或不可能）是相对于"自然"（真实世界）认知框架和脚本来衡量的。这些框架和脚本涉及自然法则、逻辑原则以及人类知识和能力上的常规限制。尽管在不同时期的文学文本中，非自然现象大量存在，但叙事理论尚未充分探讨这些非自然现象的诸多案例，也未解答读者如何理解这些现象的问题。

---

① **故事世界**这个词的意思是"解释者在努力理解叙事的过程中……谁做什么，与谁做，何时，何地，为何及以何种方式做了什么的心理模型"（Herman，2005，570）。广义上**场景**这个词既表示虚构情境又指写作实践展开的背景，而**事件**这个词既指（蓄意的）行动又指（偶然或非自主的）事件。加粗部分原文为斜体，由作者标注，为便于阅读，译文统作字体加粗，同后。（译者注）

为了说明非自然现象如何偏离现实世界的框架和脚本，我将提出有关不可能性的四个突出案例，它们涉及不可能的叙述者、人物、时间和空间的叙事参数。

如在菲利普·罗斯（Philip Roth）的小说《乳房》（*The Breast*，1972）中，第一人称叙述者凯普什教授（Professor Kepesh）奇怪地变成了女人的乳房。他如是描述自己的现状：

> 我是一个乳房。对于我的这个现象的描述五花八门，如：荷尔蒙过剩、内分泌失调或染色体雌雄同体凸显。于 1971 年 2 月 18 日的午夜和凌晨四点，这个现象在我体内发生了，我变成一个异于常人的只有在梦中或达利画中才出现的乳腺……我被说成是海绵体，重一百五十五磅……六英尺长。（12）

其他后现代主义叙事给我们展现的是非自然人物（而不是叙述者）。如哈罗德·品特（Harold Pinter）的广播剧《家庭之声》（*Family Voices*）（1981）中的一个人物是会写信的尸体（letter-writing corpse），既是活着的，也是死去的。这位死去的父亲在一封写给活着的儿子的信中这样描述自己的处境："我已然逝去，如门钉一般毫无生机。我在墓地给你写信，为旧时之缘故简单写几句，保持联系。黑暗中的老家伙，你的父亲，最后一吻。"（294）还有其他的后现代主义叙事解构了我们对真实世界的时间或时间进程的认知。如在卡里尔·丘吉尔（Caryl Churchill）的戏剧《九重天》（*Cloud Nine*）（［1979］1985）中，人物的衰老速度比他周围的社会要慢。即使在第一和第二幕之间有约百年光阴流逝，"对于剧中的人物而言"，"只是二十五年之久"。（243）后现代主义叙事也向我们描述了不可能性空间。如安吉拉·卡特（Angela Carter）的《霍夫曼博士的魔鬼欲望机器》（*The Infernal Desire Machines of Doctor Hoffman*，［1972］1985）中，霍夫曼博士（Dr. Hoffman）在故事世界中使得内在的欲望物化为实体，其结果是小说的背景变得十分具有流动性：

云宫矗立，尔后静静倾斜，片刻后露出其下那座熟悉的仓库，直到被某种新鲜的鲁莽行为取代。一群吟咏柱在咒语和语言中爆炸！它们再次成为街灯，夜幕降临，变成静静绽放的花。戴着征服者头盔的巨头们扬帆航行，像在发出咯咯声的烟囱管上面放飞的彩色、忧伤的风筝。万物瞬息变迁，这座城市不再是人类意识的产物，它成了梦的专制领域。(18-19)

所有这些例子都是非自然的，因为它们违背我们真实世界的知识，"违反某种重要的概念'范畴'"(Zunshine，2008，19)。在现实世界中，乳房不会说话，写信的尸体并不存在，时间之流不可减缓，背景不会突然改变形态。我所感兴趣的是小说呈现这些非自然现象的目的或意图，也就是说，这些不可能性对于读者而言意味着什么。

尤其在后现代主义叙事中，非自然性元素增加了很多。① 然而，非自然的范围没有局限于这些文学类型，许多老旧故事也表现出了不可能。如马歇尔·桑德斯（Marshall Saunders）的儿童小说《美丽的乔：一部自传》（*Beautiful Joe: An Autobiography*，［1893］1920）的叙述者是一条狗，它对着人说话。小说是这样开始的："现在，我是一条老狗，正在书写或者找一位朋友代为书写我的一生。"(1) 在早期的文体，如哥特式小说中，非自然人物不断增加。如在马修·刘易斯（Matthew Lewis）的作品《修道士：一段罗曼史》（*The Monk: A Romance*，［1796］1998）中，唐·雷蒙德（Don Raymond）遇到鬼魂。他这样描述道："在我面前，我看到一具**活生生的尸体**（animated corpse）。她的脸长且憔悴，脸颊和嘴唇毫无血色，死亡的惨白笼罩了她的面容。她的眼珠死死地盯着我，空洞无神。"(140)

各种前后现代主义叙事也涉及非自然②的时间之流。瓦尔德·迈

---

① 我用**后现代主义**指涉文艺作品中的自指性或元小说的发展，而**后现代**表示大略自 20 世纪 60 年代后的社会状况。

② 此处原文为"nature"（自然），据文意应为"unnature"（非自然）。（译者注）

普（Walter Map）讲述 12 世纪故事的《庭臣琐事》 （*De Nugis*
Curialium［*Courtiers' Trifles*］，1983）中，英国国王赫尔拉与小矮人待
6　在一起。他在离开小矮人的世界时，意识到自己已经度过了"两百
年"，然而，他却感觉到"只有三天"（31）。非自然空间也存在于早
期的叙事中，如乔纳森·斯威夫特（Jonathan Swift）的讽刺小说《格
列佛游记》（*Gulliver's Travels*，［1726］2003）。该小说第三卷中，莱
缪尔·格列佛观察飞行着的拉普达岛，他如是描述道："一座空中的
岛，住着人，他们能够……随心所欲升降、前行。"（146）

这些早期的叙事表现了不可能的叙述者、人物、时间性和背景。
它们与后现代主义中的非自然例子相似，因为它们都同样违背了我们
对现实世界事物运作方式的知识。在这项研究中，我假定一种历史上
恒定的非自然观念：在我的思维中，我们居住的世界受制于永恒而稳
定的物理法则、逻辑原则和拟人限制。如此，我认为如说话的动物、
活生生的尸体、共存的时间流和飞翔的岛屿这些现象在过去和今天都
是不可能的。同样，莫妮卡·弗卢德尼克（Monika Fludernik，
2003a，258）认为"在这个世界上，在人类的基本过程（fundamental
processes）方面，作者和读者认知世界的认知参素"相对恒定，"变
化可能很小"。于我而言，非自然是个概念，或者说是在各个时期以
不同形式存在的叙事模式。

再者，刚才提到的叙事中的不可能性与文类的传统紧密相连。一
方面，文类的形成基于操作性原则或共同的习俗（Todorov，1973，
3）且可被视为"一个关于区分和分类的问题：把事物组织成可识别
的种类"（Frow，2006，51）。我所列举的后现代主义中的非自然现
象（《乳房》中的乳房，《家庭声音》中写信的尸体，《九重天》中
的差异化时间性和《霍夫曼博士的魔鬼欲望机器》中的形态改变的
背景）都是反幻觉主义或元小说的陌生化（estranging）实例，让我

们注意到小说的虚构性。① 另一方面，第二组例子包含了常规化的不可能性，它们是为人所熟知的文类惯例的一部分（如儿童读物、哥特式小说、魔幻叙事和讽刺小说），不会给我们留下令人困惑或陌生化的印象。这些"隐性"元小说类型引发后面两个问题：后现代主义中非自然叙事的陌生化实例与过去叙事中熟悉的例子有何关系？某些非自然现象是如何以及为什么变得常规化，即成为基本的认知类别的？

　　这项研究有三个主要的目的。首先，我想要记录英美文学史中从古英语史诗到后现代主义令人诧异、一直存在的非自然叙事。我要说的是，非自然叙事具有意想不到的故事效果："对本体论期待的违背，似乎充满了叙事的可能性。"（Zunshine，2008，69）非自然叙事的场景和事件主要关注这个问题：超越物理法则、逻辑原理或标准的人类知识和能力局限"是什么感觉"（Herman，2009，14），而这些经历仅限于虚构世界。其次，尽管明显存在解读困难，我还是要解决读者如何理解非自然叙事的问题。换句话说，我所感兴趣的问题是当真实世界的决定参素和解释无效时，读者能够做什么。最后，我把在后现代主义叙事中构成反幻觉主义或元小说形式的不可能性与非现代主义叙事中常规化的不可能性进行比较，以阐明在不同时期存在哪些非自然模式。② 在此语境下，我也要解决这些非自然叙事常规化如何产生的问题。

　　这项研究主要探讨后现代主义中的非自然叙事。当大部分批评家把后现代主义叙事界定为元小说或自反性之时，我强调的是后现代主义的核心是对不可能性的再现。如帕特丽夏·沃（Patricia Waugh，

---

　　① 维克托·什克洛夫斯基（Shklovsky，［1921］1965，12）用术语**陌生化**来强调小说"奇异化"的能力："艺术技巧……使物体'陌生'，使形式困难，以增加理解的难度和时间，因为理解过程是审美目的本身，必须延长。"元小说是异化的，因为它反幻想主义；它颠覆体验一种稳定的虚构世界的幻想。根据帕特丽夏·沃（Waugh，1984，2）的观点，**元小说**是"对虚构写作的一种称谓，它有意识地且系统地提醒人们注意它作为人工制品的地位，目的在于提出关于虚构和现实之间关系的问题"。

　　② **模式**这个术语指的是非自然性的某一种类型或表现。我审视不同体裁和不同时期的非自然模式，以便了解一种非自然场景和事件如何与另外一种非自然场景和事件相像或不像。

1984，1 – 11）把后现代主义文本界定为元小说，一种通过自反的方式突出其虚构性的虚构文本。相似的是，布莱恩·麦克黑尔（Brian McHale，1987，10）认为："后现代主义的主因是本体论的。"根据他的观点，后现代主义叙事凸显的是不断挑战它们所再现的世界的存在问题。琳达·哈钦（Linda Hutcheon，1988，26，129）对此所持观点稍有不同：通过对早期文本或风格的模仿，她看到了传统戏仿中的后现代主义定义特征。哈钦认为，编史元小说是后现代主义最重要的表现。非自然与元小说的关系十分复杂：尽管所有尚未常规化的非自然（例如《乳房》中会说话的乳房）都是元小说性的（因为它们让我们感到陌生，从而引起对虚构性的关注），但并非所有的元小说例子都自动成为非自然叙事。① 再者，非自然的常规化例子（如动物寓言中会说话的动物）不在元小说的范畴内。

与其他批评家相比，我从一个有利的角度来看后现代主义，这为后现代主义叙事史打开了一个新的视角。我把后现代主义界定为系统性颠覆了我们对世界的"自然"认知。换句话说，不论是物理的、逻辑的还是人力的，后现代主义叙事里都充满了与叙述者、人物、时间或空间相关的不可能性场景和事件。后现代主义叙事让我们接触不可能的叙述者或写作方法、反现实主义人物、非自然时间性和反模仿空间，以此解构传统的人类叙述者、拟人化角色和我们真实世界里对时间和空间的理解。然而，非自然叙事显然不是后现代主义的发明，也非一个全新的现象。相反，后现代主义可以被描述为对非自然模式的集中和激进化——就这些模式而言，文学史上有许多先例。

此外，我在第二章所概括的阅读策略可能会产生说明读者如何理解非自然叙事的**临时性的解释**。我的阅读和解释最终目的是表明物理的、逻辑的和人力的不可能性并非完全与我们的理解实践不相符。实际上，我们能够富有成效地从事不可能叙事研究。即使非自然叙事迫

---

① 后现代主义对叙事史话语的破坏（比如，通过奇怪的句法，故意不流利，过度使用意想不到的表达或违反排版规定）（McHale，1987，148 – 75）凸显小说的虚构性，但是不涉及对不可能现象的再现。

切要求我们处理不可能性，也不会削弱我们的解释能力。在这种语境下，我也超越了丽莎·詹赛恩（Lisa Zunshine，2008，164）的论证，即"认知的不确定性……训练了范畴化过程"。我详细阐述了帮助我们理解各种非自然性的不同认知机制。

此外，我尽力揭示后现代主义违反我们对这个世界自然认知的历史。在此过程中，我力图说明后现代主义过度反模仿典型论证的合理性（如：参见 Benhabib，1996；Currie，2011，2；Federman，1975a；Lyotard，1997）。通过回顾非后现代主义叙事，我指出不可能性在文学史上一直起着关键作用。非自然人物在后现代主义中尤其突出，但不可能的场景和事件早已出现在之前的叙事中。由此，某些非自然叙事模式被常规化，也就是说，被转化成基本认知框架。在这种联系中，我也说明了这样一个事实，即迄今为止，非自然叙事在新的文学类型的发展过程中是一个被忽视的动力因素。大量的事实表明，当非自然元素常规化时，新的文学类型形态也在不断发展。它们一旦成为文学习俗，就能适用于不同目的——这是一个典型的过程，引导了文学类型的进一步创造。

一方面，我对于后现代主义中非自然叙事中心角色的强调随即引发一个问题，即是否有与后现代主义叙事相联系的其他非自然叙事模式。我对于文学史的调查研究表明非自然叙事在新的文学类型创建方面起到重要推动作用。另一方面，我对于非后现代主义叙事中非自然叙事发展的分析，使我把后现代主义重新概念化为一种互文性努力，不断使用在已知的文学类型语境下业已常规化的不可能性。某些批评家认为后现代主义是一种全然的创新和前所未有的反模仿主义，而在我看来，并非如此。① 后现代主义叙事更多是借用与历史类型相关的 10

---

① 费德曼（Federman，1975a）书中收集的大部分文章都表达了对后现代主义叙事的一种理解，将它视为全新的、彻底反模仿的态度。相似的是，赛拉·班哈波柏（Seyla Benhabib，1996，544）把后现代主义与"表象知识的终结"联系起来。而对于让－弗朗索瓦·利奥塔（Jean-François Lyotard，1997，15）来说，后现代主义与迷恋不可能现象和呈现不可呈现之物的观念紧密关联："后现代是在现代中唤醒呈现本身不可呈现之物，拒绝正确形式的慰藉，拒绝对不可能现象怀旧的共同体验，并探究新的表现形式——不是为了从中获得乐趣，而是为了更好地产生某种不可呈现的东西的感觉。"

常规化的不可能性，如：动物寓言、英雄史诗、某些爱情小说、18世纪的流通小说和讽刺小说、现实主义文本中的全知全能叙事、哥特式小说、儿童故事、意识流小说、幽灵剧、近来的奇幻叙事和科幻小说。[①] 这个过程要么历时发生（如在英雄史诗或动物寓言中），要么共时发生（如最近的幻想叙事和科幻小说，其中大部分是在后现代主义黄金时期出版的）。虽然前者可以描述为回溯，但后现代主义叙事、最近的奇幻叙事和科幻小说之间的关系则涉及相互作用和借鉴。

把后现代主义和其他文学类型联系起来的标准方式是将它视为对文学现代主义的回应（McHale，1987，3 - 25；1992a，19 - 37）。如伊哈布·哈桑（Ihab Hassan，1987，87，91 - 92）指出，"后现代主义这个词……引发了它想要超越或压制的东西"，即"现代主义本身"，并且，他提出一系列的对照以说明现代主义和后现代主义之间的关键差异。约翰·巴斯（John Barth）区分了他所谓的"枯竭的文学"（the literature of exhaustion）——尤其是塞缪尔·贝克特（Samuel Beckett）的作品——和"补充的文学"（the literature of replenishment）。他说道：现代主义美学到了耗尽的节点（他谈到"某些形式的耗竭"[64]），文学在某种程度上由后现代主义的自反式游戏性进行补充（206）。

然而，其他批评家看到了后现代主义和某些历史题材之间的联系，在这项研究中我借鉴了他们的作品。一方面，如哈罗德·约翰·布莱克汉姆（Harold John Blackham，1985，177）把伊索寓言看作后现代主义最重要的来源之一。他说："伊索寓言中使用动物是主要而最简单的自由表现形式。"另一方面，玛乔瑞·帕罗夫（Marjorie Perloff，1985，176）把后现代主义与"18世纪讽刺作家的表演性和戏谑性模式"联系起来，如乔纳森·斯威夫特的小说以及由硬币、钞票、拖鞋甚或一个原子这样会说话的物体叙述的许多流通小说（circulation novels，也参见 Bellamy，1998；Blackwell，2007b；Flint，

---

① 与理论题材相反，历史题材"源于对文学现实的观察"（Todorov，1973，13）。

1998；Link，1980）。① 事实上，讽刺批评常常是"非关现实主义的"
（Booker & Thomas，2009，5），且有夸张、扭曲或戏仿之嫌。这些元
素与非自然叙事混合在一起（也参见 Stableford，2009，358）。

加布丽埃·施瓦布（Gabriele Schwab，1994，177）指出了后现
代主义和早期再现实验的不同联系，理由是刘易斯·卡罗尔（Lewis
Carroll）的儿童故事中的魔法可能标志着"对我们文化中的摹仿
（mimesis）② 和再现观念的广泛挑战的开端，这些挑战最终在我们称
之为后现代主义的拟像（simulacrum）中达到高潮"。南希·H. 特
拉尔（Nancy H. Traill，1996，17）用她所说的"超常模式"更广泛
地将超自然，即属于神圣范畴或魔法世界的力量，与后现代主义中的
非自然联系起来。③ 特拉尔表明，超自然因素在 19 世纪的叙事中被
现实主义吸收，如查尔斯·狄更斯（Charles Dickens，1866）的《信
号员》。在超常模式文本中，对于不可能性的发生没有超自然的解
释："对立（超自然的与'自然的'）失去了力量，因为我们发现
'超自然的'这个词只是**潜在**于自然领域中的奇异现象的一个标签。
如透视力、心灵感应和预知能力被认为和任何普通的人类能力一样具
有物理上的可能性。"（Traill，1996，17）在超常模式中，超自然领
域因为其自身成为人类世界的真实选择而消失。特拉尔所说的超常模
式实际上与后现代主义叙事中的非自然一样，再现的不可能性不能通
过超自然干预进行解释，相反的是，我们必须寻求其他解释途径。

布莱恩·麦克黑尔（McHale，1992a，229 – 239；1992b）、安德
鲁·M. 巴特勒（Andrew M. Butler，2003）、维罗妮卡·霍林格

---

① 路易斯·K. 巴内特（Louis K. Barnett，1990，242）甚至认为**后现代主义**这个术语
是"乐意适应《格列佛游记》的注释"。

② mimesis 和 imitation 两个词含义有所区分。mimesis 侧重复现，通常译作摹仿；
imitation 侧重效仿，通常译作模仿。（译者注）

③ 茨维坦·托多罗夫（1973）讨论虚构叙事可能与非自然协商的不同方式。他区分
暗恐的、奇幻的和非凡的模式。对这项研究的目的而言，最具关联的范畴是"非凡现象"。
在这种情况下，我们必须接受超自然为故事世界的客观组成（42）。就英国文学而言，非
凡现象在史诗、一些浪漫小说、哥特式小说、儿童文学、鬼魂剧和后来的幻想小说中起着
重要作用。像特雷尔一样，兰斯·奥尔森（Lance Olsen，1987，14）设想了一种非凡现象
和后现代主义之间的联系：他认为，"幻想成为后现代意识的工具"。

（Veronica Hollinger，2005）和埃拉娜·戈梅尔（Elana Gomel，2010）
探讨了后现代主义和科幻小说之间的关系。麦克黑尔（McHale，
1992a，247）认为"科幻小说和主流后现代主义小说都有一系列的
策略和主题来提出和探讨本体论问题"。他指出，"后现代主义创作
倾向于从科幻小说中吸收主题，挖掘素材"（1987，65），同时，科
幻小说"倾向于将后现代主义小说中的隐喻'具象化'或'现实
化'"（1992b，150）。

在这项研究中，我要表明的是不可能性已然成为许多文学类型的
重要内容，并在文学史上成为许多不同叙事中非自然特征的模式。围
绕英国文学史，我说明了反模仿自古英语时代开始到后现代主义中非
自然性的反幻觉主义类型这一时期在英国文学里的发展。既然物理法
则、逻辑原理以及人类知识和能力的有限性是普遍属性，那么，我的
研究所考量的就不仅仅是非自然性的"英语"观念。在其他方面，
我的语料库与我的职业有关：作为英国研究者，我所熟悉的主要是英
国文学的例子。此外，我把它看作一项初步研究。我的目的是模仿一
种文学传统里的历时和共时方法，以便为进一步对其他文学传统的相
似研究做铺垫。也许文学本身以某种方式与非自然关涉。对我而言，
虚构文学有趣而特别，因为它能够表现非自然。

关于后现代主义中的非自然与非后现代叙事中的不可能性之间的
关系，我试图通过论述前者的陌生化效果来解释。后现代主义小说将
某些众所周知的文学类型中常见的不可能场景或事件，转移到现实主
义的语境中，创造出现实主义与非自然模式之间的自反式融合。与布
列塔尼叙事诗和亚瑟王传奇中的魔法世界、讽刺作品中的夸张世界或
科幻小说的未来主义猜想不同，后现代主义中的非自然现象的奇怪之
处在于，在通常的现实主义框架中呈现出物理上、逻辑上或人力上不
可能的元素。因此，可以说后现代主义叙事使用在其他现实主义叙事
语境下不可能的叙述者、人物、时间或空间，将我们现实世界的百科
全书与某些知名文学类型的百科全书融合在一起——这种百科全书式

的合并创造了许多后现代自反性元小说的陌生化效果。①

总之，我的目的是把后现代主义重新定义为一种互文性的努力，它通过非自然的表现与文学史联系起来。同时，后现代叙事将早期文本中的常规化不可能性与现实主义语境融合，从而创造出后现代主义典型的陌生化效果和迷云。值得注意的是，产生这些效果的关键是要依赖我们真实世界的知识，如若没有，它们不能被感知。

其他批评家以不同的方式界定后现代主义。如《跨时代的后现代主义》（*Postmodernism across the Ages*）（Readings & Schaber，1993）中的文章认为，后现代主义是不同时期出现的非时间性思考模式。安伯托·艾柯（Umberto Eco，1983，66）提出相同的观点："我相信后现代主义不是由时代定义的，而是一种理想范畴——或更甚者是一种**艺术意志**、一种操作方式。我们能够说每个时期有它自己的后现代主义，正如每个时期有自己的独特风格一样。"相较而言，我不界定后现代主义，而是界定非自然，即不可能性的表现，把它看作一种在文学史上产生不同模式的理想范畴或与时间无关的操作方式。后现代主义只是非自然的一种具体表现；它是与高度的非自然性关联的写作风格或类型，并且与已有类型中已经常规化的不可能性产生关联。

这项研究是对非自然叙事学领域的一个贡献②，十分感谢布莱 14 恩·理查森（Brian Richardson）、亨利克·斯科夫·尼尔森（Henrik Skov Nielsen）、斯特凡·艾弗森（Stefan Iversen）、玛利亚·梅凯莱（Maria Mäkelä）和其他在这个领域工作的学者，我非常重视他们的

---

① 卢博米尔·多勒泽尔（Lubomír Doležel，1998，177）将百科全书描述为"共享公共知识"，认为"现实世界的百科全书只是可能世界众多百科全书之一种。小说文本构建的关于可能世界的知识构成小说百科全书"。

② 我使用了**非自然叙事学**这个术语的特定定义。在我看来，非自然叙事学审视叙事偏离现实世界的各种方式。首先，发展出新的工具和模型系统以捕捉反现实主义叙事的功能。其次，竭力阐释再现的不可能现象。例如，阿尔伯、海因泽、艾弗森、梅凯莱、尼尔森、理查森和塔米等人的作品；也请参见文集《非自然叙事》《非自然叙事学》（Alber & Heinze，2011）和《非自然叙事诗学》（Alber，Nielsen，Richardson，2013）中的论文；Alber，Nielsen，Richardson；Alber，et al.（2010）；及弗卢德尼克作品中关于非自然叙事学的讨论（2012）；Alber，Iversen，et al.（2012）；Klauk & Köppe（2013）；Alber，Iversen，et al.（2013）。

工作。然而，这项研究也与一些在非自然叙事学语境中提出的方法不同。这些差异包括：（1）我如何定义非自然这个术语；（2）我用于叙事的认知方法；（3）我强调的是对非自然文学的解读，而非仅仅是归类；（4）我对非自然历时性视角的发展。

1. 非自然的界定

本研究将"非自然"一词的使用限定为物理上、逻辑上和人力上不可能的场景和事件（无论我们是否觉得它们陌生）。另一方面，在理查森的使用中，"非自然"与创新性的反模仿性和维克托·什克洛夫斯基（Viktor Shklovsky）的陌生化观念联系起来。理查森如是界定非自然叙事："非自然叙事包含显著的反模仿事件、人物、背景或框架结构。所谓反模仿，我指的是那些违背非虚构叙事预设、违反模仿性惯例和现实主义实践，并且挑战现有的、已确立的类型规范的表现形式。"（2015，3）他也区分了反模仿（即严格意义上的非自然）和非模仿（童话、动物寓言和科幻小说等作品中），对他而言，这些不是非自然。在理查森看来，反模仿和非模仿的差异与"文本产生的意外性程度"有关，"不管是惊讶、震惊或苦笑都表明一种不同的戏谑表征在起作用"（5）。我认为理查森过度强调了非自然对读者的潜在影响。我自己对"非自然"的定义是基于文本特征而非读者效果。理查森（Richardson，2002，57；2006，5）自己也注意到他在讨论"古怪""不寻常""异常"现象和严格意义上的"不可能性"现象。从某种角度来讲，与理查森的方法相比，我对非自然的界定是狭义的。我把非自然这个术语限定在不可能性的表现上，而没有关注奇异或非寻常事物。从另一个角度看，我对非自然的概念界定外延更广。因为理查森把非自然的定义建立在创新和陌生化的基础上，摒弃已常规化的非自然现象，相反的是，在这项研究中我对其做了详尽的讨论。

斯特凡·艾弗森（Iversen，2013）的定义也排除了熟悉类型中的非自然。他认为非自然叙事"向读者描述故事世界中左右故事世界或事件的规则间的冲突——难以轻易解释的冲突"（Alber，Iversen，

2013，103；也参见 Iversen，2013）。之于艾弗森的界定，我发现了另外一个问题（除排斥非自然的常规化实例外），即他把定义限于那些"设定一个模仿的世界，再有意打破其规则"的叙事（Kilgore，2014，636n5）。依我之见，艾弗森的定义表现的仅仅是有限的叙事文本，如弗朗兹·卡夫卡（Franz Kafka，1915）的《变形记》（*Die Verwandlung*，*The Metamorphosis*），或混搭小说（mashup novels），像赛斯·葛雷恩·史密斯（Seth Grahame-Smith，2009）的《傲慢与偏见与僵尸》（*Pride and Prejudice and Zombies*）和亚当·贝尔托奇（Adam Bertocci，2010）的《勒波斯奇的两位绅士：最精彩的喜剧和悲剧爱情》（*Two Gentlemen of Lebowski: A Most Excellent Comedie and Tragical Romance*）。这三个故事向读者描述了再现世界的规则与某些令人吃惊的事件（如格里高尔变异成昆虫或现实主义小说世界里僵尸的存在）之间十分明显的冲突。另一方面，贾斯泼·福德（Jasper Fforde）关于"下周四"（Thursday Next）的后现代主义小说中的跨层不是非自然，因为故事世界的规则和这些跨层之间没有冲突：在这些再现世界里，跨层很明显是可能的，而且一直在发生。艾弗森倡导文本内部视角，聚焦故事世界内的冲突。与之相反，我采用认知叙事学家和可能世界理论家的方法。他们认为，我们根据真实世界的知识来研究叙事小说。我通过我们存在于现实世界中的认知框架和脚本来衡量非自然，并将其定义为物理上、逻辑上和人力上的不可能性。 16

亨利克·斯科夫·尼尔森（Nielsen，2010，279；也参见 2013，70 – 71）提供了另一种非自然概念的界定。他认为，非自然"偏离了自然范式，即口头叙事"，即威廉·拉波夫（William Labov，1972）所描述的每天自然发生的讲故事。我认为，这样定义非自然稍微扭曲了口头叙事的实际构成。如埃莉诺·奥克斯（Elinor Ochs）和丽莎·凯普斯（Lisa Capps，2001）等话语分析学者所示，口头叙事远没有人们通常认为的那样传统。萨尔曼·拉什迪（Salman Rushdie，1985）也指出，他的小说《午夜之子》（*Midnight's Children*）以口头叙事为模型，因为它

不是线性发展的。口头叙事不是从开始到中间到故事结尾，它时
而急骤，时而螺旋发展，时而重申原来发生之事以提醒你，然后
让你再次遗忘，有时总结自己，经常偏离到讲故事的人似乎在思
考的东西，尔后又回到叙事的主题……因此，它是十分奇怪而令
人眼花缭乱的形式。

此外，口头叙事也可能包含不可能叙事场景或事件。例如，理查
德·鲍曼（Richard Bauman，2005，582）分析荒诞故事，即个人经
历的口头叙事，其中"叙述事件的情景被逐渐夸大到挑战或超越了
可信度的极限"。因此，我不会区分"自然的"（口头的）叙事和非
自然的（书面的）叙事，与尼尔森相比，我区分了至少在原则上可
实现的自然的（或真实世界的）部分和包含"不可实现的"（Ronen，
1994，51）不可能事件的非自然部分，这些部分均可在口头（或
"自然的"）叙事和书面叙事中发生。①

玛利亚·梅凯莱（Mäkelä，2013a）倡导非自然概念的广义界定。
17　她认为，非自然这个术语实际上与文学或虚构一样，"我们不必诉诸
先锋文学就可以注意到，非自然性——或特殊的文学性认知挑战——
总是已存在于对意识的文本再现中"（133）。因为它用"非自然性"
取代了"文学性"这一概念（后者涉及人工性和建构性）。但梅凯莱
认为主要模仿自然认知参数的现实主义小说含有某种程度的文学性、
非自然性或建构性是正确的。然而，这些特质本身不是非自然的。对
我而言，非自然是虚构的亚范畴（但与小说不一样）。虚构文本可能
建基于自然，再生产出真实世界的参素，但是，它们也可能再现非自
然，也就是说物理上、逻辑上或人力上的不可能性。

----

① 最近，尼尔森将"非自然"与"时间性、故事世界、思维表征或叙述行为"相提
并论，这些叙述"在物理上、逻辑上、记忆术上或心理上都是不可能的，或者在真实世界
的故事情境中十分难以置信"（Alber，Iversen，2012，373）。我同意这种定义；我只是忽
略了"十分难以置信"和特别强调不可能现象，我将强调的是，不可能现象实际上在真实
世界的故事情景中经常再现（参见 Bauman，1986，2005）。

2. 叙事的认知方法

许多非自然叙事学家反对从认知叙事学的立场来探讨非自然。理查森、尼尔森和艾弗森对认知方法应用于非自然叙事持谨慎态度，主要是因为此方法倾向于通过一般的认知或熟悉的经验来解释非自然叙事。例如，理查森认为认知理论家"常常试图通过找到不寻常的认知条件来解释反模仿文本中的不寻常特征，从而解释角色那些不可理解的行为"（Richardson，2015，167）。另外，这项研究提出，认知叙事学、框架理论和可能世界理论的观点可能有助于阐释非自然提出的那些巨大的、经常悬而未决的解读难题。尽管理查森、尼尔森和艾弗森对通过认知参数来正常化或规范化非自然的行为持怀疑态度，但我谨慎地避免将非自然过分崇高化，不将其完全置于理解范围之外。换言之，我不把非自然视作我们这些凡俗难以理解的超验之物。再现的不可能性由人创造而出，因而应该从我们（人类）的角度来研究。① 此外，认知视角是有意义的，因为我们无法使用超出我们认知架构的东西来应对非自然。

3. 阐释与细读的作用

一些非自然叙事理论家避免对带有非自然元素特征的文学文本做解读。例如，尽管理查森强调非自然叙事的许多陌生或令人困惑的方面，但他并未同样地关注非自然叙事可能意味着什么或向我们传递什么（参见 Richardson，2000，2002，2006，2011，2015）。理查森（2011，33）力图"尊重文学创作的多义性，其关键的一点可能是反抗性文本的非自然建构"。从他的视角来看，"我们需要认识反模仿本身，拒绝凭借冲动以否定其多变的本质和不可预测的结果"（33）。同样，H. 波特·阿博特（H. Porter Abbott）提出，一些文学文本迫使读者放弃解读的努力，停滞于焦虑与惊奇混合的独特状态（2008b，

---

① 在对非人类故事的分析中，拉尔斯·拜尔内特等（Lars Bernaerts, et al., 2014, 68）同样"从一个自相矛盾的观点出发，即读者阅读非人类叙述者虚构的生活故事时，要求反思人类生活的方方面面"。

448），或持续处于"困惑状态"（2009，132）。① 而梅凯莱（Mäkelä，2013b，145）断言，她"不会把'读者'解释为理解机器而是同样可能选择不可能和不确定的人"。尼尔森（Nielsen，2013）提出了他称之为"非自然化的阅读策略"。他说道，在非自然叙事中，读者"能够相信现实生活中不可能的、难以置信的，或者至少易受到怀疑的事物是权威的和可靠的"（92）。尼尔森也认为，非自然"提示读者以不同于真实世界的叙事行为和口头讲故事的方式进行解读"（91）。我赞同尼尔森的观点，读者不得不接受这个事实，即虚构叙事可以再现不可能。但是，我认为他在此忽略了这些不可能意味着什么或为什么首先再现它们这样一个有趣的问题。②

19 　　与一些非自然叙事理论家相反，我力图使用叙事学方法解读具有非自然元素的叙事。再现的不可能性反映了我们和我们生活的世界的某些方面，我试着确定非自然的潜在意义。正如安斯加·纽宁（Ansgar Nünning，2003，243－244）所示，总体而言，使用叙事理论工具以产生解释效果是典型的后经典叙事学方法。然而，即使我对非自然的后经典研究寻求融合叙事学分析和阐释方法，但是，它不会提供梅尔·斯坦伯格（Meir Sternberg，1982，112）所称的"一揽子交易"。和斯坦伯格一样，我认为某些形式和具体功能（112）之间没有内在的联系。鉴于语境的多样性，相同的叙事特征当然具有不同的效果（也参见 Yacobi，2001，223）。因而，调查文学史中再现的可能性的各种功能是重要的。一般而言，我的方法充满了"越来越强的叙事学的文化意识"（Bal，2009，225）。像米克·巴尔（Mieke Bal）一样，我也对"不同背景，体裁和历史时期的文本功能和地位"感兴趣（x）。

　　一方面，我试图列出虚构叙事中非自然属性的清单，而另一方面，我又要处理用于说明我们可以做什么或如何应对预期的不可能性

---

① 这个方法也得到斯特凡·艾弗森（Iversen，2013，96）的认可。
② 同时，我根本不希望说明尼尔森从未解释；例如，对爱伦·坡《泄密的心》的精彩解读（Nielsen，2011a）或他对布雷特·伊斯顿·埃利斯（Bret Easton Ellis）《月神公园》（*Lunar Park*）的解读（2011b）。

的阅读策略。此外，我的方法用于接受和讨论某些现象基本的非自然性，而后表明它们潜在的效果。因此，我的方法试图公正地对待汉斯-乌尔里希·古姆布莱希特（Hans-Ulrich Gumbrecht，2004，108）所称的审美体验中的身体"在场效应"和心智导向的"意义效应"之间的摇摆或干预（在这里是指非自然的审美体验）。在场效应触及我们的身体，激发某些情感回应，而意义效应关注人类思维的理性活动。

4. 从历史的视角理解非自然性

迄今为止，非自然叙事学家们主要集中探讨当代（20 世纪和 21 世纪）文学，即现代主义、晚期现代主义、后现代主义和先锋派叙事，从而忽略了早期叙述中非自然事物的运行方式。① 相比之下，我的研究侧重历时性视角，对英语文学中的非自然性历史进行全面梳理。为了探讨后现代主义叙事中不可能性的起源，我从古英语史诗开始调研非自然叙事的发展。

我在心智导向研究与可能世界理论的广泛语境中展开研究。莫妮卡·弗卢德尼克、戴维·赫尔曼（David Herman）、曼弗雷德·雅恩（Manfred Jahn）、玛丽-劳尔·瑞安（Marie-Laure Ryan）和丽莎·詹赛恩等认知理论家认为，当我们试图理解叙事文本时，我们采用的认知参数或多或少与我们理解真实世界时所采用的参数相同。在此项研究中，我证明了这种说法是正确的，但是它也有局限性。它们通过我称之为非自然的元素来进行建构：也就是说，当我们面对会说话的乳房时，真实世界的参数本身不会帮助我们理解文本中的不可能性。因此，我们需要创建新的框架（如会说话的乳房）并探讨它们的含义。因此，我的目标是通过讨论极具挑战性的案例，说明认知叙事学如何使得叙事具有可读性，以丰富对叙事的认知研究。前文提到的认知叙

---

① 公平地说，布莱恩·理查森讨论的是非自然的前-后现代主义表现（参见 Richardson，1989，2002，2011，2015），尼尔森（Nielsen，2004）和梅凯莱（Mäkelä，2013b）也如此。

事学家和可能世界理论家们都意识到，叙事文本与真实世界的参数相矛盾。我将自己的工作视为对他们努力的延续，来解释读者如何通过不同的认知过程理解困难的文本。

俄国形式主义者维克托·什克洛夫斯基（Shklovsky，［1921］1965）是我研究灵感的另一个重要来源（如前讨论，即使我不把我关于非自然的观点等同于陌生化这个概念）。在1921年，他就已经使用**陌生化**这个术语来凸显小说"制造怪异"的能力（12），这在我分析后现代主义中的非自然性时发挥了重要的作用，尽管我在分析早期叙事时尚未使用。甚至在"非自然"这个术语普遍使用之前，布莱恩·麦克黑尔（1987，1992a）和沃纳·沃尔夫（Werner Wolf，1993）等批评家就讨论了后现代主义和反幻觉主义叙事文本中使用的技巧范围。① 麦克黑尔罗列了大量的元小说策略，全部用于凸显叙事话语的虚构性，沃尔夫的研究对反幻觉技巧进行了详尽讨论。该讨论应该包含所有反幻觉主义写作，而不仅仅是后现代主义文本中特定类型的反幻觉主义。此外，我借鉴了先前研究对早期叙事中不可能性的分析（如史诗、罗曼司、动物寓言、18世纪的流通小说、讽刺小说、全知全能叙事、现代派小说、儿童故事、奇幻叙事和科幻小说）。通过对英国文学中非自然叙事的鸟瞰，或者更确切地说，考古，这项研究综合了对各类既定体裁中不可能性的不同分析。②

另外，这项研究还回应了后结构主义对逻各斯中心主义及一种"几何想象"的叙事学批评（geometrical imaginary）（Currie，2011；Gibson，1996）。我并非完全解构叙事学的结构性二元对立，而是建立了一种新的模型，补充经典结构主义叙事学并且通过认知框架与之联系。安德鲁·吉普森（Andrew Gibson，1996，259）提出"关

---

① 审视再现的不可能现象的其他重要学者有安东森（Antonsen，2007，2009）、阿什林（Ashline，1995）、布鲁斯特等（Brewster，et al. 2000）、多彻蒂（Docherty，1983，1991）、费奇（Fitch，1991）、佛克马（Fokkema，1991）、海曼（Heyman，1987）、海斯（Heise，1997）、李特尔伍德和斯托克维尔（Littlewood & Stockwell，1996）、奥尔（Orr，1991）、谢泽（Sherzer，1987）、里卡多（Ricardou，1971）、沃（Waugh，1984）。

② 阿尔塔（Alter，1975）、布鲁克－罗斯（Brooke-Rose，1981）、沃尔夫（Wolf，1993）都曾提出过我的历时性方法。

注……怪异的畸变元素并探讨它们的意义"。我的"非自然"概念指的是物理上、逻辑上和人力上的不可能性，它使得吉普森"怪异的畸变"这一模糊的概念更加直观且具有可操作性，同时我的阅读策略为探索"其含义"提供了具体的方法。吉普森也指出，从历史的角度来看，"畸变一直潜伏在小说中"（258）。此研究的第二部分介绍非自然的历史，一方面探索早期和常规化的不可能事物，另一方面探索后现代主义中的不可能现象，并通过关联两者来延伸吉普森的观察。

我的研究对象包括英美小说、短篇故事和戏剧。我集中研究后现代散文和戏剧文本，因为在这些叙事里非自然现象发展迅速。此外，虽然我的主要研究对象在于后现代主义，但我也从古英语史诗到科幻小说的历史脉络中观察非自然的发展。无论它们的起源是什么，所有选出的文学文本都含有非自然场景或事件。换言之，它们必须表现出物理上、逻辑上和人力上的不可能，才能出现在我的文集里。我对这些古老的（或更传统的）叙事的讨论，当然适用于目前的非自然叙事问题。我的目的并不在于解读这些已备受关注的作品本身。

本研究的框架如下：

第一部分提供非自然和自然这两个术语的概念。我将非自然与这样一些概念相联系来进行讨论，如：现实主义（艾伦·帕尔默［Alan Palmer］和莫妮卡·弗卢德尼克）、摹仿（柏拉图和亚里士多德）、心理模型（P. N. 约翰逊－莱尔德［P. N. Johnson-Laird］）、虚构性（多里特·科恩和肯德尔·L. 沃尔顿）、叙事域（narrativehood）与叙事性（narrativity）（戴维·赫尔曼）、陌生化（维克托·什克洛夫斯基）、元小说（帕特丽夏·沃）和反幻觉主义（沃纳·沃尔夫）。我也提出了九个导航工具用以临时性解释非自然这个概念。我把这些阅读策略与茨维坦·托多罗夫对犹豫的讨论联系起来，以此回应真正的奇幻和汉斯－乌尔里希·古姆布莱希特对"意义效应"和"在场效应"的区分。

第二部分继续对非自然叙事特征进行广泛讨论，即后现代主义和非后现代主义中不可能的叙述者、故事场景、人物、时间和空间。第二部分的各章节详细阐释我关注的非自然现象，同时也展示了如何通过第一章中概述的阅读策略来探讨这些现象。在第二部分中，一些章节首先讨论非自然现象的后现代类型，以及我们倾向于理解这些作品的阅读策略，然后分析同样的非自然现象在传统叙事中的出现及阐释。此研究的章节提供不同语境下的非自然阅读（即后现代主义尚未常规化的非自然和历史题材中已经常规化的非自然），同时也说明这个写作风格如何与某些确定的风格相联系，借此重新阐释后现代主义。

23　　在结论部分，我从更广阔的目标和视角来解读非自然性，即小说如何通过不可能性实现对虚构的极端化。此外，我根据这个论证重新描述了后现代主义，即后现代主义叙事再次利用了广为熟知的文学体裁中已常规化的不可能事物。我将此描述与其他研究后现代主义的方法联系起来。但我并不认为后现代叙事是文学史（在非自然领域）的最高成就或终点。相反，我想说明的是，非自然性的不同模式对文学史的发展产生了重要的影响。当然，非自然性并不是唯一存在的影响因素，却是迄今为止一直被忽视的影响因素。

1.1 非自然：一种定义

正如我在导言所述，使用非自然这个术语旨在说明物理上、逻辑上和人力上的不可能场景和事件。也就是说，在已知的物理世界法则、公认的逻辑原则（如矛盾律）或人类知识与能力标准的限制下，所再现的场景和事件一定是不可能发生的。一方面，例如，马丁·艾米斯（Martin Amis，1992）的作品《时间之箭》（*Time's Arrow*）中时间倒流从物理意义上说是不可能的，因为在真实世界里时间是向前流逝（而非倒退）的。① 另一方面，如在罗伯特·库弗（Robert Coover）的短篇故事《保姆》（"The Babysitter"）里同时存在两个相互排斥的故事情节，这在逻辑上是不可能的；在叙事中，相矛盾的两个句子"塔克先生回家与保姆做爱"和"塔克先生没有回家与保姆做爱"同时都是真实陈述，违背了矛盾律。萨尔曼·拉什迪作品《午夜之子》中具有心灵感应能力的第一人称叙述者萨里姆·萨奈伊拥有非人的能力：他能直接听到他人的想法，这在真实世界中也是不可能的。

我建构的非自然性三重模式囊括了人力上的不可能性，整合并取代了卢博米尔·多勒泽尔（Lubomír Doležel，1998，115，165）对物理不可能性和逻辑不可能性的区分。在心灵感应的实例中，人力上不

---

① 与理查森的观点（Richardson，2015，13）相反，我从未使用"15 英尺高的人"作为物理上不可能现象的例子。我认为，这会是相当乏味的例子。

可能性起着关键作用；在这些例子中，很难解释它们到底违背了哪个物理法则，但是，容易看到直接读懂他人想法的能力是一种超人或人类不可能拥有的能力。多勒泽尔认为逻辑上的不可能性推翻了"整体的世界建构"（the entire world-making project）（165），与他相反，我分析并阐释了这些逻辑上不可能的世界。

1.2　自然与非自然

由于"越界的概念本身就预设着对边界的承认"（Cohen，1988，16），因此任何非自然的定义必须明确其与自然的关系。在这项研究中，我以"自然"为参考来衡量"非自然"，也即通过我们在具身感知真实世界时采用的认知参数来衡量"非自然"。我用**自然**这个术语说明有关时间、空间和其他人类知识的基本形式（Fludernik，1996，2003a）。真实世界的知识不是"点滴信息的松散累积，而是存在于有意义的结构中"（Schneider，2001，611），也就是说，存在于认知框架和脚本中。

自然（或真实世界）的框架和脚本包含以下信息[1]：在现实世界里人类能够讲故事，但尸体和物体不会说话；人类不会立刻变成另外一个人；时间向前流逝（而非倒退）；而且（除非有地震或龙卷风）我们生活的空间不会突然改变其形状。[2]

为了突出真实和我们对真实的感知之间的差异，保罗·瓦兹拉威克（Paul Watzlawick，1976，140-141）区分了他所谓的"第一阶现实"和"第二阶现实"："第一阶现实与纯粹的物理和客观可见的事物属性有关，与正确的感官知觉、所谓的常识问题或客观、可重复和科学的证明有密切联系。第二阶现实是把意义和价值赋予这些事物并以交流为基础。"尽管我认同瓦兹拉威克的观点，即我们从未与真实

---

[1]　框架和脚本是认知参数。框架是静止的且与我们对房屋等组织结构的认知联系在一起。脚本是动态的且涉及行动序列，如去餐馆或听音乐会。

[2]　雷米吉乌斯·布尼亚（Remigius Bunia，2011，697）采用了相同的方法。他使用"世界语义学"的概念："在一个特定的时间，一个人只能在一个地方，事物不会在没人注意的时候消失，时间既没有漏洞也没有循环。"

的事物有过直接的关系（142），但我认为第二阶现实可以"切合"第一阶现实（也参见 Ludwig, 1999, 197）：认知框架和脚本可能与我们经验世界的基本特征相对应。在他的语言图像理论语境下，维特 27根斯坦（Wittgenstein,［1922］1955, 43）指出"图像与现实相符或不相符；它是对或错，真实或不真实"。自然框架和脚本并不能直接通向现实本身或事物本身；相反，这些参数"契合"经验世界关于时间、空间和人类的基本特征：语言能够与事实一致。

再者，我认为这些真实世界参数是尚未被证伪的假设，也就是波普尔所说的被经验反驳的假设（Popper,［1934］1959, 41, 53 - 54）。例如，我们一旦有技术手段，便可能会穿越到未来（也参见 Hawking & Mlodinow, 2005, 105），然而，只要没有经历过这样的时间旅行（或读过此类的可信报道），那么，我就接受"时间旅行是不可能的"这一观点，认为它是一个尚未被驳倒的有效假设。

此外，自然与现实主义密切关联，对此我的运用不是限于文学现实主义，而是从更加一般的意义上来说，"似乎是提供一种精确、客观和可信的描述或真实的现实印象的"叙事（Palmer, 2005, 491）。一方面，像莫妮卡·弗卢德尼克（1996, 37）一样，我使用**现实主义**这个术语来说明"对现实的模仿召唤"，这个再现过程是基于自然框架和脚本的；在我对术语的定义中，现实主义文本再现了真实世界参数，因为它们讲述的是人类的经历，而这些经历在真实世界中也可能发生在我们身上。另一方面，文学现实主义以自然认知参数为基础——它侧重于在现实世界可能存在的环境中塑造可识别的人类角色——但它显然也涉及各种（人为的）约定俗成（例如，用死亡或婚姻强制给故事收尾，或避免表现性和生理功能）。①

摹仿的两个概念源自柏拉图和亚里士多德，将非自然与它们联系起来可能是有帮助的。在柏拉图《理想国》的第 10 卷中，苏格拉底

---

① 凯瑟琳·卡恩斯（Katherine Kearns, 1996, 27）强调文学现实主义的复杂建构性，认为"现实主义地形学异常不可信，像科克镇的草地布满竖井和地道，如果停留在文本内而非超越其上，就会掉进各种兔子洞"。

把模仿的艺术等同于"模仿（imitation）艺术"（也参见 439，600c，443，601B）；根据苏格拉底的看法，艺术只是再现经验现实，是虚幻的，因为它并没有把我们带入超验的理念世界；在这个超验的理念世界，我们可以把握所有实在的本质。相比而言，亚里士多德的《诗学》（*Poetics*）把摹仿与再现、投射或模拟过程等同。在他看来，摹仿与艺术再现相一致：史诗、戏剧、酒神赞歌、长笛或竖琴演奏、绘画、舞蹈编排和宗教诗都是模仿性的（Schaeffer & Vultur，2005，309）。

从柏拉图的意义上说，非自然纯粹是反模仿，因为它主要不是模仿或再现我们所知的世界，相反，它涉及物理上、逻辑上或人力上的不可能事件的再现。然而，从亚里士多德的意义上说，非自然是模仿的，因为不可能事物在小说世界里能够得到再现。因而，自然和非自然是亚里士多德摹仿理论的两个稍微不同的表述（也参见 Petterson，2012）；它们都涉及模仿的过程，因而 P. N. 约翰逊·莱尔德（P. N. Johnson-Laird，1983，10－12）称为"心理模型"的建构，即由叙事所引发的事件状态的再现。就自然心理模型而言，再现物在原则上是存在的或在真实世界中发生的，然而就非自然心理模型来说，再现物不可能存在或在真实世界中出现。

从再现的视角出发，自然（基于真实世界的法则和原则）和非自然（处理不可能之事）可以被视为一个统一体；它们不是直接相对的。我认为，非自然和自然是同等重要的，因为二者都涉及再现的形式问题。物理上、逻辑上或人力上的不可能现象无论如何也不会优于现实主义。然而，在叙事学研究中，迄今为止，自然比非自然受到更多的批判性关注（more critical attention）。我发现研究非自然的再现形式比研究自然的再现形式更具挑战性。

我讨论的叙事是自然和非自然元素的融合，它们通常仅含有一到两个非自然事件。纯粹的非自然叙事可能存在，但是我认为没有读者能理解它们。沿着同样的思路，特蕾莎·布里奇曼（Teresa Bridgeman，2007，63）认为我们作为读者一直需要依赖于时空观念来进行解释。如果某一特定叙事没有指出确定的时空观，或者突出了时空的不确定性，那么我们就会感觉到迷茫和不安，因为这是我们参与、理解该叙事的一个重要部分。

那么，非自然提供何种信息呢？萨米·路德维格（Sämi Ludwig，1999，190）认为不可能之物（也就是我所说的非自然）的再现是"数字化而非类比化的"。也就是说，它们提供特定类型的信息，即经过处理的信息（"意义"）而非外部的摹仿（"模仿"）。此外，"没有直接或等比例的相同：外在的时空元素和经验在这种自定义地图中所占比例有高有低，这取决于它们对人的重要性。于是，这种再现被视为对**有用**信息的详细记录，该信息基于某人的需要和对环境的体验；它反映出鲜活的人对时空有目的的协商"（190）。尽管非自然并不总是模仿外部世界，但对不可能之物的再现反映了某些智力需求，这种再现的方式正是本研究的对象之一。

1.3 叙事文本中的不可能性

布莱恩·理查森（Richardson，2000，2002，2006，2007，2011）已经说明，许多小说、短片故事和戏剧含有不可能叙事。鲁斯·罗南（Ronen，1994，51）也认同这个事实，即许多虚构世界是"不可实现的"。然而，根据她的观点，"不可能的虚构世界"是可以被描绘出来的：它们"已经处于虚拟存在的本体范畴"（56）。也就是说，非自然的事物是可以被想象和再现的，即使它无法在现实世界中存在或被体验。

叙事文本中物理上和人力上的不可能之物的存在相对无异议（也参见 Ryan，2012）。多勒泽尔（Doležel，1998，115）认为物理上的不可能世界是"违背现实世界法则的虚构世界"。例如，马克·Z. 丹尼耶夫斯基（Mark Z. Danielewski）的小说《树叶之屋》（*House of Leaves*，2000）中，房屋不断改变其内在布局，这在物理意义上是不可能的，而拉什迪《午夜之子》（*Midnight's Children*）中，具有心灵感应的第一人称叙述者超越了人类知识的一般局限（参见 Culler，2004；Royle，1990，2003a，2003b）。

另一方面，一些批评家质疑虚构世界中逻辑上不可能性的再现。

简·埃里克·安东森（Jan Erik Antonsen，2009，128）认为逻辑意义上不可能之物既不可能被想象又不可能被再现（也参见 Eco，1990，76-77；Klauk & Köppe，2013）。与此相反，我认为叙事能够包含逻辑上的不可能性——如果（也只有当）所再现的故事中，两个逻辑上不相容的陈述同时为真。在短片故事《斯尔万的盒子》（"Sylvan's Box"）中，逻辑学家格雷厄姆·普里斯特（Graham Priest，1997）向读者呈现了逻辑上的不可能性：同时既空又满的盒子。第一人称叙述者这样描述他的盒子："首先，我以为一定是灯光的作用，更仔细检查后确认**不是幻觉**。盒子绝对是空的，但也有东西在里面。盒子底部是一个小塑像，木雕而成，受中国影响，也可能是东南亚……**感觉像是一种被占据的空……盒子是真正的空，同时又是占满的。触觉保证**"这一点（575-576）。此处我们遇到一个盒子——真实又客观——同时既是空又是满。既然 p 和非 p 同时为真，那么，普里斯特短片故事中的盒子就违反了矛盾律。

莱布尼茨（Leibniz）于 1699 年定义了可能世界，他认为"可能的事不意味着矛盾"。该说法影响了此后的理论家和批评家对可能世界的思考方式。可能世界理论中最普遍的观点是将可能与逻辑法则联系起来："尊重矛盾律和排中律的每个世界都是 P W。"（Ryan，2005b，446）从这个角度出发，包括或隐含矛盾的世界是不可想象的或空洞的。事实上，逻辑学的普遍观点认为，如果一个命题系统中出现了一个矛盾，那么任何事情都可以被推断出来，也就不可能从这些命题中构建一个世界。

然而，玛丽-劳尔·瑞安（Ryan，2006b，671n28）最近表示，这种观点就小说而言太过死板，因为文学叙事的读者不会把逻辑不一致作为放弃推断意图的借口："如果矛盾限于某些领域——就像［可能被称作］瑞士奶酪的洞一样——那么，对于其他领域来说，做出持久推断及建构一个世界依然可能。"罗南（Ronen，1994，55）如是详细阐述了逻辑上不可能性的概念："尽管事情在逻辑上不一致的状态不限于特定的文学时期或文学风格，但就后现代主义而言，从逻辑意义上看，不可能性已然成为核心的诗学手段，这说明矛盾本身不会破坏虚构世界的一致性。"（也参见 Ashline，1995；Littlewood & Stockwell，1996；Stefanescu，2008）在此语境中，普里斯特（1997，580）认为："不可否认，存在着逻辑上不可能的情境或世界……特别是，一个（逻辑上）不可能的世界/情境的（部分）特征在于，信息包含逻辑上的虚假性，但在适当的推理关系下是合理的。"多勒泽尔（Doležel，1998，165）也愿意考虑逻辑意义上的不可能世界；然而，他认为，从严格逻辑意义上说，不可能世界的写作从语义学的角度讲是小说创作的倒退；小说将非存在的可能性转变为虚构的存在，而不可能世界的写作让这一过程失效，并且推翻了整个世界建构模型。

　　我的观点与瑞安、罗南和普里斯特的相似，因此，超越了安伯托·艾柯在《阐释的限度》（*The Limits of Interpretation*，1990）中提出的观点。艾柯指出，逻辑意义上的不可能世界能够被"提到"，是因为"语言能够命名非存在和不能想象的实体"，同时他认为，我们从它们那里一无所获，除了"逻辑和概念失败的快感"（76－77）。艾柯轻易放弃了阐释过程，与之相反，我概括出有助于我们理解各种不可能之物的阅读策略。我认为，再现事件或事情状态（包括非自然的）的所有命题都是某个人的主观体验或想象结果。换句话说，所有表征都以某种方式反映人类动机，该动机正是他们本质的一部分。因而，像罗南一样，我拒绝把虚构世界中逻辑意义上不可能之物视为对可能世界语义学的违背。相反，我把它们看作"实践领域……创造的动力"（Ronen，1994，57），这正是我们这些读者应该理解的内涵。

　　我大部分有关非自然性的例子都关注故事的层级，有意破坏故事世界的重构。如在艾米斯的《时间之箭》（1992）中，故事里的时间倒流。然而，在我的一些例子中，非自然也关注叙事话语层面。如在杰伊·麦金纳尼（Jay McInerney）《灯红酒绿》（*Bright Lights，Big City*，1984）的第二人称叙事中，叙事的声音把主人公称为"你"，讲述他的故事。但在真实世界里，我们无法全面告知我们的读者发生在他们（而非我们）身上的故事。两种剧情都违反真实世界的框架，促使我们将理解策略延展至人类认知的极限。

1.4　作为虚构性标志的非自然

　　所有小说类型（不管它们是否基于自然或非自然的心理模型）都是想象的，即虚构的。虽然许多文学文本都是基于真实世界的认知参数，因此至少在理论上是可以现实化的，但非自然的虚构则通过表现不可能的、无法现实化的事物让虚构走向极端。非自然场景和事件因此建构极端的小说形式；本研究旨在探讨叙事中呈现各种不可能性，我们作为接受者需要面对的关键问题。如此一来，非自然可能清楚显示出小说独特性的观点，也即显示出小说如何与其他话语模式不同。

33　　认为小说总体而言独立于指称关注的观点当然是新颖的。根据多里特·科恩（Cohn，1999，9）的看法，第一部将小说定义为非指称叙事的著作是亚里士多德的《诗学》。罗马诗人贺拉斯（2011，106）说"画家和诗人总是一样敢做自己愿意做的事"（"pictoribus atque poetis quidlibet audendi semper fuit aequa potestas"）。16 世纪时，菲利普·锡德尼爵士（Sir Philip Sidney，［1595］2001，348 - 349）对正确的句子和错误的句子及虚构的句子做出了重要区分："之于诗人，他没肯定什么，也就无从说谎。因为，如我所理解，说谎就是确证错误的东西为真……但是诗人（如我之前所言）从未肯定什么。诗人对你的想象从不绕圈子，让你相信他所写的内容是真实的……因此，尽管他所述的事情并不真实，可是，因为他讲述这些并不是为了真实，故而他没有说谎。"与描述性陈述相反，小说是非指称的——它并不陈述可以证实或证伪的现实世界。用让 - 马里·谢弗（Jean-Marie Schaeffer，2010，185）的话说，小说排除了"指称价值和它所包括的现象本体地位"的问题；正如肯德尔·L. 沃尔顿（Kendall L. Walton，1990，35）指出，虚构世界使得某些命题虚构，如："有一个六英寸的侏儒组成的小人国（出自斯威夫特的小说《格列佛游记》）是虚构的，同样，格里高尔·萨姆沙变成了昆虫（出自卡夫卡的《变形记》）"也是虚构的。如沃尔顿所说，虚构的命题也许会超越真实世界的可能性并涉及非自然性。但"传记、课本和报纸文章"

不会"作为游戏中假扮者的道具。它们的目的是主张某些命题的真实性，而不是将命题变为虚构的"（70）。

像沃尔顿一样，科恩（Cohn，1993，13）认为虚构的作品"通过自我描述创造了一个自我指涉的世界"。她的研究由此观念驱动，即"虚构叙事的独特性在于通过形式模式创造了一个自我封闭的世界，而这些模式在其他所有话语类型中都被排除在外"（vii）。科恩确定了强调"虚构叙事不同性质"（109）的"虚构性标志"。在我看来，非自然性是科恩意义上的虚构性标志：如果文本含有非自然场景或事件，那么至少这些场景和事件将会是虚构的。

但是，非自然现象真的限于小说世界吗？不能认为在科学理论中非自然也占有重要地位吗？事实上，物理学家的许多主张都让人联想到"非自然"。如史蒂芬·霍金和列纳德·蒙洛迪诺（Leonard Mlodinow）认为"穿越到未来是可能的"（2005，105），实际上，宇宙由"具有许多不同的物理定律的"（2010，136）亚宇宙组成。与虚构的故事世界相反，科学理论是假说，可以通过观察做出预测。如果它们不被证伪（比如霍金早先提出的大爆炸之前时间倒流的理论），这样的理论最后会导致对真实世界之可能的新理解。但是，要影响我们对这个世界的自然认知，也就是说，要影响我们用于理解周围世界的认知参数，我们就不得不经历（或读到可信的报告）未来之旅或看见具有不同物理法则的宇宙。我认为要在技术上实现这一点可能还需要一些时间——如果可能的话。

1.5 叙事域与非自然

在这个部分，我要讨论为什么把小说、短篇故事和戏剧视作叙事。然后我将继续探讨非自然和叙事域的关系，即使叙事成为叙事的特性。更具体地说，我讨论的是一部文本在保有叙事性的同时，能够显露出多大程度上的非自然性。

让我在叙事域和叙事性的差异这一基础上讨论这些问题。对于戴维·赫尔曼（Herman，2002，90-91）来说，叙事域这个术语与"是什么让读者和听众将故事视为故事"有关，而且是"二元述语：

35　某物要么是故事，要么不是"。另一方面，叙事性是"标量述语：一
个故事可以更多或更少地接近故事原型"。此项研究中讨论的小说、
短篇故事和戏剧都是叙事，但是它们不是原型叙事，通常包含所谓的
"弱叙事性"。用布莱恩·麦克黑尔（McHale，2001，162）的话说，
它们"产生叙事的相关性，同时却又拒绝对它做出承诺"。为了澄清
这个说法，让我提供一种对**叙事**这个术语的定义。

　　赫尔曼（Herman，2009，14）挑出四个重要特征来定义叙事。
从这个视角来看，原型叙事的特点是：

　　　　（1）置于——必须解释，因为——具体话语语境或叙述情
景的表征。

　　　　（2）再者，该表征暗示解读者对特定事件结构性的时间过
程进行推断。

　　　　（3）相应的是，这些事件把某种断裂或不平衡引入包含人
或类人的故事中，不管这个世界被描述为真实的或虚构的，现实
的或幻想的，还是被记住的或向往的，等等。

　　　　（4）该表征通过变动中的故事世界传达生活经验，强调事
件对于受到有争议的事影响的真实或想象意识的压力。于是……
可以这样认为，叙事主要关注的是感觉质，这是一个心灵哲学家
用于指有特殊经历的人或物"怎么样"的感觉。

　　换言之，叙事核心关注的是叙述者或人物在故事世界的时空框架
中经历特定体验的感受。

　　在这个意义上，小说和短篇故事常常被认为是叙事的，但是，戏
剧的叙事域如何呢？戏剧与小说和短篇故事不同，因为戏剧通常缺少
36　叙述者。然而，像赫尔曼一样，瑞安（Ryan，2005a，2）认为"由
被称为叙述者的人讲述故事的话语行为的发生"不是叙事域的必要
条件。而且，安斯加·纽宁（Ansgar Nünning）和罗伊·索默（Roy
Sommer，2008，338－339）区分了所谓的小说和短篇故事的"讲述
式叙事性"（diegetic narrativity），这产生了"讲述者的幻觉，一个作

为叙述者的个性化声音"和他们的所谓戏剧的"模仿式叙事性",凸显了故事和人物。换句话说,戏剧是叙事的,因为它们再现了有某些经历的人物生活的世界。

让我的讨论转向叙事域和非自然的关系。本研究讨论的叙事均解构了如叙述者(叙事的可选要素)、人物、时间或空间这样的参数。然而,它们通常一次只撤销其中一个参数,而其他参数保持不变。一次一个非自然参数出现的情况似乎表明,如果太多的叙事特征同时被解构,读者可能会失去兴趣,因为他们会认为认知迷惑太大而难以理解。

此外,我认为非自然场景和事件不包含纯粹的反叙事立场。正如我所示,非自然主要关注的是人(人物、叙述者或读者)在超越物理法则、逻辑原理和一般的人类知识和能力局限时"是什么感觉"这一问题。即使非自然场景和事件与真实世界参数相矛盾,我们依然可以用所谓的二阶"经验性",即"'真实生活'的半模拟召唤"(Fludernik,1996,12)来弥合它们。因此,赫尔曼的要素(iv)"是什么感觉"这一问题,不管是多么的非自然,都依然有效地保留在所有叙事中。归根结底,所有非自然性的例子都可以解读为对我们和我们所生活的世界的某种描述。这种对人类兴趣的关注是至关重要的,因为如果没有这种关注,我们可能不会对这样的文学文本感兴趣(我们甚至也不会首先把它们视为叙事)。由于我所讨论的这些例子都明确阐述了对人的关切,因此它们依然能被解读为叙事。 37

用丽莎·詹赛恩(Zunshine,2008,158)的话说,再现的不可能之物至今被忽略了叙事的潜能,因为它们"开启了新的概念空间","使得探讨这样空间的叙事成为可能,甚至也许是必要的"。在我看来,非自然解决了我们所在世界的一个基本问题:秩序和意义的缺失以及处理缺失的困难。因为非自然性包含了 H. 波特·阿博特(Abbott,2009,132)所谓"对无法逃避的不可知状况的揭示",它提醒我们这样一个事实,即我们从未完全控制事情:再现的不可能性以一种激进的方式挑战着对秩序和意义的探寻。然而,不仅要凝视深渊还要应对深渊,当然这同时也是我们人类的困境。伯纳德·哈里森(Bernard Harrison,1991,6)认为,一般而言,虚构文学"具有感

动和改变我们的危险力量。它是限制的艺术，它提供的是有限的知识
和有关限制的知识：我们……只有通过它们才能最终理解自己立场的
局限。"在我看来，非自然性在此过程中起到了关键的作用。

1.6　非自然的文化与历史易变性

在这个部分，我转向非自然性在文化和历史方面是否易变这个有
意思的问题。某些文化（如宗教的、精神的、神秘主义或"传统的"
团体）或不同历史时期（如中世纪和文艺复兴）对"自然"的概念
有非常不同的理解，于是认为不同的场景和事件是不可能的，因此是
非自然的，这都是非常明显的例子。

让我以陈述非自然在**文化**上的易变性开始。诚然，存在不相信自
38　然法则、逻辑原则或一般的人类知识和能力局限的文化。因而，我应
该强调在这项研究中，我假定了具有理性科学和经验主义世界观的当
代具有神经典型特质的读者（neurotypical reader）的立场。从这样的
读者视角来看，便可很好地将不同文学时期的虚构叙事与我们真实世
界的知识进行对比，并探讨为什么文学文本如此频繁地忽视或超越现
实世界的知识。于我而言，物理上、逻辑上或人力上不可能的场景或
事件在我们的想象中、在小说世界中是可能的，但在现实世界是不可
能的，这个事实明显把它们变成了非常有趣的现象，值得研究。①

另一方面，如果读者确信，尸体实际上会说话或人真的能够变成
其他存在，或者在现实中，事件可以同时发生和不发生，他们会认为
这样的场景是完全自然的，无需更多解释。这样的读者可能注意到文
学文本的不同方面。我不会说我的方法在任何意义上都更好，我只会
说理性科学的方法更合乎常识，至少是说我的指涉框架中的"常识"。
换言之，这项研究把小说中的不可能看作我们想象力的特殊显现，对
于那些不理解我的论证所依赖的真实世界参数的读者而言，它将呈现
出不同的色彩。

---

① 拉尔斯·拜尔内特等（Lars Bernaerts, et al., 2014, 88）对非人类叙述者的解读
也是建立在"现代西方文化科学世界观"基础之上的。

在《我们信奉的上帝：宗教进化的景观》（*In Gods We Trust: The Evolutionary Landscape of Religion*）中，斯科特·阿特兰（Scott Atran，2002，4）研究了"宗教材料、情感和认知对于真正不可能世界的贡献"。"'传统'文化中——其中魔法、神话和宗教相互依存，并在社会中占据重要地位——的人们生活在与我们自己的世界截然不同、不可比拟的概念世界中。"基于如下事实，这种说法是错误的：

（1）历史上相互孤立的文化中有大量象征性内容的复现（如：无形的神灵、神仙、畸形杂交、变形和轮回、有生命的物质，等等）。

（2）这种复现主要归因于一般认知机制，该机制处理文化输入（信息），其触发方式不同，但不受所输入内容本质（如：神灵和神仙不是无意识的，有记忆、信仰、欲望和痛苦，等等）的影响。

（2）这些一般认知机制正是关于每个人都可明显直觉到的（民间力学、民间生物学和民间心理学，等等）日常世界各种事实、常识性信念的核心认知模块。（84）

我自己的研究——关于小说叙事而非宗教文本——源于阿特兰专著的启示，同时也审视事实上不可能世界背后的认知机制和动机。当然，以我们的真实世界知识为参照来衡量文学文本，并不是要怀疑任何世界观、信仰系统或文化，相反，我感兴趣的是确定文学文本中非自然性的不同功能和作用。

非自然的历史易变性如何呢？例如，瑞安（Ryan，2006a，55）指出，"仅有一个现实世界"，而彼得·斯托克维尔（Peter Stockwell）认为，"对于我们人类所知的一切来说，真实性可能是稳定的"，即使"我们对于真实的看法不断被加以修正或推翻"。弗卢德尼克（Fludernik，2003a，258）回答了真实世界参数是否随着时间发生变化的问题，她认为"作者和读者在人类据以认识这个世界的基本过程方面的认知参数"是相对恒定的，"变化可能很小"。弗卢德尼克认为，我们的具身体现，也就是唤起了现实生存图式的所有参数，且必然受限于特定时空框架的我们在世界中的物理存在，在历史进程中40 没有发生根本性变化（即使我们存在于世的文化观念已经明显变化）。根据她的观点，这种具身体现的一般观念建构了"可能非男性亦非女性的、18 世纪或当代的"（262）认知常量。具身体现只是包括"我们用以解释人类的日常现实……的基本认知概念和框架……"（Fludernik，2010，14 – 15）。

循着这个论证，我假设非自然的历史性恒定观念与真实生活的存在模式相反。我认为说话的动物、谈话的尸体、差别的时间性和形变的城堡在过去和现在均不可能。我也讨论了魔法和超自然，把它们作为非自然的（常规化的）例子，即使中世纪（以及随后几个世纪）的一些人认为魔法和超自然生物或事件实际上存在于真实世界中。①罗伯特·巴特莱特（Robert Bartlett，2008，33）指出，文艺复兴时期，"数以万计的男女因为与魔鬼交媾、食婴以及午夜狂欢而被法庭处决"。巴特莱特也提到了中世纪波旁王朝的检察官史蒂芬，他在1250 年提出信仰魔法的人一定是把想象误以为真实。对他来说，"相信人们使用魔法可以穿越门墙是可笑之举"（90 – 91）。这段引文说明，即使在中世纪也有人能够区分真实和想象。在这种语境下，理查德·基克希弗（Richard Kieckhefer，2000，1）写道："魔法代表着虚构与现实之间的十字路口，特别而有趣。中世纪欧洲的小说有时反映了中世纪生活的现实，有时歪曲它们，有时让我们从中逃离出来，有时为现实提出效仿的理想。当这种文学以巫师、仙女和其他魔法师为特征时，它可能不意味着或不被视为完全现实主义的。"基克希弗因此暗指中世纪时许多读者受理性的驱使，认为超自然是想象的现象，在其所发生的虚构叙事中起着某些作用。然而，正如我们所知，纯41 粹想象的观念可能容易"遗弃虚构模式，越过现实的门槛"（Pavel，

---

① 例如，参见约瑟夫·格兰维尔（Joseph Glanvill，1681）《撒都该派的胜利》（*Saducismus Triumphatus*）和科顿·马瑟（Cotton Mather，1689）《与巫术和财产有关的难忘的天国》（*Memorable Providences*，*Relating to Witchcrafts and Possessions*）中表达出来的有关巫术的观念。

1986，60）。越界不仅仅是发生在所谓的黑暗的中世纪；我们只需看看当今世界的宗教体验、教会和教派的实践（参见 Atran，2002）。①

我的阅读基于如下论证：从当代理性主义读者的视角来看，魔法和其他超自然现象在过去和现在都是不可能的。有趣的是，中世纪研究专家芭芭拉·克莱（Barbara Kline，1995，107）细读了《高文爵士和绿衣骑士》（*Sir Gawain and the Green Knight*），进而说明："现实主义与魔法并置不仅使现代读者感到烦恼，而且也使诗中的人物，也许还有中世纪读者感到不安……很明显的是，与许多现代观点相反，'现实'世界和仙境（也就是说，超自然领域）的融合在中世纪不是简单地以讶异和孩子般的惊奇被接受。"克莱在此提出，即使关于巫术的文学再现层出不穷，但对超自然的信仰在中世纪也许没有我们有时想象的那样盛行。

18 世纪批评家约瑟夫·爱迪生（Joseph Addison）探讨超自然的方法与我用于探讨魔法的方法惊人相似。在《想象的快感》（"Pleasures of the Imagination"）一文中，他如此谈论"写作的妙法"："在这种写作中，诗人**看不到自然**，而用……除他所赋予的之外，没有任何存在感……的人，来愉悦读者的想象。"（1712，605－606）他如是解释读者的反应：我们"把再现看作完全**不可能的**"，但是"我们不愿意识破谎言，而愿意接受令人愉悦的欺骗"（606）。

无论如何，文学史充斥着非自然现象，这些模型总是涉及物理上、逻辑上或人力上的不可能现象，也就是说，真实世界中不可实现的现象。我主要感兴趣的是它们可能意味着什么。②

---

① 这种越界行为更具破坏性的例子包括 1692 年和 1693 年间的塞勒姆女巫审判（当时普通女性被认为是真正的巫师）和整个欧洲的类似事件、大屠杀（当时犹太公民被认为是虱子、害虫或疾病）以及 1994 年的卢旺达种族大屠杀（当时胡图族人认为图西族人是蟑螂，应以消灭）。

② 我对过去文学的总体态度遵循了罗杰·D. 塞尔（Roger D. Sell，2000，4）的观点，他认为历史语境不是全然不可逾越的："如果语境真的如历史主义那样具有影响……许多交流的尝试就会完全失败……对于有机会使双方满意的不同立场之间人的交流来说，人类的想象必须有足够的自发性以理解异于从最直接的环境中得到赞扬的那种存在和行为模式。想象自我投射到他者的力量实际上是一种暂时性的中介评论家谋求在读者中激发的精神独立。"

42　　**1.7　不可能性与常规化进程**

在这项研究中，非自然这个术语包括两类不可能性。首先，它指的是尚未常规化的不可能因素，即尚未被纳入基本认知范畴，因而依然使我们感到奇怪、不安。其次，也指已经常规化的不可能现象，即对叙事而言已经成为人们熟悉的惯例。

后现代主义的非自然元素属于第一个范畴。它们尚未被常规化，使我们有种维克托·什克洛夫斯基式的陌生化感觉。然而，这种陌生化没有自动包含非自然。例如，就"抽打光着的屁股"（13）而言，托尔斯泰的"鞭打"观念是陌生化，但是在我所用术语的意义上与非自然无关。后现代主义非自然的例子也是沃纳·沃尔夫（Wolf，1993）反幻觉主义的亚范畴，与帕特丽夏·沃（Waugh，1984，1 - 11）关于元小说作为小说的概念重叠，反映了它作为小说的地位。沃尔夫全面介绍了反幻觉主义技巧，该技巧包含所有打破幻觉的写作，而不仅仅是后现代主义文本中运用的具体的反幻觉主义。所有尚未常规化的非自然例子都是打破幻觉的（或元小说的），但是并非所有反幻觉主义的（或元小说的）都自动成为非自然的。例如，斯特恩（Sterne）的《项狄传》（*The Life and Opinions of Tristram Shandy，Gentleman*，1759 - 1767）中混乱的时间，或贝克特短篇诗集《乒》（*Ping*）里混乱的句法，它们可能是反幻觉主义的或元小说的（因为这些文本特征限制了世界建构过程，因而凸显文本的不自然），但是这些特点肯定不是非自然性的。

非自然这个术语也指已经约定俗成的不可能场景或事件。这样的不可能现象不再让我们感到陌生；我们容易接受它们作为故事的一部
43　分。通过反复阅读非自然作品，接受者通常会重新调整他们的阅读思维，接受小说世界中的不可能场景或事件。我指的是一个文学内部的过程，在这个过程中，物理上、逻辑上或人力上的不可能成为文学领域真正关注的问题。这样的非自然例子已经成为一般惯例的一个方面，或多勒泽尔（Doležel，1998，177）所谓的"百科全书"，也就是说，"共享的公共知识"的内容。

已经常规化的非自然元素例子包括动物寓言和儿童故事中会说话的动物；英雄史诗中的魔法运用，某些爱情小说（如处理"英国问题"的布列塔尼短歌和爱情小说）、哥特式小说和最近的奇幻文学；讲述 18 世纪流通小说中会说话的物体和其他与非自然现象（如斯威夫特和吐温作品中的）融合的讽刺性夸张；现实主义小说中全知叙述者的全智（omnimentality）；现代主义小说人物内在性的不可能透视（通过自由间接引语、心理叙事或直接思想）；许多科幻小说中再现的不可能现象。这样的非自然例子不再让我们有沃尔夫式的反幻觉主义（或元小说）感。它们反而可能被视为元小说的"隐性"形式，这些形式已经转换成了与具体风格相关联的整体审美感觉的元素。

与以前的叙事相比，后现代主义文本通过关注非自然性并使其激进化而获得特异性。然而，后现代主义的非自然场景和事件不是全新现象；它们以各种方式被预见。许多早期类型的文学作品所再现的场景或事件在真实世界中都是不可能发生的，故事的这一持久特征至少在一定程度上是虚构叙事的魅力所在。

1.8　恢复认知平衡：　如何理解非自然

在论文《平衡：掌握头脑的活动》中，维克多·斯莫塔希克（Victor Smetacek，2002，481）写道："平衡是每项活动的核心，身心皆如此，我们只是不以为意。正是不平衡（不安、烦恼）引起注意，不管是恐惧或坠落，精神挣扎欲保持平衡或道德冲动促使纠正不正义。"相似的是，平衡和不平衡之间不断相互作用使得叙事研究更加有趣。一些读者可能更喜欢不平衡的迷人状态而非平衡的安全（但有枯燥的可能）状态，而大部分人则可能有恢复平衡的冲动。后现代主义的非自然场景和事件与不平衡紧密相关，它们让我们进入我们乐意为之的认知迷惑状态——或许我们能够（或多或少绝望地）通过竭力为这些现象找到可能的解释来恢复认知平衡。

许多理论家都已经探讨过读者如何处理虚构世界的问题。例如，像莫妮卡·弗卢德尼克、曼弗雷德·雅恩、戴维·赫尔曼和玛丽-劳尔·瑞安这样的认知叙事学家和可能世界理论家认为认知理解基于一套核心的真实世界认知框架和脚本。瑞安（Ryan，1991，51）提出的最小偏离原则如是预言："我们将自己对现实世界的一切了解投射到（虚构）世界中，并且……在文本的要求下进行调整。"她认为只有叙事明确告诉他们这样做，读者才会改变他们的现实主义预期。

与瑞安相反，托马斯·帕维尔（Pavel，1975）暗示读者无需总是运用最小偏离原则。他认为读者不必从真实世界的视角审视文学文本中的不可能现象；他们反而应该放弃现实世界，采取叙事本体论的视角（174－175）。换句话说，当我们遇到碎片化、非逻辑序列和其他怪人怪事的极端叙述技巧时，我们会遵循另一种不同的原则，预期这些叙述会"最大偏离"真实世界，从而用"反模仿预期"补充"模仿原则"（Pavel，1986，93）。但是，这样到底意味着什么？大脑如何处理这样的叙事呢？

在这项研究中，我讨论阅读策略，包含并延伸了最小和最大偏离原则，说明了我们面对非自然性时可以采取的行动或可能的应对方式。根据乔纳森·卡勒（Culler，1975，134）的观点，"如果我们不想在宏伟的铭文前目瞪口呆，陌生的、形式化的、虚构的事物必须被复原或自然化，纳入我们的认知范围"，读者正是通过依靠熟悉的模式试图恢复文本不可解释的元素。弗卢德尼克（Fludernik，1996，34）延伸了卡勒的归化概念，并提出通过"叙事化"过程，即"通过借助叙事图式将文本自然化这一阅读策略"，读者可利用认知参数掌握文本的不一致和奇特性。这些框架中包含经验和意向性的前文本现实生活图式、叙事调节的宏观文本图式及类型标准和叙事学概念（43－46）。

像卡勒和弗卢德尼克一样，我讨论了读者用以使陌生化叙事更具可读性的策略。然而，与他们相反的是，我特别关注那些呈现不可能场景或事件的文学文本，这些文本乍看似乎违背了意义建构的过程。弗卢德尼克（Fludernik，2003a，256）认为，在十分晦涩的文本中，"我们会突然停下，开始严肃对待不自然的组成［也即非自然］"。我则说明了非自然总是涉及不可能的种种混合物的产生（如未出生的叙述者或倒退的时间性）。我们必须延展已有的认知框架和脚本，超越真实世界的可能性以重构不可能场景或事件。事实上，"读者不得不改变、增补甚或摒弃现实世界的所有知识"（Doležel，1998，181）。同时，在许多例子中，小说的作者已经重写了我们的"百科全书"。在文学史的进程中，非自然模式在新认知范畴中已经常规化，包括像动物寓言中说话的动物或科幻小说中的时间旅行。

在解释我认为对非自然研究来说富有成效的阅读策略之前，让我先厘清这些策略所依据的重要假设。我在分析中使用的一个非常基本的阅读框架是：不管文本表面结构或叙事如何奇特，它总是有目的、有意义的交流行为的一部分。简而言之，我假设"某人竭力表达某事"——无论这个"某事"可能是什么。在这个语境下，玛丽·路易斯·普拉特（Mary Louise Pratt，1997，170）认为"文学的预备和预选过程旨在消除由粗心或缺乏技巧带来的失败。我们越是了解一部作品经历过的选择和修订过程，就越不可能把明显的不一致和不合适归因于随意或无心的错误"。换句话说，之于普拉特，格里契安合作原则（Gricean cooperative principle）的四个准则（质量、数量、相关性和方式）即使在最令人迷惑的文本中依然适用。像普拉特一样，我认为某些动机和意图在非自然现象的产生中已经起了作用，我对它们做了假设。

与这个框架相联系，我也将人性化的图式运用到文本中：我认为，不管怎样，最奇怪的文本也是关于人和/或人关注的事以及我们生活于其间的世界的（也请参见 Herman，2002；Ludwig，1999；Peirce，1955）。对我而言，非自然是弗卢德尼克（1996，11）所谓"经验性，'真实生活体验'的准模仿呼唤"的具体表现。这个假设与斯坦·豪格·奥尔森（Stein Haugom Olsern，1987，67）所谓的"'人类兴趣'问题"和著名的论证，即小说关注"有限的生命：如何理解它和如何生活"（Nagel，1979，ix）密切相关。有趣的是，约翰·巴斯（John Barth，1984，236）如是评论小说和生活的关系："不仅所有的小说关涉虚构，而且关于虚构的所有小说实际上都是关于生活的小说。一些人始终这样理解。"

我讨论的所有叙事代表了赫尔曼（Herman，2005，570）式的故事世界——尽管这些世界的某些部分是非自然的。甚至我分析的后现代主义例子也呼应了赫尔曼意义上的故事世界。如果有过多的后现代主义叙事，像乔伊斯的《芬尼根守灵夜》（*Finnegans Wake*，[1939] 1976），雷蒙德·费德曼的《翻天覆地》（*Double or Nothing*，1971），卡里尔·丘吉尔的戏剧《前锋》（*The Striker*，1994）或克里斯丁·布鲁克-罗斯（Christine Brooke-Rose）的一些小说，根本没有再现任何世界，反而进行随意的语言游戏，脱离说话者、语境和指涉，我的认知立场就不得不让位于一种不同的，或许更加审美化的立场。布兰·尼科尔（Bran Nicol，2009）就支持这种方法。他写道，后现代主义小说"不是世界的镜像反射，而是一页纸上文字的组合，我们必须通过将其与其他文本联系起来，而不是与外部世界联系，来理解它们"（16）。另一方面，麦克黑尔（McHale，1987，151）认为后现代主义叙事依然"是世界的投射，不管如何偏颇或不一致"。事实上，在大部分（几乎所有）类型的后现代主义小说中，我们都可以辨识出现实元素，也就是说，时间和空间的坐标以及有人生阅历的人物。既然大部分的后现代主义小说依然再现故事世界，而非纯粹抽象的话语（书写语言）形式或类似诗歌的深奥写作，那么我基于现实的方法就可能有助于理解后现代主义现象。

我认为针对非自然性的阅读策略既关系到我们真实世界的知识（通过我们在世界上的存在获得），又和我们的文学知识（通过接触叙事文学获得）有联系，这些知识类型存储在认知框架和脚本中。与此相似，什洛米斯·里蒙-凯南（Shlomith Rimmon-Kenan，2002，125）区分了她所谓的现实模型和文学模型，前者"通过参照我们理解世界时采用的某一概念（或结构）"来解释"元素"；后者"通过参照具体的文学流派或制度使元素明白易懂"。[①] 下面的阅读策略（也请参见 Ryan，2006b；Yacobi，1981）可被接受者用于理解不可

---

① 例如，在《爱丽丝梦游仙境》中，爱丽丝竭力接受她在仙境中的非自然经历，用真实世界和一般知识指导自己。她诉诸数学知识（Carroll，[1865] 1984，3，15）和地理知识（4，15），某一时刻相信自己已身临童话世界（33）。而后不久，她便习惯于这个世界的非自然性，"之于爱丽丝"，凡事"皆自然"（21）。

能场景或事件。[1]

(1) 框架融合；

(2) 类型化（唤起文学史上的一般惯例）；

(3) 主观化（把事件解读为心理状态）；

(4) 前置化主题；

(5) 寓言式阅读；

(6) 讽刺与戏仿；

(7) 假定一个超验领域；

(8) 自助式理解（使用文本作为元件建构我们自己的故事）；

(9) 禅宗式阅读。

1.8.1　框架融合

当我们遇到非自然场景或事件时，作为读者，我们的任务变成了西西弗式的。我们不得不进行似乎不可能的绘图操作（mapping operations），以便在故事世界确定自己的方向，而故事世界拒绝只按照真实世界参数来组织。在这种情况下，我们必须融合已有的框架，创造出马克·特纳（Turner，1996，60）所谓的"不可能的融合"，以充分重构故事世界的非自然元素。

根据罗杰·尚克（Roger Schank）和罗伯特·艾柏生（Robert Abelson，1977，37）的观点，脚本（或框架）包含"阐释和参与我们所多次经历的事件的具体知识"，并且能够作为参照点有助于我们掌握新的形势。这样的认知参数是"动态的"知识结构，"**必定能因为新的经历而变化**"（Schank，1986，7）。相似的是，马文·明斯基（Marvin Minsky，1979，1）指出："当遇到新的情况（或对某个问题的看法发生重大变化）时，人们从记忆中选出一个被称为框架的结

---

① 参见艾米特·马克斯（Amit Marcus，2012）对这些阅读策略早期版本的批判（Alber，2009）。基于他的批判，我已记录并部分重新制定导航工具（也请参见 Alber，2013b，2013d，2013e），并感谢他的重要意见。

48

构。这个记忆中的框架可以通过改变细节进行调整。"多勒泽尔（Doležel，1998，181）认为文学文本经常促使我们改变大部分基于真实世界知识的思维方式，并产生新的框架："为了重构和解释虚构的世界，读者必须重新调整认知立场以符合虚构世界的所有知识。换句话说，虚构的百科全书知识对读者理解虚构世界而言是绝对必要的。**现实世界的百科全书可能有用，但是对许多虚构世界来说，绝不是普遍有效的；它具有误导性，它提供的不是理解而是误读。**"①

例如，当读者面对不可能的事情时，他们可能通过融合已有的图式来生成新的框架。特纳（Turner，2003，117）解释融合过程，指出"在认知方式上，现代人有一种显著的、物种特有的能力，可以摘取被禁止的心理果实——激活两种相互冲突的心理结构〔如**树和人**〕并且创造性融合成新的心理结构〔如**说话的树**〕"。作为一个例子，特纳提到但丁 14 世纪寓言《地狱》中的人物伯特朗·德·波尔恩。这个人物是"一个会说话又有逻辑推理能力的人，手里像提灯一样提着自己已经分离却依旧能说话的头"。特纳（Turner，1996，62，61）认为"这是**不可能的**融合，其中，一个会说话的人具有一个**非自然**分离的身体"。

曼特·S. 尼乌兰（Mante S. Nieuwland）和乔斯·J. A. 范伯克姆（Jos J. A. van Berkum，2006）已经表明，通过框架融合，主体竭力理解非自然实体（如多情的花生或大叫的游艇）。他们报道说主体需要"建构并逐渐更新他们的场景模式，以至于他们将人的特点投射到无生命的物体上。这种将人的属性（行为、情感、外貌）投射到非生命物体上的过程近似所谓的'概念融合'，即从不同的场景中组合出新的重要关系"（1109）。融合的过程开启了新的概念空间，在我们竭力理解非自然的所有情况中均起着关键作用。由于根据定义，非自然的场景和事件在物理上、逻辑上或人力上都是不可能的，因此，它们总是促使我们通过重组、扩展或其他方式改变已有的认知参数。

---

① 相似的是，罗杰·D. 塞尔（Sell，2000，3）认为，某些文学传播类型导致"心理再调整"，即人的思想世界的变化。

1.8.2 类型化（唤起文学史上的一般惯例）

在某些情况下，再现的非自然场景或事件已经常规化且转变成感知架构。换句话说，融合的过程已经发生，我们已将非自然现象转化为某种基本认知类别，成为特定文类惯例的一部分。在这样的叙事中，非自然现象不再让我们感觉陌生或奇异。我们只需将其归为一种特定文学类型，即异常现象能被嵌入的一种合适的话语语境，就能简单地解释非自然元素。例如，我们知道在动物寓言中动物会说话，我们知道魔法存在于史诗、某些爱情小说、哥特式小说和后来的奇幻叙事中，我们也知道我们能够读懂现代主义小说人物的内心想法，我们还知道时间穿越在科幻小说中是可能的，等等。

在尼乌兰和范·伯克姆（Nieuwland & van Berkum，2006，1109）的实验中，他们发现人们在处理不可能的存在（如多情的花生）时，通常会将其视为真实的卡通式存在（比如像人一样走路、说话、有情绪，甚至可能有胳膊、腿和脸的花生）。因此，他们认为"大叫的游艇或多情的花生的可接受性不仅仅在于这种异常特征组合的具体例子的重复，也许在某种程度上——甚或关键地——是由这些例子暗示的**文类风格**引起的……"（1109）也就是说，一种特殊文类风格（如卡通）的产生，即支持语境的建构，有助于我们接受再现的不可能现象。①

在阅读策略语境中，我也对非自然场景和事件常规化如何产生这一问题感兴趣。正如我将说明，通常是各种认知机制和/或人类需求之间的互动，促使不可能的事物转化为新的框架，进而形成新的文学知识。同时，我们目前也处于后现代主义常规化的过程中。在某个时刻，读者将不再对后现代主义叙事中非自然元素的特定运用感到惊

① 这个阅读策略（"类型化"）在业已接受的不可能现象案例中起着作用，它与雅各比（Yacobi，1981，115）的"类型原则"极其相似。"类型原则"是这样一种观念，即"类型框架支配或使得指称格式化规则成为可能，该规则的使用导致对公认支配实际现实原则的偏离"。瑞安（Ryan，2006b，670）所指的"魔法"实际上是该阅读策略的亚范畴。她认为，当我们诉诸超自然时，我们便承认再现世界的"非理性或幻想本质"。

讶，或者他们会认识到，后现代主义小说是一种倾向于明确强调其所呈现场景和事件不可能性的小说类型。①

51   1.8.3 主观化（把事件解读为心理状态）

一些不可能元素可以简单解释为人物或叙述者的心理状态的部分，如梦、幻想、幻象或幻觉。这种阅读策略是唯一一种真正使非自然现象自然化的策略，它揭示了表面上不可能的现象是完全自然的，即只是某人内心状态的一部分。② 例如，通过把它归因于主人公愿意让时光倒流，以消除生活中的道德混乱包括其参与大屠杀的经历，人们能够解释艾米斯《时光之箭》（1992）表现的时光倒流。③

1.8.4 前置化主题

如果我们从主题的角度看待其他非自然性例子，把它们看作主题的例证，而不是出于模仿的动机，它们会更加具有可读性。我所遵循的主题定义是"在［叙事］中以不同的变体多次重复出现的特定再现成分——我们对某个故事一个或多个主题的探寻，总是在探寻并非这部作品所独有的东西……主题是……文本可能的组合原则（或中心）。它是众多原则之一，因为我们经常将被认为具有共同主题的文本组合在一起，而这些文本在其他许多方面却有着重要且显著的不同"（Brinker, 1995, 33）。例如，拉什迪作品《午夜之子》（1981）中萨林姆·萨奈伊的心灵感应能力作为一个特定的主题，强调独立于

---

① 另一方面，理查森认为，"需要大量的重复——以及对这种重复的广泛了解——才能完全使反模仿程式化"。我相信理查森自己的批评工作和他使用的许多例子都有助于反模仿的程式化过程（因为越来越多的读者熟悉它）。理查森认为我"太急于把一个新的实践称为约定俗成"（18n10）。与理查森相反，我坚持认为实践很难长期保持令人意想不到、困惑或不安的效果。在某一个时刻，甚至非自然的后现代主义游戏也将被程式化，被认为过时。

② 澄清：**约定俗成**这个术语表示非自然场景或事件变成阅读策略2语境下的认知框架（如动物寓言中说话的动物），而**移入**这个术语指的是阅读策略3，揭示表面上看起来非自然的现象其实完全是自然的。我把所有其他阅读策略称为解释工具或意义建构机制。

③ 当瑞安（Ryan, 2006b, 669）把这种导航工具称为"机制"时，雅各比（1981, 118）把它称为"透视原则"，认为我们有时可以将不可解释性归因于"世界通过观察者折射出来的特殊性和环境"。

英国殖民者，后殖民地印度的不同族群、宗教和地方社区之间相互理解的机会。

关于叙事成分，詹姆斯·费伦（James Phelan，1996，29）区分了模仿的、主题的和综合的元素。他如是解释这三种成分："对模仿元素的反应涉及读者对可能存在的人物以及与我们相似的叙事世界的兴趣。对主题成分的反应涉及包括对人物的意识形态功能以及所涉及的文化、哲学或伦理问题的兴趣。对综合成分的反应涉及读者对人物以及被建构的更大的叙事的关注和兴趣。"（2005，20） 52

在许多情况下，人们能够通过突出主题成分把综合成分（非自然是其中一个亚范畴）和模仿成分联结起来。换句话说，通过确定具体的主题，我们能够解释非自然现象，使其向我们传达一些有意义的东西（也参见 Phelan，1996，29；2005，15）。同时，由于"用有意义的语言写成的任何作品都有主题"（Tomashevsky，［1921］1965，63），因此这种阅读策略在我们所有的阅读或解释中都起着关键作用。①

1.8.5 寓言式阅读

读者可能也会把不可能元素看作讲述关于常人，即人的状况，或整个世界（而非特定的个人）的抽象寓言的部分。寓言是一种形象化的表现方式，它试图传达某种思想，而不是再现一个连贯的故事世界。大卫·米奇克斯（David Mikics，2007，8）指出，取决于视角的不同，人们认为寓言要么"把抽象概念或特征转变成人物"，要么"把人物和地点转化成概念实体"。这种阅读策略基本的认知活动是把非自然场景或事件视为对抽象观念或概念的再现。

例如，萨拉·凯恩（Sarah Kane）的戏剧《清洗》（*Cleansed*，2001）中的人物格蕾丝变成了她亲爱的弟弟格林汉姆。在关于爱的价值和危险的寓言语境下阅读它，我们就能够理解这种变形。格蕾丝

---

① 雅各比（Yacobi，1981）把主题阅读称为"功能原则"。对她来说，"作品的审美、主题和说服目标始终是作为理解其特性的主要指导原则"（117）。

的变化能够被解读为强调爱的潜在危险，即在与爱人的亲密关系中失去自我。[1]

1.8.6 讽刺与戏仿

叙事也会使用非自然场景或事件来讽刺、嘲弄或奚落某些心理倾向或事态。讽刺最重要的特征是通过夸张、变形或漫画进行批评，以及使用带有羞辱或嘲讽意味的"荒诞意象"（Mikics，2007，271）。这些手法和形象服务于说教目的，且常常与非自然的元素相融合。戏仿是讽刺的亚范畴，涉及用后来出现的文本或风格嘲讽已有的文本或风格，将其重新语境化。

53　　例如，罗斯的作品《乳房》让我们看到一位有轻微强迫症的文学教授变成了一个女人的乳房。在变形前的讲座中，这位教授经常讲授果戈理和卡夫卡作品里的非自然形变，同时坚持认为小说影响我们的生活。这位教授直接变成了他过去常常讲的样子，小说用非自然变形来嘲讽他太把虚构当回事。

在这点上，人们一方面可能会对寓言式阅读和讽刺式阅读之间的关系产生疑问，另一方面也想知道如何从文学史中产生一般惯例。对我而言，可以区分一般模式（如寓言和讽刺）与适当的文学体裁（如动物寓言和现代主义小说）。原则上说，人们可以尝试以寓言和讽刺的方式阅读任何文本，因而根据寓言和讽刺的概念分别制定不同的阅读策略。[2]

1.8.7 假定一个超验领域

读者可以假定他们是超验领域的一部分（如天堂、炼狱或地

---

① 瑞安（Ryan，2006b，669）把阅读策略称为"寓言与隐喻"，认为不可能的观点有时"是阐释一种观念而非表现事件的客观发生过程"。

② 讽刺文学要比寓言更加复杂，因为**讽刺**这个术语既表明"一种模式，也就是说，一种语气和态度"，又表明"一种体裁，一种具有不同文学习俗的文学作品"（Ryan，2005，512）。因此，我把讽刺区分为广泛的话语模式（包括通过夸张进行的批评）和以某种方式有效利用讽刺模式并具有嘲讽的具体对象的体裁（如动物寓言、梅尼普讽刺、流通小说、社会讽刺、讽刺文学史或某些体裁的戏仿）。

狱），以此解释一些再现的不可能性。① 例如，贝克特的《戏剧》（*Play*，［1963］1990）让我们看到循环的时间性：在戏剧的结尾，故事回到开始又无限继续下去。剧中的三个人物（M，W1 和 W2）被困于瓮中，一束光迫使他们一直谈论自己过去的生活，陷入无尽的时间循环之中。解释非自然时间性的一种常见方式是认为该剧以超验领域为背景，在未被涤罪的炼狱中，三个人物注定要在此经历过去生活中的点滴，包括三角恋。这作为一种惩罚持续循环着。

1.8.8　自助式理解

瑞安（Ryan，2006b，671）已经表明，我们能够通过假设"文本中互相矛盾的部分是提供给读者创作自己的故事的素材"，来解释一些逻辑上不相容的故事情节。在这种情况下，叙事就像构建元件或拼贴画，可以让人就其中的元素自由发挥。例如，库弗的短片故事《保姆》（1969）使我们看到各种逻辑上的不可能。有人可能会认为，这种叙事使用互不相容的故事情节让我们意识到被压抑的可能性，并允许我们选择自己喜欢的情节，无论出于何种原因。②

这种阅读策略与罗兰·巴特（Roland Barthes，2001，1470）"读者诞生"的观念密切相关，"读者诞生"必须"以作者之死为代价"。巴特认为"将作者身份赋予文本就是对文本强加限制，让它有所指，封闭作品……当作者被发现，文本就被'解释'——这是评论家的胜利"（1469）。然而，在像《保姆》这样的故事中，找不到作者等于作者缺席，根本不能引导读者。因此，读者必须自己构思，建构自己的故事。

1.8.9　禅宗式阅读

将这种策略视为一种可能的解释取向，是为了确保在理解非自然

---

① 人们不必相信天堂、炼狱或地狱的真实存在，也可以想象虚构叙事置于超验领域。

② 相似的是，约翰·阿什贝利（John Ashbery，1957，251）把格特鲁德·斯坦因（Gertrude Stein）的"不可能作品"视为"一个万能模型，每个读者均根据自己的情况进行调整"。

54

现象的过程中，尝试本身不会破坏其创造力，甚至避免变成一种
"同化行为"，即"虚构世界的多样性被简化为卡纳普式世界的单一
结构"（Doležel，1998，171）。因此，我提出了禅宗式阅读策略，作
为对我多少有些大胆的意义构建尝试的激进替代，所有这些尝试都遵
循人类创造意义的冲动。禅宗式阅读假设读者具备专注且坚忍的态
度，拒绝接受原来的解释，同时接受非自然场景和事件的陌生感以及
可能引发的内心的不适、害怕、担心甚至恐慌。在这种语境下，济慈
所说的"消极能力"可以作为思考许多非自然现象的态度的一种方
式：处于"充满不确定性、神秘感和疑虑的状态中，而不急于追求
事实或理性的解释"（Forman，1935，72）。或者，这种阅读也会以
令人愉悦的方式出现。我指的是一种审美反应，它不会带来任何认知
上的不适，而是纯粹享受摆脱自然可能性后带来的自由和喜悦。既然
55 我们知道小说是安全的，我们就会自愿进入其中，知道这样做不需要
冒任何风险。我们往往只是从不可能现象本身得到乐趣。①

　　这些阅读策略跨越了多勒泽尔（Doležel，1998，165，160）对
"世界建构"和"意义生产"的区分，因为对故事世界的认知重构总
是已经包含解读过程。然而，前两种策略与认知过程相关联，更接近
于重建或创造世界的一极，而其他策略则更接近于解释或创造意义的
一极。同样，策略 1 和 2 包括或多或少的自动认知过程，而其他策略
牵涉更为有意识的或反思的行为。

　　这些阅读策略的心理运作不应该按时间先后顺序，例如，人们首
先尝试策略 1，然后如果必要的话，再采用其他策略。相反，这些认
知机制是在阅读过程中同时层层叠加的。它们与具体的例子没有内在

---

　　① 除了我迄今已经讨论过的原则，雅各比（Yacobi，1981，114 - 115，116 - 117）
还提出"发生原理"和"存在原则"，前者解释与作者的文本生产有关的原因方面的差异，
后者调和因已知体裁限制而不能解释的独特故事世界的不一致因素。当谈到非自然时，我
不完全相信"发生原理"的解释能力。我认为，除非人们竭力解释错误，否则援引"历史
生产者"（114）不会得到很好的解释。另一方面，"存在原则"在阅读策略中起到关键作
用——阅读策略 2 除外，它通过一般惯例解释非自然；以及阅读策略 3，它把非自然归化
成人物或叙述者的幻想。我所有其他的导航工具都关注具有独特结构的奇特故事世界，因
为在其中，物理上、逻辑上或人力上的不可能客观存在着。

联系，而是构成了读者在遇到非自然场景时可以尝试的选项。正如我将展示，人们可以使用多种认知方法研究非自然现象，而且这些策略可能在实际的阅读或解释中偶尔重叠。我想读者的选择取决于哪种组合方式能最清楚解释非自然元素及其叙事。一般而言，这些阅读策略**导致临时性的解释**，说明非自然现象并非与我们的思维完全格格不入。①

　　我会尽力在禅宗式阅读和其他阅读策略的双重观照下进行我的分析。由于我将要应对的叙事旨在阻碍（尽管可能不会完全阻止）解释的顺利进展，而阅读策略 1 至 8 与解释息息相关，因此我首先强调并试图欣赏再现现象的非自然性，然后才提出解释，以暂时说明这些现象的意义。也就是说，我诉诸这些策略的阐释力量，同时充分意识到它们只是——策略。它们不会完全或最终获得非自然性的真正本质。

　　前八个阅读策略和禅宗式阅读之间的差异，源于茨维坦·托多罗夫（Todorov，1973）关于"犹豫"作为读者对奇幻的反应的讨论。托多罗夫所谓"真正奇幻"（如亨利·詹姆斯［Henry James］的作品《螺丝在拧紧》［*The Turn of the Screw*］）促使读者在两种不同的反应之间犹豫不决：对再现现象的现实主义解释和超自然解释。例如，我们永远不知道《螺丝在拧紧》中的女家庭教师是妄想症发作还是真的见到了鬼魂。在第一种情况下，"现实规律依然完好无损"，而在第二种情况下"必须接纳新的自然法则"以解释被再现的事物（Todorov，1973，41）。对托多罗夫而言，奇幻"是面临超自然事件时，只知道自然规律的人经历的迟疑"（25）。我们只是不知道如何回应我们所面对的，于是在所描述的两种选择之间摇摆不定。在我看来，非自然现象也会引发类似的犹豫，或在无言的迷恋和理解的冲动之间摇摆不定。当我们面对非自然现象时，我们不得不面对这个事实，即叙事中发生了不可能的事情，因而不可解释（人们可以把它

56

---

　　①　也许我的叙述甚至表明对于认知而言，没有什么不可能。我自己的阅读经验与有关非自然场景和事件的大量二手文献表明人的思维能够应对最奇怪的文本特征。

称为接受极）。同时，我们坚持对真实世界的认知，并试图（多少有
点绝望地）理解不可能现象（人们把它称为解释极）。①

　　关注接受和解释两极不同类型的策略之间的差异也与汉斯－乌尔
里希·古姆布莱希特（Gumbrecht，2004）所谓"意义效应"和"在
场效应"之间的摆动（和有时干预）有关。根据古姆布莱希特的看
法，"意义的生产、意义关系和形而上范式没有错"（6），他反对的
只是与意义相关的问题完全占据主导地位。对他而言，过多的意义可
57　能会削弱在场的瞬间。古姆布莱希特强调"通过其物质元素，人类
交流的任何形式都会'触及'交流者的身体"，这就是他所说的在场
效应（17）。在场效应与安静片刻以品味再现现象的力量这一观念相
关。古姆布莱希特指出，"禅师教导他们的信众抵制这种诱惑，即从
空性到……日常生活世界的转变"（150）。再者，"在场效应和意义
效应之间的张力/摇摆以挑衅性的不稳定和不安元素给予客体审美体
验"（108）。

　　尽管我的分析归根结底是由"意义生产"这一理念驱动的，即
人类解释（或创造意义）的冲动，但它们同时也涉及了非自然性的
身体在场效应。通过将非自然视作再现世界的客观组成部分，我的解
读尽力公正对待其所发生的叙事中的挑衅性不稳定。以伯纳德·哈里
森（Harrison，1991，6-8）的话来说，我首先"允许［我的］想
象……"被文本中的非自然片段引导——我"信任文本并与之同
行"，然后才进入解读的过程。

---

　　①　拜尔内特等人（Bernaerts，et al.，2014，69）同样相信非人类叙事是特效振荡，
也就是"移情和陌生化的**双重辩证**结果"。在我的术语中，辩证法关注的是解释和接受之间
的相互影响。

第二部分

非自然叙事特征

2.1 引言

本章拟从对传统人类叙述者的非自然叙事实验出发，探索后现代主义叙事与其他类型叙事的关联"**历史**"。各节首先探讨后现代主义小说中的不可能叙述者和故事情节，再分析这些非自然特征在动物寓言、18 世纪流通小说（circulation novels）、儿童故事、许多现实主义小说中的全知叙事，以及现代主义意识流小说中的表现。

在最普遍的层面上叙述者被定义为"在叙事中向受述者讲述或传递一切——存在物、事物状态、和事件——的代理人或中介"（Phelan & Booth，2005，388）。布莱恩·理查森（Richardson，2006，3）对后现代主义文学中的非自然叙述者和声音进行了系统性阐述，从而引发大家对"过去几十年出现的各种后人类叙述者"的关注。本章通过呈现不可能性表征的不同方式，进一步扩展了理查森的研究，并通过历时性的梳理，展示这些后现代主义案例如何与早期叙事中的非自然叙述者或故事情节遥相呼应。事实上，早期叙事中的某些不可能因素已经演变成了我们如今所熟悉的文类惯例。

本章探讨的所有情况都可归类为"后人类'混合体'"（Clarke，2008，5）或"概念混合物"（Zunshine，2008，141）。它们"创造并探索了各种概念上的不可能性"（154），因为它们同时属于两个完全不同的概念领域。更具体地说，这些叙述者和故事情节同时属于两个不同的概念范畴，比如人和动物（动物叙述者）、人和身体部位   62

（会说话的乳房）、人和物体（会说话的物件），或具有超人特质的人
（会读心术的第一人称叙述者、"你-叙事"中的叙述声音、全知叙
述者，和现代文学中的反思型叙事模式）。总的来说，本章讨论的非
自然叙述者和故事情节跨越分类界限，无法将它们划分至某个单一
范畴。

2.2　会说话的动物

在许多叙事中，动物不可思议地成了叙述者。丽莎·詹赛恩
（Zunshine，2008，133）认为，"因为动物'天生'无法进行我们所
说的人类行为［比如说讲故事］，所以这样的动物形象始终引人注
目"。要理解动物叙述者，就需要运用并结合两种现存框架来创造一
个全新的框架。我们需将关于人类叙述者和动物的真实世界的知识进
行整合，绘制出一个物理上不可能的场景，其中动物充当叙述者。

比如说，罗伯特·奥伦·巴特勒（Robert Olen Butler）的后现代
主义短篇故事《嫉妒的丈夫以鹦鹉的外貌回来了》（"Jealous Husband
Returns in Form of Parrot"，简称《嫉妒的丈夫》，1996）中，第一人
称叙述者就是一只黄颈亚马逊鹦鹉，由一位有嫉妒心的美国丈夫死后
化身而成。[1] 讲述故事的鹦鹉既是动物，又是具有复杂心理活动的主
观能动者。他看似一只鹦鹉，却能像人一样讲话。

不过，我们还是能从叙述者的话语中发现一些"动物特性"。尽
管叙述者的思维与人并无二致，他的情绪却与鹦鹉的行为习性相连。

---

① 更多动物叙述者可见于威廉·考茨温克尔（William Kotzwinkle）的小说《鼠博士》
（Doctor Rat，1976），李·布坎南·宾嫩（Leigh Buchanan Bienen）的短篇故事《我作为一
只西非灰鹦鹉的生活》（"My Life as a West African Gray Parrot"，1983），利昂·鲁克（Leon
Rooke）的小说《莎士比亚的狗》（Shakespeare's Dog，1983），约翰·霍克斯的（John
Hawkes）的小说《亲爱的威廉：老马回忆录》（Sweet William: A Memoir of Old Horse，
1993），以及萨姆·萨维奇（Sam Savage）的小说《菲尔曼：都市底层生活历险》（Firmin:
Adventures of a Metropolitan Lowlife，2006）。奥尔罕·帕慕克（Orhan Pamuk）的小说《我的
名字叫红》（My Name Is Red，1998）中的12个叙述者分别是一只狗，一匹微型小马，死
亡，红色，七个人（其中一个已经死亡），以及一枚金币。保罗·奥斯特（Paul Auster）的
小说《通布图》（Timbuktu，1999）也十分有趣，因为担任小说叙述者的狗儿也是叙事中的
反思者－"人物"。

比如说，前妻将他从休斯敦的一家宠物商店买回来，作者对他的感受
进行了如下描述："她的触摸令我张开了尾巴。我能感受到她在沙沙
地挠我那里。我冲她低下头，她轻轻地说，'漂亮的鸟儿'……她的
指尖穿过我的羽毛，她似乎很懂鸟儿。她知道爱抚小鸟时，你不能顺
着抚平它的羽毛，而是要将其弄乱。"（Butler，1996，72）与叙事话
语层面的叙述者思维不同，他在故事世界中的表达被限制在了鹦鹉的
心理和语言能力范畴之中："我说的从来不能和知道的一样多……我
会说很多话，就一只鹦鹉的标准来看……我话说得相当好，但我会用
的词语没有一个是顶用的。"（71，72，77）

　　前妻购买了鹦鹉之后，将他装在笼中重新带回了他以前的家。他
还记得以前的生活，也逐渐意识到他如今作为一只鹦鹉的处境和他之
前"嫉妒的丈夫"形象有很多相似之处。比如说，作为人类时，他
无法直面妻子的婚外情。他一度试图秘密监视其中一位情敌的住处，
不料却从高处坠亡（然后莫名其妙地变成了一只鹦鹉）。作为鹦鹉，
他同样无法与前妻交流：她现在有了新情人，"一个看上去像同性恋
的家伙，胸肌很大，毛发厚重"（Butler，1996，72），他唯一能做的
就是"攻击笼子里那个晃动的玩具，仿佛它是那个男人的睾丸，但
都没用。这么做在我的另一段生命中也毫无用处，我自己的打闹一点
用处也没有"（73）。鹦鹉告诉我们，当他有"尾巴骚动不安，怒火
中烧"的感觉时，"那种感觉就和我一直以来确信有男人同我妻子赤
身裸体缠绵在一起的感觉别无二致"（73）。作为丈夫，他在嫉妒之
时不与妻子交流，索性一言不发，将自己锁在浴室（74）—— 如笼
中鸟一般。

　　某一刻，叙述者对自己的现状进行了如下反思：

　　　　我知道，我现在的情况不一样了。我现在是一只鸟。但其实
　　我又不是鸟。这也是令人困惑的地方。就好像她跟我说她爱我的
　　那些时刻，实际上我都是相信她的，或许那是真的，我们在床上
　　紧贴着彼此，在那样的时刻，我是不同的。我是她生命中的男
　　人。我跟她融为一体。但即使是在那样的时刻，在我跟她甜蜜相

拥时，我内心依然有另一个生物，它更加清楚具体的情况如何，却无法拼凑出所有证据，道明事实。（Butler，1996，75）

《嫉妒的丈夫》是一则十分有趣的短篇故事，它展示了一位丈夫如何因缺乏决断，将自己变成了（修辞意义上的）笼中鹦鹉："当我们彼此相拥时……我像一只雏鸟一般，飞入她那如湿润天空般的身体，我只想**停在她的肩头，抖松我的羽毛**，把我的脑袋贴在她的脸颊上，用脖子靠着她的手。"（76）参照阅读策略6（讽刺与戏仿）来解释，鹦鹉叙述者起到了讽刺丈夫行径的作用（尤其是他无法与妻子面对面解决问题）。叙述者的两个存在状态有以下共同点：完全依赖、痴迷他人，且被禁锢感、缺陷感和自卑感困扰。此外，鹦鹉叙述者还突出强调了一个事实——嫉妒，即企图完全占有爱人的欲望，只会导致如同鹦鹉般的可笑行径：要么不自控地重温快乐旧时光或自我形象，要么过分地胡言乱语、在紧锁的浴室中摇摆不定（毫无用处）。

《嫉妒的丈夫》中的动物叙述者起到了多重作用：故事聚焦动物故事，但也借鹦鹉讽刺了人类的愚昧（丈夫行动的无效性）。此外，巴特勒的叙事彻底解构了人与鸟类的区分：它将鹦鹉世界与嫉妒的丈夫的世界联系起来，以连续而非断续的视角呈现动物经历与人类经历之间的关系。[①]

后现代主义叙事，比如说《嫉妒的丈夫》或朱利安·巴恩斯（Julian Barnes）的《偷渡者》（"The Stowaway"，1989），并没有首创会说话的动物，在动物寓言、18世纪的流通小说和儿童故事中便存在着许多更早的例子，而能言会说的动物也已然成为一种文学传统。所谓动物寓言，就是"借会说话的动物寓写人类弱点。故事中的主人公们的世界与我们人类的并无区别"（Finlayson，2005，497）。

---

① 类似地，朱利安·巴恩斯的短篇小说《偷渡者》（1989）由诺亚方舟上一只聪明的蛆虫叙述。和《嫉妒的丈夫》一样，这个短篇故事聚焦于动物世界及其对世界的感知。同时，这只动物也为我们提供了另一个讽刺版本的诺亚方舟的故事。蛆虫批判了诺亚的自大、自我和淡定。《偷渡者》展示了蛆虫和诺亚彼此相连的命运，因为他们在同一艘船上。

鉴于伊索笔下早就存在会说话、讽刺人类缺点的动物形象，哈罗德·约翰·布莱克汉姆（Harold John Blackham，1985，177）表示，"伊索寓言式的动物运用是早期最简单的自由表征形式"。读者应该在文学叙事发展的早期阶段就已经接受了会说话的动物在文学世界中的可能性。动物寓言作为一种体裁，其形成与会说话的动物的常规化紧密相关，即将会说话的动物转入一种认知框架当中。现今动物寓言中动物能说话已成为标准的文学常识。

乔叟（Chaucer）的 14 世纪名著《坎特伯雷故事集》（*Canterbury Tales*）中的"女尼的教士的故事"是中世纪著名的动物寓言之一。故事中有三只会说话的动物，它们也是嵌入故事中的叙述者，分别是，腔得克立（一只多妻的公鸡）、坡德洛特小姐（与腔得克立在一起的 7 只母鸡之一）和一只无名的狐狸。故事中，公鸡和狐狸都先后被鼓吹着歌唱或演讲，也都因此导致了不好的结果。狡猾的狐狸如此向腔得克立解释了它的意图：

> 事实上，我来的目的
> 只是为了听您唱歌。
> 您的嗓音如此甜美
> 堪比云端的天使。（615，ll. 3289 – 3292）①

腔得克立听后便紧闭双眼，引吭高歌，然后被狐狸逮了个正着："狐狸立马跳向前去，一口衔住腔得克立。"（616，ll. 3334 – 3335）不过，公鸡立刻从教训中学到了狐狸的诡计，并通过模仿狐狸的策略，成功自救：它建议狐狸侮辱追捕它的追兵们，展示自身优越性，但狐狸一张嘴，腔得克立就逃到树上去了（619，ll. 3407 – 3416）。可以说，公鸡和狐狸代表了受人奚落的两类人，一类很容易为别人的

66

---

① 翻译成现代英语就是："Truly I came to do no other thing/Than just to lie and listen to you sing. /You have as merry a voice as God has given/To any angel in the courts of Heaven."（Chaucer，1979，245）

阿谀奉承所愚弄，一类只会高谈阔论、多嘴多舌。

据芬利森（John Finlayson，2005，497）所言，这个故事讽刺了"人类的……妄自尊大"。这在腔得克立梦中与博德洛特的辩论上表现得尤为突出：它极力想表现得聪明、有教养，最重要的是，比母鸡更为优越。但它远没有自己想象的那么聪明。比如说，当它在梦中提到狐狸时，它能描述这种动物，却没法准确地叫出它的名字（Chaucer，1979，602，ll. 2899 - 2902）。之后，腔得克立傲慢地说道，"In principo，Mulier est hominis confusio"（610，ll. 3163 - 3164），句子原意是，"原则上来说，红颜乃男子之祸水"，但它却错误地理解成了"女子乃男人之福乐所寄"（611，l. 3166）。倘若它当初理解了这句话的含义，故事结局可能会不一样。因此，"女尼的教士的故事"也可以解读为借腔得克立讽刺那些陶醉于自己的夸夸其谈，自以为是、自欺欺人的男性。通过虚构一个自鸣得意的公鸡形象，乔叟批评了那些沉浸于自己的豪言壮语而没有意识到自我局限性的某些男性。

会说话的动物一旦在寓言故事中成为可能，也就有了其他用途。18 世纪新出现的重要主题之一就是动物虐待。动物寓言运用会说话的动物探讨人类世界的道德问题，后来的叙事作品则运用它们来"传递真实世界中与动物相关的经验教训，如它们的现状以及我们该如何对待它们等问题"（Cosslett，2006，39）。这类动物叙述者常见于流通小说当中，"这是一种奇特的小说亚类型，一种由无生命物件（如硬币、背心、别针、开瓶器、马车等）或动物（狗、虱子、猫、小马等）担任主要角色的散文体小说"（Blackwell，2007a，10）。这些物件或动物历经多次转手，在社会不同阶层之间流转。本小节拟将讨论对象限定为由动物担任叙述者的流通小说（下一节讨论由物体担任故事叙述者的流通小说）。

作者佚名的小说《一只猫的历险》（"The Adventures of a Cat"）采取第一人称叙述。叙述者名叫臭普希，是一只几经转手的猫。它对社会中的贪婪与野心进行了深刻批判。比如说莫普希之前的一个主人吉米·康塔，"他内心的黑暗……与胸前明晃晃的金链子形成巨大反差"（460）。故事还对 18 世纪的动物商品化进行了评论："哈利奥特太太买钻石项链时，突然要求'将那只迷人的猫一并送给她'。"（394）与无生命的物件一样，动物也变得可随意出手和购买。莫普希告诉我们它是怎样"成为不幸的旁观者，目睹了这些自诩为万物之主的两腿怪物的残忍与野蛮：我目睹了我四个兄弟姐妹是怎样被浸入冷水淹死，它们悲惨的叫喊声在那些野蛮的始作俑者们听来只是一种娱乐消遣"（393）。

　　事实上，人性的残忍是 18 世纪流通小说中经常讨论的一个话题。多萝西·基尔纳（Dorothy Kilner）的小说《小耗子游记》（*The Life and Perambulations of a Mouse*，[1783] 1851）就是一个很好的例子。故事叙述者——一只会说话的小耗子，被迫目睹了自己兄弟惨死于小男孩之手的全过程。当小男孩"将它放在炉边，无情地一脚踩下去之时"，它听到了兄弟"声嘶力竭的尖叫"（40）。之后，小耗子又目睹了另一个小男孩捏着它兄弟的"尾巴，在一只猫面前晃悠"（48）。查尔斯的父亲阻止了小男孩，并教训他道："你有什么权力去折磨其他的生命？如果是仗着你体积更大，有能力这样做，那要是我或者其他某些比你大很多的巨人，就像你比小耗子大很多一样，也这样伤害你、折磨你，你会作何感想？"（48）故事最后，小说明确呼吁读者，不要再做这些可怕的行为，"避开所有这些邪恶与愚蠢，和所有这些令儿童变得**可鄙**且**邪恶**的行为"（124）。

　　与某些 18 世纪流通小说一样，后来的儿童故事普遍运用动物叙述者来讲述人类自私统治下的动物百态。迈克·卡登（Mike Cadden，2005，59）认为儿童文学"在叙事结构等方面相对简单很多"，他还指出，"拟人化的动物或物体"（比如玩具）通常作为"**一种道德规范**"出现在儿童文学中。这种拟人表征试图"通过幻想手法**启发孩童**"（2005，59）。有趣的是，18 世纪儿童文学的发展正是对以《伊索寓言》为代表的动物寓言（Colombat，1994，38－39）和由动物担任叙述者的流通小说的回应（Bellamy，2007，131－132）。正如苔丝·柯斯莱特（Tess Cosslett，2006，149）所说，儿童故事通常蕴含了"对'同类造物'概念的宗教性启发"和角色转换的修辞手法，如将动物的痛苦转化为类似的人类苦痛等①。

安·苏埃尔（Anne Sewell）的《黑美人》（*Black Beauty*,
[1877] 1945）采取第一人称叙述，叙述者是一匹叫作"黑美人"的
马。小说不断强调叙述者的动物本能。故事中，乡绅戈登和马车夫约
翰·曼利想让黑美人通过一座破损的桥梁，黑美人却不愿往前走：
"我的脚感到好像哪儿不对劲。我不敢再往前走，并完全停了下
来……我非常清楚这桥并不安全。"（53）此外，黑美人还揭露了动
物在一些主人手下的各种苦难遭遇："我拼尽全力却仍遭惩罚和虐
待，这对我来说太过沉重和心寒。"（221-222）当遇到从未拥有过
马的城里人时，动物叙述者开始意识到自己对于人类而言只有经济价
值："他们好像认为马儿就像蒸汽引擎一样，只是小点而已。无论如
何，只要出钱，马儿便会如他们所愿，无论他们让马儿跑多快、多
远，驮得多重。"（129）确实，有些人将动物与机器等同对待，而会
说话的动物则反抗了这种机械的动物观。

后现代主义叙事（比如说《嫉妒的丈夫》和《偷渡者》）中会
说话的动物叙述者可在早期文类中找到原型。尽管真实世界中动物
"不可能"说话（Colombat，1994，43），在某些小说叙事中，动物却
是可以说话的。这一非自然情节已经被规约进我们所熟知的认知框架
当中（阅读策略2）。安伯托·艾柯表示，这一语境下，接受动物会
说话，我们只需要"灵活调整现实生活经验：想象动物也具有人类一
样的发声器官和更为复杂的大脑结构"（1990，76）。这些寓言故事
与"其他文学类型"不同，因为"它讲述了具有人类言行特征的动
物生活"（Clark，1975，113-114）。

如果动物能说话，它们同样也可以突出强调某些话题或主题。它
们可能嘲笑我们所犯的错误（这在动物寓言中时有发生）；可能揭露
我们有时候对它们的残忍（正如在流通小说和儿童故事中一样）；从

---

① 特蕾莎·曼冈（Teresa Mangum，2002，35）很好奇为什么"19 世纪有这么多读者
乐意接受动物讲述的故事"。部分原因可能与主要受众是儿童有关，他们很容易接受动物
说话的设定。至于成年人，动物寓言和流通小说等早期文类中会说话动物形象的规约可能
起到了一些作用，虽然这些特征在曼冈的小说中都没有出现。

一致性的角度界定人类与非人类动物之间的关系（如在后现代主义叙事中）。纵观文学史，从叙事目的来看，动物叙述者的运用经历了从纯人类角度到实际动物经历再到人与动物互惠互利的逐渐转变。这一过程包含了不同程度的"动物性"，即两个输入空间（人类属性和动物属性）的不同整合方式：有时可能第一个输入空间占主导，有时可能后者占主导，有时候可能二者平衡共存。

动物寓言是借用动物行为来嘲笑人类的缺点的讽刺文学。戴维·赫尔曼将这样的叙事称为"拟人化投射"：它们关注人类，也因此存在"淡化甚至消解非人类在世间经验的现象学特异性的风险"（2011b，167，170）。它们通过某种与动物相关的特征表征人类，并随后对这种特征加以嘲弄。除此之外，动物寓言中的动物可以完完全全是人类①。这一语境下，运用夸张手法来达到讽刺目的（阅读策略6）的观念促使会说话的动物成为动物寓言的一个重要组成部分。如今，动物寓言借动物讽刺人类的缺点已成为众所周知的特征。

在某些流通小说和 19 世纪儿童故事中，动物叙述者对人类虐待动物的行径进行了控诉。这些叙事主要传达"善待动物的主题"（Colombat，1994，41）。与动物寓言中会说话的动物不同，这些动物叙述者具有更高程度的"动物特性"。它们的人类特性仅表现为它们能够生产语义，讲述故事；除此之外，这些叙事主要围绕"非人类动物世界"展开（Herman，2011b，167）。流通小说和儿童故事呼吁读者设想动物的立场、感受它们的痛苦。

最后，后现代主义叙事，比如说《嫉妒的丈夫》和《偷渡者》等，对应高度的"动物特性"，且融合了早期叙事对会说话的动物的不同运用。和动物寓言一样，后现代主义叙事运用动物叙述者来突出人类的愚蠢（比如嫉妒或傲慢等情感）。与某些流通小说和儿童故事一样，后现代主义叙事关注非人类动物世界（比如笼中鹦鹉或诺亚方舟上的啄木鸟）。但与这些早期叙事相比，后现代主义更进一步：

70

---

① 关于动物寓言，德里达（Derrida，2002，405）表示："首先，必须避开寓言。我们知道寓言的历史，知道它一直是一种拟人化的驯化，是一种道德化的征服，一种驯养。它始终是一种人类话语，关于人，关乎人的动物性，终究是为了人、作为人而存在的。"

它解构了人类与非人类动物的二元对立。后现代主义叙事强调了人类
世界与动物世界的连续性（无论是通过将笼中鹦鹉与嫉妒的丈夫进
行对比，还是通过将一只啄木鸟的命运与诺亚的命运联系起来）。通
过有趣的互文，后现代主义叙事将动物寓言和儿童故事中一些众所周
知的惯例重新配置，其中，会说话的动物既结合了传统文类中这一不
可能混合物的不同功能，又超越了这些传统。与批判性动物研究的跨
学科建构一样，后现代主义叙事视"人类/动物关系为历史学、社会
学和文化研究的范畴"，且质疑人与动物之间存在"心智和道德差异
的假设"（Benston，2009，548）。后现代主义小说和这一新的批判范
式皆强调两个物种间存在多种相似之处，并对其进行了强调和反思
（Derrida，2002）。卡里·韦伊（Kari Weil）表示，"从新角度看待动
物和人类的重要性是不容置疑的"（2012，xvi）。韦伊所指的是"一
种新的思维方式：接受并承认我们的动物特性以及与我们共享一个世
界的动物们"（xvi）。后现代主义叙事同样强调人与动物之间并不存
在稳定的界限。

2.3　会说话的身体部位和物叙述者

非自然叙事的叙述者有时候并不是动物，而是其他一些在现实生
活中并不会说话的实体。声音有时候也会从其他一些不可能的地方发
出。与《嫉妒的丈夫》和《偷渡者》一样，这些由非人类叙述者讲
述的叙事故事提供了新的看待人类社会的批判性视角。正如罗斯的后
现代主义小说《乳房》，故事的第一人称叙述者名叫凯普什，他本是
一位教授，但奇迹般地变成了一只巨大的女性乳房。[①] 他向我们解释
了作为半人半乳房的感受。凯普什坚称"他"还是人类，"只是不是
人们所谓的那个人了"（21）。确实，作为一个身体部位，叙述者仍

---

① 更多非人类叙述者可见于后现代主义叙事当中。厄休拉·勒古恩（Ursula K. Le
Guin）的短篇小说《路的方向》（"Direction of the Road"，1975）的叙述者是一棵橡树。海
伦·奥耶耶美（Helen Oyeyemi）的小说《白色是为巫术》（*White Is for Witching*，2009）中
的叙述者之一是一匹马。罗斯小说中会说话的乳房可在加林的13世纪讽刺性寓言诗《能让
阴道说话的骑士》（*Du chevalier qui fist parler les cons*）中会说话的阴道和德尼·狄德罗的
《会说话的珠宝》（*Les bijoux indiscrets*，又译作《轻率的玩具》，1748）中找到原型。

71

旧能够与他人交流，仍旧拥有以前的思想（除了"他"现在变得极度情绪化，时常"不自觉地啜泣"[18]）。不过，凯普什明显已经失去了他的身体（包括四肢）和视觉。我们还知道，这个乳房，尤其是乳头，对触摸极其敏感；叙述者用"一次完美射精前将整个人都控制住的敏锐感"来形容这种感觉（17）。我们能感受到叙述者在"他""身体"里幽闭恐惧症般的感受："这里真是**怪异**。我想放弃，我想发疯，我想发狂、咆哮、撒野，可我不能这样。我哭泣，我嚎叫，我跌落于深渊。我就在深渊里躺倒了。"（22）

72

　　凯普什想向我们解释这种物理上不可能的状态："它究竟是什么意思？它怎么发生的？又为了什么？在整个漫长的人类历史上，为什么要偏偏发生在大卫·凯普什身上？"（Roth，1972，23）小说中，叙述者分析了各种不同的解释，但都一一否决①。正如卡伊·米柯（Kai Mikkonen）所说，叙述者拒绝了所有解释，"除了小说导致了他的变形这一理论"（1999，20）。诚然，小说中，凯普什一度怀疑他的变形与小说有关，更具体地说，与他的欧洲文学课程有关。

　　这堂课上，他曾讲过果戈理的小说《鼻子》和卡夫卡的《变形记》中的"非自然变形"，以及斯威夫特的讽刺小说《格列佛游记》中的奇幻世界（1726，1735修订）。在《鼻子》中，少校科瓦廖夫的鼻子能走出去散步；在卡夫卡的故事中，格里高尔·萨姆沙变形成了一只昆虫；而在《格列佛游记》中，格列佛在去巨人国的路上见到了一位保姆的巨型乳房。罗斯的小说将"果戈理小说中的提喻"倒置处理（Mikkonen，1999，26）：科瓦廖夫的鼻子变成人之后又变回了鼻子，凯普什则是从人变成了一只乳房，成为人体的一部分。与此同时，《乳房》与卡夫卡作品的叙事一样，都有某个实体转变为一个完全不同的实体的主题，而《格列佛游记》和《乳房》中也都出现了六英尺高的乳房。

　　《乳房》的写作手法具有明显的互文性，因此也可以看作传统经

---

　　①　除此之外，他认为一场意外将他变为了"一个截肢者"（Roth，1972，17）；还认为这场变故与他着迷于女友的乳房有关（34）；他认为他的变形牵涉了"对幼时崇拜物的原始认同"（60），或者这些仅仅只是他的幻想（49）。

典的后现代主义改写（Moraru，2005，145）。与此同时，《乳房》还
是一篇利用凯普什的变形来反思小说影响的元小说。整个小说当中，
叙述者都坚信小说影响我们的生活，而在小说结尾，"他"建议我们

73　　"继续接受教育"（Roth，1972，78）。由于这一建议紧跟在里尔克的
诗《阿波罗的古躯》（"Archaic Torso of Apollo"）之后，很明显，其
意指我们特定的文学教育。不过，小说也暗示凯普什太把小说当回事
了。确实，叙述者指出，与其他教授不同，他之前教授果戈理、卡夫
卡和斯威夫特时带有"很深（或许太深）的信念"（55）。克里斯·
莫拉鲁指出，凯普什已经"变成了他那颇受欢迎的讲座的主题"
（2005，148）。小说强调，"人们没法排除某天可能变成自己所传授
的内容的可能"（146）。换句话说，按照阅读策略 6（讽刺与戏仿），
我们可以认为，《乳房》利用凯普什的变形讽刺了这位稍显偏执的教
授：他过分重视小说的影响，甚至真的听从了里尔克诗歌中最后的建
议——"你必须改变你的生活"（Roth，1972，78）。凯普什从根本
上改变了"他的"生活，不幸的是，这并没有什么用。小说实际上
毁了这位教授的生活。《乳房》是一部自我矛盾的元小说：作为小
说，它却向我们警示了小说的危害。

　　玛乔瑞·帕洛夫（Marjorie Perloff）曾指出，后现代主义与"18
世纪讽刺家那种表现性、戏谑性的做法"之间可能存在某种联系
（1985，176），此外，这种联系卷入了非人类叙述者。从某种意义上
讲，后现代主义叙事和 18 世纪流通小说都给我们提供了看待人类行
为的批判性（非人类的）视角。然而，这两种文类中的非自然叙述
者都需要结合语境看待，因为他们很明显对应完全不同的问题。《乳
房》以元小说的模式，运用非自然叙述者来思考小说可能具有的影
响，18 世纪流通小说中的物叙述者则通常批判当时资本主义的发展。

　　18 世纪流通小说中的物叙述者可以是一枚硬币（如查尔斯·吉
尔顿［Charles Gildon］的《金色间谍》［The Golden Spy，1709］，查
尔斯·约翰斯通（Charles Johnstone）的《克里斯尔，或一枚几尼币
的历险》［Chrysal; or the Adventures of a Guinea，（1760—1764）
1794］，和赫勒努斯·斯科特［Helenus Scott］的《一枚卢比币的历

险》［*The Adventures of a Rupee*，1782］)，一个沙发（如克劳德·克雷必伦［Claud Crébillon］的《沙发，一个道德故事》［*The Sopha*，*a Moral Tale*，1742］)，一双拖鞋（如作者佚名的小说《女士拖鞋历险记》［*The History and Adventures of a Lady's Slippers and Shoes*，1754］)，一栋建筑（如作者佚名的小说《考文特花园中莎翁头像的回忆录》［*Memoirs of the Shakespear's（sic）Head in Covent Garden*，1755］)，一件大衣（如作者佚名的小说《黑色大衣历险记》［*The Adventures of a Black Coat*，1760］)，一个原子（如斯莫利特的《原子历险记》［*The History and Adventures of an Atom*，1769］1989），一张纸币（如托马斯·布里奇斯《一张纸币的故事》［*The Adventures of a Bank-note*］)，一个开瓶器（如作者佚名的小说《开瓶器的冒险》［*The Adventures of a Cork-Screw*，1775］)，一辆马车（如多萝西·基尔纳的《一辆出租马车的故事》［*The Adventures of a Hackney Coach*，1781］)，一只手表（如作者佚名的小说《手表历险记》［*Adventures of a Watch*，1788］)，一枚大头针（如作者佚名的小说《一枚大头针的故事》［*Adventures of a Pin*，1790］和《一枚大头针的自述故事》　［*History of a Pin*，*as Related by Itself*，1798］)，或一片鸵鸟羽毛（如作者佚名的小说《优质鸵鸟羽毛的故事》　［*Adventures of an Ostrich Feather of Quality*，1812］)，等等。

　　这些幽默小说的叙述者都是社会中流通的物体——比如一枚硬币、一张纸币或一个开瓶器，带领读者领略商品世界。克里斯托弗·弗林特（Christopher Flint）表示"18 世纪流通小说中会说话的物件几乎都是人造产物而非自然的一部分，它对世界的讽刺性观点源于人类商业中的特殊经历"（1998，212）。确实，这些讽刺叙事为我们提供了新的视角来看待资本主义的发展及物品在公共领域的流通："它们的共同之处在于情节总是围绕一件物品展开，展示它们如何在不同的人之间几经转手。故事主人公可能被售卖、丢失、寻回、赠予或交换，也因此得以接触到不同的社会群体"（Bellamy，2007，118）。18 世纪流通小说中的物品叙述者在社会不同阶层和阶级之间自由流通，无需遵守英国的等级划分。

尽管在当时流通小说极受欢迎，但它们"在批评史的洗涤下逐渐失去活力。《克里斯尔，或一枚几尼币的历险》已完全从当代经典作品的列表中消失，其同类作品也一样"（Blackwell，2007a，11）。然而在本研究语境下，流通小说仍旧十分重要。它们的物叙述者是后现代主义小说非人类叙述者的前驱。这些非自然物叙述者的思维模式与18世纪主流现实主义小说的思维模式不同①。以笛福（Defoe）等为代表的现实主义小说极力称赞资本主义和商业价值，流通小说则对资本主义和商业贸易的发展持批判态度。

鉴于这些物叙述者都是无生命商品和人类的混合体，本书试图探讨和界定这些物叙述者的"物性"。这些叙述者在故事世界中皆以物体形式出现。比如基尔纳（Kilner）的小说《一辆出租马车的故事》（1781，1），故事开端的指示信息暗示了马车叙述者的形状："这是候客处最时尚的一辆马车，一位美丽的年轻女士边说边**踏入我**。"类似的还有斯科特的小说《一枚卢比币的历险》（1782，1，7），故事开始时它还只是西藏群山中的一块金子，之后被液化"倒入模具中"，变成一枚"卢比币"。流通小说的情节架构一般围绕物叙述者的"（被）交易"或"历险"展开。新章节普遍以物叙述者从一位所有者流向另一位所有者展开。比如在《开瓶器的冒险》中，在第二章向第三章过渡处有这样一句话："我现在有了新的用途。但这里不方便介绍我的新主人，只能在新章节的开头处进行。"（1775，34）

物叙述者通常能够意识到它们莫名其妙地有了意识或思想。比如《开瓶器的冒险》的叙述者，它将自己描述为一个"扩散在开瓶器里的灵魂"（Anonymous，1775，5）。它们通常知道自己有了思考和说

①　伊恩·瓦特（Ian Watt，1957，第二章）将小说的诞生及对家庭生活细节的关注定位于18世纪初期，新兴中产阶级读者的兴趣导致作家关注这一新话题，并用这一新的形式进行写作。在《小说的兴起》（*The Rise of the Novel*）中，瓦特集中关注笛福、菲尔丁和理查森等现实主义作家，完全忽略了18世纪流通小说和其他形式的非自然，如斯威夫特的讽刺体小说《格列佛游记》和哥特式小说。就我看来，可以从自然与非自然特征的相互作用角度来更全面地看待小说的发展。在这种语境下，帕特里夏·梅耶·斯帕克斯（Patricia Meyer Spacks，2006，2－4）从"与现实主义的偏离"角度来展现18世纪小说"更为复杂的、令人困惑且引人注目的画面"。

话的能力，却不知道这些非自然的才能是怎么来的。比如说布里奇斯的小说《一张纸币的故事》（1770，Vol. 1：3），故事叙述者对自己这一物理逻辑上不可能存在的能力进行了反思："好奇的世人可能会想要探究为什么千千万万的纸币中唯独我突然拥有了这种不同寻常的能力。"大多数会说话的物体并不知道主人的想法或感受，向我们呈现的也都是以他们自身经历为中心的叙事。约翰斯通的小说《克里斯尔，或一枚几尼币的历险》却不同，小说中会说话的硬币可以"看穿褪去伪装和粉饰之后人性的堕落与邪恶"。克里斯尔解释道，"除了所有灵魂都具有的直观知识，我们这些更高级的存在，不仅能赋予万物之主——金钱——以生命，还能进入我们的直接所有者的内心"（17）。

76

　　这类流通小说最重要的一个特征就是叙述者向读者呈现的是它从一个所有者向另一个所有者流通时所看到的碎片化社会视角。比如说，在《一枚卢比币的历险》中，叙述者卢比就遇到了许多不同社会阶层的人，下至"普通水手"，上至"年轻公主"（Scott，1782，92 - 93，223 - 240）。除了金钱交换，这枚卢比币的所有者们没有任何共同之处；也没什么道德约束能将他们绑定为一个社会群体。《克里斯尔，或一枚几尼币的历险》突出强调了小说社会中的腐败状态：叙述者在交易流通中见证了各种贿赂（［1760 - 1764］1794，Vol. 1：130；Vol. 2：194；Vol. 4：129）、贪污（Vol. 3：34）和卖淫（Vol. 1：118，158；Vol. 2：43；Vol. 3：227）等现象。而在《手表历险记》中，叙述者向读者展示的则是在 18 世纪的英国，个人社会身份完全由他所拥有的财产决定："一个年收入拥有一万英镑的人不可能是个傻子；因为大家都喜欢他的笑话，感受得到他的轻侮，同情他的——金钱。"（Anonymous，1788，185）在《一张纸币的故事》中，叙述者曾高兴地宣称，"谁不想成为一张纸币，历经一系列的历险和见闻？"（Bridges，1770，Vol. 2：25）然而小说社会中的邪恶现状令他的声明变得十分讽刺。

　　莉斯·贝拉米认为，流通小说中会说话的物体为读者"提供讽刺性视角来审视商品社会分裂且唯利是图的本质"（2007，132）。在

77　　　18 世纪的英国，资本主义体系及其商品价值观逐渐成为社会关系的决定力量，流通小说则对此进行了辛辣讽刺。伴随人际关系商品化的是道德原则的丧失。在《黑色大衣历险记》中，叙述者黑色大衣称，"每当我思忖这些卑鄙伎俩的时候，我不得不支持他们，因为我与他们关系密切，但我浑身上下都为这些可耻的行为感到羞愧"（1760，4）。类似地，小说《克里斯尔，或一枚几尼币的历险》的叙述者表示，"当金钱掌控人心的时候，它会影响一切的行为，战胜甚至驱逐人心中更为薄弱一些的冲动——那些非物质的、不重要的美德"（Johnstone，［1760—1964］1794，Vol. 1：17）。

　　从这一视角看，非自然的物叙述者表明，"社会的灵魂存在于商品之中"（Douglas，2007，153）。物体在 18 世纪的英国变得如此重要，它们被赋予了生命或思想。相反，倘若所有的关系都属于商品交易，这些会说话的物体则阐明了社会所有群体都变成商品的可能性；比如说《开瓶器的冒险》中的露西·莱特埃尔斯，她本是一位富有商人的女儿，却出卖自己，成为"贵族、乡绅、商人等其他人的**财产**"（Anonymous，1775，76）。无论如何，这些会说话的物体是人与无生命物体的混合物，目的在于讽刺当时资本主义体系中的一些问题。更确切地说，他们批判了 18 世纪的商品崇拜以及经济交易主导下潜在的人性没落。乔纳森·兰姆（Jonathan Lamb）写道："所有这些故事中，物体直接提高了人类的道德效益，发挥了象征、教育或批评的功能。"（2011，201）

　　弗林特认为，这些无生命的物体强调了"人类商业消解作用"（1998，219）。不过，他的解读更为具体，他将这些物叙事解读为作家物化的寓言："18 世纪小说中，会说话的物体与书本在公共领域的
78　流通有关。"（212）确实，在这些流通小说中，会说话的物体通常扮演假定作者的角色。它们向人类讲述自己的故事，后者将故事书写下来，但并不署自己的名。比如说，《金色间谍》里的人类告诉我们，他如何从"意外获得的一些金币"的"对话"中"得知许多关于政策与爱的秘密"（Gildon，1709，2）。类似的还有《原子历险记》，小说中，某个纳撒尼尔·皮科克的"颅骨膜"（也就包裹颅骨的薄

膜）"裂缝或缝隙"中的一个原子催促他"拿起笔……记下［它］
将要讲的故事"（Smollett，［1769］1989，5－6）。这一系列极其非
自然的事物中——包括会说话的原子向人类口述它的故事——明确地
将这些人类主体从它们所生产的文本中疏离出去。

　　流通小说更深一层地探讨了非人类叙述者与作者身份概念之间的
联系。比如说，在《女式拖鞋历险记》的扉页上，小说叙述者拖鞋
声称，它们是比某些人类更好的作家：

> 　　而今作家芸芸
> 　　市井笔客纷纷
> 　　皆觉能怡情悦性
> 　　倘若文人皆自狂
> 　　折磨之作当欢畅
> 　　拖鞋执笔也无惊

　　类似地，在《一张纸币的故事》中，纸币以一位作家的口吻讲
话，并将自己的话语权与塞缪尔·约翰逊博士（Dr. Samuel Johnson）
的相提并论，"**这位作家**认为他有权像约翰逊博士创造角色一样地创
造新词；无论他是否拿到学位，只要他乐意他就会这样做"
（Bridges，1770，Vol. 2：42）。

　　从这一角度看，可以将18世纪的非自然物叙述者解读为象征作
者的寓言形象，它们评论了市场经济发展背景下作者与作品之间的异
化关系。① 18世纪的物叙事强调了书本在公共领域的商业化流通有可
能使作家商品化，以至于有时候无生命的物体成了比人类更好的故事
讲述者。正如弗林特所说，这些叙事"是文本与作家物化的比喻；

----

　　① 1710年的《版权法案》（Copyright Act，也称为安娜法令［the Statute of Anne]）与
希拉里·简·英格兰特（Hilary Jane Englert，2007）关于法定版权的官司都属于这样的叙
事实验。尽管《版权法案》正式授予作者控制著作复制的专有权，但它对作家的实际影响
却很小。在1710年之前，常规做法是出版商从作家手中购买原稿。《版权法案》通过之
后，这种做法仍旧持续；唯一的变化是出版商也开始购买手稿的版权。

故事讲述者不仅变成了无生命形态，还受一种所有权制度驱使，以牺牲个人内在反思为代价，描述他人的经历"（Flint，1998，221）。18世纪流通小说中会说话的物体让我们意识到：商业贸易原则有可能置换甚至消除人类特质，尤其是作家的一些独有品质。①

　　后现代主义小说中的非人类叙述者（比如说《乳房》中的乳房，厄休拉·勒奎恩［Ursula K. Le Guin］小说《路的方向》［"Direction of the Road"］中的树，或海伦·奥耶耶美［Helen Oyeyemi］的小说《白色是为巫术》［*White Is for Witching*］中的房子）皆可在流通小说中会说话的物体中找到原型：这些早期叙事向读者呈现了各种不可能的叙述者——各种人类与非人类实体的混合物。18世纪出现的会说话的物体在整个文学史上是没有先例的，呈现出一种崭新的非自然模式。后现代主义小说与18世纪流通小说中非人类叙述的人类特征仅仅体现在它们能讲述故事；除此之外，读者看到的是高度的"乳房性""树性"，或总体来说，"物性"。

　　从某种意义上来说，所有这些不可能叙述者的功能都是一样的。后现代主义叙事和早期叙事皆通过模仿非人类视角对人类行为进行批判，揭示了某些人与环境或他人互动时存在的问题。然而，这些非自然现象的研究还需要加入对历史语境的考虑。流通小说是对发展中的资本主义体系和当时的商品拜物教的批判性评论，后现代主义叙事的自省式批判对象则是小说叙事本身的潜在危害（如《乳房》），或人类对自然的忽视（如《路的方向》）——这一问题并非18世纪人们思考的焦点。

　　伊恩·瓦特（Ian Watt）在《小说的兴起》（*The Rise of the Novel*，1957）中表示：会说话物体的规约以及流通小说发展成一门独立的小说类型，都和资本主义的发展密切相关。一方面，这些会说话的物体可以被解释为对18世纪商品拜物教的讽刺（阅读策略6）：它们是有思想的物体，批判了当时人们对世俗事物的过度重视。另一

---

① 甚至可以说这些物叙事预示了后期"作家之死"的观点（Barthes，［1968］2001，1470）。

方面，会说话的物体也可以被视为寓言形象（阅读策略 5），它们批评了作者在公共领域的物化。18 世纪时，文学所有权问题是人们热烈讨论的一个话题，而物体叙事可能就是对市场经济物化作者的批判。与会说话的动物类似，会说话的物体的规约不仅源于人们对某些话题的兴趣（阅读策略 4），还包括讽刺原则（包括通过夸张手法以达到批判的目的 [阅读策略 6]）和讽喻（其中叙事细节代表不同实体 [阅读策略 5]）①。总之，流通小说成为一种独立的文学体裁与会说话物体认知框架的形成密切相关。

2.4 读心术与其他不可能的心灵感应

具有读心术能力的第一人称叙述者是后现代主义小说中另一个非自然现象。② 一些叙事理论认为"同故事叙述者"受人类局限的限制，且无法超越拟人框架。多里特·科恩（Dorrit Cohn）就曾表示，第一人称叙述者是"具有人类局限的人物，无法感知他人头脑中的思想活动"（1990，790）。同故事叙述者的"小说式'真实性'也因此决定了（也取决于）他对真实世界话语的模仿"（790）。莫妮卡·弗卢 81 德尼克进一步指出："兼顾同故事叙事与零聚焦**是不可能的**。两者的组合违反了真实世界参数，因为第一人称叙述者作为一个没有魔力的人，其知识和感知能力是有限的，除非违背这些自然参数，否则她无法从一个地方移动到另一个地方，也无法从一个时间点移动到另一个时间点，更不用说从一个角色的内心跳到另一个角色的内心。"（2001，621）

尽管在大多数同故事叙事中，叙述者受限于真实世界约束，无法感知他人的想法或感受，但这并不表示能读取他人思想的第一人称叙述者不（或不能）存在。小说叙事能轻易地违背自然认知参数，赋

---

① 各种不同的叙事处理——比如说框架融合（阅读策略 1）、前置化主题（阅读策略 4）、寓言式阅读（阅读策略 5）、讽刺与戏仿（阅读策略 6）——都促进了物叙述者的规约化。

② 根据《牛津英语词典》，**心灵感应**一词表示"不同大脑之间印象的传递，独立于已知感官渠道"。

予第一人称叙述者非自然能力，使她/他能够读取他人思想。事实上，这样的叙述者确实存在。他们知道的远比他们在真实世界中能够知道的多得多。这样的叙述者是非自然的，因为作为人类，要掌握他们所掌握的这么多知识是不可能的。

　　其他叙事学家如何评价这类由非自然叙述者讲述的叙事呢？热拉尔·热奈特（Gérard Genette，1988，121）将他们归类为零聚焦的同故事叙事，但他并没有提供任何令人信服的示例。此外，亨里克·斯科夫·尼尔森（Nielsen，2004，2013）与鲁迪格尔·海因茨（Rüdiger Heinze，2008）等则讨论了一系列非自然同故事叙事的案例。尼尔森从虚构的非个人化叙述声音的角度解释了这一模式，海因茨则将其解释为对模仿认知论的违背。乔纳森·卡勒（Culler，2004，29）沿袭尼古拉斯·罗伊（Royle，1990，2003a，2003b）的研究，将这些非自然现象称为"读心术传递"，这也是本书所沿袭的路径。

　　拉什迪的小说《午夜之子》中的第一人称叙述者就是这样的例子。他的意识显著延伸，因为他知道的远比"正常"人类所能知道的多得多①。这位不可能的叙述者名叫萨利姆·希奈，而他交谈的对象是他的未婚妻帕德玛。希奈为读者提供了关于他"祖父母"（阿达姆·阿齐兹博士和纳西姆·阿齐兹/教母）、父母（阿哈默德·希奈和阿米娜·希奈）以及他自己的详细信息。阿卜杜勒扎克·古尔纳（Abdulrazak Gurnah，2007，95）指出，希奈"出生在第九章——他的叙述开始之后的第116页，所以对于他之前详细介绍的一切事物来说，他是不在场的"。他第一册中详尽讲述的故事在时间上跨越了从1915到1945年的一整段时间，而这些都发生在他出生之前，这就使得他太过于详细的故事无法令人信服。换句话说，这些故事明显超越了希奈通过和他人交流所能获取的信息。

　　笛福的《摩尔·弗兰德斯》（*Moll Flanders*，1722）同样包含了对第一人称叙述者并未目睹的场景的详细描述，而斯特恩（1759—

82

---

　　①　更多现实主义不可能同故事叙述者可见于瑞克·穆迪（Rick Moody）的短篇故事《反恐行动》（"The Grid"，1995）（参见Heinze，2008）和吉姆·斯科特（Kim Scott）的小说《心中的明天》（*Benang: From the Heart*，1999）。

1767）的《项狄传》的前两章背景则设置为主人公并未出生之时（包括他母亲临盆之时）。"读心术"并不能解释这些小说中的叙事技巧，却适用于拉什迪（1981）的小说，因为在这部小说中，它已升华为小说主题。作为一名9岁的小男孩，希奈意识到他脑海中充满了各种声音："起初，我脑袋里面响起了许多人乱七八糟地说话的声音，就像没有调好电台的收音机。母亲命令我闭嘴，我没法寻求安慰。"（161）拉什迪的第一人称叙述者就好像是一台收音机，能够听清他人的想法，"我成了个收音机，可以将音量缩小或者放大，我可以在其中挑选。我甚至可以借助意志的力量，将我新发现的内耳关闭"（162）。根据罗伊（Royle，2003a，105）所说，"《午夜之子》中的读心术……在详述程度上到了一种新的层次"。此外，希奈甚至对他所谓的"奇迹般的无所不知"（Rushdie，1981，149）的"心理异常"（167）进行了详尽的思考。① 他知道读心术只存在于小说世界，并作出了如下评论："我听到的声音根本不是神圣的，结果证明它同尘土一样平平常常，多得数也数不清。**那么，是读心术，你老是在内容耸人听闻的杂志上读到那种东西**……它是读心术，但又不止读心术……那么，读心术，是所有那些所谓熙熙攘攘的民众的内心独白，来自大众群体各阶层的内心独白，在我的脑海里推推搡搡地争夺一席之地。"（166 - 167）②

　　与其他午夜的孩子一样，希奈出生于印度即将从英国殖民统治下独立出来的时刻，即1947年8月15日的凌晨。这些孩子都富有神奇的（或者说非自然的）力量：其中一个（来自印度喀拉拉的男孩）可以通过跨到镜子里面去往任何地方，一个果阿女孩可以变出许多鱼来，另一个是狼孩，一个来自温迪亚山脉的孩子可以随意让身体变大

83

---

　　① **无所不知**一词的运用是欠考虑的，因为萨利姆·希奈并非位于故事世界之外，也没有奥林匹斯之神那样的全知视角。希奈与传统全知叙述者的共同点就是他们的全知性。正如我所要展示的，拉什迪笔下心灵感应式第一人称叙述者具体化了传统全知叙述者的全知性。

　　② 劳拉·布赫霍尔茨（Laura Buchholz，2013，340 - 343）不仅探讨了萨利姆 - 西奈的心灵感应特质，还审视了"萨利姆叙事中时间压缩的非自然性"及"不可能的魔法现象，和不符合逻辑的相互矛盾的活动"。

或缩小，另一位可以通过将自己浸在水里而随意改变性别，一个巴奇
巴奇（Budge-Budge）女孩说出来的话能够对别人造成肉体伤害，还
有一个来自吉尔森林的小男孩，他可以随意变换脸部特征（195，
222）。当他发现自己不仅能够广播自己的想法，还能"起到类似全
国联网的作用，在［他］向所有孩子开放［他的］心灵的时候，
［他］成为某种形式的论坛，别人就可以通过［他］互相交谈"
（221），萨利姆·希奈就很快地组织成立了"午夜孩子大会"（203）。

　　因为这些孩子的出生与印度的独立恰巧同时发生，所以他们的超
自然力量貌似也契合了某种主题目的，即提供了后殖民时期不同种
族、宗教和群体之间相互了解的契机。拉什迪小说中所有午夜的孩子
都属于霍米·巴巴（Homi K. Bhabha，1994）所谓的"杂糅性"，并
与他所说的"第三空间"紧密相连。霍米·巴巴表示，"固定的身份
认同之间的间隙通道使一个文化杂糅性成为可能，它可以容纳差异，
而没有预设或强加的等级制度"（5）。这样的"第三空间"，"中间
空间……使设想全国性的、反民族主义的'人民'历史"成为可能
（38－39）。

　　希奈用"本质上代表了多样性"来描述混杂的"午夜孩子大
会"。[①] 后来他甚至明确表示他们站在霍米·巴巴的"第三空间"讲
话，"我们……一定要成为**第三条原则**，我们必须成为**矛盾对立双方**
84 **之间的驱动力**。因为只有坚持不同的原则，成为新的力量，我们才能
实现我们的诞生的价值"（248）。这些半人半超人的午夜孩子解构了
过去统治印度多年的殖民主义二元对立思维。这一解构也有其政治作
用：它指向了一个更好的超越等级秩序的后殖民时代，因为它是建立
在自我与他者的互惠关系之上的。

　　尽管有望促进相互理解，午夜孩子大会仍旧只停留在潜能层面。

---

　　① 萨利姆也是另一种意义上的混血：他父亲是英国人（前殖民者），母亲是印度人
（前殖民地人民），他自己从小是一个穆斯林，由一个信奉天主教的奶妈抚养长大（古尔
纳，2007，101）。萨利姆还告诉我们，"当我们最终发现玛丽·佩雷拉的罪行时，却发现
这并没有什么用。我仍旧是阿哈默德·希奈和阿米娜·希奈的儿子：他们仍旧是我的父母。
从集体想象的失败角度看，我们根本就没法脱离过去"（Rushdie，1981，117）。

之后，团体被内外的"权力欲望"威胁。希奈自己也承认"未能免俗，一心想当领导"（222）。团体"最终在中国军队冲下喜马拉雅山，令印度将军威风扫地的那天解体了"（247）。权力关系逐渐瓦解这一相互理解的平台，《午夜之子》也因等级秩序和统治的持续而以悲观的前景收场。

　　你－叙事（第二人称叙事）是另一种新出现的非自然叙事，它涉及了不可能的读心术。在这类叙事中，"你"指代小说主人公，他的思想被一个隐藏的叙述声音细致描绘。① 你－叙事只存在于小说世界，不可能存在于非小说话语中，因为我们无法细致地告诉对话者他们自己的经历、想法和感受。赫尔穆特·邦海姆（Helmut Bonheim，1983，76－77）同样对你－叙事的非自然性进行了评价："当一个人向某人讲述故事，而被告知的这人恰巧亲历了这个故事，读者自然就会质疑为什么这个'你'需要被告知一些他本就知道的事情……若这个'你'就是故事主人公，就很难解释为什么要向他提供一些他早就熟悉的信息。"

　　弗卢德尼克（1994b，460）对你－叙事进行了如下描述："第二人称小说这种表面上看似虚构、非自然的叙述形式，增强了交流叙事中已有的抉择方案，深刻扩展了非现实可能性的边界。"换句话说，第二人称叙述通过超越人类的常规局限，激化了语言中的固有倾向，并扩大了小说世界中的可能性范畴。

　　比如说，杰·麦金纳尼（Jay McInerney，1984）的小说《灯红酒绿》（*Bright Lights, Big City*）就将读者置于一个困惑的境地：故事中的"你"指代的是小说中不知名的主人公。小说背景设置在 20 世纪 80 年代的纽约，故事这样开篇："你并不是凌晨这个时候会出现在这种地方的人。但你此刻就在这儿，不能说你对这个地方完全陌生，尽管细节部分有些模糊。你此刻正在夜总会和一位光头女孩聊

85

---

　　①　关于第二人称叙事，参见邦海姆（Bonheim，1983）、狄康娣（DelConte，2003）、弗卢德尼克（Fludernik，1994a，1994b，2011）、凯肯迪斯（Kacandes，1993，1994）、马戈林（Margolin，1994）、理查森（Richardson，2006，17－36）、维斯特（Wiest，1993，1999）。

天。夜总会好像叫'心碎之地'还是'蜥蜴酒吧'来着。要是能溜到卫生间来点可卡因，一切可能就会变得明朗起来。然后，又模糊起来。"① （1）这一段描写让我们浸入主人公的一连串思想和印象当中。尽管小说的叙事话语明显带有非自然色彩，因为叙述者的叙述声音能进入"你"的意识当中，小说故事却按照真实世界参数运作。小说反复强调，和现实世界中一样，小说人物并不能洞悉他人的内心想法。

比如说，不知名的主人公并不知道他的前女友阿曼达为何决定离开他，"你们朝夕相处了三年，**可你却丝毫不知道她内心的真实想法**。她传达了所有重要信息，说了所有你中意的话。她说了她爱你"（McInerney，1984，123）。不久前，主人公被他就职的知名杂志解聘，同事们都担心同样的事情是否会发生在他们身上："**他们都试图换位思考，但这太难做到了**。昨晚维姬谈到了内心体验的不可言传……她说有些事只能从一个角度感受得到，即亲身体验这件事的人的角度。你认为她说的是我们只能体会自己经历的事。**梅格没法想象你之为你是怎样的，她只能想象她成为你的处境是怎样的**。"（101）

86　　　这样一个出现于非自然你-叙事中的片段具有元小说的功能：它们对小说可能性进行了反思。更确切地说，它们强调了真实世界与小说世界之间的一个重要区别。在真实世界中，我们可以幻想读心术，但实际上是做不到的。而在小说世界中，我们可以轻易读取他人的意识，就像《灯红酒绿》中展示的一样。理论上来说，这部小说的大部分句子都可以转化为第一人称叙事（这样我们看到的就只是主人公的内心独白）或第三人称叙事（这样我们看到的就是第三人称思索型叙事模式或热奈特所说的具有内聚焦的异故事叙事）。值得注意的是，小说一直都采取第二人称叙事。其中的"你"造成了叙事的不稳定、陌生化和认知迷惑，引人注意。

理查森（Richardson，2006，23-24）指出了一个重要场景，主

---

① 我们看到了所谓的单向感应：叙事声音能够读取主人公的思想，主人公却无法读取叙事声音的想法。另一个不可能的例子是艾·夸·阿马（Ayi Kwei Armah）1973年发表的小说《两千个季节》（*Two Thousand Seasons*）。小说中，代词**我们**涵盖活人世界和死者世界，指代一千多年间（两千个季节）非洲黑人的共享意识（还可参见 Alber，2015）。

人公读着一家保险公司寄给他前女友阿曼达的一封套用信函："让我们面对它——在你这一行你的脸是最大的资产。模特行业振奋人心，也收益颇丰。十有八九你还可以挣很多年。但如果遭遇毁容的意外，你又该怎么办呢。"（McInerney，1984，37）对理查森（2006，24）来说，"第二人称的作用就是批判广告行业对'你'这一词汇的痴迷（比如'难道你不更想要一辆别克吗?'）"。

因此，小说《灯红酒绿》及其第二人称叙事也可以解读为对公司营销策略的一种批判——他们总能采取一些微妙的方式说服我们购买他们出售的东西。这一假设被另一个第二人称嵌入文本证实："你是构成消费者画像——美国梦：受过教育的中产阶级模范——的一分子。当你和美貌妻子去购物中心时，不就应该点最贵的苏格兰威士忌，然后乘私人豪华轿车去影院吗?"（McInerney，1984，151）。马特·狄康娣（Matt Delconte，2003，205）认为"小说揭示了80年代所谓自由选择的虚幻性质。第二人称叙述能够表现这种文化氛围，因为它在叙述技巧层面体现了这样一种观念，即人的思想和行为实际上是由某种外部力量所主导的"。

就引申意义来说，小说邀请我们对任何企图操纵我们想法和行为的声音或意识形态持批判态度。小说的叙事结构中，包含了许多对主人公思想和感情指指点点的声音，这也起到了烘托主题的作用：《灯红酒绿》反对任何形式的他治。在该语境下，相对消极且明显不具名的主人公成为某种意义上的反英雄。他不能控制内在的各种声音，不能控制别人称呼他为"你"，也不能停止叫他吸食更多可卡因的危险声音。我们也得知，在他内心存在一个"无法控制"的"滑稽的'他我'"，他是"各种声音的合体"（6）。从始至终主人公都被各种声音控制，从没实现过自我抉择。[1] 而且，他相对孤立，并不和朋友交谈，这也使得他内心的声音更加强大："你的灵魂就像房间一样凌

87

---

① 戴维·A. 赛洛蒙（David A. Salomon，1994，38）强调了小说的"精神虚无主义"及其无数的"时间推移和健忘症般的活动叙述"。马西娅·诺伊（Marcia Noe，1998，167）指出，主人公"无法有效处理生活中至关重要的文本，也无法读懂所处环境中更为宏大的文本"。

乱，在稍微打扫一下之前并不想邀请别人进来。"（32）

主人公是美国 20 世纪 80 年代消费文化的产物或牺牲品。文化产业及其他声音从外主宰着一切，小说对这种形式的他治持高度批判的态度。直到小说结尾才开始出现转机。主人公经历了一次精神重生。小说最后一句说，"你得一切从头再学"（McInerney，1984，238）。这时，他有望跨越这种他治状态，建立起自己的声音。

读心术这样的不可能场景不仅仅出现在我所讨论的后现代主义小说中，亦可见于十八九世纪现实主义小说中传统的全知叙事和现代主义文学中的思索型叙事当中。[①] 在这两种情况下，人类意识都被延伸，第三人称叙述者知道其他角色的想法和感受，而这种关于"他人"想法的准确信息对现实人类来说是不可能的。这些传统的全知全能（阅读策略 2）或者说读心术预示了后现代主义模式的非自然性：比如会读心术的第一人称叙述者（如《午夜之子》），第二人称小说（如《灯红酒绿》），和非自然的复数第一人称叙事（如阿尔马赫［1973］的《两千个季节》）。

正如凯特·汉布格尔（Käte Hamburger）在《文学逻辑》（*The Logic of Literature*，1973）中所写，小说文学的有趣和特别之处在于它能够描绘意识，尤其是从内部描写"他人"的意识："史诗小说是一个可以以第三人称的形式描绘第三人称主体的认识论实例。"（83）确实，小说叙事是唯一能让我们看清"他人"内心的话语模式。同样，科恩（Cohn，1990，785）表示，"我们可以通过现实人类不可能做到的方式去了解虚拟人物的内心"。讨论全知叙事和思索型叙事时，她提到了"第三人称叙事中对内心生活的非自然呈现"和第三人称叙述者"能够看清故事角色内心生活"的"**非自然力量**"

---

　　① 据瓦特（Watt，1957，12）所言，现实主义小说诞生于 18 世纪：现实主义的"初始立场是……外部世界是真实的，我们的感官也能够如实对其做出报告"。中产阶级（与浪漫传奇故事中的贵族相对）成为虚构文本主人公这一事实反映了其在小说读者群中愈加重要的地位，这也与英国资本主义的发展有关（第二章）。另一方面，现代主义小说愈加关注如何描写和表现意识，也即描写和表现人物内心。布莱恩·麦克黑尔（Brian McHale，1987，9）认为，"现代主义小说的主导在于认识论层面"。

（Cohn，1999，16n54，106）。① 和科恩一样，玛丽－劳尔·瑞安
（Ryan，1991，67）强调了第三人称叙述者"读取他人想法"的"**超
自然能力**"。接下来我将先讨论现实主义小说中全知叙事的非自然
性，然后讨论现代主义文学中的思索型叙事。依我看来，现代主义中
的思索型叙事或"形象"叙事激化了现代主义全知叙事固有的非自
然性。

　　到底什么是全知叙事呢？对弗朗茨·K. 斯坦策尔（Franz
K. Stanzel，1984）来说，全知全能与作者叙事情境有关。作者般的
叙述者可以利用"他全知全能的优势"，也就是他对小说世界的全景
视角或外部视角，以及对"其他角色内在想法和感受的透彻了解"　89
（114－126）。② 热奈特将全知全能等同于"零聚焦"，也就是说，
"叙述者……所说的比任何角色知道的都多"（1980，189），更具体
来说，是"具有零聚焦的故事外异故事叙事"（1988，128）。对热奈
特来说，全知叙述者和小说角色存在于不同的小说世界，并且，与内
聚焦或外聚焦不同，我们看到的不局限于内部视角或外部视角。我们
可以通过三个经典文本来看一下全知叙述者的非自然性。

　　在亨利·菲尔丁（Henry Fielding）的小说《汤姆·琼斯》（*Tom
Jones*）中，在主人公与莫莉·施兰格发生性关系前，叙述者描述了
汤姆对索菲亚的想法和感受：

　　　　就在这样一片最易动人缠绵情思的优美景物中，他琢磨起他
　　那位亲爱的索菲亚来。他那无拘无束的思想，在她那种种美丽上
　　面，痴迷酣醉地驰骋；他那活跃的想象，把那位迷人的女郎，描

---

　　① 在另一个场合，科恩（Cohn，1990，791；1999，123）争论道，异故事叙述者的
声音"从定义上来说超脱故事世界，本质上就**非自然**"。我并不确定她运用**非自然**一词是
否是为了强调某些第三人称叙述者超越真实世界可能性，可以做一些人类不可能做到的事，
但我可以肯定她对这一术语的运用和我的很相近。

　　② 对于斯坦策尔（Stanzel，1984，xvi）来说，作者型叙述者和小说人物存在于不同
的虚构领域（"非同一存在领域"）；观看和表征叙述世界的视角是全知或超凡的（"外在
视角"）；叙述者属于公开的或打扰式的叙述者，他在叙述、通知以及评价时，仿佛传递新
闻或信息（"叙述者－人物"）。

绘成种种色授魂与的景象。那时候，他那颗热情洋溢的心，好像
整个融化在温柔乡中；后来，他在一条潺潺溪流旁边，倒身躺在
地上，突然发出以下的字句。（Fielding，［1749］1974，210）

在场的真实世界的旁观者可能可以通过汤姆的手势和面部表情推
断出他很开心（甚至看出他已经挑起性欲），却很明显没法推断出他
"活跃的想象"正围绕索菲亚的"种种美丽"而"痴迷醋醉地驰
骋"，他将她想象成"种种色授魂与的景象"，而他的整颗心都融化
在"温柔乡中"。

第二个例子是威廉·萨克雷（William Thackeray）（1848）的小
说《名利场》（*Vanity Fair: A Novel without a Hero*）。当艾米莉亚·赛
德利思考她与乔治·奥斯本的新婚时，全知叙述者对她的内心活动进
行了如下描述：

90
艾米莉亚离开这所小屋子和家人告别虽然不过九天，却好像
是好久好久以前的事情似的。一条鸿沟把她和过去的生活隔成两
半。她从自己现在的位置回望过去的自己，竟像是换了一个人。
那没出阁的小姑娘情思缠绵，睁开眼来只看见一个目标，一心一
意盼望自己遂心如愿。她对父母虽然不算没良心，不过受了他们
百般疼爱却也淡淡的不动心，好像这是她该得的权利。她回想这
些近在眼前又像远在天边的日子，忍不住心里羞愧，想起父母何
等的慈爱，愈加觉得凄惶。彩头已经到手，人间的天堂就在眼
前，为什么中彩的人还是疑疑惑惑的不安心呢？（Thackeray，
［1848］2001，296–97）

同样，现实旁观者或许可以推断出艾米莉亚有些"疑惑"和
"不安"。然而，他/她却不可能看出艾米莉亚感觉到婚姻将她和过去
的生活隔成两半，也不可能通过观察推断出艾米莉亚正在怀疑她当初
嫁给乔治·奥斯本的决定是否太过于坚决，以至于她现在正被"羞
愧"和"凄惶"的感受围绕。

第三个例子来自乔治·艾略特（George Eliot）的小说《米德尔马契》（*Middlemarch*，1874）。叙述者向我们展示了罗莎蒙德·文西和利德盖特的内心想法：

> 罗莎蒙德心想，谁也不会像她那么沉浸在爱情中；利德盖特心想，在他那一切狂热的错误和荒谬的轻信之后，他终于找到了一个完美的女性。他似乎已经嗅到了结婚的甜蜜气息，这就是那位温柔体贴、百依百顺的少女带来的，她尊重他崇高的思想和重要的工作，且绝不会干涉他的事业；她会把家庭安排得有条不紊，像变戏法一样使收支永远平衡，同时她的手指还随时准备抚摸琴弦，给他们的生活带来诗的韵味；她端庄贤淑，遵守闺训，永远不会越出雷池一步，因为她生性温驯，万一越出轨道，马上会接受丈夫的规劝，改正错误。现在他比以往更加清楚，他迟迟不愿结婚是一大失策，结婚不会阻碍，只会促进一个人的事业。（Eliot，[1874] 1986，344）

罗莎蒙德不知道（但叙述者知道）的是，利德盖特此刻正在幻想着她的"女性"特点。罗莎蒙德虽在现场却无法读取利德盖特的内心想法，相反，叙述者却十分清楚利德盖特此刻的想法和感受（也知道他关于罗莎蒙德的看法是多么的错误）。同样，罗莎蒙德也完全看错了利德盖特，这也是只有叙述者知道而罗莎蒙德并不知道的。比如说，叙述者告诉我们，她"真正关心的不在于泰第乌斯·利德盖特本人如何，而在于他和她的关系"（163）。

艾伦·帕尔默（Palmer，2010a，2010b，65–104）对《米德尔马契》的分析重点略有不同。一方面，他展示了米德尔马契镇的居民如何（通常成功地）推测彼此的动机和心理状态，进而形成他所称的"交互单元"或"群体心理"。帕尔默（Palmer，2010b，101）认为，虽然利德盖特与罗莎蒙德都对彼此感兴趣，"他们却完全误会了彼此"。这一观察表明，正如在真实世界中一样，作为基于自然参数的现实主义叙事，《米德尔马契》中人们的心灵读取活动也会出现误差。另一方面，关于小说人物的内心想法，全知叙述者却从未出过错，因为与小说人物不同的是，叙述者拥有超人的能力。

理查·沃尔什（Richard Walsh，2007）、格里高利·柯里（Gregory Currie，2010）及保罗·道森（Paul Dawson，2014）等理论家认为像《汤姆·琼斯》和《米德尔马契》这样的小说并不是由全知叙述者叙述，而是由它们的作者，他们创造了这些角色，自然就知道这些人物的内心想法和感受。[①] 从这一角度来看，所谓的全知叙述者的非自然性就消失了。比方说，沃尔什（2007，84）就提议去除叙事文本中的故事外叙述者和异故事叙述者："故事外或异故事叙述者（即'客观的'和'作者型'叙述者）必须转化为同故事或故事内叙述者才能被表征出来，否则很难与作者区分开来。"（参见 92 Currie，2010，69）类似地，道森认为全知全能可以准确定义为一种叙事权威的修辞表现，调用并突出某一特定历史时期的写作特点。对他来说，全知叙事是作者的声音，与作者在公共领域的言论并存，二者共同组成作者的文化权威。

就我看来，全知叙述者并不等同于作者。前者是虚构的，而后者并不是。我们永远无法确定全知叙述者的世界观（表现在作者旁白和其他陈述中）是否就和作者的世界观一样（参见 Stanzel，1984，13）。作为小说世界的全能创造者，作家存在于小说世界之外，而全知叙述者则是作家创作的小说中的众多元素之一。关于全知叙事，梅尔·斯坦伯格（Sternberg，1978，255）认为"作家在自己和读者之间插入了另一个人物，即叙述者——也就是叙述故事的那个人"。与不可靠叙事一样，全知叙事是作者可能采取的一种手法。除此之外，作者（作为创作者）还需选择标题和题词等副文本元素，需要决定文本建构（即人物与叙述者）的空间。

我对全知叙事的观点与韦恩·C. 布斯（Wayne C. Booth）和詹姆斯·费伦等修辞叙事派学者的观点是一致的。他们谈论"隐含作者"

---

① 作者知道他们创造的虚构世界中的所有事情。韦恩·C. 布斯（Booth，1983，161，265）称其为"'不自然的'全知……作者"，并指出，"好的小说家都知道关于笔下人物的一切事情——一切他们需要知道的"。

而非"实际作者",因为前一个术语"承认同一个作者可能在不同的
叙事交流中展现他不同的一面"(Phelan,2011,68-69)。与沃尔什
和道森不同的是,这一修辞方法将隐含作者构想为"文本之外"的,
而全知叙述者则是"隐含作者能够运用的多种手段之一"(68)。布
斯(Booth,1983,160)指出,"他们有各种各样的特权,但很少有 93
'全知'叙述者"拥有和作者一样多的资源和信息。[①] 全知叙述者是
一个虚构的代理,拥有与具有读心术的第一人称叙述者和第二人称叙
事中的叙事声音类似的基本能力:他知道其他角色在想什么。

　　所以这些全知叙事的非自然之处到底体现在哪里?本文只探讨全
知叙述者的全知全能,即他/她读取他人想法的能力,并不关注他拥
有的其他典型的超人特权(比如说洞悉过去和未来的能力,或同一
时间出现在不同地点的能力;参照雷蒙-凯南[Rimmon-Kenan],
2002,96;Sternberg,2007)。库勒(Culler,2004,26-28)将全知
全能理解为"普通旁观者无法触及的内心想法和感受的报道";全知
叙事包含了"经验性的个体无法获悉的关于他人的内在信息",所以
这些叙事提供了"没人可能知道的事——他人的内心活动"。斯坦伯
格(1978,256)的理解更为宽泛,他认为,全知叙述者就是艺术作
品里的一位具有超能力的人物,往往公开展示自己的能力。在这些能
力中,斯坦伯格列举了叙述者"上帝般不受限制的视觉特权、深窥
角色内心深处的能力、自由穿越时空的能力,以及洞悉过去与未来的
能力等"(257)。

　　从我的角度来看,全知叙述者最重要的(人力上不可能的)能
力在于能看透人物内心,准确报道他们的"秘密活动",这是"我们
在日常生活中不可能做到的"(Sternberg,1978,282)。弗卢德尼克
(Fludernik,2001,624)指出,"全知叙述者的全知能力是历史叙事
中现实生活模式的非自然延伸"。她将全知全能定义为"故事叙述对

---

　　① 威廉·菲格尔(Wilhelm Füger,1978)与丽安娜·托克(Leona Toker,1993)还
表示全知叙述者并不会不假思索地告知所有事情:他们通常保留信息,有些还受限于认知
原则。

真实生活参数的超越"，因此称其为"作者话语不可能的可能性"
（Fludernik，1996，275，167）。

罗伊（Royle，2003a，98 - 99）不喜欢**全知全能**这一术语，因为
这样的话，"原本奇异或'**非自然**'的力量……就被正规化了"；他
倾向于"**读心术**"这一术语，相较于宗教中神一般的、全景式的全
知全能叙述，它要求的是一种截然不同的批判性故事叙述方式。库勒
（Culler，2004，23，32）也觉得"读心术"一词更能强调"陌生
化"，也因此"更适用于文学的陌生化效果"。① 然而，全知叙述者不
仅仅具有全知全能的优势，还具有许多其他的超人能力（Sternberg，
2007）。道森认为我们可能不得不"继续运用全知全能这一术语"，
因为它"根植于我们的关键词汇当中"，我同意他的看法，也确实用
全知全能来指代作者型叙事，用**读心术**来指代后现代主义文学中第一
人称叙述者能读取或聆听他人想法的能力（如《午夜之子》）。这两
种叙事相互联系，因为它们都涉及非自然的读心术活动：后者明显将
前者传统的全知全能主题化、具体化。

传统全知叙述者一般不会对他们不可能的读心术进行反思或将其
主题化。但是，也有一些特例。正如理查森（Richardson，2011，27）
所说，果戈理小说《外套》（"The Overcoat"）中的叙述者就是一位自
我反思型的全知叙述者，他指出，"我们没办法钻进别人内心探索他们
的想法，叙述者却一直在做这样的事"。大多数全知叙述者将这种能力
视为理所当然；它本质上的非自然性并未出现在现实主义小说的讨
论中。

普遍来说，现实主义小说是与传奇及超自然实体表征相对的一种
文类。②《汤姆·琼斯》中的叙述者认为，每位现实主义小说作家都

———————

① 参见斯坦伯格（Sternberg，2007，687）对卡勒和罗伊的批判及其对**全知**这一术语
和"整个神圣模型"的辩护。

② 道格拉斯·凯丽（Douglas Kelly，1992，189）将浪漫传奇故事定义为"关于奇遇
及其相关的冒险活动的记录"。它与现实主义小说相对应：现实主义小说关注中产或资本
阶层，浪漫传奇故事则关注贵族阶层，有些叙述（比如说讲述"英国事件"的中世纪英法
浪漫传奇故事）包含了超自然生物和事件。

应该将他的故事限制于"可信世界的界限内"和"可能世界的范围内"（Fielding，［1749］1974，321，323）。比如说，他不喜欢"精灵和仙女，及其他装神弄鬼的东西"（322）。然而，全知叙述者的全知全能偏离了可信、可能的标准：作者型叙述者的读心术能力不仅不可信而且不可能；它们包含了超人的能力，也因此属于非自然的表征。 95

通过这些非自然的心理模式，大多数现实主义小说中的全知全能与早期叙事中的超自然实体（最显著的就是魔法人物）联系起来。可以说全知叙述者的作用就像托马斯·马洛礼爵士（Sir Thomas Malory）的《亚瑟王之死》（*Le Morte Darthur*）中的梅林一样。作为巫师，梅林能够读取他人（比如说由飞阿斯勋爵）的心思。接下来这段话向读者展示了他的读心术："梅林问由飞阿斯在找寻什么人。由飞阿斯因为瞧不起他，只是敷衍了一番就走过去了。可是梅林说道：'好吧，**我知道你在找谁，你不是在找梅林吗**？不用再找了，我就是。'"（34·l. 1. 15 – 18）。

全知全能的上帝观念到 18 世纪仍旧十分普遍。对斯坦伯格（2007，687，684）来说，全知叙述者的"高度认知特权"最终来源于"上帝全知全见的形象"。兰德尔·史蒂文森（Randall Stevenson，2005，317）认为相较于现今，这样的叙述者"适合那个更加接受全知上帝这一观念的时代"。然而，上帝般的全知模型在我的讨论中并不是很重要。① 值得注意的是，全知叙述者与人类扮演上帝角色的意图相联系。作者型叙述者一般是人格化个体，或者说可以建构为人类的公开说话者，他们一般具有道德甚至伦理学观念。因此，我认为人类想要获悉他人想法和感受的欲望是全知叙事文学传统的终极基础。

全知叙事的非自然性与现代主义小说的不可能性之间也存在密切联系。第三人称反映者叙事模式将全知叙事中的非自然倾向激化，更进一步地推进了对意识的不可能表征。弗卢德尼克（Fludernik，

---

① 也存在别的模型。一些批判家视全知叙述者——至少部分上——为审查的"历史家"（Scholes, et al.，2006，272 – 73），而 D. A. 米勒（D. A. Miller，1998）则将其定义为专制的暴君或警察侦探。

96　1996，167）表示，"人物型叙事与内聚焦的提出影响深远，标志着
与自然参数的真正决裂，在这些情况中，叙述者知识不再锚定于那广
为接受的对上帝的虔诚信念，而源自一种被充分证明行之有效的内心
洞察，这种洞察活动能借由日常经验与猜测得以实现。"

那么什么是反映者叙事模式？在斯坦策尔所说的人物叙事情境
中，反映者主导叙事，他会思考，有感觉，能感知，不以叙述者的身
份对读者言说，但读者却能通过这位反映者的视点感知事件。斯坦策
尔把反映者这种隐蔽的中介作用称为"即时性错觉"（141）。而在热
奈特这里，反映者这类术语却被定义为使用内聚焦的异故事叙事。

反映者叙事模式将全知叙事中的非自然倾向激化：读心术行为变
得更为普遍，且基本上主导整个叙事。一旦我们进入他人脑海中
（正如在全知叙事中），叨叨逼人的作者型叙述者就不再那么不可或
缺，因为我们不再需要他/她来明确地传达小说人物的想法或感受；
作者型叙述者很容易被隐身的叙事中介取代，后者可以让我们看清反
映者（一个或多个）的内心。换句话说，"小说在某一时刻发现，它
不仅能够通过猜测和些许虚构（比如通过发挥想象）来刻画他人的
内心，也可以像读取他人内心一样地表现人物意识活动"
（Fludernik，1996，48）。

现代主义小说普遍为读者提供多种途径来了解反思型人物的内心
想法和感受，比如说亨利·詹姆斯的《专使》（*The Ambassadors*）中
的兰伯特·斯特莱斯，或乔伊斯（Joyce）的《一个青年艺术家的画
像》（*A Portrait of the Artist as a Young Man*）中的斯蒂芬·迪达勒斯。
我认为这些对角色内心（人力上不可能的）洞察的规约化始于 18 世
纪的全知叙事，并在 20 世纪意识流小说中得到进一步发展。尽管现
代读者认为像《尤利西斯》（*Ulysses*）这样的小说会令人极度不安，
97　像心理叙事、自由间接引语或直接思想等这样的叙事技巧如今对我们
来说却已经不再陌生，我们很容易就将它们视为现代主义小说的一
部分。

比如说，下面这段来自弗吉利亚·伍尔夫（Virginia Woolf）的
《达洛维夫人》（*Mrs. Dalloway*）的节选就向我们展示了赛普蒂默斯·

沃伦·史密斯（患有战后创伤的一战老兵）的内心想法和感受：

> 人类不准砍伐树木。世上有上帝（他从信封背面得到这一
> 启示）。要改变世界。人不准因仇恨而杀戮。让所有的人明白这
> 一点（他记了下来）。他期待着。他倾听着。一只雀儿栖息在他
> 对面的栏杆上，叫着赛普蒂默斯，赛普蒂默斯，连续叫了四五
> 遍，尔后又拉长音符，用希腊语尖声高唱，高唱如何让世间没有
> 罪行。过了一会，又有一只雀儿跟它一起，拖长嗓子，用希腊语
> 尖声唱起，唱着怎样让世间没有死亡。在树上啁鸣，那里死者在
> 徘徊呢。他的手在那边，死者便在那边。白色的东西在对面栏杆
> 后集结。但是他不敢看。埃文斯就在那栏杆后面！"你在说什
> 么？"雷西娅在他身旁坐下，突然问。又被打断了！她总是打断
> 他的思路。（Woolf，[1925] 2000，21）

这一段运用了心理叙事（"一只雀儿栖息……没有死亡"），自由
间接引语（她总是打断他的思路）和直接思想（"人类不准砍伐树
木""世上有上帝""要改变世界""人不准因仇恨而杀戮""让所有
的人明白这一点"）等修辞技巧来展示人物内心。人类旁观者或许可
以推断出赛普蒂默斯正沉浸在思绪中，而且可能有点害怕，但这位旁
观者肯定无法推断出他的想法，和关于树、上帝、世界、仇恨的
"启示"，以及他认为鸟儿用拉丁语向他歌唱，他看到了死去的埃文
斯等想法。

赛普蒂默斯经历了埃文斯（第一次世界大战时期赛普蒂默斯的
指挥官）的死亡后，仿佛失去了感知能力，整个人退缩至麻痹的个
人世界（Henke，1981，15）。他表现出了创伤后应激障碍的种种症
状，且遭受着幻觉的折磨：鸟儿在他看来正用希腊语向他歌唱，死去
的埃文斯也好像正从"栏杆后面"向他靠近。他已经无法分清自己
和周围环境。比如说，他感受到了一种"与自然狂喜般的联系"
（Crater，2000，194）。除此之外，他感到了一种使命感（"改变世
界"），并且，整个小说中，他都试图说服每个人都认识到普世之爱

98

的必要性。最后，他好像一直在和自己对话，直到雷西娅（在他看来是个讨厌的人）打断了他（"你在说什么？"）。

　　这一片段带领读者体验了日常无法触及的私人想法、感受和心理问题。通过赛普蒂默斯，沃尔夫为我们提供了战后心理综合征的真实刻画。同时，这一叙事也展示了父权制的种种要求如何将一个人逼疯到最后不得不自杀。用特丽莎·科瑞塔（Theresa L. Crater, 2000, 193）的话说，赛普蒂默斯"是一个失败的英雄。他遵循了成为一个**真男人**的种种要求，结果却是灾难性的"。我们不禁同情赛普蒂默斯，甚至理解他的自杀。换句话说，《达洛维夫人》通过让我们体验这一角色的内心想法和感受，来达到整合他者并阐明心理历程和心理问题的目的。

　　在某些现代主义小说当中，不仅隐蔽的叙事声音可以读取人物内心想法，小说人物有时也可通过一些超越真实世界可能的方式获取他人内心的想法。正如查尔斯·皮克（C. H. Peake, 1977）所说，《尤利西斯》中的"塞西"那部分提到了"女性天堂"的魔咒。斯特芬在一本古书的"流浪的岩石"一章中读到过这个，但从未向外人提及。后来利奥波德·布卢姆和他幻想中的妻子也提到了这一罕见词语（"受保佑的！"[1205]；"女性的！天堂！"[949]）。这一重复暗示，至少两人内心之间存在着某种联系。布卢姆也提到过康罗伊神父的布谷鸟钟（1015），格蒂·麦克道威尔对此十分熟悉，但布卢姆却不熟悉。他怎么可能知道这个钟呢？皮克认为（1977, 268, 269n98），这些文本段落包含了"某种心灵感应"；"他们是作者运用的一种手法：并不假装局限于角色的个人思想，不限于他们所处的时间和空间"。确实，他们是非自然的创造。

　　戴维·赫尔曼（Herman, 2011a, 8-9）并不赞同"只有在小说文本中人们才能够直接触及他人的主观想法"。但我认为，只有在小说语境中，我们才能获得关于他人（即其他角色）内心想法和感受的**准确**信息。这一信息与我们在现实语境中能够获得的有质的区别，因为它在认知上是可靠的。但我并不认同他"二元对立的做法：将小说中的思想视为外在可接触到的，而现实人物的思想为内在隐藏的"（Herman，2011a，9）。我们可以通过面部表情、肢体位置、手势和音调等来了解身边人的想法。但是，关于他人的内在，我们只能依赖假设和猜想，无法确定我们的想法是否正确——这种猜测也是现实交流如此迷人的部分原因。他人或许会说谎，我们也可能意识不到他们的谎言。

我认为赫尔曼的观点应修正为现实生活中他人思想既不是完全"内在隐藏的"，也不是完全"外在可触及的"。周围人的想法在某种程度上来说是可接触到的，但精神理论和大众心理学等使其不像小说人物一样容易触及。赫尔曼（Herman，2011a，9）提出的"梯状或渐进模型"可能更为适用，但应该考虑到小说中所谓的读心时刻与真实世界中的差异：前者可能完全属于心灵感应，后者最多只是高度的移情。我在这一章节讨论过的读心活动，即关于心理叙事、自由间接引语、直接思想以及角色间的心灵感应等都超越了真实世界可能性。因为它们都涉及对内在状态的准确或成功的（认识论上可靠的）表征，超出了我们在现实世界中所依赖的猜测和假设。

最后我想要解释的是，因为现实主义和现代主义小说中的故事世界大体上依照自然参数运作，所以它们通常着重表现小说人物误读他人内心想法的一面（Palmer，2010b，101－104）。相反，全知叙述者或反映者（第三人称）叙事中的隐含叙事中介却通常能充分掌握小说人物的内在心理——前者能掌握不同角色的心理，后者通常了解某个特定人物的内心。《午夜之子》中会读心术的叙述者和《灯红酒绿》中的叙事声音将这一传统具体化，并将其转化成聚焦者准确了解他人内心的非自然能力。

心灵感应的第一人称叙述者、第二人称小说以及不可能的复数第一人称叙事尽管共同组成了独特的后现代主义模式的非自然性，却可以在现实主义小说的全知叙事和现代主义文学的反映者叙事模式中找到原型。与后现代主义案例一样，这些早期叙事向读者展示了延伸的意识活动。人物叙事情境中的全知叙述者和中立叙事媒介一般都能够准确地描绘人物角色的内心活动。因此读者就必须将他们的真实世界认知框架延伸开来，将自然和超人特点融合来理解这些叙事。具有心灵感应的第一人称叙述者与传统的全知全能叙述者类似，都被赋予超自然能力。只是，用热奈特的术语来说，前者属于零聚焦的同故事叙事，后者是零聚焦的异故事叙事。非自然复数第一人称叙事（比如说《两千个季节》［*Two Thousand Seasons*］）中的"我们"也拥有魔力，因为它能够触及本无法接近的他人内心。第二人称叙事与人物叙事情境类似，它们都采用了隐蔽的叙事声音，并能窥探人物的内心想法。

　　尽管各类非自然模式各有不同，它们的功能却是一样的。人们对他人隐私与内在思想的好奇心是促成这些不可能的读心术的源泉。我们都想知道周围人的想法，尤其是他们如何看待我们。因此，这种能够洞穿他人内心（即小说人物内心）的幻象满足了部分心理需求。想象一位能洞悉他人思维的第三人称叙述者，涉及对人类与超人类特征的整合，这一过程是由人类想要知道他人所思所感的冲动所驱动的。

　　诚然，只有部分现实主义小说呈现叙述全知性，其他的多由第一人称叙述。读心活动的规约也仅在第一类小说中发挥作用，因此，这一非自然模式向认知框架的转变只是部分影响了现实主义小说向独立文类的转变。但许多现实主义小说采用全知叙述者。弗卢德尼克（2010，16）用整合过程来解释全知叙述者的认知框架："我们熟悉的全知叙述者模板依赖于整合过程，即人类叙述者通过他的创造者获得了超自然或神圣的力量。"这时，从全知叙事到反思型叙事就仅一步之遥。读者一旦通过读者型叙述者见证了读心术行为，便无需外在叙述者也能轻易想象这样的瞬间。而这种"直接体验小说人物内心的读者特权的延伸……促使文学将真实世界界限推向并超越人类认知的极限"（Fludernik，2001，626）。现代主义意识流小说向独立文类的发展则可以解释为现实主义全知叙事中非自然特征的激化。

2.5　小结

　　后现代主义叙事与早期叙事（如动物寓言、18 世纪流通小说、儿童故事、许多现实主义小说中的全知叙事以及现代主义意识流小说等）在非自然模式或非自然表征方面是相互联系的。确实，正如拉尔夫·科恩（Ralph Cohen，1988，14）所言，某种文本的形成"由它与其他文本的关系决定。如果写作一成不变，那就不会存在分类，也没有必要进行整体区分"。不可能性的表征不仅将后现代主义与已知的文类惯例联系起来，也是常被忽视的新文类的推动力，其不同模式大致决定了英语文学史的发展。在许多案例中，不可能叙事的规约普遍引发新文类的生成。

比如，伊索寓言式的动物寓言的发展就与会说话的动物的规约相联系[①]：倘若读者没有接受这类小说中会说话动物的可能性，动物寓言这一文类就不会形成。而且，一种非自然元素一旦被规约，就可以起到新的作用，这往往促进另一新文类的形成。动物寓言主要运用会说话的动物来代表人类，并嘲笑他们的愚蠢；一些流通小说和儿童故事则专注于动物的苦难，并利用会说话的动物来批判人类虐待动物的行为。这样的动物叙述者相对于动物寓言中会说话的动物来说，对应更高程度的"动物特性"：动物寓言中会说话的动物本质上还是人类，只是具有某种显著的动物特征；一些流通小说和儿童故事中的动物的人类特性则仅局限于它们会讲述故事，除此之外，它们是动物。

类似地，18 世纪流通小说向独立文类的发展则与会说话物体的规约相联系。这一文类主要关注非人类主人公（比如硬币、纸币、拖鞋、沙发或开瓶器等）的流通经历，它们在腐败的资本主义社会中从一个所有者流向另一个所有者，揭露了 18 世纪英国的商品崇拜和堕落。

很多现实主义小说中的全知叙述者和现代主义文学中的反思叙事都涉及规约化的反现实主义。比如说巫师和巫女，以及这些小说中全知全能的第三人称叙述者或叙事声音，他们都能够接触到他人的内心想法，也因此满足了大众渴望知道他人想法和感受的欲望。从这方面

103

① 我们无法确定非自然进入文学历史的具体时间；事实上，虚构文学看起来一直都涉及不可能事物的表征。比如说，现存最古老的美索不达米亚文学《吉尔伽美什史诗》（*Epic of Gilgamesh*）、古印度文学《吠陀经》（*Vedas*，用吠陀梵语书写）和史诗《罗摩衍那》（*Ramayana*）中都存在非自然的故事讲述场景和事件。

讲，这些早期的小说类型超越了真实世界参数——正如后现代主义小说一样。

会说话的动物，会说话的乳房，会心灵感应的第一人称叙述者，以及后现代主义第二人称叙事，并不是一些批评家（Benhabib，1996；Currie，2011，2；Federman，1975a；Lyotard，1997）认为的彻底的创新或史无前例的反现实主义大爆发。事实上，后现代主义叙事根植于文学史当中。它们可追溯至动物寓言、儿童故事、流通小说、全知叙事和反思型叙事及无数其他文类中已被规约的非自然场景。

3.1　小说和戏剧中的人物

这一章主要探讨后现代主义小说和戏剧中的非自然人物，及其在早期文学中的雏形——超自然人物（他们凌驾于现实世界律法和原则之上），包括 18 世纪讽刺文学中的一些角色（他们的一些特征被无限夸大，从而变得非自然），以及科幻小说中的各种不可能的角色（他们涉及对未来可能发生的事件的推测）。尤里·马戈林（Uri Margolin, 2005, 52）将**角色**（character）这一术语定义为叙事中"故事世界的参与者，也就是指，任何个体或统一团体"。我所要讨论的角色都是故事世界的参与者，他们呈现出一些物理上、逻辑上或人力上的不可能性。

大多数现存的叙事模型都带有真实世界偏见，因为他们都将文学角色当作人或者像人一样的实体（Cohn, 1978, 1999；Forster, [1927] 1954；Hamburger, 1973；Palmer, 2004, 2010b；Pfister, 1988）。据米克·巴尔（Bal, 2009, 113）所言，之所以这样，是因为"小说人物与人相似"；我们因此常常"忘记人类与虚构人物之间的……本质区别"。乍一看，俄国形式主义者和结构主义者似乎通过将角色视作叙事功能而超越了这种纯粹的模仿路径。[1] 但是，正如吕克·赫尔曼（Luc Herman）和巴特·弗瓦克（Bart Vervaeck）所说，"结构主义几乎不知道如何处理非拟人类角色，这证明了结构主义残存的拟人论的程度"。另一方面，后结构主义者，如罗兰·巴特（1974），则让角色从属于总体话语的虚构性。巴特认为"将［角色］从文本中分离出来，使其变成心理学上的人物（具有潜在的动机）"的这种做法是错误的。对巴特来说，"话语在角色中创造了自己的同谋"（178）。他也因此将角色当作人为创造或建构的一部分。

玛丽·道尔·施普林格（Mary Doyle Springer，1978）、马丁·普莱斯（Martin Price，1983）、丹尼尔·施瓦尔茨（Daniel Schwarz，1989）、詹姆斯·费伦（Phelan，1989，1996，2005）、阿列德·佛克马（Aleid Fokkema，1991）、布莱恩·理查森（Richardson，1997a）及巴尔（Bal，2009）等学者一致认同文学角色作为语言建构和想象人类的二元性质。马戈林（Margolin，2005，57）认为这两种角色视角并不互斥。比如说，费伦（Phelan，1996，29；2005，20）就对模仿维度（作为人的角色）、主题维度（作为观念拥护者的角色）和综合维度（作为虚拟构建的角色）进行了区分，并主张不同的叙事突显了不同的维度。本章试图延续这一研究，并将非自然角色视为人造实体和想象人类的结合。

许多早期叙事中的非自然角色和后现代主义人物一样，依赖于类似的"不可能的结合"。然而，这些结合的作用各不相同。在许多情况下，超自然的概念起着重要作用（阅读策略2），"超自然"这一术语指代超越科学世界的力量，要么属于天神领域，要么属于魔法世

---

① 弗拉基米尔·普罗普（Vladimir Propp，［1928］1958）从故事情节角度分析人物角色。他总结了故事人物的31种不同的情节功能（24-59），并为俄罗斯民间传说中的不同功能的表现确立了规则（72-75）。阿尔及尔达斯－朱利安·格雷马斯（Algirdas-Julien Greimas，［1966］1983，207）受普罗普的人物从属于情节观点的影响，建立了自己的行为角色类型学；他总结出6种行为角色类型：主体、客体、发送者、接受者、帮助者和对手。

界（Richardson，2005，51；Walker，2005，329）①。茨维坦·托多罗夫（Todorov，1973）区分出了 3 种超自然与叙事可能产生联系的方式。第一，在暗恐叙事中（比如说安·拉德克利夫［Ann Radcliffe］的小说），看似超自然的事件被解释为梦或幻象；这类情况下，"现实法则依然有效，且对描述的情景给出了解释"（41）。第二，奇幻文本（如亨利·詹姆斯的《螺丝在拧紧》）让读者"在事件的自然和超自然解释之间徘徊"（Durst，2007；33）。第三，在非凡叙事中（比如说霍拉斯·沃波尔［Horace Walpole］的小说），我们将超自然视为既定条件。在这种情况下，"必须诉诸**新的自然律法**来解释这一现象"（Todorov，1973，41）。尽管我相信，像托多罗夫笔下奇幻的人一样，非自然角色令读者在无言的痴迷和理解的渴望之间摇摆，但我只将我的讨论限定为第三种情况，即超自然成为故事世界客观特征的叙事。

106

用卢博米尔·多勒泽尔（Doležel，1998，116）的话说，超自然世界中住着"**物理上不可能**的生物——神、精灵以及怪兽等等……它们拥有自然世界中的人所没有的品质和行为能力"。南希·特雷尔（Nancy H. Traill）也将超自然生物与"物理上的不可能"联系起来。这种联系无疑是正确的，但超自然角色不仅限于这些。超自然是非自然被规约化的一个例子，也就是说被转入基本的认知框架当中。如今我们都知道超自然力量存在于一些文类当中（比如史诗、一些传奇故事、哥特小说和之后的奇幻叙事等），而超自然的概念让我们得以解释与神或魔法世界相关的非自然角色。

英国中世纪（也包括之后几个世纪）的许多人认为魔法是可能的，或者说超自然生物（比如女巫）是真实存在的。比如，罗伯特·巴特莱特（Robert Bartlett，2008，71）就讨论过超自然生物，"中世纪许多人都相信它们的存在，但现代西方世界并没有多少人相

---

① 罗伯特·巴特莱特（Robert Bartlett，2008，12 - 13）指出，天主教神学家亨利·德·吕巴克（Henri de Lubac）曾说过，某些力量"高于自然"（超越自然）的观点"自公元 4 世纪以来就很普遍"，而对**超自然**这一术语的使用始于 13 世纪。

信"。同一语境下，理查德·基克希弗（Richard Kieckhefer，2000，29）指出，尽管中世纪一些读者会"将文学虚构与事实混同，其他许多人并不会这样，即使那些将文学虚构与事实差异放置一旁，并把文学当成事实处理的人，也都是出于某种道德目的"。

107　　　从这一角度来看，对于追求理性科学和实证精神的现代读者来说，超自然生物无论在过去还是现在都是不可能的。比如说，多勒泽尔（Doležel，1998，115）就曾争论道，超自然世界使不可能成为可能："在自然世界中不可能的在超自然世界中成为可能。"后来，他表示，"非凡事物是最高的创造成就，它是想象和创新合作的结果"（Doležel，2012，365）。类似地，莫妮卡·弗卢德尼克（Fludernik，2012，365）也写道："对于 21 世纪西方世界的我们来说，魔幻或难以置信的就等同于虚构的。"然而，正是这些虚构的不可能生物在文学文本中发挥了重要功能，我的主要目的就是揭示这些功能。

　　　在其他非后现代主义案例中，超自然概念并不能帮助我们理解这些不可能的现象。如果要合理解释这些非自然生物，我们可以将其置于讽刺的语境下，也就是将怪异的形象与羞辱或嘲讽相结合，形成极端的夸张。或者，我们也可以借用科幻叙事的知识来理解这些角色。因为在科幻小说中，我们可以通过科技进步或简单的未来设想来解释不可能事件。

3.2　人类与动物的结合

　　　正如在第二章中讨论过的一样，故事叙述者可能是会说话的动物，故事角色当然也可能是动物与人类的结合体。与早期叙事不同，后现代主义叙事普遍歌颂角色（他们通常象征着某种抽象观念或概念）的"动物性"。安吉拉·卡特（Angela Carter）的《马戏团之夜》（*Nights at the Circus*，1986）中的主人公苏菲·飞飞就是个令人不安的非自然生物。她是"神话传说中的'鸟女'"，而她那双"家喻户晓、饱受争议的翅膀"也是"她声名远播的原因"（15，7）。半人半鸟的飞飞成为 19 世纪后期科尔尼上校马戏团中吸引游客的主要亮点。当她张开双臂时，"她的翅膀也同时展开。七彩的双翼平展开

来，整整有六英尺宽，就像老鹰、秃鹫或信天翁展开双翼一样，只不
过这只老鹰、秃鹫或信天翁吃了太多红鹳的食物，才会变成这种粉红
色"[①]（15）。

　　她的观众杰克·瓦尔泽（一位美国新闻工作者）和作为读者的
我们都试图弄懂这一女性和动物的非自然结合体。观众席中的人经常　108
问"她是怎么做到的？"或"你觉得她是真的吗？"等类似的问题
（Carter，1986，9）。瓦尔泽一直拼命试图证明（但从未成功过）她
是假的。瓦尔泽也对她同时拥有手臂和翅膀的事实感到困惑："有翅
膀而没有手臂是一件不可能的事，但有翅膀同时又有手臂则是把不可
能的事变成加倍的不可能——不可能的平方。"（15）他还怀疑她是
否有肚脐。不过，她的身体确实没有"在脐带脱落后留下的疤痕"
（18）。瓦尔泽一开始坚信，"无论她的翅膀是怎么回事，她的裸露绝
对只是舞台上的假象而已"，可这一点最后也被证明是错误的。

　　此外，飞飞还告诉瓦尔泽，她的出生方式也和人类不同，她是
"从一颗蛋里孵化出来的"（Carter，1986，7）。后来瓦尔泽得知，这
个长着翅膀的空中**飞人**并不是天生就会飞，她需要一步步地学习：
"就像坠落的撒旦天使路西法一样，我从天上摔了下来。一路往下、
往下、再往下坠落，'砰'的一声迎面撞上底下的波斯地毯。我的四
周围绕着那些从未装点过自然森林的奇花异兽，它们就跟我一样，全
部都是梦幻与抽象的产物，华尔斯先生。于是我知道，我还没准备好
要背负这个巨大的负担，接受自己是个**违反自然的怪物**"（30）。

　　飞飞明显与维多利亚理想女性（家中的天使）的形象完全相反。
首先，她把自己展现为极端的女性奇观，充满戏剧性：飞飞贴着六英
尺的假睫毛（Carter，1986，7），脸上"浓妆艳抹"（18）；她敢当着
瓦尔泽的面放屁（11），充满情欲诱惑（17），且对食物和饮料胃口

---

　　①　其他半人半动物的角色还可见于安吉拉·卡特（Carter，［1979］1985）的小说
《血腥的房间》（*The Bloody Chambers*）。这是一部后现代神话故事合集，戏仿了原版中的父
权制或厌女症观点。比如说，在"狼人"、"狼群"和"狼-爱丽丝"等故事中，卡特融
合人类和动物特征，创造了"一个男女都可表达其动物欲望，展现动物本性，拥抱内在情
欲的空间"（Lau，2008，92）。换句话说，这些角色的动物特征代表了人类性欲的动物性
一面，并且这一面得到了颂扬。

巨大（22）。正如阿比盖尔·丹尼斯（Abigail Dennis，2008，117）
所说，飞飞展现出了自主和自我决定的意识："作为长着翅膀的女
性，飞飞心安理得地偏离常规，异想天开。然而，她也是一个有欲望
的主体，一个自我创造者，她选择了自身**非自然性**和欲望的表现方
式，从而规避了异类通常遭受到的侵害。"

　　依照阅读策略5（寓言式阅读），我们可以将《马戏团之夜》中
非自然的鸟女理解为抽象的观念或概念。飞飞代表了19世纪末新女
性气质的诞生——从维多利亚时期病态的完美典范，转向身体存在、
情欲、欲望、自主性和自我决定的奇观。诚然，小说开头就告诉我
们，"我们正处于19世纪的末尾，就像阴烧到最后的雪茄头一样，
转眼便将在历史的烟灰缸中被拧熄。现在是主的纪元，1899年的最
后一个已近尾声的季节。而飞飞即将带着新世纪的万丈光芒腾空翱
翔"（Carter，1986，11）。飞飞童年时寄居的妓院的老板马·纳尔逊
也认为，她是"纯真无瑕、即将登场的世纪之子。在这个新时代里，
没有女人会再被束缚在陆地上"（25）。

　　飞飞期盼着一个"所有女人都将像我一样拥有翅膀"（Carter，
1986，285）的时代，她的养母莉齐则抱怀疑态度：她认为未来"会
比你说的复杂"，并"预见了前方的暴风雨"（286）。小说最后，飞
飞决定嫁给瓦尔泽，相信自己可以将他改造为合适的伴侣："我来孵
他，我会把他孵出来，我会把他训练成一个新的男人。事实上，我会
把他变成所谓的'新男性'，正好配得上'新女性'，然后我们会携
手迈向'新世纪'……"[①]（281）小说当然没有天真到相信二人结
合的未来前景。"或许会这样，或许不会"是莉齐对这个问题的回
答；她让飞飞"认真思考从怪胎变成女人这件事"（283）。

　　飞飞代表了一种新的女性气质，而她非自然的自主性与这一动态
间存在多种联系。一方面，这位空中飞人并没有肚脐，表明她并不是
由别人生产，而是自我创造出来的。更抽象地说，这一身体特征也传

109

————————

　　①　正如雷根尼亚·加格尼埃尔（Regenia Gagnier，2003，106）解释的一样，**新女性**
一词指代19世纪末具有自由意识的现代女性："新女性在独立个人和身体的层面上测试了
自主与情感、约束与自由的极限"。

递了另一观点：女性需要自己独立完成变形，不能依靠他人。而飞飞需要自我学习飞行的事实则暗示了女性需要付出努力才能适应新的角色。换句话说，新女性气质观念不会一开始就让人觉得自然；它需要经过实践。总的来说，在《马戏团之夜》中，非自然获得了颠覆性的潜能。小说将苏菲·飞飞这一不可能的角色运用到女权运动的语境当中，用它来对抗维多利亚时期父权制的女性观，并将"新女性"概念推向新的高度。

早期叙事中也存在许多人与动物的结合体，主要以怪异的杂交物种的形式出现。与后现代主义案例相比，他们涉及不同的输入空间，发挥着不同的作用。这些角色要么构成对人类的重大威胁，要么就是用于讽刺批评的语境当中。在古英语史诗《贝奥武夫》（*Beowulf*，AD 8 - 11）中，耶阿特人的同名主人公去往丹麦人的领地，帮助他们制服一只名叫格伦德尔的巨大怪兽。怪兽结合了人类与海洋动物的特点：它长得像人，但生活在海中。格伦德尔能施法蛊惑（"使放弃[Forsworen]"[Heaney，2000，54，l. 804]）敌人的武器。整个史诗中，格伦德尔都被描述为一只来自地狱的恶魔（"地狱上的恶魔[Fēond on helle]"[8，l. 100]）或黑暗的死亡阴影（12，l. 160）。

贝奥武夫在鹿厅（丹麦人的会议厅）中与格伦德尔打斗，最终这只怪兽身负重伤。贝奥武夫撕掉格伦德尔的手臂，将其钉在鹿厅的墙上，作为胜利的标志。后来，另一个长得像怪兽的东西——格伦德尔的母亲——攻击了会议厅，企图将手臂送回沼泽地。格伦德尔的母亲也住在海底，人们称呼她为可怕的地狱新娘。① 当贝奥武夫跳入怪兽居住的海中时，他的历险也达到了巅峰。这场水下打斗持续得如此之久，"普通"人恐怕早就淹死。他杀死了怪兽母亲，并将其头颅砍下。在丹麦取得胜利之后，贝奥武夫返回故乡耶阿特，并被大家拥立为王。故事最后，贝奥武夫又不得不与另一只在耶阿特各地肆虐的超

---

① 之后，格伦德尔和他的母亲被描述为巨型掠夺者（"边境怪物"）[Heaney，2000，94，l. 1353]；格伦德尔的出生则被描述为明显的"非自然"（95，l. 1353）；怪物被称为"不值得同情的家伙"（94，l. 1351）。

自然生物——一条会喷火的龙（Heaney, 2000, 150, l. 2211; 156, l. 2312）打斗。① 在这场打斗中，贝奥武夫最终不敌怪兽，重伤去世。

111　　　读者可以将这一叙事中的神话式怪物和超人的力量解读为超自然现象（阅读策略2）。换句话说，我们可以将《贝奥武夫》中的不可能事件解读为史诗传统：这涉及"在对抗人类仇敌、怪物或自然力量等战斗中大展勇气"的"高等生物"（De Jong, 2005, 139; Hainsworth, 1991, 1–10）②。而且，因为格伦德尔的母亲以及恶龙都攻击或威胁到了丹麦和耶阿特人的生存，贝奥武夫与怪兽之间的打斗也可以解读为善恶斗争的比喻。但是，正如保罗·格奇（Paul Goetsch）所指出的一样，《贝奥武夫》讲述的不是简单的善恶二元对立，史诗同时也强调了英雄主人公与强敌之间的相似之处。

　　贝奥武夫和他的对手们（或许恶龙除外）同时拥有人类和超人特质。比如说，格伦德尔住在海底，且能施法控制敌人的武器，但他却被贝奥武夫杀死。贝奥武夫潜在水下的时间明显超出人类极限，但他又以"普通"人类的方式去世。因此，读者能感受到正义的力量（"万能的上帝"["Se Ælmihtiga", Heaney, 2000, 8, l. 92]，"主神"["Drihten God", 14, l. 181]，"全能的神"["Mihtig God", 46, l. 701]）和邪恶的力量（"地狱"["helle", 8, l. 101]或"该隐弑兄之罪"["Caines cynne", 8, l. 108]）在背后运作，并通过这些人物发声；贝奥武夫由神圣的上帝（"圣洁的上帝"["hālig God", 26, l. 381]）指引，格伦德尔被描述为死神（"死亡阴影"["dēap-scūa",

---

　　① 根据《牛津英语词典》，龙是"神话中的一种怪物，巨大的爬行动物，通常结合了蛇类和鳄鱼类的结构特征，具有像猛兽或猛禽类一样强有力的爪子，鳞状的皮肤；通常有翅膀，有时候还能喷火"。

　　② **史诗**一词可追溯到古希腊的**叙事诗**（"话"或者"话语"），指代"讲述令人瞩目的英雄事迹的叙事长诗，且通常包含与神的互动"（De Jong, 2005, 138）。史诗源于英雄诗歌，"保留了英雄们的光荣事迹"（138，同见于 Mikics, 2007, 104）。更早的案例还可见于美索不达米亚文学《吉尔迦美什史诗》（*Epic of Gilgamesh*，现存最古老的书写故事之一），维吉尔的《埃涅阿斯》（*Aeneid*，大约公元前29年到公元前19年），荷马的《伊利亚特》（*Iliad*）和《奥德赛》（*Odyssey*），以及奥维德的《变形记》（*Metamorphoses*，约公元8年）。

12，l. 160]），而格伦德尔的母亲则被称为地狱新娘（"来自地狱的新娘"["āglæc-wīf"，88，l. 1259]）。

14 世纪传奇故事《梅路辛》（*Melusine*）中的主人公梅路辛为半人半蛇。因被母亲——女神普莱辛惩罚，她每周六就会变身为蛇。[①]梅路辛半人半蛇的身体证明了她同属于两个领域的矛盾存在。除了半人半蛇，她还在正义的基督教力量与"唯地狱王子马首是瞻"的邪恶力量（Donaldson，1895，315）之间徘徊。乔纳森·F. 克雷尔（Jonathan F. Krell，2000，376）将梅路辛定位于魔界与神界之间，认为她"强调了人性的……多元性"，而约翰·西斯－斯塔布斯（John Heath-Stubbs，2001，76）则认为她是"本质善良的生物，被迫变身为蛇"。

婚姻可以在某种程度上限制超自然力量，甚至有可能将梅路辛从母亲的诅咒中拯救出来："梅路辛分裂式的存在状态……或许可以被丈夫的爱情和信任战胜，只要他遵守周六不见她的要求。"（Saunders，2010，189）然而，尽管两人达成协议，丈夫雷蒙丁最后却还是决定窥探梅路辛，并看到了她的怪物形态："雷蒙丁……看到了正坐在浴盆中洗澡的梅路辛：腰部以上的她是女性，且正在束发；但腰部以下的她很像一条巨蛇，尾巴和酒桶一样粗，而且非常长，时常戏谑地触及浴室天花板。"（Donaldson，1895，296－297）[②]

112

[①] 最初的 14 世纪散文版由让·德·阿拉斯（Jean D'Arras，1382—1394）所著，并于大概 1500 年的时候从法文翻译成了英文。传奇故事在 12 世纪初的法国作为"一种魔幻叙事"发展起来（Heng，2003，4），关注贵族的骑士价值观，包含了像龙、巫师和魔咒等一系列的超自然现象。关于中世纪英国的传奇故事，需要区分其是否具有超自然现象：具有超自然现象的传奇故事一般关于"英国事物"，比如亚瑟王（《高文爵士与绿衣骑士》[*Sir Gawain and the Green Knight*]，以及托马斯·马洛礼的《亚瑟王之死》[*Le Morte Darthur*]），关于仙女的布列塔尼爱情故事（《奥菲欧爵士》[*Sir Orfeo*] 和托马斯·切斯特尔的《朗法尔爵士》[*Sir Launfal*]）而不涉及超自然现象的通常讲述"法国事物"（《杜克·罗兰》[*Duke Roland*]）、"罗马事物"（《亚历山大大帝》[*Kyng Alisaunder*]）、"英国事物"（《国王号角》[*King Horn*]）以及东方传奇故事（《沃里克人》[*Guy of Warwick*]）。

[②] "Raymond saw Melusine within the bath: up to her navel, she was in the form of a woman combing her hair, and from the navel downward she was like a great serpent. Her tail was as big and thick as a barrel, and it was so long that while Raymond looked at her, she made it frequently touch the roof of the chamber, which was quite high"（作者译）。

　　从这一刻起，梅路辛难逃劫数，永远也没法摆脱"可怕的身体"。她"变身成尾巴长达十五英尺的巨蛇"，从窗户中逃出，"哭泣的声音如此凄惨，像极了美人鱼"（320－321）。梅路辛身上的超自然诅咒好像是专门用来检验雷蒙丁的诚实与忠贞的。他没能履行诺言，他的背叛唤起了梅路辛内心的邪恶。他称其为"虚伪的毒蛇"（314）。传奇故事将罪责放置在雷蒙丁身上：倘若遵守诺言，他本可以拯救梅路辛。

　　哥特小说中的吸血鬼同样混合了人类与动物特质。① 布莱姆·斯托克（Bram Stoker）的小说《德拉库拉》（Dracula）中，与德拉库拉一样的吸血鬼们就具有"大而尖的犬齿"，能将人类转化为吸血鬼。这一特点包含了人类特征与"野兽"（比如说狼或者熊）特征的结合。吸血鬼通常令人害怕、敬畏，且人们通常用"犯罪人类学、退化理论、精神病学以及维多利亚后期用来区分理解畸形人类主体的社会医学条例等领域"中的词汇来描述他们（Hurley，2002，192）。与其他超自然生物类似，吸血鬼通常与地狱相关联——拥有"妖术［黑魔法］的帮助"（Stoker，［1897］2011，240）。同时，吸血鬼还与性逾矩相关，且可能象征着性病。德拉库拉城堡中三位女吸血鬼中的一位就曾弯腰盯着乔纳森·哈克，"故意制造色情的氛围"（43），使得他"心怦怦直跳"（44）。类似地，天真无邪的露西一变成吸血鬼，描述她的词汇就变成了"骄奢、放荡"（215）。米娜·哈克与德拉库拉之后的相遇也奇怪地令人想起强制口交："他扯开了乔纳森的衣服，然后用自己尖利的长指甲在他胸口划破一道口子。当鲜血开始流出来的时候，他一只手紧紧抓住我的双手，另一只手抓着我的脖子往伤口上按。我当时要么窒息而死，要么吞下一些……哦，上帝！我的上帝！我都做了些什么？"（289）。

113

---

　　① 哥特小说较具代表性的一些传统有超自然的怪异图案、闹鬼的城堡、黑暗的地牢、偏执狂的坏人、受难少女，以及对诅咒和打破禁忌的强调（Szalay，2005，208）。马吉·吉尔格（Maggie Kilgour，1995，7）评价哥特小说道："全然想象的艺术，并不指涉现实的独立创造，为乏味的日常生活提供另一种选择。人们担心，哥特小说读者在虚幻世界的诱惑之下，可能失去对现实的控制或兴趣。"

斯威夫特（Swift，[1726] 2003）的梅尼普讽刺体小说《格列佛游记》中有一种完全不同的结合人类特征与动物特征的前－后现代主义案例。① 小说中的这个非自然结合与超自然无关，而应置于讽刺批判的语境当中来理解（阅读策略2）。在第四部当中，第一人称叙述者莱缪尔·格列佛来到了慧骃国，这里拥有人类理性的马（智马）统领着野蛮的人类（野胡）。叙事倒置了格列佛认知中人与动物的普遍等级划分（221－223）；读者看到的是住在整洁房间内充满智慧的马和肮脏难闻的人类（他们是"见到过的最难以教化的畜生"）。

智马给格列佛的感觉是"有序而理性"，同时"敏锐明智"（Swift，[1726] 2003，209）的。他最先见到的两匹马说话时"就像人在考虑什么重大事件一样"，且运用"种种姿势，就像是一位想要解决什么新的难题的哲学家"（209）。至于野胡，叙述者开始将他们看作"田间的动物"，并指出，他"从未看到这么让人（他）不舒服的动物，因为从来没有一种动物天然地就叫人（他）感到这般厌恶"（207）。后来，他们爬上一棵树，并"从那儿开始往［他］头上拉屎"（208）。 114

如果斯威夫特的幽默叙事可以看成对当时游记叙事（比如威廉·丹皮尔［William Dampier］的记录或笛福的《鲁滨孙漂流记》［*Robinson Crusoe*]）以及18世纪英国的政治和文化习俗的戏讽，人类与动物的非自然结合则可以解读为对人性总体的嘲讽。野胡强调了所有人类的潜在野蛮与动物性，而智马则因其对野胡的过分傲慢、自满甚至残忍，同样无法成为人类的理想典范。②

---

① 在1727年的一封英文信件中，伏尔泰（1913，90）说《格列佛游记》包含了"新近流行的蠢事"和"一些狂野的发明"。有趣的是，他在信件结尾处表示"任何不具备**非自然**特征的事物都是不能长久的"（90）。塞缪尔·约翰逊（Johnson，1824，20）认为小说应该"如实展现生活，其多样性仅限于日常生活中的意外事件"，毫不意外，他并不喜欢超自然。在他的《英国诗人传》（*Lives of the English Poets*）中，约翰逊（Johnson，1825，258）将他对斯威夫特叙事的复杂感受描述为"一个如此新奇的创作，令读者充满欢快和惊奇的复杂感受……批评家很长一段时间都惊叹不已；没有评价标准适用于公然挑战真理和规律性的著作"。

② J. 保罗·亨特（J. Paul Hunter，2003，233）指出，一些评论家将慧骃国视为"人类范例"，其他人则将其解读为"虚假的理想"（同见于Marshall，2005，223）。

从某种程度上说，野胡和智马紧密相连：前者公开展示了他们的动物性，后者则在对待野胡的方式上也显得极为野蛮。智马并不关心野胡，只想将它们变成"有用的牲畜"（Swift，［1726］2003，240）。比如，它们试图用劳苦工作来治疗野胡的忧郁症。只要野胡"躲进一个角落里，在那里躺下来，有时嚎叫有时呻吟，谁走近它就把人家一脚踢开"，它们就立马"让它去干重活，重活一干，肯定恢复正常"（242）。后来，智马联合国大会甚至讨论了是否应该将野胡"从地面上消除干净"（249）的议题。在这场辩论中，主人提议阉割小野胡，"这样就可以使它们变得较为温顺、善良，而且用不着杀生，一代之后就可以将所有'野胡'全部杀光"（250）。

这样的语境使得读者将叙述者的判断——智马"聪明而有德行"，且"富于理性动物所能有的一切美德"（Swift，［1726］2003，271）——解读为一种讽刺。[①] 通过智马的形象刻画以及他们对待野胡的方式，《格列佛游记》第四部强调了文明与野蛮如何紧密地相连，因此也可以解读为对"人类可完善性"概念的批判。J. 保罗·亨特（J. Paul Hunter，2003，224）同样认为"人类拒绝或无法从历史中吸取经验教训是斯威夫特小说的中心主题"。

115　这些物理上不可能的生物——智马和野胡——与该小说中只有六英寸高的小人国居民（Swift，［1926］2003，23）以及高达七十二英尺的巨人国居民（83）一样，是小说讽刺性批判的关键要素。亨特（Hunter，2003，223）对这一夸张手法与非自然并置的讽刺小说评价道："在这一虚构倒置中，旅行带来的知识无关他异性，而是关乎熟悉的家园。想象中的异国情调带人回到了英国本土问题，并最终回到自我。"换句话说，与特雷尔认为"格列佛……进入了超自然领域"的观点相反，智马、野胡和斯威夫特小说中其他不可能的生物给格列佛带来的挑战都是本土性质的，且从宽泛的社会等级逐渐聚焦于他本人的身心问题。

---

① 叙事明显地批判了叙述者的多处判断失误（尽管他具有令人无法抵抗的自信、英雄主义和伟大情怀；参见于 Sanchez，2007，23）。主要观点似乎是人类倾向于把自己当回事而沉溺于自我满足和自豪当中。

科幻小说叙事中同样充满了各种人类与动物的混合体，主要以来自外太空的外星人形象出现。与野胡和智马一样，这些非自然结合与超自然无关：外星人是居住在宇宙某处的外来生物。但是，正如史诗、某些传奇故事和哥特小说中的超自然生物一样，这些类动物外星人代表着企图消灭人类的邪恶力量（Vint，2010，138），而人类与这些外星人的对抗则象征着善与恶的寓言式争斗。

罗伯特·A. 海因莱因（Robert A. Heinlein）（[1959] 1987）的科幻小说《星河舰队》（*Starship Troopers*）主要讲述人类与外星虫族或"类蜘蛛动物"之间的星际战争。这些外来生物看起来十分吓人，是人类与昆虫的混合体。作战于机动步兵团的第一人称叙述者对它们进行了以下描述："虫族不像我们。这些类蜘蛛动物其实不是蜘蛛。这些节肢类动物只是碰巧才和疯子们想象中巨大的具有智力的蜘蛛有几分相似。从它们的组织心理和经济结构来看，虫族更像蚂蚁或白蚁。它们是群居的社会化生物，具有最绝对的服从性。"（134–135）

每个虫族殖民地都有一位女王、一个决策的大脑阶层、工人和士兵。这些外来生物具有发达的科技，士兵们"聪明、经验丰富，又好斗"（Heinlein，[1959] 1987，135）。[①] 鉴于小说以"蚂蚁或白蚁"的措辞来描述它们，认为"它们是群居的社会化生物"，具有"绝对的服从性"，并且，因为它们企图毁灭人类，所以必须被消灭。换句话说，人类与外星人的战争是一场"自由世界"与"邪恶"之间的寓言式战争。

在"遥远的未来"这些邪恶的生物可能存在（或被发现），我们可以通过这样的设想来理解科幻小说叙事中的人类与动物的结合体（Jones，2003，168）。也就是说，科幻小说的通用惯例扮演了一个重

116

---

① 更多邪恶外星人的例子还有 H. G. 威尔斯（H. G. Wells）的《时间机器》（*The Time Machine*，[1895] 2005）中像蜘蛛的莫洛克人，罗伯特·A. 海莱茵（Robert A. Heinlein）的《傀儡主人》（*The Puppet Masters*，1951）中来自提坦的像鼻涕虫一样的外星人，安·麦考菲力（Anne McCaffrey）小说《在多纳的决定》（*Decision at Doona*，1969）中像猫一样的外星人，以及拉里·尼文（Larry Niven）和杰瑞·普耐尔（Jerry Pournelle）合著的小说《足球》（*Footfall*，1985）中像人一样大小却有很多鼻子的外星大象。

要角色（阅读策略2）。一方面，不可能生物（比如火星人或者其他外星人）的常规化与未来主义的推测假设有关。另一方面，科幻小说作为一种文类的发展与这些非自然生物的常规化密切相关。现如今，这样的"现象……就是新小说类型生成的标志"（168）。

苏菲·飞飞是个长着翅膀的鸟女，其他叙事中的非自然角色则混合了人类和其他海洋生物、蟒蛇、狼或熊、马、羊以及昆虫等动物的特征。一方面，它们传达了截然不同的思想。以《马戏团之夜》为代表的后现代主义叙事和安吉拉·卡特的《染血之室》（*The Bloody Chambers*，[1979] 1985）颂扬了笔下角色的"动物性"，代表了对性别或人类野蛮性欲的一种全新理解。另一方面，早期叙事中的怪异结合体则代表了对人类身份的严重威胁。这里，他者，即"一切与我完全不同的事物"，就等同于邪恶（Jameson，1981，115）。并且，与格伦德尔、它的母亲、梅路辛和德拉库拉等不同的是（它们往往被看作与地狱或恶魔紧密相连），科幻小说叙事中的类动物外星人不再具有超自然力量，但它们同样代表了企图消灭人类的邪恶力量；这种威胁被概念化为宇宙内在的，而非超验的。大体来说，非－后现代主

117 义小说叙事普遍呈现的是人类与类动物怪兽之间的战争，象征着正义与邪恶之间的寓言式战争。在《格列佛游记》中则可以找到这一模式的例外，其中人类与动物的结合打趣似地传达了人类潜在的动物性。纵观整个文学史，"动物性"暗示了邪恶或破坏性的力量。而在后现代小说中，动物性则获得了积极的内涵，并因此被欣然接受或赞扬。

3.3　死亡的角色

虚构人物可以同时既生又死。事实上，后现代主义叙事中有很多这种幽灵般的存在，他们虽已经死去却仍能够活动。比如说，哈罗德·品特（Harold Pinter）的《家庭之声》（*Family Voices*，1981）中就有一位已经去世却仍旧说话、书写的角色（Richardson，2006，110）。品特的这一广播剧给我们呈现了三种不同的声音：一位二十出头的男性声音（声音一），他母亲的声音（声音二），和他父亲的

声音（声音三）。①

　　广播剧的开头主要是年轻人和他母亲的声音，我们能感觉到这些声音关乎他们之间的来往信件。儿子已经离开家庭。他告诉母亲他很享受"在大城市中的生活"，也希望"在不久的将来能够多结交些朋友"（Pinter，1981，282）。他和威瑟斯一家一起住在市区的一个公寓里面，并和简（貌似是威瑟斯太太十五岁的孙女 [286－287]）、一个叫莱利的男性（289，292）以及威瑟斯先生（290－291）经历了一系列奇特的（或许性方面的）接触。年轻人的母亲十分担心儿子会忘了她："你究竟有没有想过我？你的母亲？哪怕一次？"（283）她一直在想，"他是否还记得 [他] 还有个母亲"（286）。

　　据史蒂夫·H. 盖尔（Steven H. Gale，1984，148）所言，《家庭之声》呈现了"一幅相当普遍的家长与孩子间的相处画面：他们关心在乎彼此，但分开居住，从不交流彼此的想法和担忧"。故事中母亲告诉儿子，她已经告知了他父亲的死讯，但不确定他是否"收到了（她的）信件"（Pinter，1981，284）。后来，她又问了儿子以下问题："你现在在哪儿？你为什么从不给我写信？没人知道你的去处。"（287）她说"警察已经正在找（他）"，一旦找到，"绝不会轻饶了（他）"（295）。赫什·蔡福曼（Hersh Zeifman，1984，487）认为，"这些看似是信件的内容其实是内心的声音，未被写下；即便被写下，也没有寄出；即便寄出，也未被收到；即便收到，也没有被阅读"。

　　当第三个声音开始发声时，品特的广播剧进入了非自然领域，因

118

---

　　① 其他死亡角色还包括塞缪尔·贝克特（Samuel Beckett）短篇故事《镇静剂》（"The Calmative"，[1954] 1977）中的第一人称叙述者，穆里尔·斯帕克（Muriel Spark）的小说《东河旁的温室》（*The Hothouse by the East River*，1973）中的大部分角色，卡里尔·丘吉尔（Caryl Churchill）戏剧《九重天》（*Cloud Nine*，[1979] 1985）中的布莱恩，托马斯·品钦（Thomas Pynchon）的小说《万有引力之虹》（*Gravity's Rainbow*，1973）中的沃尔特－拉特瑙，威廉·肯尼迪（William Kennedy）的小说《紫苑草》（*Ironweed*，1983）中为弗兰西斯·费伦所杀的人物，卡里尔·丘吉尔戏剧《剥皮者》（*The Skriker*，1994）中那个去世的小孩，萨拉·凯恩（Sarah Kane）的戏剧《摧毁》（*Blasted*，1995）中的伊恩，《清洗》（*Cleansed*，2001）中的格拉哈姆，和爱丽丝·赛博尔德（Alice Sebold）的小说《可爱的骨头》（*The Lovely Bones*，2002）中的第一人称叙述者苏西·萨尔蒙等。

为这一声音属于已故的父亲。他反思了自己在另一个世界中的处境：
"我已经死了。彻彻底底地死了。我正从坟墓中给你们写信。长话短
说。单纯就是为了保持联系。从黑暗中发出的问好，来自父亲的最后
一次吻别。"（Pinter，1981，294）这位已故的父亲好像正在写一封
信，但他也意识到这一幽灵般的吻别到不了儿子那儿。《家庭之声》
以这具会说话的尸体的以下话语结尾："我有太多话想和你说。但我
已经死了。我想和你说的话永远无法说出来。"（296）

已故父亲的最后话语向我们暗示了我们应该争取在活着的时候说
出一切我们想说的话，不然只会为时已晚，因为生死之间的界限是无
法跨越的。品特的广播剧还凸显了已故父亲和活着的儿子之间的疏离
感，与母子之间的隔阂相似（尽管他们都还活着）。《家庭之声》告
诉我们，如果不努力沟通，家庭关系可能会在隐喻意义上被死亡主
导。故事中，母亲告诉儿子，他可能和她死去的丈夫一样差不多算死
了："没人知道你是否还活着。"（287）

品特的广播剧向我们展示了家庭中交流的缺失很容易导致异化和
分离。比如，母亲明确表示自丈夫去世之后，她很"孤独"（287）。
可是，即使他还在世时，她也感觉孤独和隔绝："我有时候认为我一
直都是这样一个人坐在冷漠的火炉旁，度过了无数个黑夜和冬天。"
119 （289）同时，儿子与父母之间十分疏远，他甚至缺席了父亲的葬礼。
尽管故事开始时，他声称自己已经"找到了（他的）家，（他的）家
人"，以及在威瑟斯一家中感受到的"快乐"，后来他却抱怨这个寄
养家庭（Surrogate family）："我唯一不受尊重的地方就是在这个家
里。他们一点也不在乎我。尽管我一直与他们关系密切。从某种意义
上来说。我是一个很好的男高音，但他们从不邀请我唱歌。我还不如
住到撒哈拉沙漠中去。"（191－193）所有这些话表明：误解和疏远
会导致一种虽生犹死的生活状态，这是所有家庭结构中的固有威胁。

因此，按照阅读策略5（寓言式阅读），《家庭之声》可以被解
读为一个阴郁的寓言，揭示并同时批判了家庭中普遍存在的缺乏沟通
和相互理解的问题。已故父亲这一非自然角色成为这一意义上家庭沟
通的典型：他发出了声音但家人却听不到（Morrison，1983，218）。

每位角色都没有名字，只是用声音一、声音二和声音三来指称，这一事实将他们投射为每个家庭中都有可能听到的普遍声音。用罗伯特·戈登（Robert Gordon，2003，27）的话来说，他们讲述了"小家庭中典型的心理戏剧"。品特的叙事表明，如果我们想要避免疏远和分离，即象征意义上的死亡，我们应该及时向亲近的人表达我们的想法和感受。

品特将《家庭之声》呈现为一部广播剧，这种形式只涉及声音的表演。这种仅仅由仿佛来自虚无的声音构成的表演，与父亲处于死亡中的状态联系起来。除此之外，象征意义上的死亡（或虽生犹死）这一概念还延伸到了另外两个角色，他们也通过那似乎来自虚无的声音而被呈现出来。换句话说，广播剧这一表演媒介恰如其分地传达并突出了三个角色之间无法跨越的鸿沟（部分存在论意义上的，部分交流意义上的）。

在更早期的小说类型中也有很多死亡角色的例子。例如，在 〔120〕《奥菲欧爵士》（*Sir Orfeo*）这部 13 世纪末或 14 世纪初的传奇故事，或布列塔尼短歌（Breton lai）中，仙界是一个充满了已逝人物的长廊。叙事中，奥菲欧爵士的妻子在一棵嫁接树旁被仙女们掳走："每个人都手拿盾牌誓死保护王后/尽管如此，王后还是奇妙地失踪了/因为仙女们用咒语将她带去了没人知道的地方。"（Laskaya & Salisbury，1995，30 – 31，ll. 186 – 193）①。失去妻子之后，奥菲欧爵士放弃爵位退隐山林，生活清贫，能通过弹竖琴来迷惑动物。最后，他在"六十位女士"（34，l. 304）中认出了妻子，并尾随她们。通过一块石头之后（"通过石头的中心"，"in at a roche"，35，l. 347），他到达了仙境，在这里他遇到了许多同样被仙女们掳走且已被肢解的人物。

这时，我们知道了，被仙女们掳走就意味着意外死亡。在这个仙境中，已故的人继续存活，他们"尽管已经死去却依旧站立"（Laskaya & Salisbury，1995，36，l. 390）。尽管奥菲欧爵士还活着，

---

① 根据《牛津英语词典》，仙女是"身形稍小的超自然存在，民间信仰通常认为她们具有神奇的力量，并且对人类命运的好坏有很大的影响"。

他却能进入死者以活死人方式存在的另一个世界：

> 站立的人中有些人没有头颅，
>
> 有些人没有手脚；有些人流着血，
>
> 身上都是伤口，
>
> 有些是在吃饭时被勒死的，
>
> 有些人被捆绑束缚着，大叫不止，
>
> 有些人被淹死在水中；
>
> 有些在火中枯萎，
>
> 有些人骑着马，身着戎装。
>
> 妻子们躺在产褥上，
>
> 有些疯癫，有些已经死亡；旁边躺着许多如此去世的人，
>
> 他们就像午睡一样地躺着。
>
> 每个人都是这样被抓获，
>
> 并被仙法带到这儿来。(36，ll. 391 – 404)①

121　　艾伦·J. 弗莱彻（Alan J. Fletcher, 2000, 141 – 143）将这一系列角色称为"十足的恐怖密室"，一个"亡灵蜡像馆"，和"不幸之人的大集合"，但他也注意到，大多数肢解（也就是死亡）背后的原因是模糊的；因此，"这长廊中的人们是一个困顿世界（它无法被预测或解释）的牺牲品"。奥菲欧爵士最终通过弹奏竖琴迷惑仙境中的国王，成功救出他（已故）的妻子（最终也重新夺回王国）。

我们能够接受《奥菲欧爵士》中死者（或不死者）的形象，因为我们知道他们生活在一个超自然的领域当中（仙境当中）。这是中

---

① 现代英语翻译大致如下："For some there stood who had no head, / and some no arms, nor feet; some bled / and through their bodies wounds were set, / and some were strangled as they ate, / and some lay raving, chained and bound, / and some in water had been drowned; / and some were withered in the fire, / and some on horse, in war's attire. / And wives there lay in their childbed, / and mad were some, and some were dead; and passing many there lay beside / as though they slept at quiet noon-tide. / Thus in the world was each one caught / and thither by fairy magic brought"（Tolkien，[1975] 1986, 125, ll. 391 – 404）。

世纪传奇故事的一个重要特征（阅读策略 2）。《奥菲欧爵士》还向我们暗示，"意外死亡可能……是仙女的掳掠。因此我们思念的爱人，和希罗底一样，或许还能回来"（Saunders，2010，203）。这一传奇故事好像表明，真爱或许可以将已故的爱人带回自然世界，而仙女则主要考验人类的爱情（比如奥菲欧爵士对妻子的爱），因此她们可能代表着不可解释的机遇或混乱的力量。

哥特小说世界中经常出现令人恐惧的鬼魂，它们同样既生又死。在马修·路易斯（Mathew Lewis）的《修道士：一段罗曼史》（*The Monk: A Romance*，［1796］1998）中，唐·雷蒙德就遇到了这样一只鬼：一位"流血的修女"，她有着"冰冷的指头"和"冰冷的双唇"（141）。这个鬼魂能够说话，但看起来、摸起来都像一具尸体。唐·雷蒙德对他们之间的一次相遇做了如下描述："我眼前出现了一具活生生的尸体。她脸长且憔悴；脸颊和嘴唇毫无血色；死亡的苍白弥漫在她的五官上；她眼球空洞且毫无光泽，一动不动地盯着我。"（140）之后，"莫卧儿大帝"问这具有生命的尸体："是什么扰乱了你的睡梦？为什么要折磨这个年轻人？安息的亡灵怎么会变成你这样不得安宁的鬼魂？"（149）她告诉他，她之所以回到人间是因为她仍有未完成的事，与她的葬礼有关。这位流血的修女坚称自己没有得到妥善的安葬：她的"尸骨仍旧没得到安葬"，一旦入土，她就"再也不会叨扰尘世"（150）。①

《格列佛游记》中同样存在已经死亡的角色，但它们的作用不同于中世纪传奇故事或哥特小说中的死亡角色。斯威夫特的这一讽刺小说的第三部中，莱缪尔·格列佛来到了一个格勒大锥岛。这里的统治者能奇迹般地唤醒死者。叙述者也因此遇到了"幽灵""鬼魂"和"灵魂"，他甚至可以告诉总督想和谁讲话（Swift，［1726］2003，181－182）。因此，格列佛遇到了亚历山大大帝、汉尼拔、恺撒、庞

———————————

① 鬼魂也是复仇悲剧（这一文类在文艺复兴时期非常流行）的一个重要特征。主要例子有托马斯·基德（Thomas Kyd）的《西班牙悲剧》（*The Spanish Tragedy*，1592）中安德莉亚的鬼魂和莎士比亚戏剧《哈姆雷特》（1602）中哈姆雷特父亲的鬼魂。这些鬼魂重返人间的目的大多是伸张正义。

贝、布鲁图斯、荷马、亚里士多德、笛卡尔、伽森狄和其他一些
"近代的亡灵们"（182－184）。与其他文学类型中的鬼魂不同，《格
列佛游记》中的已故角色需放置在小说对人性和完美性的讽刺性批
判的语境中看待（阅读策略2）。更确切地说，死者的觉醒戏谑性地
强调了"古代学者"所传达的观念与"近两三百年来"大人物的堕
落之间的巨大差距。叙述者对这一状况做了如下评论："我才发觉果
真是那些无耻的作家把我们给骗了！他们把软弱无能的人说成立下赫
赫战功的英雄，把最蠢笨的人说成头脑灵活的机灵鬼，把专门逢迎的
人说成最坦诚的人，还说叛国贼的品质高尚得像古罗马人一样，说没
有信仰的人是最虔敬的，说犯了强奸罪的人最高洁，说告密者说的话
没有半句谎言。"（185）

后现代主义叙事（比如《家庭之声》和《可爱的骨头》）中经
常包含能说话（从坟墓中或从天堂）却没法让他人听见他们声音的
已故角色，早期叙事则更多描绘人间与阴间的互动。在非－后现代主
义叙事中，活着的拜访已逝的（正如在《奥菲欧爵士》中一样），死
者也拜访生者（正如在《修道士：一段罗曼史》和《格列佛游记》
中一样）。后现代主义叙事通常运用已经去世的角色来传达虽生犹死
的概念，即从象征意义来说，我们是否都已死亡的问题。相反，早期
叙事中会说话的死者，则帮助我们从他们的角度探索死亡现象。在
《奥菲欧爵士》中，主人公的亡妻重返人间，主要得益于他对妻子的
123 真爱，而在其他案例中，死者重返人间则主要因为他们有未完成的事
或为了洗刷冤屈。《格列佛游记》中已死亡的角色则用于讽刺过去的
宝贵理想与当今堕落现状之间的巨大差距。

3.4 类机器人的人类和类人的机器人

后现代主义叙事经常运用类机器人的角色来强调他们的本质虚假
性。比如说卡里尔·丘吉尔的戏剧《蓝色水壶》（*Blue Kettle*,
1997），剧中像机器人一样的人物一步步失去对自己言语的控制，却
对此无能为力，从而解构了我们对真实世界人类的认知。最开始，这
些角色看似完全符合现实主义，但后来"入侵"词素和音位开始

"感染"这些角色和他们之间的对话。《蓝色水壶》主要围绕德里克展开。他诱使多位老太太（普兰特太太、奥利佛太太、瓦内太太和克拉朗斯女士）相信自己就是她们之前送给别人收养的儿子。德里克的主要目的是继承这些老太太的遗产：他告诉女朋友易妮德这样子"有利可图"（46），还告诉自己患有失智症、生活在老年病房中的亲生母亲说他希望"可以挣一大笔钱"（59）。

突然间，戏剧中的对话被"蓝色"和"水壶"这些词汇感染，它们就像电脑病毒一样毁灭这些角色，并逐渐"侵吞"整个剧本。《蓝色水壶》的前半部分中，这些词汇只是偶尔出现。比如，某个时候，德里克说，"你没必要将任何东西染成**蓝色**"（Churchill，1997，43），又说，"所以我们是不是应该找房地产**水壶**谈谈？"（45）当奥利佛太太和普兰特太太开始意识到德里克只是在欺骗她们，她们也根本就不是他的亲生母亲时，这些词汇的出现频率越来越高：

> 德里克：蓝色是否蓝色你蓝色遇到了蓝色他人。蓝色庆幸蓝色一切蓝色蓝色都好。或许是时候蓝色行动了……
>
> 奥利佛太太：你蓝色这个水壶上演了这么一大出水壶借我儿子的水壶。（65）

最后，音素取代**蓝色**和**水壶**等词汇（比如"怎么蓝蓝蓝这个蓝儿子？［67］"），剧本也以一种令人不太舒服的方式结束：普兰特太太问道，"Ｔｂｋｋｋｋｌ？"，德里克回，"Ｂ.Ｋ."（69）。① 124

丘吉尔的戏剧向我们呈现了物理上不可能的角色。和机械故障的机器人一样，他们突然莫名其妙地语言失控了，故事世界随后逐渐被

---

① 其他后现代主义叙事也运用像机器人一样的行为来展示笔下人物的非自然。比如说，《万有引力之虹》强调了施罗斯洛普、Ｖ－２火箭（小说标题指出它的轨迹弧度）和伊米波列克斯·Ｇ（第一个可以直立的塑料）之间无数的共同点（Pynchon，1973，699）。最重要的是，施罗斯洛普性行为的地点轨迹与之后的Ｖ－２导弹攻击地点不谋而合。雅歌塔·克里斯多夫（Ágota Kristóf）的小说《恶童日记》（*Le grand cahier*，1986）中有一对像机器人一样的双胞胎，他们在与其他人交流时总是在同一时间说同样的话（同见于 Alber，2015）。

入侵的词素和音位毁灭。这一戏剧引发了非常有意思的问题：这些词素和音位从何而来？为什么这些角色会一步步地全部毁灭？入侵事件明显强调了一个事实：语言异常突出了角色的心理异常。更具体来说，这些角色突然陷入混乱主要是因为他们个性中存在黑暗面。

德里克是个说谎精，他冒充这些女性被他人领养了的儿子。这些女性之所以被骗，是因为她们也确实都曾放弃自己的私生子给别人抚养。普兰特太太和奥利佛太太一直以来都保守着这个秘密，而瓦内太太和克拉朗斯女士则仅仅是因为她们不喜欢小孩。普兰特太太怀孕时只有十六岁，她把"所有的事情"都告知了丈夫，但并没有向其他家人透露半点："我瞒着他们的时间越长，事情就变得越糟糕。"（52）奥利佛太太从没有告诉过她丈夫（42）或孩子（44），而瓦内夫妇则认为私生子"会给［他们］带来不快"（48）。克拉朗斯女士怀孕时还是个学生，但她想去"冰岛度假"，且"并不喜欢小孩"（54）。

因此我们可以将这些词汇与声音的入侵解读为弗洛伊德概念中"被压抑者的回归"的非自然版本。正如乔治·E. 格罗斯和以赛亚·A. 鲁宾（George E. Gross, Isaiah A. Rubin, 2002, 90）解释的那样，弗洛伊德使用"压抑来指代人的自我防御，即自我从不能接受的冲动或记忆中退回，使意识无法触及这些印象或记忆"。这些印象或记忆一般"与自我的统一和道德标准相冲突"（90）。然而，这些被压抑的情绪时刻都可能浮出表面。在这种情况下，"这些以前被
125　压抑、现在控制内心的物质就是'被压抑者的回归'的主体"（Greer, 2002, 496）。

随着这些角色黑暗面的逐渐浮现和明显，《蓝色水壶》的整个故事世界也开始瓦解。德里克试图利用这些老太太，但她们本身的过去也并非清白：她们都在私生子的事情上说过谎，或者根本就不关心他们。因为弗洛伊德理论中被压抑的情感主要指心理状态中不好的一面，所以阅读策略3（主观化）在这里是有用的。同时，各个角色被压抑的情感或记忆的回归超越了他们本身的主观世界，因为它影响了整个戏剧世界：回归的压抑情感以寄生词汇或声音的形式出现，体现

了道德变异的主题（阅读策略4）。因此，读者可以说，剧本由于揭露了角色们的道德败坏，其本身也受到牵连而毁灭。他们缺乏同理心，做事皆以自我为中心，贪图金钱，且责任感缺失。正是这种人类特征的缺失摧毁了剧作的故事世界。

后现代主义叙事带有元小说倾向，揭露人类角色的纸人特质，即虚构创造，科幻小说则主要运用科技创新将无生命的机器与人类思想相结合。后现代主义叙事强调了角色的虚构特质（出于各种不同原因），科幻小说则强调人工创造物的人类特征（这就立刻引发了科技创新的益处问题和人类到底是什么的问题）。在这一语境下，丽莎·詹赛恩（Zunshine，2008，19）认为，"我们依旧……对机器人、半机械人和仿生人感兴趣，因为它们以明确的'功能'被带入世界……然后反抗或超越这种功能，似乎获得了……人类的情绪和感官"。

英语文学中第一个试图将心智注入物质的重大尝试就是玛丽·雪莱（Mary Shelley，[1818]1823）的哥特小说《弗兰肯斯坦》（*Frankenstein*）。故事中，维克托·弗兰肯斯坦用一些无生命的物体创造出一个通过电流激活的怪物。[①] 弗兰肯斯坦"从停尸间里收集到各种骨髓，用不洁的手指去探寻人体骨骼结构的惊人秘密"（91）。后来，他为这些被描述为"没有生命的"无机材料"注入生命"，最终，"那个有着浑浊昏黄眼珠的生物"奇迹般地睁开了眼睛。这一创造（它后来与它的创造者反目）所引发的一个重要问题与科学的界限有关：我们是否应该创造一切可能被创造出来的东西？科学探索是否应该有界限？（Booker & Thomas，2009，5）这个怪物还提出了究竟何为人本质的问题：我们与这个生物是根本不同还是有些许相似？劳伦斯·利普金（Lawrence Lipking，1996，320）对这一问题进行了如下提问："这个生物到底是自然人还是**非自然怪物**？"

科幻小说中被注入心智的机器是被赋予生命的物质的类比实例，

126

---

① 同样，我们还可以提到奥维德的《变形记》（公元8年）中塞浦路斯王皮格马利翁的故事。皮格马利翁是一位爱上一座雕塑的雕刻家，这个雕塑后来变成了一个真正的女子。

并发挥着类似的作用。比如说，菲利普·K. 迪克（［1968］1996，13）的《仿生人会梦见电子羊吗?》（*Do Androids Dream of Electric Sheep?*）就向我们呈现了看起来完全像人且有自我意志的人形机器人（叫作"仿生人"）。它们能够逃离（29）并杀死他们的人类主人（32）。① 它们属于人造生物，能完美地模仿人类，甚至有自己的思想和意识。小说中还有另一个有思想的机器，即能够促进心灵感应的"共鸣箱"（21）。这是一个技术装置，能够让故事世界的居民进入他人的内心，以便真正地交换情感，达到共情的效果（174）。

　　小说向我们展示了人类与科技间的紧密联系。《仿生人会梦见电子羊吗?》中的人类角色不仅依赖人形机器人和共鸣箱，还离不开"彭菲尔德情绪调节器"（Dick，［1968］1996，5）、电视节目和视频电话。在此基础上，小说将重点放在两种涉及人类与机器非自然混合的技术之上（即有思想的仿生人共鸣箱），以展示技术如何可能反过来对抗其创造者。

127　　小说故事发生于后末世时代的 2021 年，"末世大战"后的辐射令地球上的生活变得无比艰难，许多幸存者移民到了火星或其他殖民星球。这种情况下，人形机器人的发展也开始了："能在外星球上劳作，这些人形机器人——严格说来，是有机仿生人——成为殖民计划中任劳任怨、辛勤劳作的引擎。按联合国法律，每个移民的人自动拥有一个仿生人，至于是哪一子类的仿生人，由他自选。到 2019 年的时候，仿生人的子类数量已经超出了人们的理解，就像 20 世纪 60 年

---

　　① 科幻小说中有很多会思考的机器人的例子。菲利普·K. 迪克（Philip K. Dick，［1968］2002）的小说《逆时针世界》（*Counter-Clock World*）中的卡尔·甘特里是一位具有自我意志，会哲学思辨且有情绪的机器人。而威廉·吉布森（William Gibson，1984）的小说《神经漫游者》（*Neuromancer*）中的神经漫游者是一个具有自我意识的人工智能。在丹·西蒙斯（Dan Simmons，1990）的小说《海伯利安的陨落》（*The Fall of Hyperion*）中的智能机器人试图铲除人类，而在理查德·摩根（Richard Morgan，2002）的小说《碳变》（*Altered Carbon*）中，可以储存人类特征的电子版本，随后下载到新个体当中去。道格拉斯·亚当（Douglas Adams）仿科幻小说系列《银河系漫游指南》（*The Hitchhiker's Guide to the Galaxy*，1979—1992）中的偏执狂机器人马文"展示超级计算机机器人具有情绪后的种种荒诞后果，用这样的讽刺方式来应对虚假的技术乐观主义期望。他只需与任何电子控制系统建立联系，分享他对世界和自身处境的悲观看法，就能让它彻底崩溃"（Brier，2011，95）。

代的美国汽车市场。"（Dick，［1968］1996，16）这些仿生机器人主
要是给殖民星球上的人类移民充当替代朋友：一个仿生机器人的电视
广告称赞他们为"为您特有需要而量身定制的人形机器人"，并将其
定义为一个"忠诚老实的**伙伴**"（17‑18）。克里斯托弗·A. 西姆
斯（Christopher A. Sims，2009，75）指出，这些人形机器人主要是
"针对人类孤独问题的一个人工解决办法"；仿生机器人成了"真正
人类同伴的替代品"。同时，这些人形机器人，尤其是新型枢纽六型
机器人，也可能背叛人类："这些机器人，通过宣扬他们作为自主生
物的生存权，挑战了生命和自我等基本概念范畴，并反过来质疑了他
们创造者的种种特权"（Galvan，1997，413）。也就是说，这些仿生
机器人是作为同伴被创造出来的，却也可能变成变态杀人狂。

　　类似地，共鸣箱能够促进移情感受，但也能导致各种不同形式的
社会分化。共鸣箱是一个帮助人们相互感应的科学设备，通过整合
"他们熙熙攘攘的思绪"，即"许多个体的内部声音"（Dick，［1968］
1996，22），帮助人类"体验……他人"。这个机器将所有与之相连
的"人类思想创造成了一个同感集合"（Sims，2009，80）。另一方
面，共鸣箱将所有人物"消极地固定在屏幕上面"，"效果却并不是
社会团结，而是社会分化"（Galvan，1997，416）。故事中，负责猎
杀人形机器人的赏金猎人里克·德卡德就注意到这一新科技如何使他
128　与妻子伊兰逐渐异化疏远：当她"走到共鸣箱旁时"，他开始"意识
到她的精神偏离"和"自己的孤独"（Dick，［1968］1996，176）。

　　和《弗兰肯斯坦》一样，迪克的小说讨论了科学发展的界限以
及人类到底为何的问题。正如我所讨论的，我们可以将这些具有思想
的仿生机器人和促进心灵感应的共鸣箱看作"一种寻回人类本质的
方式"（Sims，2009，67），但它们也明显具有"非人化"的潜能
（McNamara，1997，422）。小说表明，科技本身并无好坏，它是道德
中立的。迪克的小说提醒我们一个事实：在某些情境下，科技可能邪
恶地发展出自己的思想，并主导人类生活。《仿生人会梦见电子羊
吗？》提出事实不应该这样：人类应该永远主导科技发展。从这个意
义上来说，我们也可以认为它表达了艾萨克·阿西莫夫（Issac

Asimov，1976，63）所说的"弗兰肯斯坦情结"，即"人类……发自内心地担忧他们创造的仿生人可能反过来危害他们"。

　　关于真实世界中机器到底能做什么的问题，最终取决于我们对待科技的态度以及我们赋予科技的价值，这也是一个需要"社会、情感和道德回应"（Dick，［1968］1996，103）的问题，而且，至少在现实世界中，只有人类才能解决这个问题。换句话说，我们必须警惕科技的潜在危害，此外，还需要我们确保不要随之变成准－机器人，丢失人类的特质。相比之下，在迪克的小说中，赏金猎人里克·德卡德却变得越来越没有人性，主要表现为他在"伊沃特·坎普夫移情测试"（30）（一个用来挑出仿生机器人的移情测试）中对仿生机器人的冷酷和工具性态度（Wheale，1991，300）。由于他的杀手工作，"德卡德变得非人化：变成了一个杀戮机器"（Booker & Thomas，2009，225）。

　　后现代主义叙事和科幻叙事都融合了人类和机器的特征。但这一
129 融合的功能在这两种文类中存在细微差异：后现代主义文本使用机器人般的行为来揭露角色本身的虚构性，科幻小说则运用有思想的机器人来强调科技产品也可能发展出自己的思想从而威胁人类的观点。第一种文类中，看似像人的角色最后被证明是虚构的纸上人物，而在第二种文类中，人工机器却表现出人类特征，如心智或个人意志。除此之外，与科技制造的鬼怪一样，有思想的机器人主要处理科技进步的优缺点问题。有趣的是，《蓝色水壶》中人物的毁灭与《仿生人会梦见电子羊吗?》中人形机器人的灭绝相当类似。赏金猎人德卡德用移情测试来区分仿生机器人：如果它们不能通过测试，他就毁灭它们。类似地，丘吉尔戏剧中的角色之所以被毁灭也是因为缺乏对他人的移情感受，只是这种毁灭发生在不同的语境当中。在《仿生人会梦见电子羊吗?》中，我们看到的是一个科技发达的科幻世界；而在《蓝色水壶》中，角色的虚构性则以自我反射的方式被揭露出来。

3.5　变形和身体特征的改变

　　在《故事逻辑》（*Story Logic*）中，戴维·赫尔曼（Herman，

2002，116-117）提到了"整个叙述传统……相关的个人和实体都或多或少地因他们各自所在故事世界的转变而发生根本性变化"。莎拉·肯恩（Sarah Kane）的戏剧《清洗》（*Cleansed*，2001）中就有一个变形的例子。这一古怪且令人不安的戏剧故事发生在一个能让人联想起集中营的大学之中。廷克是个有施虐狂倾向的虐待者，他对卡尔（他和鲁德相爱）和格蕾丝（她和格拉汉姆相爱）实施了最为残忍的实验。① 故事中，廷克将一根棍子从卡尔的肛门插入，直至从他的右肩穿出（117）；他还割了卡尔的舌头（118），剁了他的双手（129）、双脚（136）和阴茎（145）。这些肢体上的残缺难以言喻（或许也无法在舞台上表演出来），却是物理上可能的。

当格蕾丝见到了她死去的兄弟格拉汉姆，与之发生关系（119-120），并在廷克给她移植了一个阴茎，真的变成了他（格拉汉姆）的时候（145），我们也就进入了非自然领域。② 当舞台指令告诉我们格蕾丝"长相和声音都与格拉汉姆一模一样"，而且我们知道其他角色也能看到"格蕾丝/格拉汉姆"（149）的时候，我们必须接受，在《清洗》这个奇妙世界中，一个人物角色可以转变成另一个。除此之外，戏剧世界中还有其他非自然事件发生。比如说，在格拉汉姆和格蕾丝发生关系之后，"一朵向日葵从地面破土而出，长到了高出他们头部的高度。等它完全长大后，格拉汉姆将其扯到身边嗅了嗅"（120）。之后"水仙花"突然"长出地面。它们往上疯长，黄色花朵覆盖了整个舞台"（133）。与真实世界相反，在剧作的世界中，向日

130

---

① 戏剧中有大约四对不幸伴侣：他们是卡尔和鲁德，格蕾丝和格拉汉姆，罗宾和格蕾丝，以及廷克和一位脱衣女郎。

② 对于她的变形，廷克和格雷汉姆都用"再见了，格蕾丝"（Kane，2001，146）作出回应。类似地，在《万有引力之虹》中，蒂龙·施罗斯洛普变成了交通路口，"终于有一天下午，在一座被瘟疫摧毁的古镇边上，他躺在阳光下，四肢放松张开，形成一个十字架，一个十字路口，一个有活力的交通路口，法官们都来搭绞刑架，正午时在这里绞死了一个普通的罪犯"（Pynchon，1973，625）。后来，他被散布开来，"分散到整个地区"，"从传统的'确定身份并拘留'的意义上来说，没人知道是否还能再'找'到他"（712）。施罗斯洛普的变形通常与人类主体的新认知（后现代或后人类）联系起来。比如说，杰弗瑞·T. 尼龙（Jeffrey T. Nealon，1993，126-127）就认为"施罗斯洛普的分散瓦解了战争状态下的主体性（它依赖于身份、财产、数据和个体）"。

葵和水仙花可以相当快地生长。

《清洗》中的非自然元素（比如说格蕾丝的变身以及花儿的突然生长）可以解读为寓言的一部分，喻指爱情的优点和险处（阅读策略5）。换句话说，剧作表明，爱情总是蕴含救赎的可能，但也潜藏毁灭的风险。① 格蕾丝最后的意象（这时她已经变成了格拉汉姆，盯着太阳［Kane，2001，151］）在某种意义上总结了剧本的潜在信息。一方面，可以被视为普通女性代表的格蕾丝在与爱人格拉汉姆的结合中找到了温柔和肯定；另一方面，她也在变身中彻底失去了自己的身份：她再也不是格蕾丝。我们也可以将廷克看作一个不完美的神，他测试了格蕾丝与卡尔（他们是普通人的另一版本）各自爱情的极限。剧作中的花儿象征了爱情的救赎力量，身体的残缺和变形则暗指恋人们在渴望实现某种统一或与心爱之人合而为一的绝望尝试中走向自我毁灭的方式。剧作主要讨论的正是这种爱情的矛盾性质。

《清洗》的书写受到了罗兰·巴特《恋人絮语》（*A Lover's Discourse: Fragments*，1979）的影响。在与尼尔斯·泰博尔特（Nils Tabert）的一次采访中，凯恩表示，"《恋人絮语》说被拒的恋人与集中营的囚犯境遇相似，确实是这么回事。开始阅读时，我对这种说法感到震惊：怎么可以将爱情的疼痛与那样的痛苦相提并论？但我越思考这个问题，我就越发现自己确实读懂了他在说什么：它们都是关于自我的丢失"（转引自 Saunders，2002，93），《清洗》就是对爱情矛盾之处的复杂探索。这些变形和其他非自然事件告诉我们：爱情既可以带来柔情和肯定的时刻，也可能导致自我的彻底毁灭。

后现代主义中角色的变形可以追溯到传奇故事、哥特小说和奇幻小说中的魔法变形，以及科幻小说中变形的外星人的形象。因此，在托马斯·马洛礼爵士（Malory，［1485］1983）的《亚瑟王之死》（一部"英国相关"的传奇故事）中，巫师梅林和女巫摩根·勒菲都能用魔法改变自己的外形或使他人变形。在他预言亚瑟王之死前，梅

---

① 这一观点也在格蕾丝对格拉汉姆的请求中有所体现："格拉汉姆，要么爱我，要么杀了我"（Kane，2001，120）。除此之外，剧作标题既唤起精神涤净，也令人想起与种族清洗相关的种种暴行（如之前的南斯拉夫冲突；Waters，2006，380）。

林变身为"一个十四岁大小的小孩"，之后又变身为"八十岁的老人"（55，l.10，4-13）。摩根·勒菲也能改变自己的外形，还能"通过向一个大型大理石施法"让她的马儿变身。之前，梅林就将尤瑟王变成了伊伦丈夫的样子，让他和"伊伦在提坦吉尔城堡"中同床交欢，从而有了亚瑟王（34，l.2，36-37）。科琳娜·桑德斯（Corinne Saunders，2009，210-211）分别将摩根·勒菲和梅林与黑白魔法联系起来：梅林"表达并协调了基督命运的运作"，而摩根·勒菲则与"魔法的黑暗、邪恶面"相关联。① 这一传奇故事世界"陷入了善恶的争斗中，不断通过象征手法表现出来"。此外，"超自然现象成为考验和塑造个人骑士身份的方式，远远超越了身体的层面"（212）。②

　　由黑魔法或白魔法导致的变身也存在于其他文学类型当中。比如，只要愿意，斯托克的哥特小说中邪恶的伯爵就可以"将自己变身为狼"，也可以成为一只蝙蝠，还"可以像薄雾一样突然出现"或像"鬼魂"一样飞行。托尔金（J.R.R.Tolkien，［1937］1966，119，126）的奇幻小说《霍比特人》（The Hobbit）中的超自然人物比翁不仅能够和动物交流，还能从巨人变成一只大黑熊（119）。比翁本性善良，有时甚至十分欢快，但一旦和人打架，他就会变身成狂怒的战士。他与自然相连（因此他从不吃肉），并且，与德拉库拉相反，他的魔法力量看起来更像是白魔法的代表（Saunders，2009，264），因为他帮助了"好"人比尔博·巴金斯和甘道夫重新夺回孤山。③

132

---

　　① 事实上，我们知道"摩根-勒菲……是一位精通巫术的神职人员"（Malory，［1485］1983，35，l.2.22-24）。

　　② 其他会魔法变身（比起梅林和摩根·勒菲更为微妙）的角色有伊索德（Malory，［1485］1983，207，ⅩⅢ.2.3）；"湖中女仙"（64 Ⅱ.3.31off.）；"湖上少女"尼尼夫（116 Ⅳ.24.8）；"布莱森夫人"（401 ⅩⅠ.2.11）；和摩洛克先生的妻子，她能将她的丈夫变成狼人："摩洛克先生，好骑士……**被妻子背叛，变成了一个狼人**"（552 Ⅸ.11.20-21）。

　　③ 尼法朵拉·唐克斯和她的儿子泰迪·卢平（在 J.K.罗琳的奇幻小说《哈利·波特》系列中的变形巫师）可以随意变换身形。正如在贝奥恩案件中一样，这是一种白巫术。

　　有些科幻小说叙事中存在着一些会变形的外星人；它们可以变身为人，也因此企图不断消灭人类。这些外星人并没有被描绘为传统的超自然现象，而是科幻小说中推测性投射的一部分。在约翰·W. 坎贝尔（John W. Campbell，［1938］1948，34）的短篇小说《谁去那儿？》中，南极考察队中的科研人员发现了一个外星人，它能够变身成任何它见过的人，且性格一致："它能模仿一切事物——也就是说，能变成任何事物。"我们还知道，"它没有天敌，因为它能随心变幻成任何东西"（34），而且它没有什么意愿："它不打架。我认为它从不打架。它一定是个很平和的家伙，用它自己的——能模仿的——方式。它从不需要打架，因为它总能通过其他方式达到自己的目标。"（56）不久科研队成员们就面临着越来越严重的被害妄想症，因为，理论上来说，科研队里的每个人都有可能被外星人吞噬替代。他们永远没法确定眼前的人到底是本人，还是变形的外星生物，科研队里最紧迫的问题就变成了"我旁边的这个人是非人的怪兽吗？"（64）。变形外星人对科研队成员们的身份和个人主体意识构成严重威胁。我们因此可以将这一短篇故事解读为科研人员所代表的科学（理性）个人主义（被定义为好的）与外星人所代表的非理性无我（被定义为邪恶的）之间的象征性对抗（De Villo，1988，182）。①

　　与后现代主义叙事一样，早期叙事中的人物也能变成其他实体。
133　一方面，后现代主义中的变形反映了传统人类主体的不稳定性，探讨了爱情的潜在威胁（《清洗》）或后人类状况（《万有引力之虹》），传奇故事中的变形则与象征善或恶的超自然生物有关，多半是白魔法（帮助实现某种愿望）或（恐怖的）黑魔法作用的结果。在传奇故事中，"区分黑白魔法的不是二者间的绝对差异，而是魔法背后的意

---

　　① 类似地，在杰克·芬立（Jack Finney）的小说《天外魔花》（*The Body Snatchers*，1955）中，加利福尼亚小镇米尔山谷被外太空异星种子侵袭。这些种子可以复制出完全一样的人，并将原来的那个人化为尘土。小说可以说是描绘了麦卡锡时代的反共情绪（Booker & Thomas，2009，30），但我们也可以将它看作"对美国20世纪50年代非人化同一的小镇生活的攻击"（De Villo，1988，186）。前一种情况下，会变形的外星人代表了共产主义意识形态；后一种情况下，它代表了美国小镇的（不断扩张且具破坏性的）统一性。

图。但是，这种区分又因为意图本身……可能被误导或步入歧途而变得复杂起来"（Saunders，2009，264）。另一方面，到 20 世纪，角色的非自然变形不再能解释为超自然现象（尽管这些变形可能与超自然现象在结构上相似，甚至是一样的）；科幻小说中的变形外星人对人类身份造成严重威胁，因为它们企图消灭人类。

3.6　同一角色的多种共存版本

后现代叙事中的角色也可能与现实世界中的个体有所不同，因为他们以多种共存的版本出现。比如说，阿兰·罗伯－格里耶（Alain Robbe-Grillet，1959）的小说《迷宫》（*Dans le labyrinthe*）就通过详细阐述无数自相矛盾的叙述线索，对人物的单一性观念进行攻击。克里斯廷·布鲁克－罗斯（Christine Brooke-Rose，1986，7）的小说《埃克斯奥兰多》（*Xorandor*）中的吉普和扎布也展示了身份的分裂，他说，"一，务必成为二"，角色 Xort 则将自己与计算机和虚拟角色麦克白夫人相融合，它会捕捉并回放她的台词，从而变成多重的。

这类叙事可以被解读为后现代主义中身份建构的寓言（阅读策略 5）：通过并存的不同角色版本，颂扬主体在后人类时代中不同时间点所呈现出的多重的、相互冲突的角色。类似地，托马斯·多彻蒂（Thomas Docherty，1991，180）也提到了"身份的多重化和随之而来的现象学意义上主体位置的分裂"。马丁·克里普（Martin Crimp，1997）的戏剧《干掉她》（*Attempts on Her Life*）同样促使我们接受这一现状，即同一角色分裂为多个版本，这些版本（至少部分地）互不兼容。但是，克里普的小说并不支持这种共存：相反，《干掉她》表明，除却表面的多样性和异质性，所有情景投射都与全球化市场经济中的权力关系息息相关。

"Anne"（有时候被叫作"Anya"［Crimp，1997，215－219］，"Annie"［225－228，246－248］，"Anny"［234－239］，或"Annushka"［260］）有着各种不同身份，生活在好几个不同地点。此外，她是一个老人的情人（208－214）；一个山谷居民，在那儿的一次内战中，"女性被玷污""孩子……被取出内脏"（216）；一个天真的消费者

（221－222）；一个女演员（223－224）；一个狂热的环球旅行者（225－233）；一辆汽车（234－239）；一个会五种语言的核物理学家（240）；一个国际恐怖分子（229，241－244）；一个自杀式装置艺术家（261－265）；以及一个未成年的色情女演员（269－277）。安妮对自己评价道，她"不是你在书本或电视中看到的那种真实人物"（229）。

这部剧作通过在多个国家设定场景（Crimp，1997，208－209，221，227，230，237，279－280），以及将部分台词译为其他语言（234－239，269－277），暗示了全球化的背景。剧中还存在各种非实体的声音，构建了17种不同版本的安妮。按照阅读策略3（主观化），我们可以将这些不同版本解读为可能发生的景象或选择。这些声音并不属于任何有名字的真实角色，而是以破折号表示："一个句首破折号（——）代表讲话者的改变。"（202）因此玛丽·卢克赫斯特（Mary Luckhurst，2003，51）指出，除了"安妮"的复杂化，克里普放弃了为角色分配固定台词的传统，这也使得对该剧的解读更加不稳定。

据大卫·巴尼特（David Barnett，2008，18）所言，《干掉她》135 中的17个场景相互间毫无联系："不同版本的安妮不仅相互矛盾，而且似乎是完全不同的人。"换句话说，安妮的不同身份带有"多样化"和"非一体化"的特点，正如乌尔利希·贝克（Ulrich Beck，2000）所描述的全球化世界。① 一个选择就是将安妮令人眼花缭乱的多样性从后现代主义叙事（比如说《迷宫》或《埃克斯奥兰多》）的方向解读，即将其解读为对"安妮的一切可能存在形态"的颂扬，这就包含了在这一多样化新世界中我们终于可以呈现出"之前被冻结"的各种不同身份的观念（284）。

然而，这种表面上的多样性实际上掩盖了一个事实，即每个场景

---

① 根据贝克（Beck，2000，12）所言，全球化指代"区域全球关系网络在经验上可确定的规模、密度和稳定性，以及通过大众媒体，在文化、政治、经济和军事水平上社会空间和图像流动的自我定义。全球社会也就是……具有多样性和非同化性的全球视野"。

的结构都是完全相同的。这些声音总是把某些想法和幻想投射到安妮身上，并且常常使用"相同的句法或诗歌节奏"（Luckhurst，2003，55）来做到这一点。此外，剧中的这些场景并没有被呈现为具有解放性质的选择，相反，他们都牵涉权力和统治。在任何情况下，这些混杂的声音都会令人想起广告商或电影摄制组，象征着社会强权机构，迫使安妮扮演一个角色，而这个角色的合理性由是否能售卖（作为电影或广告）来决定：她们总是"需要选择最性感的一种"（Crimp，1997，224）。安妮始终处于一种劣势，因为她的身份是由他人定义或建构的。

在每一个场景中，安妮都被阿尔都塞（Althusser，1984）意义上的同一个意识形态所诠释。对阿尔都塞来说，意识形态是"与现实"不同的想象中的"世界观"，通常存在于"一个机构组织，它的实践或活动当中"（36－40）。斯图尔特·霍尔（Stuart Hall，1985，106－109）进一步阐释这一思想，他指出，我们通常意识不到意识形态的运作，（错误地）以为我们都是自由个体："意识形态好像是从我们内部自由自主发散出来的，好像我们都是自由主体，'行动全凭自己'。事实上，意识形态在我们出生前就已经存在，它定义、决定了我们的位置。"

这个困境在剧中也有所表现：安妮确实由一种意识形态话语所决定。意识形态操纵着她，"她自己……毫无意识"（Crimp，1997，262），就像在场景13中外星人利用她的思想一样。确实，理查森（Richardson，2007，63）将这个戏剧描述为："关于主体是如何被周遭话语所建构的叙述。"① 剧中的身份建构受制于全球化市场经济，后者又与女性剥削相伴而行："随着市场全球化，全球范围内的女性商品化也越来越显著。"（Luckhurst，2003，54）

《干掉她》可以解读为对全球化世界中女性被物化的讽刺（阅读策

136

---

① 意识形态的运作也可以用来解释无实体声音（而非具名的真实人物）的运用。根据阿尔都塞（Althusser，1984）所言，在代表个体发言的层面上，意识形态消除说话主体。在戏剧中，意识形态通过消除的主体发声，声音背后的个体已不再重要。

略5）。剧本批判了全球化市场中女性被支配和剥削的现状，而剧中
每个场景都表现出这一趋势。换句话说，剧作通过无名权力机构代表
所投射的安妮的各种形象，揭示了全球化时代所谓多元化背后隐藏的
统一性。

　　例如，在"色情"一节中，安妮是一个第二或第三世界的未成
年色情女演员（可能14岁甚至更小，Crimp，1997，169），她的台
词，或许是由制片人决定的，系统性地淡化了全球化色情行业的剥削
和残酷本质：

> ——无论发生什么，她总能掌控一切……
>
> ——甚至在目测很暴力或危险的时刻……
>
> ——但并不是
>
> ——（轻微的微笑）很明显……
>
> ——色情正为她建立起许多女性都会嫉妒的安全和独立
> 感……
>
> ——色情……事实上是一种掌控的方式。（269－271）

137　　当安妮本该说"这一小孩被下药迷晕……被玷污……然后在不
知情的情况下被拍照或录影的场景……滑稽可笑"时（272），她却
拒绝这样说下去，"我做不到"（273）。她的反叛行为暗示这一场景
中可能存在些许真相，尽管她本应该去抵制它。然而，无伤大雅的话
语依然存在，强调着色情行业对观众的所谓无害性以及对女孩和女性
的性剥削：随着"另一个发言者接管"，安妮被"复活"（273）：

> ——照顾到了她的一切需求。包括正规教育……
>
> ——在21岁这个年纪，大好青春仍在等着她……
>
> ——……而且她可以从色情行业挣得一大笔钱……
>
> ——并不是每个人都能享有她这样的人生开端……
>
> ——或者说她这样的机会。（273）

"你很上镜"一章也加强了对女性的物化，各种声音将安妮变成了"一件商品，使她成了满足他们各种恋物癖好的物品"（Escoda Agustí，2005，107 - 108）。整个场景（与其他场景一样）都基于最终产品必须尽可能吸引人的想法。以下这一老套的陈述很好地传达了这一观念：

> ——我们必须觉得看到的即是真实的……
> ——我们讨论的是现实。我们讨论的也是人性……
> ——我们必须选择最性感的。（Crimp，1997，223）

毫不意外，这种持久性物化导致了安妮的空虚感。她曾表示，她所珍惜的所有事物都被破坏掉了，"以……生意的名义和……自由主义的名义"；"以……合理化的名义和……事业的名义"；"以……所谓的个人主义的名义和……所谓的选择的名义"（Crimp，1997，212）。之后，安妮甚至表示，她感觉"就像一个屏幕……所有事物在屏幕前都看起来真实生动，但一绕到后面就只剩下灰尘和几条线而已"（229）。

安妮作为国际恐怖分子的反叛也被市场逻辑和如何将其出售给广大受众的问题同化。紧跟**国际恐怖主义几个字之后**的是类似于"梦幻芭比"、"梦幻肯（Ken）"［这指代的是芭比的男友 Ken］（241）、"米妮鼠"（242）、"无糖百事可乐"（243）甚至"上帝"（242）的商标符号（244）。安妮两次登上《时尚》杂志封面，"将她（个人生活故事）的电影版权卖了 250 万……美元"，并密切关注着媒体对其恐怖主义行径所引发的"民愤"的报道（244）。国际恐怖主义成了另一个消费产品，就像场景 11 中的自杀式装置。

安妮的物化在"新安妮"一节中达到高潮。这时她成了真正意义上的一件物品——一辆车，并且，毫不意外地，需要被展示出来吸引顾客：

> ——车子沿着地中海路迂回……

138

　　——它在风景如画的山间弯路上跌撞前行……

　　——新安妮的流线型车身。（Crimp，1997，234）

　　因此剧本中貌似不同的——部分甚至相互排斥的——场景其实都参照着同一原则。在任何情况下，诱人的最终产品都必须要卖得越多越好，而已知的营销策略体现为对女性的征服、物化和剥削。"最性感场景"（Crimp，1997，223）的建构与安妮（她代表了全球化语境下的每个女性）的毁灭并行。建构与毁灭之间的微妙互动也恰当地体现在了戏剧标题当中：《干掉她》暗含了叙事和建构的尝试，但也暗示了自杀与毁灭。

　　克里普的这一戏剧讨论了全球化世界的阴暗面。剧本运用非自然吸引大家关注多样性、个人主义和选择等诱人许诺背后的种种压迫。马克斯·霍克海默和西奥多·阿多诺（Max Horkheimer & Theodor W. Adorno，2002，217）试图解释"为什么人类没有进入真正的人类状态，而是堕入一种新的野蛮"。他们认为启蒙运动本应通过理性实现解放，但它本质上是一个充满矛盾的现象，最终归复于奴役与统治："有史以来，任何试图从外在束缚下解脱出来的努力只会带来一种新的权力关系。"（218）类似地，《干掉她》指出了新全球化社会背后隐藏的各种压迫形式。全球化进程只是另一种形式的启蒙辩证关系，它们宣扬解放却最终都只带来压迫。

　　以《干掉她》《迷宫》和《埃克斯奥兰多》为代表的后现代主义叙事运用并存的不同版本角色来探讨主体在后人类时代中的复杂矛盾位置，科幻小说则通常运用高科技人物复制品来讨论科技进步的优缺点。① 这样的复制品预示了多彻蒂（Docherty，1991，180）所说的后现代主义叙事中的"身份倍增及其导致的现象学主体位置的分裂"。

　　戴蒙·奈特（Damon Knight）的小说《A 即万物》（*A for*

---

　　① 我们将来也许真的可以通过新科技来复制人或通过克隆技术复制出一个人的多个版本。然而，只要我们还没有实现这些，我们就只能将这些看作非自然的。

Anything，〔1959〕1965）向我们展示了一个新发明的"小玩意"
（6），即"一个复制装置"，它能够"复制任何事物——甚至另一个
这样的小玩意"。有了这个科技发明，小说世界中便有了许多角色复
制品。类似地，在阿尔吉斯·巴崔斯（Algis Budrys）的小说《野蛮
月球》（*Rogue Moon*，〔1960〕1977）中，爱德华·霍克斯博士设计
了一个"物质传送器"，可以将人（和物体）送到月球上（6）。更
具体来说，这个远程装置可以将人分解并"发送消息告诉接收者如
何（将这个人）重新组合起来"（64）。这个人是"原来那个人的完
美复制品"（65）。换句话说，这一复制涉及"整个身体，包括与大
脑结构和容量相关的脑细胞复制"（65）。由此产生了原始个体的两
个副本：扫描信号分别被发送到霍克斯在地球上的实验室，以及月球
上的另一个接收器（92-93）。原始个体会被摧毁，地球上的副本会
被剥夺感官，"好像存在于……（月球上复制品的）大脑中一样，并
记录下（月球之上的）身体发送给大脑的……任何感官感受"（95）。

　　尽管这些并存的角色"并非完全一样"，而是"原件的两个对等
复制品"（Dilley，1982，113），斯蒂芬·R. L. 克拉克（Stephen
R. L. Clark）却准确地指出：通过这样的故事"人们被迫思考自己是
否也是可以随意丢弃的那一类"而非独一无二的个体，这对于我们
的个人认知是个不小的挑战。同一人物的不同并存版本反驳了詹赛恩
（2008，34）所说的个体本质化趋势："（我们认为）个体的'本质'
特征并不等同于（我们认为）个体所属的自然类别的'本质'。"科
幻小说同样讨论了角色复制对我们一向拥护的独特身份观念的影响；
角色复制通常导致严重的身份危机或其他一些问题。

　　比如说，《野蛮月球》中，在第一次远程器械的实验操作之后，
自愿被传送到月球的寻求刺激的探索者艾尔·巴克陷入了震惊状态。
他向霍克斯抱怨物质传送器"一点也不在乎！我对他来说什么也不
是！"（Budrys，〔1960〕1977，100）换句话说，他开始恐慌，因为在
这个测试当中，他认知当中的"本质"身份，即大家所说的"不可
言喻的特殊之处"（Zunshine，2008，24），被拆解了。小说中，从另
一个角度看，这一科技创新也被批判了，因为角色复制带来了许多问

题。在《A 即万物》中，复制装置的发明导致了一个"奴隶社会"（Knight，〔1959〕1965，24）；鉴于任何东西都能复制，所有实物也就都是自由的，唯一有价值的就是人力劳动。在小说中 2049 年的未来社会中复制装置和奴隶（被称为"笨蛋"）由富裕的精英阶层控制。在巨鹰管辖区，权力强大的头领复制了他最信任的奴隶，然后以观看他们被一个个从高塔上推下来为乐（96 – 98）。这里的复制人完全失去了他们的人类地位，成了供精英阶层娱乐的商品。

在其他一些案例中，复制品的存在是有益的，他们引发了原始角色的自我觉醒，且有望改变其生活。这些叙事可以看作对科技创新的歌颂。在约翰·温德姆（John Wyndham，1959）的短篇故事《对应物》（*Opposite Number*）当中，第一人称叙述者皮特·伦德尔迎来了一位客人——来自平行时间流的他的复制者（Dannenberg，1988，282；Ryan，2006b，662 – 663）。这一人物告诉他，"你看，**我们都是皮特·伦德尔**，这是一切变复杂的原因"（Wyndham，1959，127）。两个皮特·伦德尔尽管长得一模一样，仍有细微的差别。皮特·伦德尔 2 号的妻子是简，即皮特·伦德尔 1 号的前女友；在皮特·伦德尔 1 号的时间流上，皮特和简分手了，简嫁给了弗雷迪·陶保伊（126 – 127），而皮特·伦德尔则娶了"那个叫滕特的人的女儿"（125）。

在这一叙事中，角色的复制主要由"老惠茨通的机器"完成。皮特·伦德尔 2 号对其做出如下解说：

所以，举个例子，我们现在有一个皮特·伦德尔。一会儿之后，他存在的时间原子被分裂，我们就有了两个皮特·伦德尔，两人之间稍微有点不同。如果这两个时间原子再次分离，我们就有了四个皮特·伦德尔。再分裂一次，就有了八个，然后就是十六个，再然后就是三十二个。很快就会有成千上万个皮特·伦德尔。因为每秒都会发生很多次微小变异，这样就会有无数个皮特·伦德尔。他们都与最开始的那个相似，但都因为偶然因素彼此不一样，并且居住在不同世界——有的相互间差异几乎难以察觉，有的差异巨大；这完全取决于和原始分离之间的距离。
（130）

皮特·伦德尔 2 号接着解释道，"问题不再是时间穿越……最开始的问题被另一个取代——是否有可能将一个人从一个血统分支转移到另一个，比如，同族分支？事实上，我就尽力试过这个——我现在站在这里就是要向大家展示，在某些程度内，我们是可以做到的"（130）。他拜访皮特·伦德尔 1 号的主要原因也是他想要改进这个帮助人们穿梭于不同世界的新科技："事实上，我突然想到，如果我可以促使我的某个'平行人'也开始从事这项工作，或许我们就能更好地理解它。"（131）

尽管小说对同一人物多个版本的共存提供了准科学解释，但"对应物"主要是呼吁大家思考现状的另一种可能。小说暗示皮特 2 号远比皮特 1 号开心快乐，简 2 号不断试图劝服皮特 1 号再次联系简 1 号："你一定得去找她，皮特……我只想你开心快乐——你和另一个我。"（Wyndham，1959，134）最后我们得知，皮特 2 号和简 2 号的来访潜在地导致了皮特 1 号与妻子分离，及其与简 1 号的重新联系，因为"二三十个人"（包括皮特·伦德尔 1 号的妻子和简 1 号的丈夫）看到他们"手牵手"，且他们都怀着"根深蒂固的怀疑"（139）。"对应物"暗示，"皮特和简是命中注定的爱人，不管他们生活在哪个世界"（Ryan，2006b，663），小说中的这一科技创新帮助皮特 1 号顿悟，明白事实确实如此。

后现代主义叙事通常颂扬后人类时代中身份的多样性，或揭示全球化在其诱人的个人主义和自由选择的承诺背后隐藏的压迫形式。科幻小说则展望和探讨了如果技术进步使我们得以遇见另一个版本的自己会发生什么。此外，科幻小说还运用了高科技复制人来探讨科技进步的优缺点。

3.7　小结

文学史中充满了扰乱传统类型学的非自然人物，促使我们重新思

考对传统人类角色的理解。后现代主义中的非自然人物将传统人类主
体变成了一个人造"混合体，一系列异质成分的结合体，一个其边
界被不断建构和重构的物质－信息实体"（Hayles，1999，3）。在文
学人物史中，"后人类异形体本质上特殊、丰富且杂乱，伴随着迅速
且偶然的新类型的诞生"（Stableford，2006，401）。

　　后现代主义中的不可能角色超出了传统"扁平"或"丰满"的
简单人物类型划分（Forster，［1927］1954，103－104），以及"静
态"或"动态"的类型划分（Pfister，1988，177）。这样的人物要么
是丰满的，如莫莉·海特（Molly Hite，1983，118）所说的"多形性
反常"——以至于存在同一人物的多个版本；要么就是极度动态以
至于能转化为一种全新的存在状态，甚至变成另一个角色。用史蒂
夫·康纳（Steven Connor，2004，69）的话说，这些非自然人物表明
"无序是一种令人兴奋的挑衅，而非痛苦的折磨。与其说它是一个尚
需驯化的威胁，不如说多样化成了艺术必须试图达到的一种境界"。
类似地，赫尔曼与弗瓦克（Herman & Vervaeck，2005，70）认为后
现代主义叙事中的人物"失去了他们的人类特质：他们彼此间相互
融合"且"通常昙花一现"。

144　　初一看，本章所讨论的非自然人物与雷蒙德·费德曼
（Federman，1975b，12－13）宣称的超小说人物是一致的：

> 　　小说人物……将……不再是精心勾勒，具有固定身份、稳定
> 社会和心理特征——包括名字、地位、职业和现状等。新型小说
> 中的人物将会和勾勒他们的话语一样多变、不稳定、虚幻、无
> 名、不可名状、充满欺骗性，且不可预测。但这并不意味着他们
> 将只是提线木偶。相反，他们的存在将会更真实、更复杂且更接
> 近生活，因为他们看起来不再仅仅是他们真实的自己；他们将成
> 为本质的自己——语言存在。

　　然而，费德曼所谓的超小说中的"纸上存在"，"完全不关心外
在事物"，"不关心真实世界，只关注他［小说人物］所在的小说世

界，只看到他作为小说虚构人物的自身角色"（13），这样的说法有些夸张。正如我所展示的一样，非自然人物明显对我们所生活的世界进行了些许说明。

除此之外，后现代主义小说中的非自然人物与早期叙事中的不可能人物相互呼应。这些早期非自然表现可以通过文类惯例（阅读策略2）来解释：比如说超自然、讽刺性夸张或科幻小说中的推测性未来。我们已经建立关于不可能存在的小说百科，可以借用他们来解释特定的非自然案例。但这些小说百科是如何建立的呢？我认为，各种阅读策略与人类需求之间的互动导致了不可能性的常规化，并促进了新文类惯例的形成。

超自然的规约源于人类需要对自己的存在做出某种解释。对现实世界中不可测事件的一个解释途径就是诉诸超自然力量。从某种意义上说，超自然存在的功能就如同命运之轮，因为我们的混乱存在都可以通过他们的行为、意愿或动机得到解释。我们假定了一个超验领域（阅读策略7），其中的事态发展可以解释现实（人类）世界中的事件。除此之外，我们一般认为超自然生物（从寓言意义来说）代表了善恶力量（阅读策略5）。如今我们可以通过某些涉及魔法或超自然的文类惯例来解释某些看似不可能的角色，比如史诗、某些类型的传奇故事、哥特小说和奇幻文学等文学传统。 145

举个例子，我们可以通过史诗传统（其中超自然力量主要涉及英勇的斗士和他们与对手间的冲突）来解释《贝奥武夫》中不可能的怪物和主人公。史诗一般向我们展示善恶之间的象征性斗争（比如贝奥武夫与他的对手间的战斗），而史诗中超自然力量的规约主要源于两个观念，即我们的生活都由善恶两股力量主导，而有时候要战胜邪恶就需要超自然力量的介入。

我们可以通过布列塔尼短歌或传奇故事（这些作品讲述的是"不列颠之事"）的文学传统来解释《梅路辛》中的非自然性、《奥菲欧爵士》中的鬼魂以及《亚瑟王之死》中由魔法引发的变形。在这种情况下，超自然也涉及善恶间的象征性斗争，但它的功能不同。史诗与传奇间的主要差异在于传奇故事中超自然力不再涉足英勇战役而是专注于私人问题，比如主人公对"某位女士的执着追求"或"温文尔雅的举止"，即他的骑士精神（Mikics，2007，55）。奥菲欧爵士和雷蒙丁二人的忠诚、贞洁和正直等都受到了超自然生物的考146验。诺思罗普·弗莱（Northrop Frye，［1957］2006，31）将传奇故事看作一种模式（而非一种文学类型）和所有故事讲述的终极范式。他指出，"传奇故事中，传统自然律法被略微悬置：关于勇气和坚韧的神奇事件，对我们来说是**非自然**的，对他们来说却是自然的。传奇故事的设定一旦建立，魔法武器、会说话的动物、令人恐惧的食人魔和女巫以及具有神奇力量的护身符等就不再违反不可能定律"①。与弗莱相反，我将传奇故事看作一个文类，而非一种文学模式。假设存在多种模式的非自然，某些特定类型的传奇故事（比如布列塔尼短歌和关于亚瑟王的传奇故事）就包含了这些模式的具体表现。

哥特小说中的（超自然的）鬼怪和吸血鬼的主要作用就是唤起人们的恐惧和敬畏。在《奥特兰多城堡》（*The Castle of Otranto*）的"第二版序"中，霍拉斯·沃波尔（Horace Walpole，［1764］1966，21）表示，（主要以笛福、理查森和菲尔德为例）现实主义表现手法业已主导小说写作："奇幻之源已经枯竭，为**严格遵循现实生活的规则**所致。"他也因此写就了他所说的"一种新型传奇故事"（25），并对背后的想法进行了阐释，"希望**解放幻想的力量，使其能够徜徉在无边的虚构领域当中，**从而**创造出更多有趣的情景**"，他［小说作者］希望按照可能性定律安排故事人物；简而言之，就是让他们像处于非凡境遇的男女那样思考、说话和行动（21）。

沃波尔借用传奇故事，将非自然的与现实主义的心理模型相互整合，创造出新的文学类型。在于1765年3月16日写给约瑟夫·沃顿（Joseph Warton）的书信中，沃波尔对他的这种整合做了如下解释："事实上它［《奥特兰多城堡》］只是对古代传奇故事的模仿，主要为了结合老故事的恢宏气势与现代小说的自然文风。"（Lewis，1980，

---

　　① 在《奥特兰多城堡》的"第二版序"中，沃波尔（Walpole，［1764］1966，21）同样争论道，"［中世纪浪漫传奇故事中］男女主人公的行为、情感和对话与让他们动起来的机器一样是**非自然**的"。

377）有趣的是，特里·卡斯尔（Terry Castle，2005，678）坚称哥特小说"从某种意义上说，是英语文学史上第一次'后现代'试验"。与卡斯尔一样，我将哥特小说看作后现代主义的预兆：哥特小说和后现代主义叙事通过非自然的模式相连。然而，与卡斯尔不同的是，我认为后现代主义的根源可以追溯至 18 世纪后期。　　147

　　奇幻小说中更为新近的怪兽和女巫（比如说《哈利·波特》[*Harry Potter*] 系列小说和托尔金的小说）也可以解释为"超自然"角色（Jones，2005，161；Traill，1966，12 - 13）。这一文学类型中充满了常规化的不可能性，它们都与故事世界中魔法存在的可能性有关。然而，对真实世界知识的刻意违背在这一文类中也起到了重要作用。W. R. 欧文（W. R. Irwin，1976，4）将奇幻小说描述为"反 - 自然"，并将其定义为"基于且受制于公然违背传统可能性定律"的故事；"是将与事实相反的情景转变为'事实'后的叙事结果"。类似地，罗杰·C. 施洛宾（Roger C. Schlobin，1979，xxvi）将奇幻小说看作"在其中不可能事物占主导或中心性的作品"。

　　有些非自然角色（比如说野胡、智马以及《格列佛游记》中复活的死人）并未被视为超自然，但可以放置于梅尼普讽刺体（源于公元前 3 年讽刺作家梅尼普斯的写作）传统语境中解释，这一传统是"风格化而非自然主义的"，包含了"幻想与道德"的结合（Frye，[1957] 2006，289 - 90）。在这种情况下，非自然的常规化受到了一种观念的影响，即可以夸大现实世界的标准，以达到说教的目的。这时，阅读策略 6（讽刺和戏仿）就很有用。斯威夫特的讽刺故事批判了人类的野蛮和骄傲（通过野胡和智马等混合人类和动物特性的角色来表现）以及过去两百年来政治家们的腐败堕落（通过叙述者遇到的博学的死者角色）。这些不可能角色的运用一点也不会令人惊讶，因为，正如米哈伊尔·巴赫金（Bakhtin，1984，114）指出的，梅尼普讽刺体小说并不"受制于任何外在生活的逼真模仿"，而是专注于"对奇幻的大胆运用"，从而有了一些"非凡的形式"。巴　　148赫金对这类讽刺的讨论主要依据"实验性空想"理论（114）。

　　科幻小说中同样存在许多非自然角色（比如像动物一样或者会

变形的外星人、有思想的机器以及高科技复制人），要理解它们，我们只需设想它们是未来某一时刻的新发明或科技进步的结果。科幻小说中非自然角色的规约主要与未来主义推测有关，基本涉及两个主题：外星生命形式以及科技创新的结果（阅读策略4）。正如我所展示的，与史诗和传奇故事一样，科幻小说同样由善恶两股力量主导，只是这些力量不再具有超自然性质，而是存在于外星人和新科技当中。因此，我相信我所提出的阅读策略5（讽喻）同样促进了科幻小说中不可能角色的规约。

弗莱（Frye，［1957］2006，46）提议通过将科幻小说看作"一种具有强大神话倾向的传奇故事"来理解科幻小说中超自然生物与不可能角色间的联系。我认为科幻小说中各种模式的非自然角色类似于早期史诗、某些传奇故事和哥特小说中的超自然角色。同样地，布赖恩·斯特布尔福德（Brian Stableford，2006，245）指出，"科幻小说属于特例，因为科幻小说中的不可能受限于一个真实或假定的决定，即其传递的观念或描绘的事件，尽管在现实世界中不可能，但在未来却是有可能的，如果世界按照某种可能模式发展的话"。在《科学传奇故事》（*The Scientific Romances*）的序言中，威尔斯（H. G. Wells，［1933］1980，241）同样认为，科幻小说作者应该帮助读者"用一切可能的、不唐突的方式来规约不可能性假设"，也就是说，通过未来可能发生的场景或事件，使像外星人和反叛机器人一样的不可能角色变为可能。

| 4　非自然时间性 |

4.1　时间与叙事

本章将分析非自然时间性如何解构我们在真实世界中关于时间或时间进程的观念，并探讨了后现代主义如何回溯、处理、转化并激化了中世纪魔法故事、18 世纪讽刺文学、儿童文学、幽灵剧、奇幻叙事和科幻小说中的非自然时间线。布莱恩·理查森（Richardson，1987，2000，2002，2007）富有远见的分析为我的论述提供了参考，我在理查森研究的基础上，通过分析更多的案例，以及对非自然时间性进行认知阐述，提出读者如何处理不可能的时间线性这一问题。

许多理论家已经尝试详述真实世界中关于时间的假设，其中包括以下五项准则。[①] 第一，玛丽－劳尔·瑞安（Ryan，2009b，142）认为，"时间流逝总有一个固定的方向"：向前而非后退。第二，根据亚当·格拉兹（Adam Glaz，2006，106）的看法，时间不仅有"方向性"（directionality）——向前，而且具有"直线性"（linearity）：我们将时间看作一条直线或一种流动，并以链条或序列的方式来构想事件。第三，只能生活在当下，而不能穿越到过去或未来；对我们来说，过去和未来是无法到达的。第四，我们对时间的认知依赖于逻辑

---

① 我需要指出，我所列出的并不是一份完整的准则，这些准则可以被增加或者修改。我列举的这几项准则也有重合的方面。我意识到一个事实，约翰·格里宾（John Gribbin，1984）指出，在亚原子领域时间并不是沿着一个统一的方向流动。不过这个观察结果并没有影响我对现实世界中的时间的看法。

原则，例如无矛盾律；我们假定一个事件不可能在同一时间既发生又不发生。第五，即使这是一个共同愿望，我们也不能加速、放缓或阻碍时间的流动。

150　然而，我们头脑里可以想象一个虚构的场景，它能够超越我们在真实世界中对时间和时间进程的认识（Grishakova，2011）。在虚构叙事中，时间能够得到难以置信的（物理和逻辑上不可能的）灵活性。厄休拉·K. 海斯（Ursula K. Heise，1997，64）认为"后现代主义叙事的时间与任何特定的人类观察都脱离了关系，在某些情况下，它并不意味着代表除了文本之外的任何时间性"。在大多数情况下，"表征存在于其自身的时间性之中，而不依赖于'真实'世界的时间规律"（205）。马克·柯里（Currie，2007，85）更普遍地认为，"小说是对无法复制的现实经历的暂时扭曲"。

对时间性的研究已经成为叙事学理论的热门研究方向。1948 年，昆特·穆勒（Günther Müller）发现叙事事件的统一发展与其表现形式之间的差异。因此，他区分了故事时间，即由故事情节占据的时间；与叙述时间，即我们阅读叙事所花费的时间。如今，故事－话语区别已经被普遍认为是叙事学研究的主要问题之一。叙事理论的基本观点是故事或情节可以在话语层面以多种方式表现。[①] H. 波特·阿博特（H. Porter Abbott，2017，39－41）的观点代表了叙事学中的普遍看法，他认为故事"可以通过多种方式讲述"，但是故事本身"总是沿着时间向前发展"；"所有故事的发展都只有一个方向，随着时间推移"。

然而，关于涉及时间的非自然尝试，上述说法并不十分准确。与史学或其他叙事形式相比，虚构叙事并不涉及任何意义上既有的、主要的故事，也不涉及那些通过讲述来改变的故事。例如，理查德·鲍曼（Bauman，1986，5）指出事件序列"不是外部原材料"，而是

---

① 情节一词，其中一个含义指事件的逻辑或时间顺序的连接（Abbott，2007，43）。根据多里特·科恩（Dorrit Cohn，1990，779n8），我在本书中使用的"**故事**"和"**情节**"的概念是可以互换的。

"叙事的抽取"。同样，多里特·科恩（Cohn，1990，781）认为"由本来无序、无意义的事件组成的数据库本体上是独立的，具有时间先在性，顺序片段并不指涉这些事件，因而也无法从这些事件中选出。这些数据库中的事件重构了虚构叙事中的时序与意义"。所以虚构叙事是创造而非复制了故事，故事和其时间性可以具有人们所能想象到的任何可能的表现形式。

在大多数情况下，虚构叙事的事件与现实世界的可能性一致，当然，也不一定完全一致。理查森（Richardson，2002，52）认为，故事－话语区分的"前提是可以从文本情节（syuzhet）中检索或推论出一个内容一致的故事（fabula）"，并且他指出"在最近的一些作品中，情况并非如此"。事实上，在非自然叙事中，故事不再是按神圣不可改变的时间顺序发展的事件，而是能够通过叙事话语的不同层面来讲述。故事本身就是一种非自然现象，也就是说，在物理上和逻辑上是不可能的。

对非自然时间性的简要描述也将体现出虚构叙事随时间发展的几种方式。① 例如，一些作品可能会通过向读者介绍时间在故事层面向后移动的情景，从而消除时间的方向性。其他的虚构作品通过像永无止境的时间圈那样起作用的循环故事来对抗时间的线性，或者通过打破读者认知中过去、现在和未来之间固有的界限来融合不同的时期。故事或情节也可以是相互矛盾的，由相互排斥的事件或事件次序组成。最后，叙事可能解构关于时间按照恒定速度流逝的观念：在同一故事世界中故事人物变老的速度与其他人不同。后面的章节将更详细地阐释这些非自然时间性，并提出它们在后现代主义及其他叙事中的一些功能。

4.2　倒退的时间线

我们遇到的许多叙事都具有时间倒退的现象。倒退的时间线有两

---

① 故事或情节需要时间或时间进程，但时间进程不需要故事或情节。塞缪尔·贝克特（Samuel Beckett）《更无》（"Lessness"，1969）就是一个有时间进程而没有故事的文本。（见 Alber，2002）

种类型。汤姆·斯托帕德（Tom Stoppard）的广播剧《楼梯上下来的艺术家》（*Artist Descending a Staircase*，1972）、哈罗德·品特的戏剧《背叛》（*Betrayal*，1978）、克里斯托弗·诺兰（Christopher Nolan）的电影《记忆碎片》（*Memento*，2000）体现了话语层面的时间倒退。尽管整个故事世界的时间总是向前推移的，但叙事话语用一种时光倒流的方式呈现了一系列事件。此处时间倒退主要是指叙事话语的次序（Genette，1980，33－85）。理查森（Richardson，2002，49）对此进行了解释，这类叙事可以轻松地"置于几乎所有当代叙事理论中常见的标准时间概念之中，即情节的顺序恰好与故事的顺序相反"。

　　但是，在一些极端或者更加非自然的案例中，比如，阿莱霍·卡彭铁尔（Alejo Carpentier）的短篇小说《返源旅行》（"Viaje a la semilla"["Journey Back to the Source"]，1944），伊尔莎·艾兴格尔（Ilser Aichinger）的《镜中故事》（"Spiegelgeschichte"["Mirror Story"]，1949），J. G. 巴拉德（J. G. Ballard）的《通行时间》（"Time of Passage"，1964），捷克导演奥德里奇·利普斯基（Oldrich Lipsky）的电影《快乐的结局》（*Stastny Kones*[*Happy End*]，1968），马丁·艾米斯的小说《时间之箭》（1991），这些作品都表明叙事话语并没有颠倒故事。相反，故事世界的事件次序完全随着事件倒退而展开，读者因此而进入了一个非自然的场域。理查森（Richardson，2002，49）认为这样的故事文本，即"更复杂的倒退叙事"呈现了"更难以解决的难题"。我认同他的观点，恰当的非自然案例要求的认知阐述明显多于仅在话语层面展现时间性文本的案例。

　　在艾米斯后现代主义小说《时间之箭》中，故事层面的时间在倒退。就像回放一部电影，我们可以根据电影的情节重构主人公生活中的事件次序。詹姆斯·迪德里克（James Diedrick，1995，165－67）描述了主人公奥狄罗·翁弗多尔本的一生（他曾用过的名字有：汉密尔顿·德·索萨、约翰·杨、托德·弗兰德利）：

　　　　翁弗多尔本 1916 年出生于索林根，这也是阿道夫·艾希曼多的出生地。当他到达法定年龄的时候，他进入了医学院，结了

婚，并加入了预备医疗队。他被安排在哈泽姆城堡，一个臭名昭
著的医疗机构，在那里"受伤"的儿童和成人被处死……不久
之后，他被转移到奥斯威辛。他给囚犯注射苯酚并协助门格勒 153
（被虚构化处理……化名为"佩皮舅舅"）杀死他们，很快他又
协助将齐克隆－B毒气颗粒注入毒气室参与到大屠杀中……战争
结束，翁弗多尔本为了躲避起诉，先后逃到梵蒂冈、葡萄牙，最
后逃到了美国。

奥狄罗一生发生的事情是理解小说的必要条件。然而更有趣的问
题是叙述者**如何**并且**为什么**讲了这种倒退的生活。也就是说，小说的
非自然时间组织的意义何在？

故事世界中的时间倒退是构建小说结构的中心工具。例如，第一
人称叙述者描述了购买食物和饮食：

> 首先，将干净的盘子放入洗碗机中……**然后你选择**一个脏的
> 盘子，从垃圾中收集一些碎片，再停下来等一会。各种物品都被
> 我**吞进**嘴里，经过熟练的舌头和牙齿按摩，我将它们**转移**到盘子
> 上，用刀叉和勺子进行额外的雕刻……接下来，在这些食品**返回**
> 杂货店之前，你面临着冷却、**重新组装**和**储存**等烦琐的工作，当
> 然，在这些工作中，我的辛劳会得到及时而慷慨的补偿。
> （Amis，1992，11）

叙述者，一种生活在主人公体内的小矮人，对小说的时间性没有
任何影响力；而时间性对叙述者有着影响。时间倒退的原因并非源于
叙事话语。叙述者一度以自我反思的方式思考自己的情况："我为什
么**倒退**着走向房子？……它是黄昏还是黎明？我在旅途中的顺序是什
么？它的规则是什么？鸟儿为什么这么奇怪地歌唱？我要去哪里？"
（Amis，1992，6）。两页后，叙述者评论了小说杂乱的时间安排：
"我不太理解我们身处的这个世界。一切都很熟悉，但一点也不令人 154
放心。远非如此，这也是一个错误的世界，正好相反的错误的世

界。"（8）安德鲁·索耶（Andrew Sawyer，2002，59）指出："叙述者意识到其处境中的**非自然性**。"

事实上，小说向我们呈现了一种物理上的不可能性，即时间倒退，而且叙述者只是作为一个评论者。因此《时间之箭》歪曲了阿博特的观点，即叙述故事总是随时间向前推进。《楼梯上下来的艺术家》《背叛》《记忆碎片》这类叙事的线性故事发展的次序是按照叙事话语的层次排列的。与之相反，《时间之箭》呈现在我们面前的是时间客观地在故事层面倒退。① 艾米斯的小说是一个复杂的叙事，由两个相互关联的故事组成：一是小说开始前，奥狄罗生平事件发展的时间顺序；二是叙述者-小矮人的经历，这是奥狄罗生平的倒退版本，从他的死亡开始，到他的出生结束。

此外，由于日常生活的剧本发生了倒退，所表现出来的情节也具有了不同含义。例如，叙述者认为出租车司机和妓女为他们的客户付钱（Amis，1992，30，66；这里"收到钱"变成了"付钱"）；托德是新泽西的一名医生，经他治疗之后，患者反而生病了（44，或是纽约的约翰医生，[76]；这里"治愈"变成了"生病"）；最令人不安的是，奥狄罗，一个德国纳粹医生，在奥斯威辛创造了犹太人（这里"根除"变成了"创造"）：

　　这些病人还是死了，用担架把他们抬了出去。空气厚重，包裹着散发出的磁热。到了毒气室之后，我发现这有悖于直觉，尸体被仔细堆放好，婴儿和孩子放在最底层，然后是女人和老人，然后是男人……通常需要很长时间毒气才能从排风口释放出来……正是奥狄罗·翁弗多尔本，他亲自将齐克隆－B颗粒取出，并把这些颗粒交付给穿着他的白色外套的药剂师……衣服、眼镜、头发、脊柱支架等，这些都是后来的……我们用的大部分黄金都是来自德国国家银行。每一件德国礼物，即使是最卑微

155

---

① 艾米斯的小说也否定了弗拉基米尔·纳博科夫（Vladimir Nabokov，252）的观点，即没有人能用物理术语想象倒转时间顺序的行为。

的，也乐意投入他们自己的商店，我比其他官员更愿意这样做……我知道黄金有一个秘密功效。这些年来，我积累着，用我的思想擦亮它：为了犹太人的牙齿。(120–121)

考虑到小说的两个相互关联的故事情节，我提出了三种对艾米斯文本可能的解释。人们可以将小说的叙述者解读为奥狄罗一生中压抑的道德良知，以应对他参与纳粹种族灭绝的行为。[①] 迪德里克（Diedrick，1995，162）认为，这部小说以"在死亡面前的人们看到他们全部生命闪现在眼前的民间智慧"为特征。更具体地说，奥狄罗在临终前激活了自己的良知或灵魂，并及时回头，意识到要将他混乱的道德生活转化为美好的事物。换句话说，根据阅读策略 3，即主观化之后，小说的非自然时间可以被解释为内部过程的一部分，也就是说，奥狄罗幻想着某种有序的伪过去，希望时间可以倒退，希望可以撤销对他参与纳粹种族灭绝的暴行的控诉。

事实上刚开始人们可能会觉得小说对非自然时间的尝试是出于道德目的。然而，经过深入阅读后，人们发现叙述者的视角与纳粹的世界观有许多相似之处。纳粹同样用倒退时间来建造"原始"雅利安人种族的伪过去。此外，和许多纳粹分子一样，叙述者将可怕的毁灭行为（大屠杀）变成了创造行为。小说中的小矮人这样说："我们的超自然的目的是什么？就是梦想一个种族。从天气中制造一个人。他来自雷鸣和闪电。用气，用电，用屎，用火。"（Amis，1992，120）希特勒和他的追随者也相信，除其他事情之外，犹太人的灭绝将产生一个新的种族，也就是所谓的"纯粹的"雅利安种族。我们引用约瑟夫·戈培尔（Joseph Goebbel）的话："每一个出生都会带来痛苦。但在痛苦中，却有新生命的喜悦。如果因为痛苦而对新生命退避三舍，

---

① 在《纳粹医生》（*The Nazi Doctors*）中，罗伯特·杰伊·利夫顿（Robert Jay Lifton，1986，418）解释说："理解纳粹医生如何来完成奥斯维辛工作的关键是我称之为'双倍化'的心理学原理：将自我分为两个有功能的整体，所以这部分自我就像一个完整的自我。"马丁·艾米斯（Amis，1992，167）曾指出，他欠他的朋友利夫顿"一个很大的人情"，因为利夫顿的心理学见解似乎已经区分了叙述者–小矮人与主人公。

就是不育的表现……我们的年龄也是一种历史性的诞生，其痛苦蕴含着更加丰富的生命的喜悦。"（Griffin，1995，159）此外，像纽伦堡审判期间的许多纳粹分子一样，叙述者认为其他人应对他所参与的暴行负责。小矮人责备约翰作为医生犯下的"暴力行为"："对暴行施以暴行，然后产生更多的暴行，然后更多。我很高兴我的身体并没有真正触及他们［病人］的身体。我很高兴两者之间有**他的**身体。"（Amis，1992，92）

对于我的第二个解释，有人可能会这样争论，这部小说构建了叙述者与纳粹追随者之间的平行结构，叙述者－小矮人在他自己的故事中不能或不会做任何关于时间倒退的事，而纳粹追随者被动地注意到并接受1933年至1945年间道德价值的逆转。换句话说，非自然时间可能会为特定的主题目的服务（阅读策略4），并代表纳粹世界观的灌输和扭曲的特质。从这个角度来看，人们可以把《时间之箭》看作对叙述者作为国家社会主义意识形态的被动追随者的批评，以及对盲目忠诚、顺从和服从现状的特征的批评。

最后，这部小说的结尾产生了更多可能的意义。《时间之箭》结尾如下："当奥狄罗闭上眼睛时，我看到一支箭飞了——但是错了。是箭头飞走了。哦，不，但是……我们再次离开。奥狄罗·翁弗多尔本和他热切的心。我内心深处，谁在错误的时间来了——要么太早，要么太晚。"（Amis，1992，165）这里的指示标记表明故事要重新开始，但这次它遵循奥狄罗生活的时间顺序。根据阅读策略7（假定一个超验领域），小说的时间倒退性也可以通过奥狄罗灵魂来生的背景157 得到解释，这种背景被固定在奥狄罗注定要去的地狱，在那里他在无尽的时间循环中重温他永恒的生活。也许读者认为，对于奥狄罗积极参与大屠杀，随后又逃脱起诉的行为，下地狱是一种公正的惩罚。小说的最后似乎终于让我们看到了诗性正义。

《时间之箭》并不是唯一在故事层面运用倒退时间线的叙事文本。倒退的时间线也体现在儿童文学和科幻小说中。例如，路易斯·卡罗尔（Lewis Carroll）的儿童小说《西尔维与布鲁诺》（*Sylvie and Bruno*，［1889］1991），第一人称叙述者操控着"奇异手表"，他称之为"魔术手表"，可以扭转时间箭头（165，167）。在故事之后的发展中，人们正"真正地向后退"，这时一位母亲和她的四个女儿逐渐停止针线活（168）。之后来到饭厅，她们吞下食物，她们的"脏盘子和空盘子"上放满了羊肉和土豆："一个空的叉子放在盘子边上：用叉子插住一块整齐切割的羊肉，把它放在盘子上，放在盘子的其他羊肉的边上。很快，其中一盘装有一块羊肉和两个土豆的盘子被递给了主持的先生，他悄悄地把羊肉放回到烤肉的盘子里，把土豆放到盘子里"（169）。

然而，与《时间之箭》不同，《西尔维与布鲁诺》中的时间倒退现象只涉及小说中的一个短暂的场景。正如在卡罗尔的《爱丽丝漫游仙境》（*Alice's Adventures in Wonderland*，［1865］1994）和《爱丽丝镜中奇遇》（*Through the Looking Glass，and What Alice Found There*，1871）中的非自然现象一样，时间不可能性背后的主要动机似乎是故意建构一个奇幻世界，其设置与真实世界有很大的差异，正如我们所知，它为读者带来了一种奇迹般的感觉。根据迈克·卡登（Mike Cadden，2005，59）的观点，儿童故事试图"通过奇幻吸引孩子"。《爱丽丝漫游仙境》一直将"乏味的现实"，即生活就是普普通通的，与在仙境中发生的许多令人感兴趣的"怪异的"或"奇特"的事情进行对比（Carroll，［1865］1994，137，10，6，14，17）。小说的结尾，爱丽丝处于强烈的认知迷惑状态，她想知道"是否任何事情都会以一种自然的方式再次发生"（113）。《西尔维与布鲁诺》明显遵循着同样的动力。①

科幻小说中也描绘了时间倒退的现象，其中时间扭曲已经成为科幻小说文类规约的一个重要方面。我们可以通过对时空连续体的破坏来解释这种时间扭曲，或简单地说这是我们遥远未来的一个方面。菲

158

---

① 加布里埃尔·施瓦布（Gabriele Schwab，1994，177）推测，卡罗尔标志着"我们的摹仿和表征的文化概念所带来长远挑战的开始，这种概念在我们称之为后现代主义的拟像中达到高潮"。在这项研究中，我也看到了后现代主义的反拟像的预期，但与施瓦布不同的是，我认为后现代主义的非自然要溯源到19世纪之前。例如，物理上、逻辑上和人力上的不可能性也在英雄史诗和其他形式的中世纪文学以及18世纪的讽刺作品中大量涌现。

利普·K. 迪克的小说《逆时针世界》（*Counter-Clock World*，［1968］2002）将相互对立的时间线解释为"未知起源和原因的宇宙现象"（Booker & Thomas，2009，16）。1986 年 6 月，当故事世界达到所谓的"霍巴特阶段"（Dick，［1968］2002，5）时，时间开始向后移动。从此之后，人们"越来越年轻"（45），变成婴儿，重新回到子宫，最终合子分离成精子和卵子（104）。在布里安·阿尔迪斯的（Brian Aldiss）科幻小说《隐生代》（*Cryptozoic!*，1967）中，"**时间实际上是向其反方向流逝**"（180）。

　　然而，科幻小说中相互对立的时间与《时间之箭》中的时间性明显不同。《逆时针世界》运用的是不一致的时间倒退现象。自相矛盾的是，小说中许多情节却预示着时间向前移动。例如，死者复活，但他们没有经历埋葬和先前生活的倒退版本，在一家名为"赫尔墨斯生命之瓶"（The Flask of Hermes Vitarium）的公司里，他们必须接受医学检测，同时由费恩教父执行"神奇的重生圣礼"（Dick，［1968］2002，5，7）。人们并不会自动回到母亲的子宫；女人们可以生下那些在肚子里"寻找子宫"的婴儿（103）。时间始终是没有倒退的。

　　科幻小说《隐生代》只是暗指了时间倒退这个事实，但并没有明确地讲清楚或阐明非自然现象。在被表征的世界里，"所谓的未来
159 实际上是过去，而过去则是未来"（Aldiss，1967，183）。只有"主宰"（某种集体心理防御机制）"扭曲并隐藏了人类时间的真实本质"（180）。小说中的人物西尔弗斯通一度认为，"我们的看法通过扭曲的思维镜头而变得紧张起来，这样我们就可以看到事物的倒退，就像眼内晶状体实际上看到的一切是倒过来的一样"（191）。作为读者，我们知道情况就是这样，但我们从来没有看到恰当的倒退次序或场景。

　　因此，尽管后现代主义的叙事如艾米斯的《时间之箭》（也包括艾兴格尔［Aichinger］的《镜中故事》和巴拉德［Ballard］的《通行时间》［"Time of Passage"]）呈现出持续颠倒的时间性，但早期的叙事只包含倒退的部分、次序或场景（如卡罗尔《西尔维与布鲁

诺》），不一致地使用互相对立的时间线（迪克《逆时针世界》），或者只是告诉我们，时间并没有实际展现其在故事世界中的向后流动（阿尔迪斯《隐生代》）。也就是说，后现代主义叙事，承接和改造前后现代主义文本之中的非自然倾向的方式之一，就是扩大倒退的时间范围，用持续颠倒的时间线来欺骗我们。

4.3　永恒的时间圈

一些叙事解构了时间线性，呈现出一种环形时间，如塞缪尔·贝克特（Samuel Beckett，［1963］1990）的后现代主义戏剧作品《戏剧》（*Play*）。这样的时间线"部分模仿，但最终转化为日常生活的线性年表，时间总是回到原点，又从原点开始，这就是时间的（时间性）结论"（Richardson，2002，48）。在时间循环的情况下，故事会回到它的开始，并在无尽的时间循环中无限期地继续下去。

关于贝克特的《戏剧》，凯瑟琳·韦斯（Katherine Weiss，2001，191）注意到，"戏剧内置了一个重复，给人一种无尽表现的印象"，而鲁比·科恩（Ruby Cohn，1973，195）则认为，《戏剧》中"时间在重复中消融"。事实上，在戏剧的"结尾"，我们发现它将被重复："重复可能是第一个陈述的准确的复本，或者它可能表现出一些变化"；然而，"变化"只涉及"灯光"的运作（Beckett，［1963］1990，320）；否则故事就会周而复始，以至于动作似乎无休止地重复下去。 160

《戏剧》不仅向我们展示了一个无限的时间循环，场景和人物也相当奇特。在戏剧开始时，我们看到了下述奇怪的场景："前排中心，互相挨着，三个相同的瓮……大约一米高。每个头部从中突出来，脖子紧紧贴在瓮的开口处。从观众席上看从左到右这三个头分别是 W2，M 和 W1 的。他们在整场戏中都坚定不移地面朝前方。失去年龄和体貌的脸，看上去似乎是瓮的一部分。但是没有面罩。他们讲话时，聚光灯会投射在他们的脸上。"（Beckett，［1963］1990，307）在这个令人沮丧的世界里，光线被描述成"独特的审讯者"以最快的速度从一个脸转向另一个脸"（318），迫使这三个人物谈论他们的过去，其中涉及一段三角恋情。我们很快就意识到，M 是一个软弱无礼的通奸者，他既想要家庭和睦又想要有婚外情。W1 是他的占有欲强且有些轻微暴力的妻子，而 W2 是他有点坚忍顽强的情人。①

　　关于《戏剧》，最重要的是要区分戏剧发生之前就已经开始的三角恋爱故事（故事 1）和人物在舞台上的经历（故事 2）。正如我将要表明的，故事 2 包括对故事 1（贝克特称之为"叙事"）的部分再现以及人物对其现状的评论（贝克特称之为"冥想"；Lawley，1994，100）。只有故事 2 涉及循环；之前发生的故事（故事 1）可以用真实世界的经验来重构。

　　故事 1 差不多是这样发展的：当 W1 怀疑她丈夫与 W2 有婚外情时，她让"一个专业的男人跟踪了她丈夫好几个月"（Beckett，[1963] 1990，308）。然而，她老公发现并贿赂了这个乐于获得额外钱财的"猎犬"（309）。之后 M 告诉了妻子自己的婚外情，他以为她会自杀或者杀了那个情妇（W2）（310）。W1 原谅了丈夫，并对新的状态发表了评论："他又是我的了。全是我的。我很高兴，我要去唱歌了。"（311）然后 W1 相信 M 一直在看着 W2："我从他身上闻到了她的味道。"（311）M 说，"最后我简直忍无可忍，我只是不能再……"（311）W1 评论这个状态："在我要做点什么之前，他就已经消失了。也就是说她（W2）赢了。那个荡妇！我简直不能相信，我病了几个星期。后来我开车去她住的地方。大门紧闭，周围的一切都是灰色的，还有冻住的露水。返回途中经过了阿什和斯诺德兰。"（311）

---

　　①　我知道的时间循环的一个最简短的例子是约翰·巴斯（John Barth，[1968] 1988）极简主义的莫比乌斯环叙述"框架故事"（Frame-Tale），它是《迷失在游乐场》（*Lost in the Funhouse*）的第一章。我知道的最长的例子是乔伊斯（[1939] 1976）的《芬尼根守灵夜》（*Finnegans Wake*）的最后一句话（"a way a lone a last a loved a long the"）与小说的第一句话（"riverrun, past Even and Adam's, from swerve of shore to bend of bay, brings us by a commodious vicus of recirculation back to Howth Castle and Environs"[628, 3]）。时间循环性还体现在加布里埃尔·乔西波维奇（Gabriel Josipovici）的《莫比尔斯脱衣舞娘：一项拓扑练习》（*Mobius the Stripper: A Topological Exercise*，1974），迈克尔·特纳（Michael Turner）的小说《色情艺术家的诗》（*The Pornographer's Poem*，1999）和马克·Z. 丹尼尔斯基的（Mark Z. Danielewski）《唯一的革命》（*Only Revolutions*，2006）中。

到这里"叙事"结束。故事 1 中一些重要的事情似乎发生了，但叙事的时候并没有指出具体的事件。一种可能是 M 自杀了，他妻子杀死他的情妇之后也自杀了。M 同样可能杀死 W2 和 W1，然后自杀。或者，M 可能会决定带 W2 一起逃跑，但是 W1 追踪到了他们，杀死了他们，然后自杀了。文本在这里向我们呈现了一个空缺或空隙。事实上，罗丝玛丽·庞特尼（Rosemary Pountney，1988，30）认为，"我们无法说明他们是何时或如何死亡的，甚至也无法百分之百确定他们已经死了"。

在黑暗中休息 5 秒后，"冥想"开始，人物开始谈论他们目前的状况。例如，M 评论这种奇怪的情况："当第一次**改变**时，我真的感谢上帝。都已经做完了，都已经说完了，我想这一切都结束了。"（Beckett，［1963］1990，312）。然而，这些人物对目前的状态并不满意，并希望赶紧结束。W2 的陈述清楚地证实了这一点："说我没有失望，不，我很失望。我曾期待过更好、更安宁的生活。"（312）W1 反复强调，她愿意一个人处在灯光下："放下我！离我远点！"（313）这三个人物都想知道为什么他们继续被"地狱般昏暗的光线"拷问（312）。W1 经常谈到这光线到底希望他们做什么："难道我没有说实话吗，是这样吗？总有一天，我可以说出真相，那时也再也没有光了。为了真相吗?"（313）"除了讲述我还能做什么？哭泣?"（314）"咬掉我的舌头，然后吞下去，再吐出来？这样会安抚你吗?"（314）

休·肯纳（Hugh Kenner，1973，153）指出"审讯时漫不经心，［灯光］常常在审讯叙事中间，有时是在句子中间就中止了。没有迹象表明审讯者正听着人物说的话，更不用说全神贯注了"。的确，M 抱怨着这恼人的灯光："既然你是……仅仅是眼睛。只是看看。在我的脸上。灯光一亮一暗……只是眼睛。没关系。灯光打在我身上又灭掉。我……我是否被一直关注着?"（Beckett，［1963］1990，317）M 还将他目前的状态与他以前的状态进行比较："我现在知道，之前所有的状态都是……游戏。那现在的状态呢？什么时候会这样……所有这些，什么时候这一切只成为游戏?"（313）

M，W1 和 W2 在哪里？他们为什么在瓮里？为什么灯光会强迫他们说话？而且，最重要的是，他们为什么会经历一个时间循环？能够解释这种奇怪情景的一种相当普遍的方法是阅读策略 7（假定一个超验领域），并认为我们面前出现的是某种没有净化的炼狱，其中三个人物的死亡注定要在持续的重复循环中（故事 2）重温他们过去的生活（故事 1），即一种死亡的生命形式（例如解释这种戏剧的方式，参见 Cohn，1973，195；Knowlson，1997，481；Weiss，2001，188 - 190）。从这个角度看，戏剧的时间循环与对戏剧中三个人物在下一个世界的无休止惩罚相关。M，W1 和 W2 是死者的亡灵，因为他们永远困在自己的过去，所以看不到自己的罪孽（自负、无知、以自我为中心？）。此外，灯光可以被看作一位无私的上帝，它虽然审讯了这几个人物，但事实上并没有注意他们所说的话。

另一方面，通过使用阅读策略 5（寓言式解读），我们可以解释戏剧中的永恒循环及其在贝克特寓言背景下的其他古怪事物，用死亡观来探讨我们在这个世界的关系，探讨生命中死亡的隐喻形式：我们在人际关系中不体谅对方、无知地对待对方的交往方式导致了这个世界的一种死亡形式。贝克特的《戏剧》可能表明，如果 M，W1 和 W2 不能摆脱三角恋爱关系，他们将永远陷入困境。或者，它可能暗 163 示三角恋情是一个永恒的故事，必然会在不断循环中重演。《戏剧》在今世和来世之间矛盾地游走。像贝克特的许多其他作品一样，它表明最终来世的生活（虽死犹生）与今世的生活（虽生犹死）非常相似。

布赖恩·加顿（Brain Gatten）将《戏剧》看作一个寓言故事，讲述了不得不站在舞台上的痛苦："一个元戏剧寓言，其中聚光灯作为一种被激活的比喻，用来喻指观众的凝视，聚光灯也能迫使传统情节剧中僵化的人物进入剧情。"（97）在这种理解中，戏剧是一种元戏剧的形式，其无限循环表明戏剧演员的基本情况永远不会改变；他们将不得不一直为无动于衷的观众表演。韦斯（Weiss，2001，188）认为，戏剧的标题也是"自我参照的；这是一场关于表演的痛苦的戏剧"："灯光不仅照亮了导演执导戏剧观看的方式，而且也照亮了

M、W1 和 W2 之间的三角恋爱故事。"事实上，标题和戏剧暗示着自我反思性，《戏剧》意识到其作为戏剧的地位，反映了人物角色的重要性。

W. B. 叶芝（W. B. Yeat）的幽灵剧《炼狱》（*Purgatory*，[1939] 1953）也采用了时间循环或时间圈的方式。① 尽管《炼狱》是"贝克特最喜欢的剧目之一"（Genet，1991，244），并深深影响了对《戏剧》的创作，但后现代主义戏剧所特有的无戏剧维度，并没有在戏剧中表现出来。叶芝的《炼狱》是关于一个老人和他的儿子的故事；在戏剧"开始"时，老人描述了炼狱中的时间轮回：

> 有一些人
> 不在乎失去了什么，剩下了什么：
> 炼狱中的回来的灵魂
> 居住在熟悉的地方……
> **重生**
> 他们的罪恶不是一次
> 而是很多次（Yeats，[1939] 1953，431）②

老人相信他母亲的灵魂陷入了一个时间循环之中，"她必须活在/一切细节中"（434）。他认为她的罪恶与孕育他的那个夜晚有关，受 **164** 孕之夜在舞台上重新展现（433）。她出身于一个贵族家庭，却因为把自己献给了一个来自底层社会的酒鬼而"毁掉了自己的家"，老人认为这是"死罪"（432）。他告诉我们，"她生他的时候就死了"

---

① 我想感谢布莱恩·理查森向我提到这个戏剧。正如平川佑弘（Sukehiro Hirakawa，1996）和宋海欣（Hae-Kyung Sung，1996）所说的那样，叶芝的剧本受到所谓的幽灵剧的影响，幽灵剧是一种中世纪式的"不现实"日本能剧（Hirakawa，1996，37）。在这样的能剧中，超自然主宰了舞台（以精神和鬼魂的形式），并且情节朝着启示的方向发展（Sung，1998，108）。

② 更多时间圈的例子，那些与魔法或技术相关的例子，参见 E. R. 埃迪森（E. R. Eddison）的科幻小说《衔尾蛇》（*The Worm Ouroboros*，1922），塞缪尔·R. 德拉尼（Samuel R. Delany）的科幻小说《代尔格林》（*Dhalgren*，1974），菲利普·K. 迪克的科幻故事《给时航员的小礼物》（"A Little Something for Us Tempunauts"，1975）。

（431），当他醉酒的父亲"烧毁了房子"时，老人用刀杀死了他，任由尸体在火中焚烧（432）。

　　之后这个老人杀死了自己的儿子，据说是试图结束对母亲灵魂的折磨（Yeats，［1939］1953，431）。老人认为孕育他就是他母亲的罪恶，那么这个罪恶的后果，就是他儿子的出生也必须被根除："我杀了那个小伙子，因为他长大了，他会对女人想入非非，当他成为父亲，会把（我父亲的）不良基因遗传下去。"（435）在剧本的"结尾"，我们知道正是老人自己不得一次又一次地重温"那个死寂的夜晚"（436），因为我们再次听到了"马蹄声"（433，436），这宣告了老人的父亲的到来。

　　我们可以用老人的内在性来解释剧本的循环时间性（阅读策略3）。受到创伤的人们试图通过弗洛伊德所谓的"强迫性重复"来接受自己的创伤；然而，由于实际的冲突不能靠重温创伤来解决，他们就会一次又一次地经历创伤（Mann，2002，477）。就《炼狱》来说，老人沉溺于自己的想法和想象着自己杀死父亲，他试图通过杀死自己的儿子来接受自己弑父的事实，这当然不能解决问题。而是"神经质的活动在不断重复"（477），而在戏剧的"结尾"，老人的幻想仍在继续。

　　也许有人认为，老人发现自己处于超验领域（Good，1987，134），这似乎是一种没有净化的炼狱，就像贝克特的戏剧作品（阅读策略7）。从这个角度来看，这位老人已经死了，并且被迫在超验领域重温受孕之夜、父亲被杀以及随后儿子被杀的过程。就《戏剧》165 而言，轮回世界与人类世界融合在一起。今世的强迫性重复与来世的惩罚几乎没有区别。

　　这两部戏剧的主要区别之一，即《戏剧》可以被理解为一种"元戏剧寓言"（Gatten，2009，97），讲述表演的痛苦过程。贝克特的戏剧包含了叶芝《炼狱》中不存在的元小说层面的意义，而这一层面在后现代主义中起着重要作用。尽管如此，两部戏剧作品都包含类似功能的循环时间性。时间循环的衔尾蛇（轮回）结构促使我们面对一个缺乏确定起点的情景；在这两种情况下，叙事的结局同样也是它的开始（反之亦然）。也就是说，《戏剧》和《炼狱》的结局只是为了重新开始，从而为我们呈现一段毫无结果的旅程，一段开始时就已经结束的旅程。循环时间性超越了热奈特（Genette，1980，113-160）时态理论的范围，根据这种理论，事件可以"单一"地被叙述（讲述一遍曾经发生过一次的事情），"重复地"被叙述（多次讲述曾发生过一次的事情）或"迭代地"被叙述（讲述一遍发生过很多次的事情）。相比之下，《戏剧》和《炼狱》讲述一遍循环发生的事情，或者不断地讲述只发生了一次的事情，抑或是不断地讲述循环发生的事情。

4.4　不同时间领域的融合

某些后现代主义叙事质疑这样一种假定，即过去、现在和未来之间的界限是固定的、不可逾越的。在这些后现代主义叙事中，"属于不同时期的要素在虚拟世界中结合起来，在某一时间点上形成一个故事，一个场景，一种话语背景"（Yacobi，1988，98）。戴维·赫尔曼（1998，75）用"多元时间叙事"来指称这种虚构的可能性，并且认为多元时间的"场景和事件每次不止固定在一个地方"。事实上，虚构叙事在故事层面的"时间蒙太奇"有时融合了不同的时间区域或历史时期。

一些叙事通过融合时间的不兼容性，解构了过去和现在的差异。例如，伊什梅尔·里德（Ishmael Reed，1976）后现代主义奴隶叙事小说《逃往加拿大》（*Flight to Canada*），尽管背景为 19 世纪 60 年代的美国和加拿大，但是故事世界中有许多现代科技和商品文化。因此这部小说将技术先进的 20 世纪叠加到 19 世纪下半叶。① 《逃往加

166

---

　　①　同样，霍华德·布伦顿（Howard Brenton）的戏剧《罗马人在英国》（*The Romans in Britain*，1980）将始于公元前 44 年的罗马帝国的时代融入 20 世纪：恺撒大帝乘直升机前来与进攻的凯尔特人作战。关于"时间蒙太奇"的例子还有：胡里奥·科塔萨尔（Julio Cortázar）短篇小说《另一个天堂》（"El otro cielo"［"The Other Heaven"］，1966）以及伊什梅尔·里德的小说《黄色背面的收音机出了故障》（*Yellow Back Radio Broke-Down*，1969）和《巫神》（*Mumbo Jumbo*，1972）

拿大》讲述了瑞文、40s 和利奇菲尔德三个奴隶从弗吉尼亚州的亚瑟·斯威尔庄园（Arthur Swille）逃到美国北部，却发现他们实际上并没有摆脱奴隶制。例如，当瑞文告诉他的朋友 40s "我们已经不在弗吉尼亚州了"，40s 回答说："那是你的想法。狗屁。到处都是弗吉尼亚，弗吉尼亚之外也是弗吉尼亚，你也可能是弗吉尼亚。"（Reed，1976，76）瑞文和他的女朋友，美国原住民夸·夸·特拉拉拉拉（Quaw Quaw Tralaralara）最终逃往加拿大，但他们很快就知道加拿大与美国并没有太大区别：逃到加拿大的美国商人卡彭特告诉他们"美国人拥有加拿大"，"只是允许加拿大人为美国人赚钱"（161）。小说还讲述了两位"家奴"的故事：罗宾叔叔和巴拉库达妈妈，他们没有逃走，直至故事结束也仍留在弗吉尼亚。

　　瑞文的诗《逃往加拿大》呈现了小说中第一次时间蒙太奇，瑞文是（不可能）乘飞机到加拿大的："直飞加拿大/早上的大型喷气式客机。"（Reed，1976，3），还有游艇（12），太阳镜（12），泡泡糖（26），自助洗衣店（26），电话（30），"一种列车车厢，有温度控制的空调，乙烯基顶部调幅/调频立体声收音机，全真皮内饰，电动门锁，六向电动座椅，电动车窗，白色车轮，门边防护装置，保险杠冲击条，后除霜器和软射线玻璃"（36），录音机（53－54），带巨大水床和电视的阁楼（56），电梯（136）。在这个神奇的世界中，人们去潜水和深海捕鱼（61），有一次则看到了林肯总统遇刺（103）的电视直播报道。19 世纪的加拿大在技术上也是同样先进的：福特、希尔斯和假日酒店这些都有，人们可以看到"二手车上的横幅，上面是霓虹灯与闪烁字母的汉堡包广告"，还有现代的"咖啡连锁店"（160）。

167　　我们认为界限分明的时空的融合能够前置化某个主题（阅读策略 4），这样我们能够更清楚地理解这种奇怪的融合。通过融合两个截然不同的历史时期，《逃往加拿大》暗示了 19 世纪和 20 世纪有一些共同之处，而且由于小说最鲜明的主题是奴隶制，小说中表现的时间蒙太奇似乎提醒我们注意当时的剥削或统治形式。《逃往加拿大》使用了一种非自然的时间线表明奴隶制不仅是过去的问题，而且对现在也产生了重要影响。里德评论过他早期的小说《巫神》（*Mumbo Jumb*，1972）："我想写一个像现在这样时代的故事，或者用过去预言未来：一种我们的祖先称为'巫术'的过程。我选择了20年代［原文如此——作者注］，因为那个时期与现在发生的事情非常相似。这是一种有效的方法，自古以来就被许多作家使用。用一个国家或文化的过去事件来评论现在。"（Dick & Sigh，1995，60 - 61）

《逃往加拿大》显然遵循同样的想法，而且小说强调了技术进步但没有带来真正的精神或道德发展。人们甚至可以争论说，这部小说将技术进步理解为一种现代形式的奴隶制。同样，马克斯·霍克海默和西奥多·阿多诺（Horkheimer & Adorno，2002，xvii）认为，启蒙运动和技术进步的观念以文化工业的形式回归神话："今天人性的堕落与社会进步是密不可分的。经济生产力的提高，一方面为世界变得更加公正创造了条件，另一方面又让机器和掌管机器的社会群体相对其他人群享有绝对的支配权。在经济权力部门面前，个人变得一文不值。"蒂莫西·斯波尔丁（Timothy Spaulding，2005，26）也指出，通过将时间上的不一致性置于小说《逃往加拿大》之中，"里德将美国奴隶制度背后的冲动与当代主流文化挪用、商品化和消费黑人身份同非裔美国人美学作品的方式联系起来"。里德的小说运用时间蒙太奇的手法，将过去的奴隶制与科技进步联系起来。新技术，包括文化 **168** 工业生产的图像，都被视为奴隶制的现代表现形式。

时间旅行的故事也结合了不同的时间领域，因为叙事中的人物可以穿梭到（字面意义上）不同的时期，即叙事的过去或叙事的未来。时间旅行是奇幻小说和科幻小说中的普遍现象。人物拥有神奇的装置或时间机器，使他们能够到访过去或未来的世界。过去的旅程与未来的旅程不同："尽管有心理上的合理性，但过去的时间旅行逻辑上似乎是不可能的，因为历史的任何变化都是隐含的悖论。"（Stableford，2006，532）时间旅行到过去在逻辑上是不可能的，这通常以所谓的"祖父悖论"来说明，"祖父悖论"提出了以下问题："如果一个刺客回到过去，在自己父亲出生前把自己的祖父杀死会怎样？如果他的父亲并没有出生，刺客也就不会出生了，那么他怎么能够回来谋杀他的祖父？"（Nahin，2011，114）。基本的论点是，如果我们回到过去，通过谋杀我们的祖父改变了过去，我们也改变了现在，因为我们不再存在；这个新的现在使我们不可能第一时间回到过去。

　　另一方面，物理学家史蒂芬·霍金和列纳德·蒙洛迪诺（Hawking & Mlodinow，2005，105）认为，一旦我们有技术手段这样做，"前往未来是有可能的"。但只要我们没有经历前往未来的旅程（或阅读关于它的可靠报告），我们就会认为时间旅行是非自然的：仅仅因为它违背了我们在真实世界的经验。

　　正如乔治·斯拉瑟和罗伯特·希斯（George Slusser & Robert Heath，2002，20）所表明的那样，这种时间旅行的"一个常见结果"是"创造替代的时间线或'历史'"。一般来说，人们可能会将历史更替的时间旅行故事（Dannenberg，2008，128）视为反事实思想实验的现实化或字面化，以说明如果我们做出不同决定可能会发生的事情。例如，L. 斯普拉格·德·坎普（L. Sprague de Camp）的科幻小说《唯恐黑暗降临》（*Lest Darkness Fall*，1939）中雷暴神奇地将考古学家马丁·帕德韦从 1938 年送回 6 世纪的罗马，在那里他发明了印刷机，以确保黑暗时代永远不会发生。[①] 同样在奇幻小说《哈利·波特与阿兹卡班的囚徒》（*Harry Potter and the Prisoner of Azkaban*）中，霍格沃茨魔法学校的模范学生赫敏·格兰杰接受了一个时间转换器，该时间转换器能让她及时回到过去"一次同时参加几堂课"（Rowling，1999，497）。[②] 虽然赫敏不得不承诺"除非为了学习，否则她永远不会使用时间转换器"（497），但她和哈利·波特最终使用这种装置来改变历史进程，拯救巴克比克——一只鹰头马身有翼兽（504）和哈利的教父小天狼星布莱克（521－522）。在小说

169

---

　　① 到访过去的作品还有：挪威作家约翰·韦塞尔（Johann Wessel，1785）的滑稽幻想剧《纪元 7603》（*Anno 7603*），科幻短篇小说爱德华·埃弗雷特·黑尔（Edward Everett Hale，1881）《请勿动手》（"Hands off"），杰克·威廉森和约翰·坎贝尔（Jack Williamson and John Campbell，1942）《减号》（"Minus Sign"），艾萨克·阿西莫夫（Isaac Asimov，1958）《晚生》（"Lastborn"）。

　　② 根据邓布利多教授，时间转换器可以使人们同时出现在两个地方。（Rowling，1999，528）

的第一版中，尽管巴克比克是无辜的，它还是被砍头了，而小天狼星布莱克被错误地囚禁。两位霍格沃茨学生利用他们的魔力匡扶正义并确保历史遵循预期发展。

然而，有时候，回到过去的旅行并不会导向所期望的结果，因此根本不会改变历史进程。例如，马克·吐温（Mark Twain）的作品（［1889］1983，4-5）《康州美国佬在亚瑟王朝》（*A Connecticut Yankee in King Arthur's Court*）中主人公汉克·摩根在19世纪康涅狄格州哈特福德被击中头部，奇迹般地在6世纪的英格兰亚瑟王的宫廷中醒来。汉克把自己形容为"一个地道的康涅狄格佬——务实，几乎毫无情感"（4），他试图将亚瑟的中世纪王国变成一个技术至上的现代的机器社会（仿照他的家乡哈特福德），但最后失败了。

《康州美国佬在亚瑟王朝》是一部梅尼普斯式讽刺作品，嘲笑了务实的扬基人汉克，他试图将他的想法强加给中世纪的英格兰来建立一个完美的乌托邦社会。同时，叙事戏仿浪漫的传统（Sanchez，2007，31），在整体讽刺批判的背景下可以看到非自然时间性。《康州美国佬在亚瑟王朝》以时间旅行为框架来连接其两个讽刺目标。这部叙事戏仿了汉克走向中世纪英格兰的传奇故事，作为骑士的荒诞 **170** 历险之旅，以及他回到19世纪的康涅狄格州；最后梅林对他施加了一个咒语，使他"睡了13个世纪"（Twain，1983，443），汉克的历险涉及夸张和明显的戏弄。有一次他和他的同伴桑迪来到一个食人魔的城堡，他们应该在那里解救45名被囚禁的公主，然而，这座城堡实际上只不过是"周围有篱笆围墙的猪圈"（183），然后桑迪解释说——不是很有说服力——这座城堡可能让汉克着迷了，但她对此并不感兴趣。《康州美国佬在亚瑟王朝》通过汉克改变历史的失败，揭露并嘲笑了他那带有帝国主义色彩的乌托邦梦想。①

下面我将谈谈时间旅行到未来的例子。例如，在威尔斯的小说

---

① 回到过去的旅行也会导致非预期的结果，如雷·布莱伯利（Ray Bradbury）短篇小说《雷声》（"A Sound of Thunder"，1952）和斯蒂芬·弗雷（Stephen Fry）的小说《创造历史》（*Making History*，1996）。

《时间机器》（［1885］2005）中，主人公从现在（1894 年 2 月）穿越到 802701 年。① 因此，叙事当下的人物得以穿越，从而在叙事未来中客观存在。时间旅行者在旅行开始之前认为，未来的社会"在所有的器械装置方面会处于绝对领先地位"（54）。事实并非完全如此。在未来，他发现了相当原始的爱洛伊人（Eloi），"一个漂亮的小族群"，他形容他们有"优雅的温柔"和"孩子般的轻松"（24）。容易疲倦的爱洛伊人"几乎所有的时间都花在悠闲地玩耍，在河中沐浴，以半戏谑的方式做爱，吃水果和睡觉上"。然而，他"不知道事情如何继续下去"（41）。后来他意识到他的时间机器已经不在了，它被莫洛克人（Morlocks）偷走了，莫洛克人长相如类人猿一般，他们养肥了爱洛伊人，以便四处捕食他们。

　　当小说主人公的时间机器失而复得，他走向了更远的未来，他从莫洛克人捕食爱洛伊人的状况得知随之而来的是人类和所有其他生物的最终灭绝（Wells，［1885］2005，82 - 85）。人类历史的正常运转产生了一种情况，在那里人类所有的声音，羊叫声、鸟啼声、昆虫嗡嗡声，使我们生活骚动的声音全部结束了。《时间机器》是一部唤起意识提升的小说。像时间旅行者一样，读者通过"探究历史和文明的本质、人类共同体的前景，来探索人类物种的最终命运"（Crossley，2005，356）。事实上，《时间机器》对 19 世纪末英国阶级冲突潜在的灾难性后果敲响了警钟。

171

　　热拉尔·热奈特（1980，40）区分了三种时序倒错（异步性），即倒叙、预叙、共叙。本节讨论的叙事将过去和现在或现在与未来的这些时序偏差进一步合并。在热奈特的术语中，人们可能会认为，时间蒙太奇和时间旅行的实例是将倒叙（跳回过去）或者预叙（跳到

---

① 《时间机器》通常被认为是第一部科幻小说（Booker & Thomas，2009，179）。玛丽·雪莱的小说《最后一个人》（*The Last Man*）中已经预见了威尔斯的未来之旅。雪莱在小说中宣称她发现了预言先知讲述一个生活在 22 世纪的男人的故事。在威尔斯的叙事中，雪莱的神秘装置被技术取代。威尔斯小说中的时间机器在迈尔斯·布鲁尔（Miles J. Breuer）的《时间飞行》（"The Time Flight"，1931）和罗纳德·赖特的《科学传奇》（*A Scientific Romance*，1977）中都可以看到。

未来）的概念与共叙的概念相结合。里德后现代主义小说《逃往加拿大》中的时间蒙太奇是在故事层面将 19 世纪与 20 世纪相结合，但奇幻和科幻小说通往过去或未来的旅程通常呈现给我们一个人物，他来自一个时空领域，然后前往（因此也存在）另一个不同的时空领域。后现代主义激化了其他叙事中存在的非自然倾向，因为它将整个时期混为一谈（而不仅仅是将一个人物从一个时空领域转移到另一个时空领域）。此外，虽然《逃往加拿大》的混合时间性使我们注意到奴隶制的现代表现形式，但在早期的叙事中对时间旅行的叙述往往出于不同目的。回到过去的旅行通常与改变历史进程的人类愿望相关联，通向未来的旅行则源自我们希望知道，即将到来的事件是否与我们的希望和梦想相关。

4.5 破坏形式逻辑： 本体化的多元主义

在本节中，我将探讨那些呈现逻辑上不可能的时间性的叙事。理查森（Richardson，2002，48）这样评论矛盾时间线的非自然性："在现实生活中，这样的矛盾是不可能的：一个人可能在 1956 年去世了，或者他可能在 1967 年去世了，但他不可能在 1956 年和 1967 年去世。"某些虚构叙事违背了无矛盾原则，呈现出互相排斥的故事版本或事件次序，从而将时间分割成多个（逻辑上不相容的）路线。

约翰·福尔斯（John Fowles，［1969］2004）的后现代主义或新维多利亚时期的小说《法国中尉的女人》，呈现给我们三个相互矛盾的结局。在人们称之为"传统"的结局中，查尔斯·史密森决定不再追求一个被称为法国中尉情人的女人萨拉·伍尔夫，而是回到家中与未婚妻，传统的维多利亚女人欧内斯蒂娜·弗里曼结婚。然而，小说叙述者随即说："你读过的最后几页并不是小说的真正结局，是他（查尔斯）从伦敦到埃克塞特的路上几个小时之间想象可能会发生的事情。"（327）也就是说，使用阅读策略 3（主观化），我们可以将这个"结局"定义为恶作剧；它可以被解释为查尔斯的幻想。

经历了迷失与拯救之后，小说的叙述者向我们呈现了另外两个结局。查尔斯和萨拉·伍尔夫上了床（Fowles，［1969］2004，337），

查尔斯离开了欧内斯蒂娜，查尔斯写信给萨拉，说要娶她为妻，但是
他的仆人萨姆并没有把信送出去。萨拉消失了，查尔斯在欧洲和美国
到处寻找她。后来查尔斯得知萨拉住在前拉斐尔派画家但丁·加布里
埃尔·罗塞蒂和他的妻子克里斯蒂娜·罗塞蒂在伦敦的房子里。在接
下来的"浪漫"结局中，他找到她，起初她拒绝与他结婚。之后萨
拉告诉查尔斯他们还有一个女儿，并最终决定嫁给查尔斯。在人们称
之为小说的"存在主义"结局中，查尔斯和萨拉没有女儿，莎拉拒
绝与他结婚（可能是因为他们以前不愉快的性经历［337］）。他们永
远分开，查尔斯孑然一身却又感到自由："他终于在自己身上发现了
点儿信心，发现了可以建立信心的独特之处。"（444－445）帕梅拉·
库珀（Pamela Cooper，1991，109）认为，在这个结局中，"查尔斯
对浪漫爱情的追求是人类自由孤独感的开始，是对人类孤独感的认
识"。

173   浪漫的和存在主义的结局是互相排斥的，但它们"具有相同的
本体论状态"（McHale，1987，110）。希拉里·P. 丹嫩贝格
（Dannenberg，2008，217）也认为小说呈现的结局是"两种实际上相
互矛盾的版本"。人们可以将这两个逻辑不相容的结局归因于叙述者
的奇思妙想和想象力，他并没有决定哪一个结局能够实现，因此提供
了不同的选择（阅读策略3，主观化）。同样，瑞安（Ryan，2006b，
670）认为，不相容的版本是正在进行叙述的草稿，也是叙述者正在
考虑的小说的不同发展。

　　然而，这部小说不仅嘲笑了上帝般无所不知的叙述者的观念，也
嘲笑整个维多利亚时期的文学。因此，根据阅读策略6（反讽与戏
仿），有人可能会认为，《法国中尉的女人》使用互斥的结局来模仿
维多利亚时期小说的传统写法，也就是用死亡或婚姻的未知结局强行
了结。换句话说，小说代表了逻辑上不相容的结局，故意挫败读者对
封闭式结局的期望。

　　最后，通过采用瑞安（Ryan，2006b，671）的"自助式理解"
策略，人们也可以认为，这部小说具有建筑工具箱一般的功能，它可
以让我们选择我们最喜欢的结局（阅读策略8）。传统或保守的读者

可能会更喜欢传统的结局，也许也不喜欢阅读小说的其他部分，而情感倾向较强的读者可能更喜欢浪漫的结局，那些没有那么理想主义的读者可能更喜欢存在主义结局的版本。有趣的是，许多评论家认为，第三个结局必须是"真正的"版本，在这个结局中，"叙述者说对了"，因为"呈现给读者的结局顺序是这样的"（Wells，2003，40-41）。此外，虽然查尔斯被非传统的萨拉（而不是传统的维多利亚时代的欧内斯蒂娜）诱惑，但我们作为读者应该"无意识地将我们的愿望列入具体的后现代议题"（31）。B. S. 约翰逊（B. S. Johnson，1973，110）后现代主义短篇小说《家中的广泛思想》（"Broad Thoughts from a Home"）激发了这种解构结局的叙事策略： 174

> 慷慨的态度：读者可以为作品选择结尾。**第一组：宗教。**（a）自圣保罗以来最迅速的皈依，让塞缪尔陷入迪恩女士和教会之母对他的关怀中。（b）更彻底的转变是将塞缪尔推向耶稣会。（c）个别释放的雷电使塞缪尔减少了一小部分不纯的化学物质。**第二组：世俗。**（a）在非比寻常的喜悦的状态下，塞缪尔强奸了迪恩小姐。（b）在少有的心不在焉的状态下，迪恩小姐强奸塞缪。（c）在相当泰然自若的状态下，罗伯特强奸了他们两个（不管这可能意味着什么）。**第三组：不可能。**下一封邮件包含紧急召回（a）塞缪尔（b）罗伯特（c）两人，原因是（i）死亡（ii）出生（iii）爱情（iv）工作。**第四组：变量。**请读者在下面提供的空白处写下自己的结局。如果这个空间不够用，扉页上的空白处也可以书写。谢谢。

根据瑞安（Ryan，2006b，671）的观点，罗伯特·库弗的小说《保姆》呈现出建筑工具箱的功能，它可以让读者建构自己的故事（阅读策略8，自助式理解）。在这短篇小说里，多莉和哈利·塔克去参加周六晚上的派对，一个保姆过来照看他们的三个孩子，吉米、贝琦和一个小婴儿（206）。差不多与此同时，保姆的男朋友杰克和他的朋友马克正在玩弹球，并讨论怎么欺负保姆（208）。

　　出于这种常见情况，库弗的短篇小说已经分段成包含无数可能性的奇怪集合，并且形成了多重互不相容的情节。① 在小说 107 个场景中的第一个情节，是杰克和马克打电话给保姆，但她不允许他们来找她（Coover，1969，217）；第二个情节，他们来找她并勾引她（216）；第三个情节，他们开始引诱保姆，但被塔克先生阻止（222）；第四个情节，塔克先生从聚会中偷偷溜回家，与保姆发生性行为（218），第五个情节，塔克先生与保姆发生性关系时，被杰克阻止（230）；在第六个情节中，杰克和马克试图强奸保姆（225）；第七个情节，杰克和马克试图强奸保姆，但被塔克先生的儿子吉米阻止（231）；等等。故事的结尾是一系列可供读者选择的结局，不同的是，保姆被强奸并谋杀了（237），她不小心将婴儿溺死（237），塔克夫妇从派对回来发现一切都很好（238－239），或者塔克太太得知她的孩子都被杀害了，她的丈夫失踪了，她的浴缸里有一具尸体，她的房子也被毁坏了（239）。

　　这些逻辑上不相容的故事情节的意义是什么？在叙事开始时，我们仍然可以区分真实的部分和梦境、愿望、幻想、电影或电视节目。然而，随着叙述的进展，这种区别变得越来越不稳定，因为各种幻想和电影片段开始与"现实"彼此混合。托马斯·E. 肯尼迪（Thomas E. Kennedy，1992，64）认为，"现实就是一切，它就是那些发生的事情、靠想象的事情，那些被观察、希望、梦想、计划、制定、感受、认为的事物的总和"。由于真实和想象的事情具有相同的本体论状态，汤姆·佩特提金（Tom Petitjean，1995，50）对比了实际事件次序（"故事中那些用数字而不是词指涉的特定时间"）以及各种不

---

　　① 有关多元叙事的例子有：在豪尔赫·路易斯·博尔赫斯（Jorge Luis Borges）的短篇小说《小径分岔的花园》（*The Garden of Forking Paths*，1941）中 Ts'ui Pend 的故事，弗拉基米尔·纳博科夫（Vladimir Nabokov）的小说《微暗的火》（*Pale Fire*，1962），阿兰·罗伯－格里耶的小说《幽会的房子》（*La maison de rendez-vous*，1965）艾茵·兰德（Ayn Rand）的戏剧《1 月 16 日夜晚》（*Night of January 16th*，1968），迈克·弗雷恩（Michael Frayn）的戏剧《哥本哈根》（*Copenhagen*，1998），汤姆·泰拉维尔（Tom Tykwer）执导的德国电影《罗拉快跑》（*Lola rennt*，1998），以及鲁道夫·沃利策（Rudolf Wurlitzer）的小说《幽远之崖》（*The Drop Edge of Yonder*，2008）。

能充分表现文本的非实际的可能性。

使用阅读策略8（自助式理解），人们认为，《保姆》使用互不相容的故事情节来让我们意识到潜在的可能性，并使我们能够选择最引人注目的场景（无论出于何种原因）。同样，瑞安（Ryan，2006b，671）认为这部短篇小说"呈现给读者的互相矛盾的篇章为读者创作自己的故事提供了素材"。库弗的短篇小说讲述了打破我们日常生活的可能性，并促使我们思考当时美国郊区的情况（即使所表现的情景暗示着强奸、暴力或死亡等可怕事件）。

用理查德·安德森（Richard Andersen，1981，100）的话说，176《保姆》强调了"多样性作为一种手段，可以对抗人们习惯性地将生活和小说简化成可理解的简单术语，但是由于生活和小说的有限视角，人们又无法反驳上述观点"（100）。事实上，多元叙事如《保姆》似乎反映了让-弗朗索瓦·利奥塔（Lyotard，1997，xxiv）的观点，即后现代主义对现代进步和启蒙的主导叙述（**宏大叙事**［grand récits］）的怀疑。现代主义的主导叙事是大规模的理论或哲学（如黑格尔关于世界精神思想，马克思的历史唯物主义和弗洛伊德的精神分析的观点），试图提供对世界的全面解释。相比之下，《保姆》倾向于许多"小叙事"（**细微叙事**［petit récits］）的涌现，它们并不试图提出一个包罗万象的真理，而是提出一个合乎情理的、有限的，并且与特定情况相关的真理。根据利奥塔的看法，库弗的短篇小说呈现给我们互不相容的情节，以纪念后现代主义统一的主导叙事的缺失。

即使本体化的多元主义在后现代主义叙事中发挥着重要作用，但是它并不是后现代主义创造的。科幻小说的故事也经常包含着互相排斥的事件次序，因为平行宇宙客观地存在于故事层面。在这样的背景下，丹嫩贝格（Dannenberg，2008，128）提到"多元世界错列历史"，其中"叙事宇宙中有先验的多重世界"。拉里·尼文（Larry Niven）的著作《各种各样的方式》（"All the Myriad Ways"，1971）中也涉及这

样的宇宙学观点。① 这部小说呈现给读者的是多世界宇宙论，其中历史
的各个分支之间的相互作用在技术上是可能的。尼文的叙述是这样开
始的："时间线有许许多多的分支，宇宙的大宇宙，每分钟有数百万，
十亿？万亿？……每当有人做决定，宇宙就分裂了。分裂，所以有史
以来的每一个决定都具有两面性。无论是男人、女人还是小孩在地球
上做出的决定，都会在相邻宇宙被颠覆。"（1）"穿越时间飞船"（4）
使得遍及全球的任务从叙事的原始故事世界到"纳粹世界""红色的中
177　国世界""黑死病突变的世界""美利坚合众国""俄罗斯帝国""美洲
印第安人的美国""天主教派""死亡的世界"，等等。（4-6）

　　《各种各样的方式》是关于侦探——中将基恩·特林布尔
（Detective-Lieutenant Gene Trimble）的故事，他面对着大量的"毫无
意义的自杀"和"无意义的犯罪"——"全市范围的流行病"
（Niven，1971，1）。在故事开始时，他调查了安布罗斯·哈蒙的自杀
案，他在一场扑克游戏中赢得了五百美元后自杀了。特林布尔发现
"超过20%的""穿越时间"飞行员在过去一年中自杀死亡，他首先
考虑到"自杀故障"的可能性（4）。在详细地思考了多世界宇宙观
的含义后，他得出以下结论：

　　　　他会去拿咖啡，他不会，他会派人去拿咖啡，而有人很快在
　　没有被要求的情况下带来咖啡……每一个决定都是双向的。对于
　　每一个你用心做出的明智选择，你曾经也做过其他的类似的选
　　择……有些世界的内战没有打响，有些世界双方都是胜利的。小
　　说 *Elsewhen* 中，其他动物都会被一根羚羊股骨杀死。有些世界仍
　　然是游牧民族的天下；文明已经消失了。如果每个选择都在其他

---

　　① 科幻小说中涉及多世界宇宙论的有：默里·莱茵斯特（Murray Leinster）的小说《时
间侧面》（"Sidewise in Time"，1934），约翰·温德姆的小说《对应物》（1959）和《随机寻
找》（"Random Quest"，1961），厄休拉·勒古恩（Ursula le Guin）的小说《天钩》（*The
Lathe of Heaven*，1971），菲利普·K. 迪克的《现在等待去年》（*Now Wait for Last Year*，
1966），格里戈里·本福德（Gregory Benford）的小说《时间轴》（*Timescape*，1980），艾伦·
莱特曼（Alan Lightman）的小说《爱因斯坦的梦》（*Einstein's Dreams*，1993）。

地方被废除，那为什么要做出决定呢？（5-6，8）

《各种各样的方式》就是要解决一个问题，即如果所有可能性同时实现，那么人们就会缺少行为的可计算的参照系。从这个角度来看，自杀企图的后果变得与不道德行为一样不可预测；选择总体上变得毫无意义，因为它们不再是真正的选择（参见 Ryan，2006b，666-667）。故事结束时特林布尔扣动了扳机，故事分成四个不同的宇宙或时间轴：

> 他从报纸上拿起枪，放在头上，开了枪。锤子落在一个空房间里。
>
> 开枪了，枪口猛地抬起来，在天花板上炸了一个洞。
>
> 开枪了，子弹在他的头皮上射出一道沟。
>
> 把他的头顶掀掉了。（Niven，1971，11）

178

尼文的短篇小说表明，大多数人将无法从认知上处理多世界宇宙论的假设，这就解释了为什么"我们私人百科全书中尚未完全建立平行现实的观念"（Ryan，2006b，671）。进而《各种各样的方式》对于后现代主体的多元化就至关重要，它假设后现代主体可能存在于不同的背景下，承担各种角色。《保姆》包含了后现代时期的多样性，《各种各样的方式》则表达了更加怀疑的态度。

1998 年哲学家格雷厄姆·普里斯特（Graham Priest）发表了一篇文章，其中他提出一个问题，即"逻辑矛盾有什么不好？"这位哲学家的答案令人感到惊讶，"也许没什么不好"（426）。对他而言，"相信某些矛盾并没有错"。例如，他相信"说谎者语句既真实又虚假是合理的，这是合理可行的，事实上是理性义务"（410）[1]。许多虚构

---

① 说谎者语句是一个说谎的人说的话，说谎的人指出他或她说谎了（例如埃庇米尼得斯是一个克里岛人，他说"克里岛的人都说谎"）。如果我们假设埃庇米尼得斯所说的是真的，那么这句话就是错误的；如果我们假设埃庇米尼得斯所说的是错误的，那么这句话就是真的。

叙事也同样呈现给我们逻辑不相容的故事情节，而且不可能推断出一个单一的按时间顺序排列的事件作为故事的叙述。在这种情况下，叙述的故事实际上是由一系列互相矛盾但共存的事件组成的，这是我们作为读者应该学会接受的东西。虽然福尔斯的《法国中尉的女人》和库弗的《保姆》用逻辑的不可能性来嘲弄维多利亚时期小说主要体裁的严谨性，或者通过邀请我们构建自己的故事（或细微叙事）来纪念后现代主义统一的主导叙事的缺失，科幻小说叙述中的多世界宇宙论仍然遵循对人类主体更加传统的理解。后现代主义叙事在后现代时期赞扬生命的多样性和异质性，而《各种各样的方式》则承认

179　后现代的新选择，但没有完全接受它们。相反，尼文的科幻小说感叹主导叙事作为一种合情合理的赋权的力量正逐渐消失。

4.6　同时存在的故事时间

在有些叙事中，人物的衰老速度与故事世界中的其他人的衰老速度不同。在这样的叙事中，在故事层面的参照不同，时间流逝的速度也不同。理查森（2002，50）提到了"差异化时间性，故事人物年龄变化的速度与他们身边的人的不一致"。故事人物的"个人时钟"与身边人的"个人时钟"有两种基本表现形式：故事人物变老的速度比其他人慢，或比其他人快。在这两种情况下，不同的个体时间都共存于故事世界中。

卡里尔·丘吉尔（Caryl Churchill）的戏剧《九重天》（*Cloud Nine*，［1979］1985）中呈现了一种怪异的情景，其中人物的衰老速度比他们周围社会的时间推移慢一些。戏剧的第一幕"发生在维多利亚时代英国在非洲的殖民地"，而第二幕则发生在"1979年的伦敦"。尽管第一幕和第二幕之间的时代背景差距大约100年（故事时间1），而"人物"时间"仅有25年"（243；故事时间2）。约翰·M. 克鲁姆（John M. Clum，1988，104）将第一幕中不同时区看作"对取代了克莱夫帝国的绝对准则的相对论的赞同"。然而，基于父权制和殖民主义思想的克莱夫帝国的绝对准则在第二幕中仍然有效。在这里，差异化时间性表明，尽管时间在推移，但在其他方面也没有

多少进展——有关性、性别和殖民主义的——某些发展落后于 20 世纪 80 年代更民主的英国社会的普遍发展。① 换句话说，《九重天》的非自然时间性具有特定的主题目的（阅读策略 4）。它有意置换线性时间的连续性，将其与历史记忆的非同步进程对比。安·威尔逊（Ann Wilson，1997，155）写道："遵循先后顺序的时间推移并不会对经历缓慢变化的人物的生活产生相应的影响。"

例如，尽管社会向前跳跃了一个世纪，但第二幕仍存在殖民主义。 180 虽然第一幕发生在英国殖民统治期间的非洲，第二幕则通过在贝尔法斯特的战役中牺牲的林的兄弟，暗示了在北爱尔兰将继续帝国主义的计划（Churchill，［1979］1985，291，303，310 - 311）。虽然殖民压迫在戏剧世界中一直存在，但第二幕中肯定会有更多的性自由和更少的性别压迫。在戏剧的前言中，丘吉尔描述了这种发展："第二幕中，更多的能量来自女性和同性恋者。这种戏剧情节的宽松结构反映了社会的不确定性和变化，以及更加女性化和更少独裁的想法。"（246）②

然而，与此同时，第二幕中的人物并不比第一幕中的人物更快乐。伊莱恩·阿斯顿（Elaine Aston，1997，35）认为，"虽然 20 世纪 80 年代的第二幕意味着比维多利亚过去更为自由的时间段，人物仍被视为在与性别角色和身份斗争"。贝蒂仍然拥有一个本质主义的"男性气质"概念，并且相信"真正的小男孩"是不会哭的（Churchill，［1979］1985，293）。爱德华则宣称他宁愿"做个女人"（307），他的"女性化"行为使他与男友格里（297，306）的关系疏远了。维多利亚的丈夫马丁可能阳痿，但是他认为维多利亚和他没有

———————————

① 弗吉尼亚·伍尔夫（Virginia Woolf）的《奥兰多》（*Orlando*，1928）利用差异化时间性来达到类似的目的。在这部小说中，350 年过去了（故事时间 1），而书中的人物只有 20 岁（故事时间 2）。《奥兰多》强调，在 350 年的文学史中，在对女性或性和性别问题保持更开明的态度方面，并没有取得很大进展。

② 事实上，虽然"第一幕"向我们介绍了一种情况，其中性取向和性别身份受到克莱夫的严格控制，但第二幕呈现给我们更宽泛的取向和身份。例如，林的女儿凯茜被允许玩玩具来活出自己的"阳刚"的一面；林是一个女同性恋者，喜欢维多利亚；里亚嫁给了马丁，一个"女性化"的温柔自由的男人；最后，爱德华是一个"具有女性气质的"男同性恋者，而他的男友格里是一个更具有"男性气质的"同性恋者。（Churchill，［1979］1985，291，292，300 - 301，306）

性高潮，是因为她"仍然感受到他的控制欲"（301）。尽管有了新的自由主义，人物仍然在性生活和性别身份认同方面苦苦挣扎。他们不能简单地摆脱自己的过去：这两幕都发生在殖民地背景下，性与性别的混淆感成为主要内容（并且这些主题持续存在于戏剧中，通过剧本差异化时间性加以强调）。①

据我所知，差异化时间性第一次涉及时间速度放慢是在 12 世纪瓦尔特·迈普（Walter Map）的魔幻叙事集《庭臣琐闻》（*De Nugis Curialium*, *Courtiers' Trifles*）中。其中的一个故事，是俾格米国王和布利吞国王赫拉同意参加彼此的婚礼。在赫拉国王离开俾格米人的另一世界后，他发现自己实际上花了两百年时间（故事时间 1），而在他自己的经历中——在他逗留期间——那段时间似乎已经有"三天"（31；故事时间 2）。就像《九重天》中的人物一样，赫拉的衰老速度比人类世界其他人慢一些。

赫拉国王发现，当他待在俾格米国时，撒克逊人占有了他的王国（Map，1983，31）。② 在赫拉离开另一世界时，俾格米人带给他一只大猎犬，并告诉赫拉"直到那只狗从牵它的人手中跳出来，他的队伍才能下马"（29）。但是，当他们回到人类世界时，赫拉身边的一些人忘记了俾格米人的要求，下马，随即变成了灰尘。最后，有人告诉我们，"狗还没有下马"，并且"赫拉国王仍然坚持他的疯狂路线，与他的乐队一起永恒地流浪"（31）。也就是说，赫拉和他的手下在真实世界中不再发挥任何作用，注定要永远在英国四处游荡。

像《九重天》一样，迈普的叙事利用差异化时间性来形成一个

---

① 人物也可能快速变老。在 D. M. 托马斯（D. M. Thomas）的小说《白色旅馆》（*The White Hotel*，1981）中，集中营囚犯几乎是在"几分钟内老去"（213），以强调纳粹分子非人道的恐怖。克里斯托弗·马洛（Christopher Marlowe）《浮士德博士的悲剧》（*The Tragical History of the Life and Death of Doctor Faustus*，1592），其中时间流逝的加速强调了地狱的恐怖以及魔鬼的超人力量。

② 罗西尼·克罗斯（Roseanna Cross，2008）指出，15 世纪传奇故事《埃尔赛顿的托马斯》（*Thomas of Erceldoune*）中的同名英雄与古法语叙事诗《古加莫尔》（*Guingamor*）中的同名英雄认为他们在另一世界只花了三天时间，而他们实际上已经在那里待了好几年了。此外，12 世纪的拉丁传奇故事《梅里亚多奇历史》（*Historia Meriadoci*）描绘了一个平行世界，其中时间的流逝速度比人类世界的更快。

主题（阅读策略4），这与某些态度或心理倾向有关。《庭臣琐闻》批评了那些没有足够重视现实世界要求的领导者。迈普（1983，31）的叙述将赫拉漫无目的的流浪与英国国王亨利二世（1154—1189）联系起来：“最近有人说，在亨利国王加冕的第一年”，赫拉和他的手下“不再像以前那样到访我们的土地……就好像他们已经把他们的流浪生活传递给了我们一样”。后来叙述者争辩说，亨利二世与赫拉（371）一样不安分，因此不能理解真实世界的问题：“我们以疯狂的步伐前进，我们用疏忽和愚蠢对待未来，我们把未来托付给运气……我们比任何人都失落和沮丧。”（373）

　　根据罗西尼·克罗斯（Roseanna Cross，2008，170）的观点，迈普的差异化时间性的含义在于所有的国王都有可能面临进入不同时间领域的危险，因而不在意眼前的忧虑。在这种情况下，俾格米人的超自然形象代表了使君王忘记自己的职责和任务的品性（如不安和疏忽）。此外，到访了俾格米人的时间区域后，赫拉的一些下属变为尘埃，而其他人注定永远流浪，这清楚地表明他们已经变得与人类世界无关。简而言之，《庭臣琐闻》使用不同的时间领域来区分不能解决真实世界问题的领导者和那些有决心解决这些问题的领导者。

　　《九重天》与《庭臣琐闻》中的差异化时间性呈现出的是同一故事世界的不同类型的故事时间，也就是不同但共存的故事时间。叙事理论家通常假定存在一个统一的故事时间（故事情节占用的时间），这个时间可以通过五种不同的方式与话语时间相关（接受者阅读或思考叙述内容的时间）（见 Genette，1980，87–112）。[①] 然而，在故事层面也可能出现减速和加速。故事人物实际上客观地经历（或以另一种方式）与世界上其他人不同的衰老速度。不同的时间线可能发挥不同的作用。丘吉尔的后现代主义戏剧《九重天》用并存的故事时间来表明某些事态发展——涉及性、性别和殖民主义思想——落

---

　　① （1）在戏剧表演中，故事时间和讲话时间大致相等；（2）加速时，话语时间短于故事时间；（3）减速时，话语时间比故事时间长；（4）在省略中，一段故事时间不在话语层面表示；（5）在暂停时，在描述中话语时间流逝，故事时间停止。

182

后于 20 世纪 70 年代英国更民主的社会发展，而中世纪的《庭臣琐闻》采用差异化时间性，表明疏忽可能会导致领导者落后于现实世界的要求。因此，《九重天》的主题是社会束缚个人的方式，而《庭臣琐闻》则要求个体的道德议题。

4.7 小结

吕克·赫尔曼和巴特·弗瓦克（Herman & Vervaeck，2005，113）谈到后现代主义中的"线性时间的倒塌"。事实上，后现代主义叙事的非自然时间性解构了我们对现实世界中时间和时间进程的认知。这些时间线涉及"反本体论思想"，即违背了我们对时间本质的"直觉性期 183 望"（Zunshine，2008，69）。但是，后现代主义不可能的时间线并不是没有先例的，而是已经通过各种方式预先使用过。虚构叙事早在后现代主义的自我反思的元小说产生之前，就已经将倒退的时间线、时间圈、不同时期的合并、逻辑上不相容的故事情节和差异化时间性呈现在作品之中。

正如我已经指出的，文学中大部分非自然时间处理并不被视作后现代主义，这种情况可以通过文类规约来解释（阅读策略 2）。这些时间线可以通过以下方式进行解释：利用魔幻或其他超自然现象（如中世纪叙事、儿童文学、叶芝的幽灵剧、最新的奇幻小说）；通过讽刺性的批评，即运用夸张的描述时间的手法使时间变得不可能（如吐温的《康州美国佬在亚瑟王朝》）；或者通过技术干预或仅仅是科幻小说中的未来场景的设置（如本章所讨论的其他叙述）。

在第一种情况下，时间扭曲与魔法装置（如时间转换器或魔法手表）、超自然生物（如魔鬼或小矮人）有关，这样可能会篡改流逝的时间，或叙事被设置在超验领域中（如炼狱）。关于非现实世界的干预，南希·H. 特雷尔（Nancy H. Traill，1996，11）认为，超自然实体通过其"超常的力量可以进入自然界，无论怎样都会干涉人类事务。它们可能会采取一定数量的超人类形式——无论是恶魔、神灵、小矮人还是亡魂，这些可能不会有什么不同……重要的一点是它们**违背了自然规律**"，比如人类世界中的时间流逝。

在第二种情况下，时间不会被超自然的手段扭曲；相反，某些非自然时间线可以在"非真实的"讽刺评论的作品中看到，这种评论包括"超越日常生活现实"的夸张、扭曲或讽刺漫画（Booker & Thomas，2009，5，327）。在这样的叙事中，时间的不可能性常常戏仿某些文类规约（如《康州美国佬在亚瑟王朝》中的传奇故事）。

第三种情况，时间的不可能性包括技术创新（例如时间机器或飞向平行宇宙的太空船）或宇宙现象，例如时空连续体的破坏。金斯利·艾米斯（Kingsley Amis，1960）认为，在科幻小说中，非自然时间线既可以通过技术进步来解释，也可以通过设定在未来的某个时刻来解释。他将科幻小说形容为"散文叙事中的一类，它叙述的是我们所知道的世界中不可能出现的情况，但是这种情况是基于科学或技术的某种创新或者伪科学或伪科技的假设，无论人类还是外星人的起源"（18）。

后现代主义的自我反思的元小说在众所周知的历史流派中回归到不可能的时间性，它们或延伸或接受全新的观念，抑或将它们用于某个具体的后现代议题。例如，《时间之箭》延伸了《西尔维与布鲁诺》《时针世界》和《隐生代》的时间颠倒的场景，通过扭转小说整体的时间箭头，让叙述者评论非自然的时间流逝。贝克特的《戏剧》包含了一个循环的时间性，就像叶芝的《炼狱》一样，但是它在一个元戏剧的语境中使用了时间循环（时间圈）：与叶芝相反，贝克特批判地反思了表现时间循环的苦恼。里德的小说《逃往加拿大》运用了全新的时间旅行的叙事方法——时间蒙太奇，小说人物从一个时期出发，出现在故事中的另一个时期，并且将时间范围整合为一体（即 19 世纪和 20 世纪）。像《法国中尉的女人》和《保姆》这样的后现代主义叙事纪念了游戏性或统一的主导叙事的缺失，《各种各样的方式》则并不遵循后现代议题，而是更多地表达了对多元世界宇宙观的批判态度。最后，后现代主义戏剧《九重天》利用其差异化时间性来表现个人的性解放，而《庭臣琐闻》依然与道德问题相关（这是典型的中世纪文学）：迈普的叙述指出，好的领导者不会轻易分散注意力，且具有忠实、专心等品质。

| 5 反模仿空间 |

5.1 叙事学与空间

曼弗雷德·雅恩和萨宾娜·布赫霍尔茨（Manfred Jahn & Sabine Buchholz, 2005, 552）将叙事空间定义为"故事内人物活动和生活的环境"。同样地，我用叙事空间来指称叙述中的"何处"，即所再现的故事世界的界定空间，包括物体（如房屋、桌子、椅子）或作为部分背景的其他实体（如雾）。

传统上说，叙事空间被认为远不如叙事时间重要。例如，莱辛（Lessing, 1974, 102 - 115）将叙事文学定义为一种时间的而非空间的艺术，同样，热拉尔·热奈特（Gérard Genette, 1980）也对考察时间进程更感兴趣，而不是叙述中的空间组织问题。E. M. 福斯特（E. M. Forster, ［1927］1954, 130）关于最小情节的例子——"国王死了，然后王后死于悲伤"——甚至没有指涉任何空间。我们大概都熟悉戏剧舞台的简陋，它不妨碍我们理解戏剧中所再现的行动。

然而，其他理论家已经详尽地探讨了叙事空间的再现形式及其潜在意义。早在20世纪20年代，米哈伊尔·巴赫金（Bakhtin, ［1938 - 1973］1981, 84）就提出了"时空体"或"时间空间"的概念，强调了"在文学中得到艺术性表达的时空关系的内在联系"（1981, 84）。西摩·查特曼（Seymour Chatman, 1978, 96 ff.）不仅区分了故事时间和话语时间，还区分了故事空间（行动空间）和话语空间（叙述话语的环境）。法国哲学家加斯东·巴什拉（Gaston Bachelard,

1964，47）在《空间诗学》（*The Poetics of Space*）中表明，"有人居住的空间超越了几何空间"。他通过发展"生活空间"（espace vécu）的概念，即人类经验的空间，实现了建筑结构（如房屋、抽屉、衣柜、角落）的语义化，并解决了空间对其居民的意义问题。"生活空间"的概念表明，"人类对空间的认知总是包含一个受空间影响（反之也影响空间）的主体，一个以身体方式体验空间并对其做出反应的主体，一个通过生存条件、情绪和氛围'感受'空间的主体"（Jahn & Buchholz，2005，553）。

加布里埃尔·佐伦（Gabriel Zoran，1984），露丝·罗侬（Ruth Ronen，1986），霍利·泰勒和芭芭拉·特沃斯基（Holly Taylor & Barbara Tversky，1992，1996），戴维·赫尔曼（Herman，2001，2002，263 - 299），以及玛丽 - 劳尔·瑞安（Ryan，2003，2009a）已经表明，叙事理解与对故事世界的空间组织的理解密切相关。[1] 赫尔曼（Herman，2001，534）解释说，故事讲述需要"建造一个由空间相关实体所组成的浮现中的群集模型，并使他人也能够这样建模"，瑞安（Ryan，2003，237）认为"读者的想象力需要一个空间的心智模型来模拟叙述行为"。

根据泰勒和特沃斯基（Taylor & Tversky，1996，389）的观点，我们根据显著性或功能性意义，使用空间概念来自上而下描述组织"空间层级结构"。问题的关键在于"一些指示性的表达，诸如'这里''那里''左''右'等等"（John & Buchholz，2005，552）以及"方位副词（*forward*，*together*，*sideways*）和介词（*beyond*，*with*，*over*），它们传达关于定位对象和指涉对象的几何特征的信息（体积、表面、点和线）"（Herman，2002，274 - 275）。

本章旨在通过确定非自然空间的潜在功能，进一步加深我们对叙事空间的理解。叙事空间可以在物理上不可能（如果它们违反自然法则）或者逻辑上不可能（如果它们违背矛盾律）。我将展示叙事会以何种方式去自然化我们的空间认知，我将从空间框架（"实际事件

---

① 最近，有些批评家开始谈论文学研究的"空间转向"。（如 Warf & Arias，2009）

187

的直接环境"）到背景（"一般社会－历史－地理环境"），再到故事
空间（"与情节相关的空间，由人物行为和思想所绘制"；Ryan，
2009a，421－422）依次进行分析。然后，我以巴什拉的"生活空
间"概念为基础——论述这样的空间如何需要一个人类体验者——
来谈论不可能空间的再现意义。① 我假设非自然空间实现了一种可确
定的功能，并且出于一种特定的原因而存在；它们不仅仅是装饰性
的，也不仅仅是一种为艺术而艺术的形式。②

　　布莱恩·麦克黑尔（McHale，1987，45）认为，在后现代主义
叙事中，"空间……与其说是被建构的，不如说是被**解构的**……或者
更确切地说，建构和解构是同时发生的"。在这一章中，我将说明这
一主张对许多非后现代主义叙述同样适用。例如，在史诗、浪漫传
奇、儿童故事和奇幻文学叙事中，强大的超自然生物通过魔法栖息于
或召唤出非自然的环境（或者它们从这些环境中获得魔法力量）。讽
刺作品经常通过夸张和扭曲性描述，使用不可能空间对某些实体进行
批判。在某些现实主义小说中出现了主要具有元叙述功能的跨层，这
也为后现代主义侵犯本体论界限树立了重要的先例。

　　在本章中，我关注以下几种空间扭曲：操纵空间扩展（5.2）；
瓦解空间定位（包括空间逻辑；5.2 和 5.3）；破坏空间稳定（5.2 和
5.3）；无法创建或显示物体和更改环境（5.3）；以及非自然的（即
不可实现的）地理区域的形成（5.4）。我对跨层（5.5）的讨论在概
念上与空间有关，因为跨层超越了我们所知道的独立领域的界限。同
其他章节一样，我将从后现代主义中的非自然性的例子，转向对其他
类型叙述中相同现象的讨论。

---

　　① 同样，马克·卡拉乔洛（Marco Caracciolo，2011，117）提出了"读者对虚构世界
的想象性投射"，并表明"我们对叙事语境中空间参照物的理解利用了心理意象来产生对
叙事空间的模拟"。卡拉乔洛认为，即使当我们面对顽抗的空间时，"模拟仍然可以运行；
这只是需要大量的认知性努力"（134）。与卡拉乔洛相反，我不仅对难以抗拒的空间感兴
趣，而且对物理上或逻辑上不可能的空间参数也感兴趣。
　　② 埃拉娜·戈梅尔（Elana Gomel，2014）也研究了从古代神话叙事到后现代主义叙
事中不可能拓扑结构的文化意义。

5.2 非自然的容器：内部空间超越外部空间

马克·Z. 丹尼利维斯基（Mark Z. Danielewski）的小说《树叶之屋》（*House of Leaves*，2000）讲述了有关《纳维森纪录片》（*The Navidson Record*）的故事，这本书是一位名叫赞潘诺的作家根据有关威尔·纳维森及其家人的影像片段写成的。纳维森在他的位于灰树巷（Ash Tree Lane）（弗吉尼亚州某处）的住宅周围安装了许多摄像机，并配置了运动检测器来控制摄影机的开关，开始了他的电影项目（10）。在由约翰尼·特鲁安特（Johnny Truant）所写的小说"引言"部分（xi – xxiii），我们得知赞潘诺已经去世，他的尸体被路德发现，路德带领特鲁安特来到了赞潘诺的住所。特鲁安特带走了赞潘诺的手稿（xvii），并添加了脚注和其他材料，交给一组编辑出版。而这些编辑又添加了脚注，这些脚注并不是对正文的注释，而是对特鲁安特的脚注的注解。

有趣的是，位于灰树巷的纳维森的房屋在建筑设计上充满了物理上和逻辑上的不可能。其中一项不可能是它的内部格局会不断变化。例如，当纳维森和他的家人于 1990 年 6 月初从西雅图旅行回来时，他们意识到他们的房子已经发生了变化：他们发现了一扇新的"带玻璃把手的白色门"，可以通向一个"步入式壁橱"，又发现了"第二扇门"（"与第一扇门相同"），可以"通向孩子们的卧室"（Danielewski，2000，28）。当纳维森开始根据他手上的建筑平面图和他测出的数据进行调查时，他发现"房子内部的宽度"不可能地超出了"从外部测量的房屋宽度的四分之一"（30）。

此外，在客厅的墙壁上还出现了一条黑暗、阴冷的走廊（被称为"五分半钟走廊"），它甚至同时存在于两个地方。起初我们知道走廊出现在"北墙"（Danielewski，2000，4），但后来我们被告知它位于"西墙"，这当然违反了矛盾律（57；另见 Truant 的第 68 条脚

188

注中关于其逻辑不可能性的解释）。① 这条走廊的尺寸永远可以发生改变：它既可以收缩（60），也可以增长（61）。当纳维森检查走廊时，他意识到走廊已经扩展成了一个看似无尽的迷宫："一个接一个的拐角和墙壁，它们都完全平滑，难以辨认。"（64）在这条走廊中，空间定位是不可能的（68），指南针拒绝在房子内的任何一个方向上停留（90）。②

189   小说中的人物进行了五次绝望的探索，他们检查、拍摄，并试图理解这个神秘的走廊。这些人物包括纳维森，他的兄弟汤姆，比尔·莱斯顿，还有三位探险家：霍洛威·罗伯茨、杰德·里德和瓦克斯·霍克。在走廊里霍洛威·罗伯茨失去了理智，向杰德·里德和瓦克斯·霍克开了枪，前者死了，后者康复了，霍洛威·罗伯茨在走廊自杀了（Danielewski，2000，207，317－318，334－338）。在某处，由于楼梯突然膨胀，纳维森在房内的迷宫中走失了（289）。然后他报告说，他一直掉落了"至少50分钟"，所以他一定是"下落了一段不可思议的距离"（305）。在另一处，"楼梯突然延伸并且下降了10英尺"，而"楼梯井的圆形弯曲成了椭圆形，然后又很快恢复成了圆形"（272）。在后来的阶段，房子甚至攻击它的居住者们："我们看着天花板从白色变成灰黑色后下降。然后墙壁以足够的力量逼近，将梳妆台压成碎片，折断了床架，并且将灯从床头柜上扔下，灯泡爆开，灯光熄灭。"（341）这所房子显然是非自然的：它违背了传统意义上的方式，也不符合"任何精确的绘图法"（109）。

    解构主义者威尔·斯洛克姆（Will Slocombe，2005）将《树叶之屋》解读为一个关于客观虚无的寓言，在这个后结构主义或虚无主义的宇宙中，我们对意义的绝望追求最终化为徒劳（阅读策略5）；

---

    ① 特鲁安特的脚注如下："这里有一个关于'五分半钟走廊'位置的问题。最初门口应该在客厅的北墙上（4），但是现在，你可以自己看到，这个位置已经改变了。也许这是个错误。也许这种转变有一些潜在的逻辑。鬼知道。你的猜测和我的一样。"（Danielewski，2000，57）。

    ② 在弗兰·奥布莱恩（Flann O'Brien）的小说《第三警察》（*The Third Policeman*，1967）和哈罗德·品特（Harold Pinter）的戏剧《地下室》（*The Basement*，1967）中可以找到更多的变形场景。

小说中人物失败了，因为不断变形的房子无法被其掌握，读者失败了，因为文本自我解构，无法被读者掌握。斯洛克姆写道："《树叶之屋》引入了一种观点，即虚无主义存在于所有形式的话语之下，无论是语言的（文学）还是视觉的（建筑学）……房屋（他指的既是在故事层面的房子，又是《树叶之屋》这部小说）通过文本内部解构元素的出现不断地抵制……阅读，在阅读开始前就阻止了我们的阅读。"（88，97）

我认为，像斯洛克姆一样，人们可以通过寓言式的阅读（阅读策略5）来解读丹尼利维斯基小说中房子的非自然空间参数，也就是说，它象征着所有人类关系中潜在的荒谬或虚无。这所房子的迷宫显 190 而易见地终结了凯伦和纳维森原本**活跃**的性生活（thriving sex life）（Danielewski，2000，62），这也导致了"急躁、沮丧和日益加剧的家庭关系的疏远"（103）。这所房子本身由此变成了一个敌对世界——一个系统地破坏与他人成功互动的世界。编辑们接下来添加的脚注也让我们看到了房子和虚无之间的联系："墙壁无休止地裸露着。墙上什么也没有，没有任何东西可以定义它们。墙壁没有纹理。即使是用最敏锐的眼睛和最敏感的指尖也仍然无法辨认。在那里你永远也找不到标记。没有踪迹可存。墙壁抹去了一切。它们被永久抹除了所有记录。拐弯抹角，永远晦涩难懂，无法成文。注视着那完美的不在场的万神殿。"（423）

然而，丹尼利维斯基的小说并不是简单地论述我们在这个世界上的存在最终毫无意义，然后就此作罢；《树叶之屋》更进一步。除了描述我们存在的虚无的问题，小说还提出了一个解决这个问题的方法，这个解决方案与爱有关，或者更普遍地说，与和他人一道对抗有关。凯伦和纳维森通过爱的救赎力量来对抗房子的虚无，而特鲁安特则通过直面母亲佩拉菲娜的命运来反抗房子的虚无。

《树叶之屋》经常将房子的虚无与凯伦和纳维森的关系进行对比。例如，尽管两人之间存在隔阂，但每当凯伦看到丈夫时，她的恐惧立刻"消失在一个拥抱和滔滔不绝的言语中"（Danielewski，2000，322）。后来，凯伦制作了一部电影，名为《我的爱人简史》（*A Brief*

History of Who I Love），这部电影"与那无限延伸的走廊、房间和楼梯形成了完美的对比。房子是**空虚的**，她的电影是**丰富的**。房子是**黑暗的**，她的电影闪闪**发光**。一声**咆哮**萦绕在那个地方，她影片中的那个地方**受到查理·帕克的祝福**。在灰树巷矗立着一所**黑暗**、**寒冷**和**空虚**的房子。在 16 毫米的胶卷中，有一所充满**光亮**、**爱**和**色彩**的房子。通过追随她的内心，凯伦给那个地方赋予了原本没有的意义"（368）。这部电影使凯伦重新体会到了"他（纳维森）对她和孩子们所怀有的眷念和柔情"（368）。此外，当纳维森被困在走廊里陷入一种完全绝望的状态时，他的思绪转向他的妻子："'光'，纳维森低沉而嘶哑地说。'Can't. Be. I see light. Care—'."（488）索菲娅·布林（赞潘诺引用的众多"批评家"之一）认为，"人们普遍认为他的最后一句话'care'是'关怀'或'小心'（careful）一词的开始"。然而，她相信"这句话实际上只是使他的思想和心灵最终得到安息的名字的第一个音节。他唯一的希望，他唯一的意思，是'Karen'"（523）。一旦凯伦和纳维森重聚，房子就消解了，他们发现自己在自家前院美丽的草坪上（524）。根据娜塔莉·汉密尔顿（Natalie Hamilton, 2008, 7, 5）的说法，"这部小说暗示了，他们对彼此的爱将他们从各自的迷宫安全地带领出来"；"丹尼利维斯基的文本的每个层次都涉及试图在自我的迷宫中找到方向的角色，这些尝试反过来又会在文本结构中得到回应"。

在整部小说中，约翰尼·特鲁安特试图与他过于情绪化的母亲佩拉菲娜达成和解，佩拉菲娜试图勒死他，被送往了精神病院。除此之外，我们了解到，当他的父亲把她从他身边带走时，她像动物一样咆哮着，而这种咆哮声仍然萦绕在特鲁安特的脑海（Danielewski, 2000, 517, 71, 327）。特鲁安特告诉其他人他的母亲已经去世很久了（129）。然而，在小说的结尾，他似乎已经原谅了他的母亲，似乎也找到了某种暂时的平静："不知为何，我知道一切都会没事的。会好起来的。会好起来的。"（515）根据凯瑟琳·考克斯（Katharine Cox, 2006, 14）的说法，这个迷宫般的过程让特鲁安特"以普通的方式记住他的母亲，因为他最终采用了一种动人的、精简的叙述，没有用明显的编造、夸张和神话典故来描述他的母亲。"

丹尼利维斯基的小说表明，和解和宽恕是对抗灰树巷那所非自然房屋给他人带来的虚无感的方法。在这种情况下，孤独的作者赞潘诺的死亡也就不足为奇了，他回避与他人的对抗，甚至"为了保存他的各种东西和他自己，封存了公寓"（Danielewski，2000，xvi）。赞潘诺的态度与纳维森、凯伦和特鲁安特的方式截然相反，他们的方式与"人类意志"（368）坚持不懈地战胜非自然房屋密切相关。

在儿童书籍和奇幻小说中也可以找到内部空间比外部空间大的容器。在这些小说中，他们通常用来强调某些超凡脱俗的人物的力量和权威。例如，在 P. L. 特拉弗斯（P. L. Travers）的系列儿童书籍《玛丽·波平斯》（*Mary Poppins*，1934—1988）中，主人公是一个神奇的保姆，她拥有一个几乎无底的旅行袋，尽管外部尺寸很普通，但里面装了许多物品，比如"一件笔挺的白色围裙……一大块日光牌香皂，一把牙刷，一包发夹，一瓶香水，一把小折叠椅……一盒咽喉含片……七件法兰绒睡衣，四件棉质睡袍，一双靴子，一套多米诺骨牌，两顶浴帽和一张明信片"（Travers，1934，16－18）。这相当于说袋子的内部比它看起来容量更大。在这种情况下，是魔法生成了袋子里非自然的东西，就像在魔术师的表演中那顶藏着兔子和围巾的魔法帽一样。简和迈克尔·班克斯是住在樱桃树巷里一个非常严格的英国家庭中的两个孩子，他们立刻被他们的新家庭教师迷住了："这太令人惊讶了，他们目瞪口呆。但他们两个都知道，在樱桃树巷17号发生了一些奇怪而美妙的事情。"（18）

凯瑟琳·L. 埃利克（Catherine L. Elick，2001，461）认为，"无论是作为保姆还是作为魔法冒险的策划者"，玛丽·波平斯"都是一个具有巨大的甚至宇宙级权威的人物"。确实，在整个系列丛书中，这位具有颠覆性的保姆用魔法对班克斯家的孩子们的世界观进行了破坏性的攻击：他们参观了一个动物园，在那里人类被关在笼子里，孩子们可以和动物们交谈（"满月"，《玛丽·波平斯》，1934）。派对可以在群星之间举行（"晚上外出"，《玛丽·波平斯回归》，1935），

192

也可以在水下举行（"涨潮"，《玛丽·波平斯开门》，1943）。①

193　　　在 J. K. 罗琳的奇幻小说《哈利·波特与火焰杯》（*Harry Potter and the Goblet of Fire*，2000）中，有一整个住所的内部比外面更大（就像《树叶之屋》中的房子一样）。当哈利·波特与赫敏和韦斯莱一家一起参加魁地奇比赛时，他们搭建了两个"歪歪斜斜的双人帐篷"（79）：帐篷是韦斯莱先生从一个叫珀金斯的同事那里借来的。哈利认为帐篷太小了，不能容纳"10 人"（80）。但是，当韦斯莱先生邀请他进去看时，哈利很快就改变了主意："哈利弯下腰，从帐篷门帘下面钻了进去，顿时惊讶得下巴都要掉了。他走进了一套老式的三居室，还有浴室和厨房"（80）。②

　　《树叶之屋》中具有不可能几何结构的房子代表了对我们生存具有威胁性的虚无，而玛丽·波平斯非自然的旅行包和《哈利·波特与火焰杯》中不可能的帐篷，都强调了儿童读物和奇幻小说中某些令人惊叹的生物（如超自然的保姆、巫师或女巫）拥有魔力，因此不受真实世界的限制。用萨拉·格温安·琼斯（Sara Gwenllian Jones，2005，161）的话来说，这类体裁充斥着"拥有神奇力量"的生物，因此很容易忽视"物理现实的自然法则"。的确，这些超人类的人物可以操纵空间，他们扩展空间，从而如他们所愿获得额外的空间。此外，虽然儿童故事和奇幻小说中包含了其内部大小超过了外部大小的某种存在，但后现代主义的《树叶之屋》把整个小说背景设置在一个内部空间比外部更大的房子里。从这个意义上说，后现代主义将儿童故事和奇幻小说的特征发挥到了极致，并在不同的语境下使用了这些特征：在《树叶之屋》中，房子被认为反抗了意义创造的过程。

5.3　内部状态的外在实体化

　　在安吉拉·卡特（Angela Carter）的小说《霍夫曼博士的魔鬼欲

────────────

①　《玛丽·波平斯》（*Mary Poppins*）中其他有关魔法空间的分析参见赫格纳（Hagena，1999）。

②　相关译文参见《哈利·波特与火焰杯》，马爱新译，人民文学出版社，2001 年版。（译者注）

望机器》（*The Infernal Desire Machines of Doctor Hoffman*，［1972］1985）中，非自然空间也在蔓延。恶魔般的霍夫曼博士发起了一场反理性的大规模运动，并使用现实改造机器来扩展时间和空间的维度。他试图解放人类的无意识，并将欲望客体化，他的机器利用网状隔间中众多交媾的年轻夫妇的分泌物来实现这个目标（208－214）。医生的机器设法将小说世界转化成一种千变万化的幻景，这让人想起超现实主义者萨尔瓦多·达利（Salvador Dalí）的画作。由此，外部世界获得了流动性：

> 云雾垒成宫殿，又瞬间崩塌，有那么一会儿露出熟悉的仓库，紧接着又被别的什么新奇的景象取代。一群印度教徒正在念经，突然间柱子也跟着念起经来，接着嘭的一声，爆得四分五裂。哦不，它们变成了街灯，夜幕降临时，街灯又变成静默的花朵。巨大的头颅戴着西班牙征服者的头盔，在风中冉冉升起，犹如绘了油彩的风筝，脸上写满忧郁，飘过咯咯笑的烟囱。没有什么东西能维持一秒钟，城市再也不是人类用心劳作的产物了，它成了随心所欲的梦幻园。（18－19）①

在这部小说中，内在欲望变得外在化，具体化为故事世界中的实体。后来，被投射出的世界到达了另一个阶段，叫作"星云时间"（Nebulous Time）（Carter，［1972］1985，166），这将霍夫曼博士的革命推向了更远的阶段，因为在这个阶段，角色可以——实际上和客观地——同时成为许多其他的角色（霍夫曼博士甚至明确表示，他的世界"不是一个非此即彼的世界"［206］，而是一个逻辑不可能的世界）。在这一阶段，政府部长德西德里奥会见了立陶宛伯爵和他的奴隶拉弗勒，结果拉弗勒竟然是霍夫曼博士美丽的女儿阿尔伯蒂娜，德西德里奥深深地爱上了她（164）。德西德里奥和伯爵参观了一家

194

---

① 相关译文参见《霍夫曼博士的魔鬼欲望机器》，叶肖译，南京大学出版社，2015年版，后同。

妓院，这家妓院由一位女士经营，原来她也是阿尔贝蒂娜（136）。
对妓院的内部描述如下：

195

> 他们请了位标本师傅，而不是室内装潢师，给了他一群狮
> 子，叫他用每对狮子拼出一张沙发。沙发两头的扶手极为醒目，
> 是两只硕大的公狮头，长着长长的鬃毛，金黄色的眼珠分泌出黏
> 稠的液体，张着血盆大口，时而打个哈欠，仿佛还没睡醒，时而
> 又发出一声地动山摇的怒吼。靠背椅就是一只弯腰弓背蹲着的棕
> 熊，眼睛中满是俄罗斯式的哀伤……桌子满屋跑，不时发出讨好
> 的叫声，其实都是鬣狗，斑驳的背上放着盘子，用皮带固定住，
> 有的盘中是酒杯，有的是大肚酒瓶，还有的盘中放着盐焗坚果、
> 风味橄榄。（131－132）

使用阅读策略5，读者可以理解《霍夫曼博士的魔鬼欲望机器》
中的非自然空间，将它们视为截然对立的思想或概念之间寓言式对抗
的一部分，如阿波罗与狄俄尼索斯、弗洛伊德的现实原则与快乐原
则、秩序与自由、因循守旧与个人主义的对抗（阅读策略5）。在这
次冲突中，无趣的甄别部部长（Minister of Determination）（热爱现实
经验、逻辑和停滞不前）代表了前一种思想，而虐待狂霍夫曼博士
（热爱欲望、混乱和动荡）代表了后一种思想。

这部小说还提出了一个主题观点（阅读策略4）。它认为，从极
端角度来看，每一个想法（包括创造自由的概念）都有可能导致等
级制度的建立，从而形成一种统治状态。① 因此，我们不仅要考虑思
想，还要考虑对思想的态度。例如，霍夫曼博士的前物理学教授
（现在他是一个眼盲的拉洋片儿老板）相信，"一旦感性世界无条件
地服从于周期性变化，人类就永远从单一当下的暴政中解放出来，就

---

① 这部小说充满了性支配的例子，如恋童癖、轮奸和各种形式的施虐受虐。例如，
德西德里奥与15岁的玛丽·安妮发生性关系，渔民们让他与9岁的奥一结婚（Carter，
［1972］1985，62，81）。此外，德西德里奥被摩洛哥杂技演员轮奸（115－18），阿尔贝蒂
娜被一群半人马轮奸（179）。

能同时存在于多个意识层之上，要多少层有多少层。当然，那要等霍夫曼博士解放人类之后"（Carter，［1972］1985，100）。然而，正如小说所示，霍夫曼博士对"用来建立一个完全解放的政权的绝对权威"的渴望（38）意味着暴政、服从和监禁，就像部长庸俗的逻辑实证主义和秩序感一样。

《霍夫曼博士的魔鬼欲望机器》是围绕一种相当静态的二分法构 196 建的，这种二分法不允许它的两个极点融合、互动或者达到平衡状态。在小说的结尾，德西德里奥感到自己被困在两种没有"可能共存"的选择之间：部长的态度导致了"一种贫瘠但和谐的平静"，而霍夫曼博士的态度暗示着"一场充满了生机但刺耳的暴风雨"（Carter，［1972］1985，207）。德西德里奥必须在欲望（霍夫曼博士想把他和阿尔贝蒂娜关在小隔间里）和现实之间做出选择。他最终选择了恢复现实，并杀死了霍夫曼博士和他的女儿（216 - 217）。

内部状态的外在实体化也可以在其他叙述中观察到。例如，浪漫传奇和奇幻小说中有巫师和女巫，他们可以通过使用魔法（或巫术）立即引起外部世界的变化。[①] 一方面，在有益的白魔法的例子中，内部状态的外在实体化与对超人类特质的颂扬相关，也就是说，人类希望拥有绝对的力量驾驭外部世界。另一方面，在黑魔法的例子中，外部环境的直接变化与恐惧被邪恶力量控制有关。

例如，在 14 世纪浪漫传奇《高文爵士与绿衣骑士》（*Sir Gawain and the Green Knignt*）中，高文爵士在他追寻的途中来到了一座凭空出现的华丽城堡：突然，"只见城堡在橡树林背后熠熠生辉"[②][③]（Tolkien & Gordon，1967，22，l. 772）。城堡有闪闪发光的塔楼和白色的尖顶，看起来"就像中世纪盛宴上用来装饰餐桌的白色剪纸一

---

① 《牛津英语词典》将巫术定义为"使用仪式活动或仪式，旨在影响事件进程或操纵自然世界，通常涉及使用神秘或秘密的知识体系"。

② 现代英语译为："It shimmered and shone through the shining oaks."（Tolkien，［1975］1986，34）

③ 相关译文参见《高文爵士与绿衣骑士》，陈才宇译，浙江工商大学出版，2019 年版，后同。（译者注）

样"（Kline，1995，110）：

> 经过装饰的尖阁林立在射箭孔上方，
> 看上去一串串不知凡几，
> 那景象好像一幅纸剪的图案。[①]　（Tolkien & Gordon，1967，
> 23，l. 801 - 802）

　　芭芭拉·克莱（Barbara Kline，1995，110）指出："从外部看，城堡几乎是超现实的。"然而一旦我们知道城堡是女巫摩根·勒菲为197 了考验圆桌骑士、逼疯高文爵士、吓死格温娜维尔王后而召唤出来的，我们就可以从认知上将城堡最根本的虚体当作一种（黑）魔法的形式（Tolkien & Gordon，1967，68，ll. 2459 - 2460）。

　　克莱（1995，107，114）用《高文爵士与绿衣骑士》来阐明："与现代观点相反，在中世纪'真实'世界与仙境的融合，显然并不是仅仅通过一个困惑的眼眉和孩童般的好奇就可以接受……与另一个世界的事件相关的不适和恐惧清晰地显示在《高文》的文本中，并被作者反复指出。"[②] 除此以外，这部浪漫传奇暗示了高文对这个超自然的城堡的困惑，同时也强调了亚瑟王的骑士们对绿衣骑士的非自然色调的困惑。

　　另一个例子是乔叟的《平民地主的故事》（"Franklin's Tale"），其中，奥雷留斯的哥哥向他建议，他应该请教一位魔法师，通过实现她承诺的（不可能的）条件来赢得道丽甘的爱。早些时候，道丽甘

　　[①]　现代英语译为："So many a painted pinnacle was peppered about, / among the crenelles of the castle clustered so thickly / that all pared out of paper it appeared to have been."（Tolkien，[1975] 1986，35）值得注意的是，高文爵士的城堡之旅被描绘成一段穿越未知世界的旅程，在那里他遇到了无数的奇迹（"meruayl"，[20，l. 718]），比如恶龙（"wormez"[20，l. 720]）和巨人（"etaynez"[20，l. 723]）。

　　[②]　科琳娜·桑德斯（Corinne Saunders，2010，2）写道，某些中世纪的浪漫传奇确实"呈现出假想的其他世界……承诺了现实所不能实现之事"。此外，"浪漫传奇的伟大规约"涉及"超自然力量的干预，通过奇妙的可能性对抗……日常现实"（2）。就英国浪漫传奇而言，布列塔尼短歌和有关"不列颠问题"的浪漫传奇确实如此。

说，只有海岸下方的黑色礁石消失后，她才会爱上奥雷留斯。魔法咒语能立即改变外部世界，这种可能性在这里被认为是理所当然的。奥雷留斯的哥哥记得他曾看过一部魔法书，"这本书里描述了月亮的阴晴圆缺，讲述了月亮与二十八星宿的运行方式"①（Chaucer，2005，422，ll. 1129 - 1131）。后来他希望找到一位魔法师，他了解

> 月亮的变化……
>
> 或者还掌握一些其他的法术……
>
> 因为这位学者有造成幻觉的本事，
>
> 叫人家看不见那些黑礁石
>
> 让它们在布列塔尼消失不见。②（422 - 423，ll. 1154 - 1159）

魔法（或许是白色魔法）在这里被视为奥雷留斯问题的解决之道，因为魔法师可以移除海岸上的黑色礁石，而奥雷留斯则可以赢得道丽甘的爱。③

在罗琳的奇幻小说《哈利·波特与死亡圣器》（*Harry Potter and the Deathly Hallows*，2007）中也可以找到能立刻改变环境的魔法咒语。例如，当海格试图用飞行摩托把哈利·波特带到一个安全的地方时（为了把他从邪恶的伏地魔手中救出来），他们受到了三个食死徒的攻击。哈利使用了爆破诅咒（"霹雳爆炸"），导致摩托车的车斗爆炸。结果，离车斗最近的一个食死徒从扫帚上被炸下去不见了（54）。赫敏·格兰杰使用另一个咒语（"房塌地陷"）将洛夫古德家"客厅的地板炸出了一个洞"（343），以躲避谢诺菲利厄斯·洛夫古

198

---

① 现代英语译为："This book displayed / The workings of the moon; there were expansions / In detail on the eight and-twenty mansions."（Chaucer，1979，437）

② 现代英语译为：Aurelius's brother wishes to "discover some old fellow of the kind / Who has these moony mansions in his mind /… or has some power above / All this… / A learned man could hoodwink all beholders / With the illusion that the rocks and boulders/ Of Brittany had vanished one and all."（Chaucer，1979，438）

③ "Magik naturel" 是白魔法的一种衍生形式，桑德斯（Saunders，2010，1）将其描述为一种"更积极、更有学识的魔法形式，尤其与学者联系在一起"。

德。在"霍格沃茨之战"这一章中，邪恶的克拉布使用了咒语（"应
声落地"）使得"墙壁……开始摇晃"，然后，"开始崩塌……落在旁
边的走道里"，直到哈利将他的魔杖指向"墙壁，大喊'**咒立停!**'
然后墙稳定了下来"（506）。

　　所有这些魔法师、巫师和女巫都有一个共同的能力，那就是通过
他们的意志和恰当的咒语知识来创造物体或引起环境的即时变化
（就像疯狂的科学家霍夫曼博士一样）。在这种情况下，托尔金
（Tolkien，1966，22）认为"通过意志使'幻想'的愿景立即生效的
力量"是童话故事的一个基本特征。H. 波特·阿博特（Abbott，
2008a，168）对"幻想的可能世界"变成"故事的现实世界"的情
况做出了评论："至少据我所知，这在我们生活的现实世界中是不可
能发生的。然而，这可能发生在虚构的世界。"事实上，这种内在性
和外在性的融合存在于后现代主义的叙述中，也存在于浪漫传奇和奇
幻小说中，在这些故事中，巫师和女巫可以通过魔法咒语改变他们的
（外部）环境（这将使内在的愿望形式化）。后现代主义包含了浪漫
传奇和奇幻小说的激进化，因为《霍夫曼博士的魔鬼欲望机器》的
整个世界都由霍夫曼博士疯狂地将内部状态客体化的尝试主宰。

5.4　地理上的不可能性，非自然的地理

　　其他叙事通过将真实世界中的不同地点融合成一个新的整体，或
者通过在一定程度上改变真实地点及其属性以至于它们不再被识别，
199　来解构地理空间。当然，对真实世界背景的虚构性改变本身在物理上
或逻辑上并非不可能的；如果它们涉及非自然的集群，也就是在真实
世界中不可能实现的地理位置，只有这种情况下我才感兴趣。

　　盖伊·达文波特（Guy Davenport）的短篇小说《海尔·塞拉西
的葬礼列车》（"The Haile Selassie Funeral Train"，1979）向我们展示
了一辆埃塞俄比亚列车，它按照一条地理上不可能的路线行驶，将欧
洲变成一个非自然的拼贴式区域：从诺曼底的多维尔出发，列车穿过
巴塞罗那，沿着达尔马提亚海岸，经过热那亚、马德里、敖德萨、亚
特兰大（美国佐治亚州），回到多维尔（108 - 113，参见 McHale，

1987，45）。① 此外，该短篇小说省略了真实世界的时间进程，并将过去、现在和未来融合为一种时间蒙太奇。我们知道火车是在 1936 年（108－109）行驶的，它是海尔·塞拉西（又名 Ras Taffari）——埃塞俄比亚末代皇帝（1892—1975）的葬礼列车。它的乘客包括詹姆斯·乔伊斯（1882—1941）和纪尧姆·阿波利奈尔（Guillaume Apollinaire，1880—1918）等。因此，这篇短篇小说的叙述将现在（1936 年）与过去（1918 年之前，当时阿波利奈尔还活着）和未来（1975 年塞拉西死后）融合在一起。

在这张非自然的时空拼贴画中，达文波特的短篇小说复活了阿波利奈尔，"第一个将现代欧洲设想成一个异托邦区域的人之一"（McHale，1987，46），然而也同时摒弃了塞拉西，"埃塞俄比亚三千年君主政体的最后一个皇帝"（Olsen，1986，157）。故事在时空上的不可能性服务于一个主题（阅读策略 4），这个主题与杂糅理念有关：《海尔·塞拉西的葬礼列车》似乎在呼吁结束君主专制的集权和等级制度，同时发展一个更加开放或混合的欧洲。这位匿名叙述者对阿波利奈尔很感兴趣，阿波利奈尔也可以用杂糅性来描述：阿波利奈尔的真名是威廉·阿尔伯特·沃齐米尔·阿波利奈尔·科斯特洛维奇，他是一位有着意大利和波兰血统的法国诗人。叙述者曾告诉我们，"一个戴夹鼻眼镜的有胡子的小个子男人一定看出**我在看阿波利奈尔时是多么崇敬**，因为他从座位上下来，把手放在我的胳膊上"（Davenport，1979，109），而另一次，他强调了"他对受伤诗人的同情"（109）。　　200

尽管这篇短篇小说倾向于大量不同话语在一个更加混杂的欧洲传播，但我们面对的并不是一个天真的幻想。在背景介绍中，我们目睹

---

①　人们可以举出更多地理上不可能的例子。例如，盖伊·达文波特（Guy Davenport，1976）的短篇小说《摄影在托莱多的发明》（"The Invention of Photography in Toledo"）将西班牙的城市托莱多和俄亥俄州的城市托莱多融合在一起，呈现出"迷惑的双重视觉"（McHale，1987，47），而沃尔特·阿比希（Walter Abish，1974）的小说《按字母顺序排列的非洲》（*Alphabetical Africa*）则描述了一个被陆地包围的乍得共和国（通常被称为"非洲的死亡之心"）突然莫名其妙地拥有了海滩。

了爱尔兰民族主义者、的里雅斯特民族统一主义者、意大利法西斯主义者、国民警卫队联邦战士、埃塞俄比亚步兵和国民党士官的危险存在（Davenport，1979，110，112）。当阿波利奈尔看到鲁汶燃烧的图书馆时，他想，"如果人类是人性的实例，那么，以上帝的名义，人性是什么？"（112）在短篇小说的世界里，"我们没有牧羊人"（113），一个更加混杂的欧洲只是众多选项之一。但是很显然，叙事上支持了而且时空的不可能性也强调了这一论点。

　　史诗和讽刺作品也挑战了我们有关世界地理或物理的知识，以至于由此产生的场景变得"不可实现"（Ronen，1994，51），也就是说，在真实世界中是不可能的。然而，这些文类中的非自然地理通常服务于不同的目的。例如，在古英语史诗《贝奥武夫》中，格伦德尔和他的母亲所在的海域不仅有其他怪物出没，如海龙（"sæ-dracan"；Heaney，2000，98，l. 1426），也（不可能地）在夜间燃烧："每到晚上，便现出一幕可怕的奇景：/水上鬼火。"①②（94，ll. 1365 - 1366）。E. G. 斯坦利（E. G. Stanley，1956，441）指出，"事实上这种场景几乎不可能存在"，理查德·巴茨（Richard Butts，1987，113）甚至提到了"这个景观具有高度**不自然**的特征"。赫洛斯伽国王告诉贝奥武夫，一只飞奔的鹿宁愿将自己的生命献给正在追逐的猎犬也不会跳进水里，由此突出了小湖的魔力：

> 那荒原的漫游者，双角丫杈的牡鹿
> 不幸落入了猎犬的围剿，从远方逃来
> 寻求树林庇护。然而面对这番惨象
> 它宁肯死在岸上，也不跳进水里③（Heaney，2000，94，

---

① 现代英语译为："At night there, something uncanny happens:/the water burns."（Heaney，2000，95，l. 1365 - 1366）

② 相关译文参见《贝奥武夫》，冯象译，生活·读书·新知三联书店，1992 年版，后同。（译者注）

③ 本段英译为："The hart in flight from pursuing hounds / will turn to face them with firm-set horns / and die in the wood rather than dive / beneath its surface."（Heaney，2000，95，ll. 1369 - 1372） ll. 1369 – 1372）

巴茨（Butts，1987，115）认为，在这里，赫洛斯伽国王试图　201
"给贝奥武夫留下一种印象，即这个地方非常可怕和**不自然**"。换句
话说，史诗利用湖泊环境来强调其居住者——格伦德尔及其母亲——
的魔法能力。我们可以理解这个小湖，因为我们知道超自然力量和环
境是史诗的重要组成部分。勇敢的英雄贝奥武夫必须进入一个违背自
然法则的超自然领域，而且这个超自然领域充当了善良力量（贝奥
武夫）和邪恶力量（格伦德尔的母亲）之间寓言式对抗的舞台。[①]

在斯威夫特（Swift，［1726］2003，146）《格列佛游记》的第三
部分，第一人称叙述者也遇到了一个非自然的地方，即空中的飞岛拉
普达，"空中有一座住满了人的岛屿，看起来他们似乎能随意升降，
或者向前运行"。叙述者描述了这个物理上不可能的岛屿，它是巴尔
尼巴比王国的一部分："飞岛，或者管它叫浮岛，是正圆形的，直径
七千八百三十七码，或者说四英里半左右，所以面积有一万英亩。岛
的厚度是三百码。从下面看起来，岛底或者说它的下表面是一片大约
有两百码厚的平滑、匀称的金刚石。"（155）这座违反了万有引力定
律的岛屿"通过一个天然磁石"（156）被移动，"由一些天文学家管
理，他们时时遵从君王的意志移动它的位置"（158）。有了这个磁
石，"飞岛可以依靠它随意升降，从一个地方运行到另一个地方"
（156）。

这个岛上的奇异居民非常喜欢"数学和音乐"，以至于他们把食
物切成几何图形和乐器的形状（Swift，［1726］2003，152，149 –
150）。当他们赞美"女人的美丽"时，他们使用"几何术语"或者
"来源于音乐的艺术名词"（152）。他们不喜欢实践，他们通常"把
心思都用到沉思默想上去了"（148），或者聆听"天上的音乐"

---

① 亚里士多德（1995）也论述了超自然力量在史诗中的核心地位。在《诗学》中，
他认为奇迹在悲剧中占有一席之地，"但史诗更能容纳不合情理之事（引发敬畏感的主要
原因）"（123，1460a）。

（151）。叙述者指出，他们通常"他们一味沉思默想，使我感到从来还没碰见过这样令人不快的伴侣"（162）。在巴尔尼巴比的首府拉格多，叙述者见证了一系列由科学院成员进行的奇特实验，其中一名"科学家"有望"将人类排泄物还原成食物"，而另一名"科学家"则试图"将冰煅烧成火药"（168）。

与《贝奥武夫》中燃烧的湖泊不同，我们不能把拉普达这个非自然岛屿归因于超自然领域。我们应该从小说整体夸张的语境来看，这些夸张都是为了达到讽刺的目的。① 该岛最显著的特点是它可以飞——这一特点在拉普达岛和故事世界的其他地方之间创造了一种物理距离。人们可以通过岛上象牙塔式的居民占据的有利地形以及在拉格多进行的奇异实验来理解这一特性。人们可以把飞岛解释为对在英国皇家学会时代背景下所进行的科学探索的讽刺，皇家学会在 18 世纪的英国或那个时期的新学术流派中发挥了重要作用。从这个角度来看，该岛非自然的飞行能力象征了新理论和所学学科的不适用性或无意义（另见 Hunter，2003，229 - 230）。

但是，人们也可以直觉地看到隶属巴尔尼巴比王国的拉普达岛和专制主义政治之间的联系。例如，菲茨杰拉德（Robert P. Fitzgerald，1988，222）认为，飞岛的概念是斯威夫特从"主权（sovereignty）一词的字面应用中衍生出来的，sovereignty 源自 super，有'越过，在……之上'的意思"。事实上，小说的叙述者（错误地）描述了短语 la puta（西班牙语，意为"妓女"）的词源："在古文里 Lap 的意思是高，Untuh 的意思是长官，由此他们进行了毫无理由的臆测，认为 Laputa 由 lapuntuh 衍生而来"（Swift，［1726］2003，150）。拉普达岛的移动是由巴尔尼巴比国王指挥的，菲茨杰拉德（1988，214）将拉普达岛与让·博丹（Jean Bodin）、罗伯特·菲尔默（Robert Filmer）以及托马斯·霍布斯（Thomas Hobbes）作品中的专制主义

---

① 保罗·K. 阿尔肯（Paul K. Alkon，1990，174）认为拉普达飞行岛是对科幻小说最重要的预言之一，因为它很明显地让人想起后来的 UFO 或飞碟，比如伯纳德·纽曼（Bernard Newman，1948）的科幻小说《飞碟》（*The Flying Saucer*）。

思想联系起来。从这个角度来看，飞岛可能有助于批判专制统治者的冷漠，即君主制度与其臣民之间的距离。

这种不可能存在的地理环境的转变不仅可以在后现代主义叙事中出现，也可以在史诗和讽刺性文本中找到，它们具有不同的功能。一方面，虽然《贝奥武夫》燃烧的湖泊强调了超自然生物的力量，但拉普达飞岛要么批判新学派，要么批判专制政治。另一方面，达文波特将拼贴画式的欧洲应用于一个特别的后现代议题的语境中。《海尔·塞拉西的葬礼列车》遵循了利奥塔（1997，xxiv）的后现代"对元叙事的怀疑"精神，即对整合性思想体系的怀疑，主张多元主义以及众多微观叙事在一个更加混杂的欧洲的扩散。

5.5　对故事世界的越界：本体论跨层

本体论跨层（metalepsis）是另一种常见的非自然现象。这一术语表示叙述层之间的跨越，包含真实的越界或违反本体论的界限（例如，主要故事世界和［嵌入的］虚构文本或想象之间的转移）。热奈特（1980，234－235）将跨层定义为"任何由故事外的叙述者或受述者进入故事空间"（或者由故事中的人物角色进入元故事空间等）所引起的越界擅入，反之亦然。

自热奈特的定义以来，叙述学家已经设计出了多种对跨层技巧和效果的分类（参见 Ryan，2006a）。例如，莫妮卡·弗卢德尼克（Fludernik，2003b，389）已经界定了四种类型的跨层：（1）作者跨层（如维吉尔"我已经让狄多死了"），这有助于突出故事的创造性；（2）本体论跨层（类型1），其中叙述者（或角色）跨越到更低一层的故事层；（3）本体论跨层（类型2），其中虚构人物跨越到更高一层的叙述层；（4）修辞跨层。弗卢德尼克还区分了"真实的"和"隐喻的跨层"，也就是说，"真实的跨层是真正地跨越了本体论的界限，而隐喻的跨层仅仅是对叙事层的想象性超越"（396）。作者跨层和修辞跨层仅仅是隐喻模式，没有实际越界发生。换句话说，只有本体论跨层涉及对故事世界的非自然越界。本体论跨层在物理上是不可能的，因为在现实世界中，来自两个不同本体论领域的实体不能相互作用。例如，一个虚构的角色不能转移到现实世界，而一个真实的人也不能真正转移到虚构的文本当中。

对于本体论跨层，我区分了上升型跨层（比如，一个虚构角色从嵌入的虚构文本转移到主要故事世界中）和下潜型跨层（比如，一个来自主要故事世界的角色转移到虚构文本中）。这些跨层牵涉通过在本体论上不同区域之间跨越来实现的违规越界（另见 Alber & Bell，2012）。

在伍迪·艾伦（Woody Allen，1980）的短篇小说《库格马斯逸事》（"The Kugelmass Episode"）中，20 世纪大学教授库格马斯进入福楼拜《包法利夫人》（*Madame Bovary*）的世界（1856），与艾玛·包法利发展暧昧关系。① 在这个下潜型跨层的例子中，库格马斯正在从生活中寻求慰藉，他的"第二次婚姻不幸福"，有"两个傻儿子"，并且"给前妻的生活费和小孩的抚养费都快把他榨干了"（61）。当他们在福楼拜的 19 世纪小说世界里在一起的时候，库格马斯传授了艾玛有关 20 世纪纽约生活的知识，因此她想去看看。在一次上升型跨层中，她搬到了纽约，并且沉迷于现代生活。艾玛和库格马斯"看电影，在唐人街吃晚饭，在迪斯科舞厅度过了两个小时，临睡前又在电视上看了一部电影"（72）。

一切似乎都是田园诗般的生活，直到他们的关系被现代生活影

---

① 弗兰·奥布莱恩（Flann O'Brien）的小说《落水鸟》（*At Swim-Two-Birds*，1939）充满了跨层，但它们不是本体论的，因为它们只发生在主要（故事外）叙述者的想象中。真正的本体论跨层出现在胡利奥·科塔萨尔的短篇小说《公园续幕》（"La continuidad de los parques"，1967），汤姆·斯托帕德（Tom Stoppard）的戏剧《真警探霍恩德》（*The Real Inspector Hound*，1968），B. S. 约翰逊（B. S. Johnson）的小说《克里斯蒂的复式记账》（*Christie Malry's Own Double-Entry*，1973），科尔曼·道威尔（Coleman Dowell）的小说《海岛人》（*Island People*，1976），罗伯特·库弗（Robert Coover）的小说《公众的怒火》（*The Public Burning*，1977），伍迪·艾伦（Woody Allen）的电影《开罗紫玫瑰》（*The Purple Rose of Cairo*，1985），马克·雷纳的小说（Mark Leyner）《还有你，宝贝》（*Et Tu, Babe*，1992），以及贾斯珀·福德（Jasper Fforde）的 7 部小说中，这 7 部小说讲述了文学侦探瑟斯得·耐斯特的故事：《谋杀简·爱》（*The Eyre Affair*，2001）、《沉醉在好书中》（*Lost in a Good Book*，2002）、《遗失的情节之井》（*The Well of Lost Plots*，2003）、《腐烂的东西》（*Something Rotten*，2004）、《续集之首》（*First among Sequels*，2007）、《我们的某个周四不见了》（*One of Our Thursdays Is Missing*，2011）和《多次死亡的女人》（*The Woman Who Died a Lot*，2012）。

响。艾玛找不到工作，库格马斯再也负担不起她在"广场酒店"的费用，现代生活的现实情况使双方都愿意让艾玛回到她最初的世界。最终，她回去了。在这个幽默的短篇故事的结尾，库格马斯进行了另一次下潜型跨层，并被错误地带入了"一本旧的教科书，《补习西班牙语》（*Remedial Spanish*）"的世界，在那里他被"一个巨大的毛茸茸的不规则动词"追逐（Allen，1980，78）。

根据阅读策略6（讽刺与戏仿），《库格马斯逸事》中的跨层可以解释为对角色的"过度欲望"（McHale，1987，123）的嘲笑和对他们试图逃避现实的讥讽。库格马斯和包法利夫人都想和来自不同本体论领域的人在一起。然而，他们（严格来说不可能）的关系并没有成功，最终库格马斯越界的欲望把他带到了一本旧教科书的世界，他根本不想去那里。库格马斯和艾玛试图逃离他们原本的故事世界，去另一部百科全书中追求更加令他们兴奋的存在。因此，他们也使用跨层作为一种逃跑的方式。此外，艾玛回到了她最初的19世纪的故事世界，而库格马斯则坚持在他跨层的世界中努力逃离现实世界，这一事实表明，现代生活才是这些角色不快乐的根源，也是他们对逃避现实感兴趣的原因所在。

在约翰·福尔斯（Fowles，［1969］2004）的新维多利亚小说《法国中尉的女人》中，作家叙述者跌入故事世界，在那里他与小说主人公之一查尔斯共享一个车厢。这种下潜型跨层是非自然的，因为叙述者从20世纪（他生活在"阿兰·罗伯·格里耶［Alain Robbe-Grillet］和罗兰·巴特［Roland Barthes］的时代"［97］，并且可以从那一时代的世界观的角度评论19世纪的性话题［258–261］）进入了被叙述的故事世界，背景设置在1867年的英国（9）。

叙述者告诉我们，他所拥有的"万能的神……才应该有那样的目光"（Fowles，［1969］2004，389）。旅途中，满脸胡须的叙述者思考如何描写查尔斯的性格。为了想出一个主意，他走进了故事世界："查尔斯已经睁开了眼睛，**正望着我。此时他眼睛里流露出来的不仅仅是讨厌；他认为我若不是赌棍就是精神错乱。我回敬了他厌恶的目光，把银币放回我的钱包里。他拿起帽子，掸去绒毛上看不见的尘土**

205

微粒（我的替代物），把帽子戴在头上。"① （390）这种下潜型跨层
206 不同于热奈特的作者跨层，因为这部小说将叙述者描绘成**真正地**跳进
了他的角色的世界中。查尔斯可以看到叙述者，两人交换了眼神。根
据阅读策略6，人们可能会争论说，这部小说利用这一跨层来戏仿出
一个上帝一样全知全能的叙述者，说明了至少在这部小说中，叙述者
并不是无所不知的。福尔斯的叙述者并不真的知道查尔斯的性格如
何，他自省式地将这一知识的缺乏变成了主题，并且为了获得灵感，
他在故事世界中逗留了一段时间。

在后现代主义之前的叙事中有许多跨层，预示了后现代主义的本
体论跨层。其中一些跨层是隐喻性的，故事外叙述者出现在内故事叙
述层，但是当然，越界仅仅是想象中的。还有一些情况下，作家叙述
者，他们的"世界不同于故事角色的世界"（Stanzel，1984，17），
暂时化身为一个真实的人物出现在角色的世界中。隐喻性跨层以及作
家叙述者暂时降层到角色世界，为后现代主义叙事中违背本体论界限
的非自然跨层开创了重要的先例。最后，某些后现代主义之前的叙事
包含了许多本体论跨层的恰当的例子，因为我们可以从中观察到实实
在在的对本体论边界的跨越。

例如，下面的引文是夏洛蒂·勃朗特（Charlotte Brontë）的小说
《谢利》（*Shirley*）中的一段跨层，是第一种情况的例子。这个跨层
的例子仅仅是隐喻性的，因为故事外叙述者和受述者进入了故事世
界，就好像他们是角色故事内世界的居民一样：读者，你就可以看到
这三个人了。"请跨进惠因伯利郊外这所带有花园的整洁的屋子，朝
那个小客厅走进去，他们正在那儿吃饭。……**你我不妨也进去凑凑热
闹，增广一下见闻。**"（6；另见 Fludernik，2003b，397n5；Ryan，
2001a，89）②

乔治·艾略特的小说《亚当·比德》 （*Adam Bede*，［1859］

---

① 相关译文参见《法国中尉的女人》，陈安全译，上海译文出版社，2003 年版。（译
者注）

② 《汤姆·琼斯》的第一卷中也发生了类似的事情，在书中，读者被邀请参加故事
人物的欢宴。

2001）中可以找到另一种隐喻性跨层。在这里，叙述者和受述者走进牧师欧文先生的餐厅：**"让我带你走进餐厅**，向你介绍一下阿道弗 207 斯·欧文牧师。……我们可以轻手轻脚地走进去，在那敞开的门口站下来。这样就不会惊扰那只毛色光亮的棕色猎犬，此时它躺在壁炉前，四肢舒展……也不会吵醒那只正趴着打盹的巴哥犬，此时的它正高高地噘着嘴巴和鼻子，俨然像一位昏昏欲睡的总统。"（52）有人可能会争辩说，由于叙述者暗示有可能唤醒欧文的宠物，他和受述者必定真实地出现在了现场。然而，他们没有唤醒它们，这一事实表明，我们在这里面临着另一次富有想象力的越界。

让我接着讲第二种情况。正如弗兰兹·K. 斯坦策尔（Stanzel，1984，204－205）所展示的，威廉·萨克雷（Thackeray，［1848］2001）的小说《名利场》中的作家叙述者出现在他的角色世界中（就像边缘第一人称叙述者一样）。叙述者描述了这次与角色的相遇："我第一次见到铎炳中校及其一行就在蓬佩尼克尔公国这个优雅舒适的小城。"（729）后来叙述者告诉我们，泰普沃姆这个角色"把贝基和她丈夫的故事一五一十告诉少校，听得询问者惊诧不已，也为本书提供了所有主要的情节，因为好多年前笔者正好也在那儿用餐，有幸听到这段故事。"（783）。泰普沃姆这个角色在这里（有点令人惊讶地）被呈现为叙述者对贝基·夏普的详细了解的来源。只有当作家叙述者通过化身为一个具体的（或真实的）人，从他自己的虚构领域转移到角色的世界中时，这样的相遇才有可能。

艾略特的小说（［1859］2001，168－169）中的作家叙述者也一度宣布，他遇到了他小说中的人物亚当·比德，并且相互交流："**在亚当·比德老年时，我和他谈过诸如此类的事情**，据他说，大部分牧师都会比赖德先生更能赢得教区居民的心。"（另见 Warhol，1986，815）就像《名利场》的情况一样，只有当作家叙述者通过假设一个

物理实在进入角色世界时，这种互动才有可能。[①] 斯坦策尔
208 （Stanzel，1984，204）认为，在这些实例中，作家叙述者试图"为他
的人格提供一个物理实在，将自己从一个抽象的功能角色转变成一个
血肉之躯"。

尽管到目前为止讨论的这两种类型的跨层为本体论跨层开创了重
要的先例，但它们主要是为了"增强读者对小说的代入感"
（Fludernik，2003b，384－385）。事实上，它们故意颂扬叙事行为，
这增加了一种正在体验一个稳定的叙事世界的错觉（参见 Neumann
& Nünning，2009）。或者，有人可能会说，这种跨层是用来传递这样
一种错觉，认为（虚构的）角色是真实的人物，因为叙述者（或受
述者）可以真正地与他们见面，与他们交谈，或者与他们互动。罗
宾·沃霍尔（Robyn Warhol，1986，815）认为这种"跨层在某种程
度上是为了强化读者对人物真实性的严肃感"。

还有一些后现代主义之前的跨层，它们是隐喻性跨层还是本体论
跨层仍然有待商榷，而另一些则的确是本体论的（因此是非自然
的）。例如，菲利普·锡德尼爵士的文艺复兴时期田园浪漫传奇《古
老的阿卡狄亚》（*Old Arcadia*，[1580] 1974）中的跨层就是在隐喻性
的和本体论的跨层之间摇摆不定。有一次，故事外叙述者声称听到了
他的故事内人物达米塔斯的呼喊，由于叙述者也告诉我们他能够
"安慰"他的故事人物，两个独立故事世界之间的本体论区分似乎相
当容易跨越："但是我认为**达梅米斯是在向我哭喊，如果我不尽快安
慰他，他会放弃**他珍贵的工作，这已经让他付出了太多的劳力和希
望。"（264）很难判断叙述者是否真的听到了他的角色在哭泣，也很
难说他是否真的能走进他的故事世界去安慰他。[②] 换句话说，越界可
能是真实的，也可能仅仅是想象的。这种跨层的主要目的大概是强

---

① 在我看来，这两个跨层的例子说明了为什么在异故事叙事中叙述者等同于作者这
一观点是不明智的（参见 Currie，2010；Dawson，2014；Walsh，2007）。认为作者确实出
现在他自己创作的故事世界中，这个论点并没有让我信服。

② 如果是这样的话，前者是一种上升型跨层（叙述者真正听到了他的一个角色的声
音），而后者则是一个下潜型跨层的例子（叙述者进入角色的故事世界来安慰他）。

调，达米塔斯的创造者像仁慈的上帝一样关心他的创造物。

在约翰·利德盖特（John Lydgate）的史诗《君主的陨落》（*Fall of Princes*，1431）中可以找到恰当的本体论跨层，这是劳伦特·德·普雷米尔费特（Laurent de Premierfait）《贵族男女事记》（*Des cas de nobles hommes et femmes*，1409）的英文版本，其本身是基于薄伽丘（Boccaccio，1355—1360）的拉丁文本《那些著名人物的命运》（*De casibus virorum illustrium*）而创作的（Bergen，1924，1，ll. 1 – 3）。① 利德盖特的《君主的陨落》表现了"贵族的堕落"（Bergen，1924，3，l. 77），也就是一些著名男女的一系列不幸悲剧。在序言中，我们被告知将会有"高尚的故事"向我们展示"世界将如何衰落"（5，ll. 158 – 159）。

在这段叙述中，故事外叙述者向我们讲述故事内人物"诗人薄伽丘"（Bergen，1924，106，l. 3844）以及他写的（次要）故事。有一次，薄伽丘拿起"他的笔"来"写故事，简明扼要，/都是关于忒修斯公爵"（106，ll. 3846 – 3850），但随后，珀罗普斯的儿子堤厄斯忒斯出现在他面前，劝薄伽丘忘掉忒修斯公爵，先把自己的故事写下来，因为他认为这是所有故事中最悲惨的：

> 但是在他的背后，薄伽丘看到，
> 有人哭喊着叫他停下来：
> "薄伽丘，"他说，"我不希望你
> 删除我的悲惨事例，
> 也不希望你
> 阻止我向你诉苦！
> 我是堤厄斯忒斯，满腹悲伤，
> 满眼泪水，正如你所见……
> 我的意愿是，你立刻
> 改变你的主题，拿起你的笔，

---

① 我要感谢特丽萨·汉密尔顿和莫妮卡·弗卢德尼克向我提及这个文本。

放下忒修斯，不再关注他，

先描述我的悲剧。

我想，在你一生中，

你从未见过比，哦，天啊，我的一生，

更悲伤之事……"①（106 - 107，ll. 3853 - 3872）

　　然后薄伽丘停下来，聆听了堤厄斯忒斯的故事："听了这些话，约翰·薄伽丘停下脚步，冷静地听他讲。"（107，ll. 3879 - 3880）我们在这里遇到的是本体论跨层，或者更确切地说，是一个上升型跨层，因为一个角色从薄伽丘书中的次故事叙述层跳到了作者薄伽丘的故事内叙述层，并与他交谈。在他的故事中，堤厄斯忒斯把他的兄弟阿特瑞斯描绘成一个邪恶的恶棍，对他悲惨的衰败负有责任。② 堤厄斯忒斯一讲完他的故事，愤怒的阿特瑞斯就出现在薄伽丘面前，抱怨堤厄斯忒斯的故事：

此后，阿特瑞斯面色苍白，

面容满是嫉妒，

走近约翰·薄伽丘，

仿佛已经暴跳如雷，

他愤怒地抱怨道，

"堤厄斯忒斯怎能像疯子一样

散播毒言恶语，

---

① 我将本段译为："But at his back, Boccaccio saw someone who cried loud and bid him to stop：'Boccaccio,' he said, 'I neither want you to exclude my woeful case nor prevent me from declaring my pitiful complaint to you. I am Thyestes, full of sorrow, drowned in tears, as you can see... It is my will that you immediately proceed to change your topic and take your pen before long. Leave Theseus; pay no more attention to him. Describe my tragedy first. I suppose that during all your life, you have never seen anything more dolorous... than, oh dear, my life."

② 根据故事内容，阿特瑞斯错误地指控了堤厄斯忒斯的通奸行为，将他流放国外，并试图杀死他，甚至让他吃掉他的三个孩子。

　　像 流 氓 一 样 错 误 地 指 责 我?"①（Bergen，1924，113，
ll. 4082 -4089）

　　再次，角色从次故事叙述层跳跃到故事内叙述层，与薄伽丘争
论。在阿特瑞斯的故事中，阿特瑞斯同样将他的兄弟堤厄斯忒斯描述
为一个邪恶的恶棍，对自己悲惨的衰败负有不可推卸的责任。② 在听
完堤厄斯忒斯和阿特瑞斯的故事后，薄伽丘收起了他的笔，拒绝再写
任何有关他们的字：

　　　当约翰·薄伽丘听完
　　　这两兄弟的指控，
　　　以及他们如何恶意地回应
　　　对方的侮辱时，
　　　他厌倦了聆听他们的议论，
　　　提起笔，不再写任何有关
　　　他们的愤怒或错误的不和的话。③（117，ll. 4208 -4214）

　　堤厄斯忒斯和阿特瑞斯的跨层所涉及的违规越界，就像艾伦的
《库格马斯逸事》以及其他后现代叙事中的上升型跨层一样。④
　　这两个上升型跨层，让人想起罪人祈求上帝让他相信自己无罪的　211
形式，他们有两种功能。首先，我们可以观察到跨层的喜剧性或戏谑

---

　　①　我的翻译如下："After this, Atreus approached Boccaccio with a pale and envious face
and complained furiously, as if he had fallen into a rage: ' How can it be that Thyestes spreads his
poison like a madman and accuses me wrongly like a rascal?' "
　　②　在阿特瑞斯的故事版本中，堤厄斯忒斯冤枉他在先，因为他和阿特瑞斯的妻子欧
罗巴育有三个孩子，甚至还跟他自己的女儿生了个小子。
　　③　"When Boccaccio was done listening to the accusations of these two brothers and how they
had maliciously replied to each other in their insults, he grew bored to hear their motions and put up
his pen and wrote no more word about their fury or their erroneous discord. "（作者译）
　　④　另一个后现代主义之前叙述的本体论跨层的例子可以在路伊吉·皮兰德娄（Luigi
Pirandello，1921）的戏剧《六个寻找作者的剧中人》（*Sei personaggi in cerca d'autore*［*Six
Characters in Search of an Author*]）中找到。

形式（人物突然出现在作者面前）与这两个故事的悲剧内容之间的显著差异。这种叙述似乎嘲笑了堤厄斯忒斯和阿特瑞斯，因为他们没有承认自己的缺点、错误或失败，而是相互指责。其次，两个上升型跨层也使薄伽丘成为一个道德（也许甚至像上帝一样）权威，他可以评判这两个角色。薄伽丘倾听了这两个故事，但随后决定"不写有关堤厄斯忒斯和阿特瑞斯的任何一词"。特别是，他还指责他们的不和谐是完全错误的。

与早期的叙事相比，后现代主义叙事包含了更多的本体论跨层，它们解构了我们视为固定的边界或分界线。此外，与后现代主义的案例相反，大多数早期跨层的例子反而有助于将叙事试图创造的真实性幻觉实体化。它们的作用是评论讲故事的框架，强化叙述者在叙事中的引导力量。尽管如此，本体论跨层的传统并非始于后现代主义；相反，它可以追溯到中世纪。《君主的陨落》和《古老的阿卡狄亚》中的上升型和下潜型跨层的功能与《库格马斯逸事》和《法国中尉的女人》中的完全一样，主要的差异在于数量以及语调和氛围。后现代主义叙事比早期叙事包含了更多的本体论跨层的例子，后现代主义的越界通常具有戏仿功能，而早期的叙事则稍微多地涉及了一种道德态度。

5.6 小结

后现代主义叙事中的非自然空间是"陌生而不熟悉的地方"，位于"现实主义小说和日常经验的已知世界之外"，构成了"一种有趣

212 的对读者和评论家的挑战"（Kneale，1996，147）。我的发现证实了这样一种假设，即后现代主义与传统空间的湮灭或者人们称之为"巨型空间"的投射密切相关，"巨型空间"即"一个持续运动且没有固定中心的空间"（Herman & Vervaeck，2005，113）。

然而，非自然空间不仅仅存在于后现代主义叙事中。后现代主义中的不可能空间和其他叙事中非自然空间坐标之间的主要区别在于，后者大部分可以通过求助于某些文类规约来弥补。本章分析的大部分的不可能空间，可以被视为超自然生物居住的超现实环境（或者受

到魔法或巫术影响的空间），或是涉及反讽性夸张、扭曲或滑稽的地点，也可以被看作不同区域之间的越界跨层，这与元叙事陈述有关，这些陈述突出了文学现实主义语境中全知叙述者的力量。①

尽管有时很难对本章中讨论的空间进行心理表征，但是马克·卡拉乔洛（Marco Caracciolo，2011，117，119）将"读者对虚构世界的富有想象的投射……"描述为"一种基于我们**可以**在场的感觉而建立的错觉"，这仍然是可能的。然而，对于我们读者来说，如果我们能够唤起合适的话语语境，将这些空间的不可能性嵌入其中，那么我们很容易将自己置身于非自然的空间中（另见 Nieuwland & Van Berkum，2006，1109）。

正如我的四个章节分析所示，非自然总是促使我们通过框架融合（阅读策略 1）来创造新的心智模式，因为我们不能仅仅基于真实世界参数来重建包含不可能性的故事世界。与此同时，许多早期的叙事给我们带来了常规化的不可能性。在这种情况下，融合的过程已经完成，我们已经开始将不可能的融合与某些文类的规约联系起来（阅读策略 2）。常规化的过程受到阅读策略 1（框架融合）、阅读策略 4 213（前置化主题）、阅读策略 5（寓言式阅读）、阅读策略 6（讽刺与戏仿）和阅读策略 7（假定一个超验领域）的影响。

换句话说，这五种解读策略已经为阅读策略 2（类型化）所基于的文类知识提供了原料。一方面，因为阅读策略 3（主观化）揭示了看似非自然的其实仅仅是梦或幻觉的一部分，所以我没有广泛关注这一解读策略。另一方面，由于每个叙事都有主题，阅读策略 4（前置化主题）在我所有的阅读中扮演了重要角色（就像阅读策略 1 一样）。"自助式理解"策略（阅读策略 8）对于含有逻辑上不可能性的文学文本会有所帮助，我们可以通过建构自己的叙事来应对。阅读策略 9（禅宗式阅读）从心理学角度来看很重要，因为它促使我们去品味非自然的以及相关的感觉或情感。除了阅读策略 1 和 4 在我的阅

---

①　利德盖特的《君主的陨落》中的上升型跨层是一个特例，因为它们不能用英雄史诗的文类规约来解释。

读中起着核心作用，阅读策略 5、6 和 7 也是我在分析中最常用的
策略。

　　鉴于禅宗式阅读（阅读策略 9）以及阅读策略 1（框架融合）和阅
读策略 2（类型化）涉及接受非自然性，以及将不可能性融入我们的认
知结构，它们可能与文学的"非自然反应"有关。一方面，我们通过
积极超越现实的可能性来接近叙事文本所呈现的内容。另一方面，所
有其他阅读策略都与意义的创造过程有关，在这个过程中，我们试图
找出非自然如何描绘我们以及我们生活的世界。换句话说，其他六种
解读策略不涉及"非自然反应"；他们主要讨论非自然如何描绘"凡人
生活：如何理解它和如何度过它"（Nagel，1979，ix）。

　　用艾伦·斯波尔斯基（Ellen Spolsky，2002，57）的话来说，我
提出了"一种（解释）生存的理论，这种理论依赖于对重新范畴化
214 的适应"，我借鉴但最终超越了丽莎·詹赛恩（Zunshine，2008，
164）的观点，即"认知不确定性……灵活地训练了我们的范畴化过
程"。这些解读策略所依据的认知机制当然是"强有力的还原剂"
（McHale，1992a，72）。尽管如此，我希望能够证明，将这些阅读策
略应用到分析物理上、逻辑上和人力上的不可能性，可以丰富本研究
中讨论的叙述的多义性构成——尤其是当它们与禅宗式阅读相结合
时，这符合"在场效应"和"静默片刻"的相关理念（Gumbrecht，
2004，133 - 152）。

| 结　论 |

　　虚构叙事总能允许读者再概念化现实经验，在组织和再组织人类经验时，发挥着重要作用。那么，当叙事描绘出非自然场景或事件时，当作为接受者的读者试图去理解这些场景或事件时，究竟什么关键问题必须解决？当虚构经由不可能事物变得极端化，作者和读者究竟能得到什么？首先，基于亚里士多德式的再现或摹仿本质，叙事中出现了物理上的、逻辑上的、人力上的不可能事物（也请参见Patterson，2012）。非自然叙事持续激发读者创造出新的心理模型，以越出真实世界的知识范畴（例如，通过会说话的乳房、已死亡的人物、倒退的时间或不断变形的房子等模式）。因此，非自然叙事力求穷尽读者想象力与虚构世界的可能性，探索了想象与再现的边界。

　　一般而言，叙事中再现的不可能事物超出了读者的经验世界。非自然叙事不可预测的原则产生了惊奇感与出人意料的场景或事件，并在其之上迅速发展。通过描述不可能事物而被激发的想象力吸引读者"向新事物迈进，进入陌生的、不熟悉的、骇人的混合物"（Gibson，1996，272），从而与一种可能自有价值的审美性愉悦密切相关。布莱恩·理查森（Brian Richardson，2006，135）指出，"意欲'创新'"是再现非自然事物的"主要动机之一"。用沃纳·沃尔夫（Wolf，2005，102）的话来说，非自然叙事积极地将想象力官能视为智性享受与智力刺激的源泉，这种"人脑官能"用作"投入理性'不可能'之外的'想象性'领域"。

　　另一方面，投入与非自然叙事相关的想象力刺激活动是苛刻的。

物理上的、逻辑上的和人力上的不可能事物对读者的想象力构成了严峻的挑战，读者被迫应付极不自在的概念化问题。于是，读者可能会好奇，为什么某些作者要去再现可能导致认知迷惑的不可能场景或事件，以及为什么某些读者希望读到这样的不可能性再现。丽莎·詹赛恩（Zunshine，2008，144）认为，应对不可能事物"对读者的认知健康至关重要"；她相信，"思考挑战认知偏见的概念能够有助于心智维持在应对无限复杂的、始终变化的内外环境时所需的灵活性与能力。"尽管我没有看到叙事结构和意识形态变化之间存在内在的联系，但我还是以詹赛恩的论点为基础，提出如下观点：作者设计了极佳的非自然场景和事件，这些文本部分邀请读者处理极其费脑的概念，因此使得读者更加灵活。的确，通过将读者带到想象力最偏远的领域，非自然场景和事件大大拓宽了人类意识的认知视野。

　　同时，小说使接受者沉浸于不着边际的情景或行动，以此引发其内在的错误期待，这种观念由来已久。例如，柏拉图将所有艺术类型驱逐出他的《理想国》，认为艺术只会让人们从完美的理念世界转移注意力，分散心神。约翰·塞尔（Searle，1975，332）区分出严肃的和伪装的（或虚构的）话语行为，想知道为什么"我们如此重视含有大量虚构话语行为的文本，并为之付出如此大的努力"。从这个（关键的）视角出发，不可能现象的再现当然尤其具有误导性，因为，至少在第一眼看来，它是与人类关注的严肃问题毫无联系的纯粹的虚构。相形之下，我认为非自然不仅通过促使我们创建新的心智模型扩大我们的认知视野，而且挑战我们之于世界的有限视角，让我们
217 提出我们可能在别的方面忽视的问题。例如，流通小说和儿童读物的动物叙述者，强调动物因无知人类而遭受的痛苦，以此逐渐让人类意识到这个问题。

　　正如让-马里·谢弗（Schaeffer，2010）已经表明的，虚构叙事经常扩大我们的精神宇宙，超越现实和我们熟悉的范围，并且为几种（有时有趣，有时不安）思想实验提供重要的舞台。与此相似，沃尔夫冈·伊瑟尔（Wolfgang Iser，1996，21）认为，小说让我们"走出纠缠，步入我们以别的方式禁入的领域，以此过着欣然愉悦的生

活"。对他而言，虚构文学"不是受到局限的束缚或决定人类生活在其中所采取路径的制度化组织的考量的限制"（19）。谢弗和伊瑟尔的观点对于涉及非自然的虚构叙事尤其正确。在最一般的层面上讲，这样的叙事给我们"它是什么样"的感觉（Herman，2009，14）——或它可能是什么样——以此体验超越物理规律、逻辑原则和一般人类知识能力限制的世界，以及相关的无助、不解和困惑感。

再现的不可能现象使读者想象性地采取与熟悉的日常经验明显不同的视角。的确，非自然场景和事件使读者能够处理成另一个不同实体可能会是什么样子的问题，能够直接切入他者的思维，能够栖息于不可能时间性主宰的世界，能够经验变形或其他非自然空间。换句话说，非自然关注的是我们在未知且难以应对的情况下可能是什么样子。于是，当一些非自然现象激发诸如不适、恐惧、担忧、慌乱、害怕的感觉时，另一些则引起愉悦、谐趣、高兴和喜剧性欢愉的感觉。不言而喻，这些强烈的感情反应或冈布雷希特（Gumbrecht，2004，17）意义上的"在场效应"会反作用于非自然的吸引力。

尽管我或多或少绝望地试图通过把非自然与"人类利益"问题（Olsen，1987，67）联系起来使这种不自然的现象合理化，可是这并　218不意味着表明现在一切皆有序，我们能够归档后现代主义中尚未约定俗成的非自然例子。相反，从我的视角来看，后现代主义的自反元小说有趣又令人不安，因为它们一直考虑非自然，且因此凸显我认为是小说特异性的东西。某些现象或认知结构（也就是那些包含非自然的构造）可能仅仅源于并因此局限于小说世界的经验——它们不能在其他地方经验到。

鉴于本研究中讨论的非自然场景和事件都是"不可实现的"（Ronen，1994，51），它们只可能在想象中被经验到。像戴维·赫尔曼一样，我认为区分虚构性再现与非虚构性现实再现之间的差异性的能力是"人类智力个体发生学上的关键成长点"。例如，儿童得逐渐学会区分幻想和现实。用布莱恩·博伊德（Brian Boyd，2009，186）的话来说，他们"需要能够掌握真实，去理解无生命和有生命、不同的事物与动物、不同的行为与情景分别意味着什么"。对于不能区分幻觉和现实（比方说，滥用毒品或身心紊乱）的成年人而言，与现实世界接触或与他人交流互动显得越来越困难。既然对于人类来说区分现实世界和虚构世界是关键的，那么，我也努力强调虚构的特异性。只有虚构才能再现物理上、逻辑上和人力上的不可能现象。于是，非自然进一步阐明虚构作品的文学性或差异性这个古老的观念，也就是说，文学如何与其他话语模式区分开来。我认为再现不可能现象的可能性是虚构和其他话语模式最关键的差异。只有在虚构世界，不可能叙述者、人物、时间性和背景才能被模仿。

　　　然而同时，我也认同赫尔曼（Herman，2011a，12）的观点，读 219 者只能基于先在的框架和脚本才能理解虚构文本，这种先在的框架和脚本与读者理解真实世界时所采用的"协议"或模式一致。马克·特纳（Turner，1996，v）也指出，"文学思想不会隔离彼此"，相反，"文学思想是我们共同的思想"。非自然场景和事件持续邀请读者在融合不可能性的基础上发展新的框架和脚本，但读者只能根据自己的认知架构来理解它们，因此我认为，我的阅读策略单列出了一些阅读机制，读者能够在遇到再现不可能性的文学文本时采用这些机制。读者处理虚构叙事中的不自然现象的方式根植于儿童假装成某人或某物时的所作所为。正如博伊德（Boyd，2009，187，182）所示，儿童在假扮游戏中"轻而易举地从**真实跨入可能性与不可能性**"；然而，他们"想象出一些语境，并在不会混淆想象与真实的情况下检验出这些语境中的含义"。与此十分相似的机制发生于读者处理虚构中再现的不可能时。我们将非自然现象作为故事世界的客观组成部分来接受，然后思考其含义。有趣的是，博伊德还表明，假扮游戏实际上有助于儿童清楚地区分开现实和虚构。即使在早期阶段，儿童"也不会混淆他们的幻想和现实，从三岁开始，有些儿童确实会为自己想象出一些同伴，但他们会更好地区别真实和想象"（182－183）。

　　　在非后现代主义叙事中，我讨论了对不可能现象的使用，从而探讨并重新认识安德烈亚斯·胡伊森（Andreas Huyssen，1986，181）所说的后现代主义的"漫长而复杂的历史"。我从非自然视角研究了英国文学史，我的发现使我不赞成理查森（Richardson，2011，35）

的论证。他认为"不可能有真正的非自然传统"。我的方法将后现代主义现象定义为"根本关系"，因为它强调"历史引证……的姿态"（Huyssen，1986，183－184），即使实验性的叙事技巧经常发生在后现代主义叙事中，后现代主义也不是某些批评家认为的全然前所未有的反现实主义大暴发。相反，即使后现代主义可以被描述为非自然性的集中和极端化，后现代主义叙事也明显嵌入了虚构叙事的历史中。它们与已在固定体裁中常规化的非自然场景和事件有关联并且因此被改变，我们在没预期发现它们的语境中使用它们而再次使这些场景或事件陌生化。

　　我已经竭力阐明，后现代主义叙事通常使用与早期叙事中发现的场景和事件完全相同的非自然场景和事件。后现代主义改变历史性体裁（historical genres）中对不可能现象的使用，以下过程在这个语境中起着重要作用，这些过程有部分是重叠的：

　　　　（1）非自然模式的内容极端化
　　　　（2）不可能现象的扩大和/或集中
　　　　（3）伴随着超自然生物的平庸化而在全球范围内传播的不可能现象
　　　　（4）极端夸张形式对讽刺挖苦的延续
　　　　（5）向特定后现代议题的转变
　　　　（6）元虚构对不可能现象的明确强调

　　（1）后现代主义叙事经常使我们在早期叙事中发现的非自然现象极端化。例如，巴特勒的后现代主义作品《嫉妒的丈夫》通过质疑人与动物的二分基础将动物寓言（其中的融合用于嘲讽人类的愚笨）与流通小说和儿童故事（其中的融合用于批判对动物的残暴）中人和动物的融合极端化。像德里达（2002）在《我所是的动物》（"The Animal That Therefore I Am"［More to Follow]）中所说，巴特勒的短篇故事强调人和非人动物之间的相似性，于是，极端地削弱了关于差异性或人之特殊地位的传统要求。《嫉妒的丈夫》将早期的人

221 与动物融合向前推进一步。另外一个非自然性早期模式的极端化例子在里德《逃往加拿大》中也可发现。如德·坎普《唯恐黑暗降临》或威尔斯《时间机器》的时间旅行叙事向我们呈现从一个时域穿梭到另外一个时域的人物，里德的小说使读者面对融合了 19 世纪 60 年代和 20 世纪的时间性。后者中的时间融合构成了前者的极端化，因为它不仅再现了一位从叙事当下到叙事过去或叙事未来旅行的人物，也关注在故事层面融合不同的历史时期。

（2）后现代主义经常依赖历史题材的非自然段落并延展它们，这样，非自然性进一步（量化而言）集中，整体性主导叙事。于是，卡罗尔的《西尔维与布鲁诺》有个别时间倒流的段落，迪克的《逆时针世界》对时间流的逆转运用不连贯，阿尔迪斯的《隐生代》仅仅暗指倒流的时间性，根本没有说明其如何运行。但是艾米斯的后现代主义作品《时间之箭》完全由一条反常规的时间线主导：小说从主人公的死亡开始，到他的出生结束，日常生活的脚本在每页颠倒。相似的是，罗琳的《哈利·波特与火焰杯》只是简单地指涉一顶内在空间大小超过了外部的帐篷；丹尼利维斯基后现代主义作品《树叶之屋》整体来说是以内部大于外部的房子为背景的。进而，艾伦的《库格马斯逸事》比早期叙事含有更多的本体论跨层例子，它实际上由跨越本体论界限的跨层越界主导。在这种意义上，后现代主义延伸非自然性之前的表现。后现代主义叙事比更早的或更传统的叙事更集中关联非自然性。

（3）此外，后现代主义叙事通过将超自然物常规化来解构等级制，同时在非魔法领域布置不可能现象。如史诗、浪漫传奇、哥特小
222 说和幻想小说这样的早期叙事以超越现实规律的超自然人物为特征，其中的人物可能读懂他人的心思，加速或减缓自然时间的流动，可以立即改变环境，把他们自己或他人变成其他实体，等等。后现代主义叙事中发生的事是普通（也就是非超自然的）人物也能够实现物理上、逻辑上或人力上的不可能。在后现代主义中，人物不再必须是具有某些不可能能力的超自然物。如中世纪迈普的《庭臣琐闻》中，赫尔拉国王被小矮人用超自然神力施以魔法，待在自己的世界两百年

之久，而非赫尔拉认为的三天。在丘吉尔的《九重天》中也能找到这种差异化时间性，不同故事时间的存在根本不依赖魔法。然而在马洛礼的《亚瑟王之死》中，只有像梅林和摩根·勒菲这样的超自然生物才能把一个人变成另外一个人。在后现代主义叙事（如品钦的《万有引力之虹》和凯恩的《清洗》）中，普通人物自由地变成其他实体或人物。拉什迪的《午夜之子》赋予来自后殖民时期印度的人物－叙述者（半魔法的）读心术，这种能力传统上只属于现实主义小说中的全知叙述者。

（4）18 世纪许多叙事作品（如斯威夫特的《格列佛游记》，吐温的《康州美国佬在亚瑟王朝》与 18 世纪 70 年代和 90 年代繁荣的流通小说）通过非自然元素来揶揄人类与生俱来的心理倾向或社会现状。这种传统的讽刺性夸张在后现代主义叙事中延续下来，如巴特勒的《嫉妒的丈夫》，罗斯的《乳房》，艾伦的《库格马斯逸事》和福尔斯《法国中尉的女人》。这些叙事用非自然要么嘲讽太把自己当回事的人物，要么戏仿某些文类惯例。巴特勒的短篇故事讽刺了一位美国丈夫，他在嫉妒和无助中把自己变成鹦鹉；《乳房》嘲笑一位文学教授，因为他把自己的职业看得太严肃；《库格马斯逸事》嘲笑人物的逾越性欲望；《法国中尉的女人》戏仿全知叙述者概念和维多利亚小说利落结尾的惯例。所有这些例子中的人物或叙述者都被要求放下执念、不要太严肃地看待自我。后现代主义鼓励人们用一种更加放松的态度对待生活。

（5）后现代主义叙事中对非自然元素的使用与具体的后现代议题有关不足为奇，包括对现代性的主导叙事的不信任（Lyotard，1997，xxiv）和与后人文主义的核心假设保持一致（Hayles，1999）。例如，像库弗的《保姆》和达文波特的《海尔·塞拉西的葬礼列车》这样的后现代主义叙事运用逻辑矛盾的情节或地理上不可能的背景来颂扬力图对世界进行整体解释的统一主导叙事的阙如。在早期的文学文本中，如本体论多元化和不可能的地理这样的非自然现象也出现了，但是，它们功能各异。后现代主义小说也与后人文主义计划紧密关联（Hayles，1999）：它解构了一种稳定的、统一的人类身份的观念。斯图亚特·西姆（2011，299）总结人类主体的后现代理解和早期概念化之间的主要差异：

> 后现代主义已经拒绝西方思想中过去几个世纪盛行的个人或"主体"观念。之于后者的传统，主体在文化过程的中心已经成为特权存在。人文主义教会我们将个体看作**统一的自我**，具有**每个个体独有的身份"核心"，主要由理性的力量激发**……［因为］……后现代主义者，主体是**没有根本身份核心的碎片化存在**，会被视为一种**连续消散状态中的过程**而非固定的身份或历经时间保持不变的自我。

然而，后现代主义和早期叙事之间的关系不可能以简单的二元论
224 来定义。文学史中对传统人类主体的解构包含由许多步骤构成的缓慢而渐进的过程。正如我所示，许多非后现代主义叙事已经消解了人的范畴，这样，通过融合人与动物（动物寓言和儿童故事），活人世界和死者王国（浪漫传奇和哥特小说），拟人化和无生命化（流通小说）或人与机器（科幻小说），或者通过魔法（浪漫传奇和幻想小说）或新技术（科幻小说）改换人物或增加人物的方式，动摇人类中心的观念。再者，与早期叙事相比，后现代主义叙事包含数量更多也更集中地解构传统人物的文本实例。

（6）即使许多早期叙事也再现了我们在后现代主义中发现的非自然场景和事件，但是我们发现这样的融合仅仅在后现代主义语境中令人迷惑。在早期作品中，我们甚至没有注意到根本的不可能性，于是也没有注意到早期作品（可能被划分为"隐性"元小说形式）中相似混杂的非自然性。例如，说话的动物（如《嫉妒的丈夫》中的鹦鹉）在后现代主义叙事中让我们感到奇怪，但在动物寓言或儿童故事中却不会；说话的尸体（如品特《家庭之声》中死去的父亲）在后现代主义文本中是异化，而哥特小说中的鬼魂却不是；后现代主义叙事（如丘吉尔的《九重天》）中，差异化时间性是不可思议的，而在如迈普的《庭臣琐闻》这样的魔幻故事中却不是；变形场景

（像《树叶之屋》中的房子）在后现代主义叙事中是令人困惑的，而在可能出现魔法的奇幻小说中肯定不是。

之所以如此，是因为与早期叙事相比，后现代主义叙事更明显地凸显了再现场景或事件作为元小说的形式的不可能性。除此之外，后现代主义叙事对现实主义期望的设定和依赖程度远远高于迄今为止人们所注意到的程度。后现代主义在物理上、逻辑上或人力上的不可能性给我们奇异的感觉，因为它们与主要建立在我们真实世界认知上的读者期待相违背。换句话说，后现代主义叙事倾向于首先援引，而后明显越过现实主义的期待。一方面，与早期叙事相比，我们能够发现后现代主义中非自然性在量与质上更高的程度。另一方面，非自然性和现实主义总是在后现代主义小说中共存，前者并没有同化后者。

225

这种模式对我的后现代主义概念具有重要意义。我认为，后现代主义叙事**不仅一直投射出非自然场景和事件，而且往往构成一种互文性尝试，这种互文性尝试将物理上、逻辑上或人力上的不可能性激进化，而这些不可能性已经在众所周知的历史题材中被常规化，互文性通过将不可能性转移到我们并不期望其发生的现实主义语境中，再次将其陌生化。**换句话说，后现代主义叙事通过运用不可能的叙述者、人物、时间性或早期其他现实主义故事语境中的叙事空间来融合我们关于现实世界的所有认知和关于某些历史题材的知识。

我对后现代主义叙事的重新描述有助于解释我们通常将其与后现代主义相联系的陌生化效果。例如，沃尔夫·施米德（Schmid，2005，98）指出，"陌生化预示所有反现实主义和游戏化的叙事技巧，尤其是元小说和后现代改写中使用的那些技巧"。这些异化感与非自然场景或事件与它们被使用的语境之间的差异有关。后现代主义叙事建立的语境大体上是现实主义的，也即基于真实世界认知要素的现实主义语境。例如，巴特勒《嫉妒的丈夫》中作为叙述者的鹦鹉嵌于相对直接的现实主义文本中。卡特的《马戏团之夜》也是如此，其中，鸟女人在我们基于自然认知参数随意重构的故事世界中游走。里德《逃往加拿大》中，19 世纪和 20 世纪的融合发生于一个现实主义的世界。相似的是，艾伦《库格马斯逸事》是一部相对现实主

226 的短篇故事，除了各种跨层。所有这些案例都表明非自然性和现实主义共存。继而，通常情况下只有一个叙事参数涉及非自然，而其余叙事则可以根据我们真实世界的认知重建。同时，后现代主义叙事突出、强调或明确凸显其非自然叙事特征在物理上、逻辑上或人力上的不可能性。

我的概念重构如何与其他后现代主义观点相关联呢？查尔斯·詹克斯（Charles Jencks，1992）对建筑学领域的后现代主义思潮做出巨大贡献，其后现代主义建筑学的特征主要表现为多元性、折中主义和戏谑复兴主义：

> 后现代运动的一个根本目标——**反对社会现状的运动**——是推进多元性，克服根植于原来范式中的精英主义……生活的不同方式可能被遇到，为我们所享受、并置、再现和戏剧化，于是不同的文化承认彼此的合法性。动机同时具有政治性和审美意义。抽象而言，双重编码是既确定又否认现存权力结构的策略，既肯定又质疑不同趣味和对立的话语形式。这种双重话语有其独特的规律和美感，构建了后现代主义运动的基本议程。（12－13）

基于这些观念，琳达·哈钦（Hutcheon，1988，16，40）及克里斯蒂安·莫拉鲁（2005）已经开创了突出后现代主义互文性的后现代主义叙事理论。哈钦（Hutcheon，1988，27）在对传统的戏仿变化中看到了后现代主义最重要的特征，该特征服务于一种政治议程："后现代主义艺术要包含反讽和游戏，**没必要**排除严肃性和目的性。"就莫拉鲁（Moraru，2005，22）而言，把"后现代主义"定义为**"通过其他再现使再现明显离题"**；他也试图"捕捉……后现代再现
227 相互关联的本质，即其典型的互文性"（22）。我认为，早期后现代主义叙事文本中常规化的不可能性的运用是这种典型互文性的又一表现。它是后现代主义叙事回溯先前文本的一个重要方式，而对此哈钦和莫拉鲁并没有具体涉及。

乍一看，我关于后现代主义叙事再使用业已常规化的不可能现象

的论证似乎与弗雷德里克·詹姆逊（Jameson，1991）关于后现代主义中拼贴（Pastiche）的核心作用的观点相似。詹姆逊认为，后现代主义中，"戏仿发现自己一无所是……它是一种中性的模仿行为，缺乏戏仿的隐秘动机，祛除讽刺冲动，缺乏幽默和任何说服力"，他也谈及"对过去所有文体的任意拆解，对文体典故的随意影射"（17 - 18）。然而，我没有把后现代主义互文性，即再使用常规化的不可能现象，视为"缺乏……任何说服力"。从我的角度来看，向早期叙事中非自然现象的回溯既有变化，也有延续，它总是服务于一个特定的目的，而概述的阅读策略可能有助于确定这一目的。

　　帕特丽夏·沃（Patricia Waugh，1984，1 - 11）根据自反性或元小说定义后现代主义。**元小说**这个术语指的是处理小说如何产生这一问题的一种虚构类型；它是一种反思其虚构性的自我意识小说。基于我对非自然的关注，可以说后现代主义在两种意义上说是元小说的。一方面，后现代主义叙事凸显自己的虚构性，其方式是投射物理上、逻辑上或人力上的不可能现象；非自然场景和事件是只能在小说世界（后现代主义叙事通常表达和强调对这个事实的认识）内强调小说虚构性的自反性例子。另一方面，可以说后现代主义是关于虚构的，因为它回溯文学史并通过将早期文体中的传统化不可能性转移到现实主义语境中或与之融合，来重新使用这些不可能性。

　　后现代主义的第三个著名定义由布莱恩·麦克黑尔（McHale，1987，10）提出，他认为本体论上的不稳定性是后现代主义的显著特征：后现代主义小说要么关注文学文本自身的本体论，要么关注它投射的本体论。我对后现代主义定义的核心是关注被置于对抗关系中的不同世界：现实世界、后现代主义叙事世界和著名的历史题材世界。既然非自然场景和事件与我们的真实世界参数相矛盾，不可能现象的再现当然是凸显本体论问题的一个重要方式。同时，我的方法让我看到相同的实体或非自然元素在不同语境下有不同的功能。正如我已经说过，后现代主义再现的不可能现象给我们以异化感，而早期叙事中相同的非自然现象通常不会。

　　再者，我对后现代主义的重新描述开启了认识后现代主义历史的新视角。后现代主义叙事经由非自然模式与历史题材联系起来。我认为在这项研究中已经讨论过的包含某种不可能现象的文学类型之间的界限是流动的而非固定不变的。从非自然的视角来看，后现代主义不是对现代主义小说美学枯竭的即刻反应（见 Barth，1984；Hassan，1987）。现代主义小说中的非自然主要关注的是意识再现，也就是说，中性的叙事媒介能够解读人物的思想。相反，后现代主义叙事现在能够被解释为继续其在现实主义语境下（或多或少）凸显的超自然魔幻世界、扭曲的讽刺世界和科幻小说未来主义规划中的非自然运作。

总的来说，我的发现证实了这个观点，即在虚构世界中，"非自然无处不在"（Alber，et al.，2010，131）。许多甚或是大部分的虚
229 构叙事涉及某种程度的非自然性，因为它们的故事世界包含不可能场景或事件。后现代主义可以根据非自然性的集中化和极端化进行描述，但是不可能现象在英国文学史上也十分突出。像赫尔曼一样，我也把文学史看作"不断扩大的力量场，多种变化矢量交织在一起"（Richardson & Herman，1998，289）。"不断波动，彼此斗争，相互融合且对话互动"（Richardson，1997b，304）的两个最重要的变化矢量是包括真实世界认知参数的自然心灵模式和包括不可能现象再现的非自然模式。因此，非自然的各种模式是创造新的体裁构型进而发展文学史（包括后现代主义现象）的一种重要动力，但迄今为止却被忽视了。

麦克黑尔（McHale，1992a，247）把科幻小说界定为后现代主义的姊妹类型，因为两种类型都"提出并探讨了本体论问题"，他的界定当然是对的。通过论证后现代主义也有许多其他姊妹类型，我延展了麦克黑尔的论据。各种早期体裁使用了与后现代主义文本相似的不可能混合体，后现代主义叙事则通过非自然表现与这些体裁构型联结。除了通常"诉诸科学理性……隔绝不可能现象颠覆性可能"（Kneale，1996，156）的科幻小说，后现代主义之前的其他两类非自然性也尤为重要：一类是涉及与超自然力量有关的不可能的叙事，另一类是使用夸张手法与非自然性相融合的讽刺文学文本。

　　例如，戴维·富勒（David Fuller, 2004, 161）对浪漫传奇的描述立刻唤起了对后现代主义非自然性的联想；他强调浪漫传奇的非自然性，其"反现实主义……将它或多或少与虚构的所有形式联系起来"："浪漫传奇的基本目标和方法，应尽可能地呈现某种核心经验，而不考虑现实主义——或任何与现实主义的妥协——被迫缔结的条约所附带的偶然情况。"因此，浪漫传奇深嗜笃好"不可能现象，神秘或非凡之物——神奇、超自然或神圣——这些不应该被隐藏而应该强化，这样，虚构性才可能被欣赏"（161）。相似的是，达斯汀·格里芬（Dustin Griffin, 1994, 6）强调使人联想到后现代主义反模仿讽刺的两个重要元素，亦即"半人半兽的森林之神（半人半兽表明讽刺是违法、野蛮和险恶的）"和"五颜六色的果子盘（'混杂的'或'全盘'表明讽刺是无形状杂集和引人深思的）"。格里芬进而指出，在漫长的历史中，讽刺一次又一次被视为"应该被限制的越界形式"，因为它企图"搅乱或破坏［世界］平静的表象"，因而威胁到"无辜的受害者"并危及"国家"（16, 27）。 230

　　我在本研究中提出的不是把后现代主义概念化为自古英语史诗以降的文学史发展的最高（非自然的）成就的目的论模型。相反，通过说明不可能性事件在文类和跨文类历史性变异过程中，始终主导着某种程度上的随机流变，我证明了后现代主义嬉笑怒骂的陈词滥调的合理性。总而言之，不可能现象的常规化经常导致新文类的出现；一旦非自然元素已经变成基本的认知框架，就可以用于不同目的，并且这种观点变化也常常导致新文类的出现。后现代主义叙事所做的，就是利用历史题材中常规化的不可能现象，并通过将它们与现实主义语境融合，使其再次变得陌生。

　　最有趣的问题之一是后现代主义不可避免式微之后会发生什么。很难预料后－后现代主义叙事将如何处理非自然元素，或者是否会诉诸种种不可能性。一个可能的情景是后现代主义叙事事实上已经穷尽了这种不可能的游戏，因此，我们或许会在后－后现代主义小说、短篇小说和戏剧中看到现实主义心智模式的回归（参见如 Foster, 231 1996, Nünning, 1996；McLaughlin, 2012）。

目前的文学界在某种意义上陷入后现代主义创作的延续和回归后－后现代主义语境下更加现实主义的叙事类型之间的纠结。一方面，像马克·Z. 丹尼利维斯基（Mark Z. Danielewski）和贾斯泼·福德（Jasper Fforde）这样的作家，他们依然写作元虚构类型的小说，这些类型包含高度的非自然性（如丹尼利维斯基的《唯一的革命》[*Only Revolutions*，2006]和福德关于文学侦探周四·夏[Thursday Next（2001—2012）]的系列小说），可以被归类为后现代主义作品。例如，在福德《迷失之井》（*The Well of Lost Plots*，2003）中，真实世界人物周四·夏陷入了所有虚构产生的迷失之井。她在里面写作了一部被称为《卡弗沙姆高地》（"Caversham Heights"）的未出版的小说，她也兼做狄更斯《远大前程》中的哈维沙姆小姐的学徒。我们也知道，"'不可能的'是一个未经审慎考虑就妄言的词"，因为"想象就是这样，任何事情都可能发生——并且一般如此"（135）。例如，另外一本叫《泽诺比亚人的剑》（"The Sword of the Zenobians"）的尚未付梓的文本一度受到"错误拼写病毒"的感染，导致背景的巨大改变。周四·夏这样描述："当错误拼写病毒来的时候，房间突变。地板变形，软化成面粉，墙变成球。我眺望哈维沙姆。她的胡萝卜也变成了鹦鹉。"（170）病毒让手柄变成蜡烛，手变成密封盖，橡皮变成鲸脂。

另一方面，像戴维·福斯特·华莱士（David Foster Wallace）、乔纳森·弗兰岑（Jonathan Franzen）、石黑一雄（Kazuo Ishiguro）、伊恩·麦克尤恩（Ian McEwan）、瑞克·穆迪（Rich Moody）和理查德·鲍尔斯（Richard Powers）这些后－后现代主义作家对待后现代主义的态度越来越不耐烦。他们把后现代主义叙事理解为太难、太精英主义且太聪明，想知道为什么后现代主义不能向读者介绍他们容易认同的人物和能够沉浸其中的故事。对后现代主义的抱怨在弗兰岑的散文《困难先生》（"Mr. Difficult"，2002）中达到顶峰，弗兰岑在文中否定后现代主义，认为其乏味、荒唐、妄自尊大：

　　要想参与后现代计划，要把接受形式实验作为一种英勇的抵抗行为，你得相信［威廉］加迪斯和他的同行先锋们［也就是其他的后现代主义者］正在应对的突发情况依然是 50 年后的紧急事件。你得相信，作为郊区化、依赖汽油和沉溺电视的美国人，我们的处境依旧如此新奇和迫切以至于陈旧的文学创作无法取代……给读者你自己不想吃的糕饼，为读者修建一座你不想居住的不舒适的房屋：在我看来，这似乎违背对任何小说作者而言的创作铁律。这是对文学契约的根本性背弃。

后－后现代主义文学场景是极其异质的：像理查德·鲍尔斯的小说《增益》（*Gain*）和《我们的签约时间》（*The Time of Our Signing*，2003）及弗兰岑的大部分叙事作品都可以简单描述为回归现实主义或"陈旧的文学创作"。其他如戴维·福斯特·华莱士的《帝国西行》（"Westward the Course of Empire Takes Its Way"，1989）和瑞克·穆迪的《占卜者》（*The Diviners*，2005）承认甚至公然使用后现代主义策略。但是，即使这些后－后现代主义者竭力超越这些技巧，"越过它们来写作，突破自反性的怪圈，建设性地再现这个世界，与他人联系起来"（McLaughlin，2012，215），即使这样的作者"可能不切实际地"想要"重新与某种超越表象的东西、某种语言之外的东西、某种真实的东西建立联系"（213），鉴于后现代主义叙事中对非自然元素的广泛使用，这种对真实且不同类型的现实主义的回归不会让我特别惊讶。

|参考文献|

Abbott, H. Porter. 2007. "Story, Plot, and Narration." In *The Cambridge Companion to Narrative*, edited by David Herman, 39 – 51. Cambridge: Cambridge University Press.

—. 2008a. *The Cambridge Introduction to Narrative*. 2nd edition. Cambridge: Cambridge University Press.

—. 2008b. "Unreadable Minds and the Captive Reader." *Style* 42 (4): 448 – 470.

—. 2009. "Immersions in the Cognitive Sublime: The Textual Experience of the Extratextual Unknown in García Márquez and Beckett." *Narrative* 17 (2): 131 – 142.

—. 2012. "H. Porter Abbott." In *Narrative Theories and Poetics: Five Questions*, edited by Peer F. Bungård, Henrik Skov Nielsen, and Frederik Stjernfelt, 1 – 9. Copenhagen: Automatic Press.

Abish, Walter. 1974. *Alphabetical Africa*. New York: New Directions.

Adams, Douglas. 1979. *The Hitchhiker's Guide to the Galaxy*. London: Pan Books.

—. 1980. *The Restaurant at the End of the Universe*. London: Pan Books.

—. 1982. *Life, the Universe and Everything*. London: Pan Books.

—. 1984. *So Long, and Thanks for All the Fish*. London: Pan Books.

—. 1992. *Mostly Harmless*. London: Heinemann.

Addison, Joseph. 1712. "On the Pleasures of the Imagination." *Spectator* 411 –420: 593 –607.

The Adventures of a Black Coat. London: J. Williams and J. Burd, 1760.

"The Adventures of a Cat." *Westminster Magazine* 2 (1774): 393 – 397, 459 – 463.

The Adventures of a Cork-Screw. London: T. Bell, 1775.

The Adventures of a Watch. London: G. Kearsley, 1788.

Aichinger, Ilse. (1949) 1979. *Spiegelgeschichte*. Leipzig: Kiepenheurer.

Alber, Jan. 2002. "The 'Moreness' or 'Lessness' of 'Natural' Narratology: Samuel Beckett's 'Lessness' Reconsidered." *Style* 36 (1): 54 –75.

—. 2009. "Impossible Storyworlds—and What to Do with Them." *Storyworlds* 1: 79 –96.

—. 2011. "The Diachronic Development of Unnaturalness: A New View on Genre." In *Unnatural Narratives*, *Unnatural Narratology*, edited by Jan Alber and Rüdiger Heinze, 41 –67. Berlin: De Gruyter.

—. 2012a. "Jan Alber." In *Narrative Theories and Poetics: Five Questions*, edited by Peer F. Bungård, Henrik Skov Nielsen, and Frederik Stjernfelt, 11 –20. Copenhagen: Automatic Press.

—. 2012b. "Unnatural Temporalities: Interfaces between Postmodernism, Science Fiction, and the Fantastic." In *Narrative Interrupted: The Plotless, the Disturbing and the Trivial in Literature*, edited by Markku Lehtimäki, Laura Kartunen, and Maria Mäkelä, 174 – 191. New York: De Gruyter.

—. 2013a. "Pre-Postmodernist Manifestations of the Unnatural: Instances of Expanded Consciousness in 'Omniscient' Narration and Reflector-Mode Narratives." *Zeitschrift für Anglistik und Amerikanistik* 61 (2): 137 – 153.

—. 2013b. "Reading Unnatural Narratives." *Anglistik: International Journal for English Studies* 24 (2): 135 – 150.

—. 2013c. "Unnatural Narratology： The Case of the Retrogressive Temporality in Martin Amis's *Time's Arrow*." In *New Approaches to Narrative*, edited by Vera Nünning, 43 – 56. Trier： wvt.

—. 2013d. "Unnatural Narratology： Developments and Perspectives." *Germanisch – Romanische Monatsschrift* 63 (1)： 69 – 84.

—. 2013e. "Unnatural Narratology： The Systematic Study of Anti Mimeticism." *Literature Compass* 10 (5)： 449 – 460.

—. 2013f. "Unnatural Spaces and Narrative Worlds." In *A Poetics of Unnatural Narrative*, edited by Jan Alber, Henrik Skov Nielsen, and Brian Richardson, 45 – 66. Columbus： Ohio State University Press.

—. 2014a. "Postmodernist Impossibilities, the Creation of New Cognitive Frames, and Attempts at Interpretation." In Beyond Classical Narration： Transmedial and Unnatural Challenges, edited by Jan Alber and Per Krogh Hansen, 267 – 286. Berlin： De Gruyter.

—. 2014b. "Unnatural Narrative." In *The Handbook of Narratology*, Vol. II, edited by Peter Hühn, John Pier, Wolf Schmid, and Jörg Schönert, 887 – 895. Berlin： De Gruyter.

—. 2015. "The Social Minds in Factual and Fictional We-Narratives of the Twentieth Century." *Narrative* 23 (2)： 212 – 225.

Alber, Jan, and Alice Bell. 2012. "Ontological Metalepsis and Unnatural Narratology." *Journal of Narrative Theory* 42 (2)： 166 – 192.

Alber, Jan, and Rüdiger Heinze, eds. 2011. *Unnatural Narratives, Unnatural Narratology*. Berlin： De Gruyter.

Alber, Jan, Stefan Iversen, Henrik Skov Nielsen, and Brian Richardson. 2010. "Unnatural Narratives, Unnatural Narratology： Beyond Mimetic Models." *Narrative* 18 (2)： 113 – 136.

—. 2012. "How Unnatural Is Unnatural Narratology? A Response to Monika Fludernik." *Narrative* 20 (3)： 371 – 382.

—. 2013. "What Really Is Unnatural Narratology?" *Storyworlds* 5： 101 –

118.

Alber, Jan, Henrik Skov Nielsen, and Brian Richardson. 2012. "Unnatural Voices, Minds, and Narration." In *The Routledge Companion to Experimental Literature*, ed. Joe Bray, Alison Gibbons, and Brian McHale, 351 – 367. London: Routledge.

——. eds. 2013. *A Poetics of Unnatural Narrative*. Columbus: Ohio State University Press.

Aldiss, Brian. 1967. *Cryptozoic*! Garden City nj: Doubleday.

Alkon, Paul K. 1990. "Gulliver and the Origins of Science Fiction." In *The Genres of Gulliver's Travels*, edited by Frederik N. Smith, 163 – 178. Newark: University of Delaware Press.

Allen, Woody. 1980. "The Kugelmass Episode." In *Side Effects*, 41 – 55. New York: Random House.

Alter, Robert. 1975. *Partial Magic: The Novel as a Self-Conscious Genre*. Berkeley: University of California Press.

Althusser, Louis. 1984. *Essays on Ideology*. London: Verso.

Amis, Kingsley. 1960. *New Maps of Hell*. New York: Ballantine Books.

Amis, Martin. (1991) 1992. *Time's Arrow or the Nature of the Offence*. New York: Vintage.

Andersen, Richard. 1981. *Robert Coover*. Boston: Twayne.

Antonsen, Jan Erik. 2007. *Poetik des Unmöglichen: Narratologische Untersuchungen zur Phantastik*. Paderborn: Mentis.

——. 2009. "Das Ereignis des Unmöglichen: Narrative Sinnbildung als Problem der Phantastik." In *Ambivalenz und Kohärenz: Untersuchungen zur narrativen Sinnbildung*, edited by Julia Abel et al., 127 – 139. Trier: WVT.

Aristotle. 1995. *Poetics*. Edited and translated by Stephen Halliwell. Cambridge ma: Harvard University Press.

Ashbery, John. 1957. "The Impossible." *Poetry* 90: 250 – 254.

Ashline, William S. 1995. "The Problem of Impossible Fictions." *Style* 29

(2)：234 -251.

Asimov, Isaac. 1958. "Lastborn. "*Galaxy Magazine* 16 (5)：6 -44.

—. 1976. "That Thou Art Mindful of Him. "*The Bicentennial Man and Other Stories*, 61 -86. Garden City nj：Doubleday.

Aston, Elaine. 1997. *Caryl Churchill*. Plymouth, UK：Northcote House.

Atran, Scott. 2002. *In Gods We Trust：The Evolutionary Landscape of Religion*. Oxford：Oxford University Press.

Auster, Paul. 1999. *Timbuktu*. London：Faber.

Bachelard, Gaston. (1958) 1964. *The Poetics of Space*. Translated by Maria Jolas. New York：Orion Press.

Bakhtin, Mikhail. (1938 - 1973) 1981. "Forms of Time and the Chronotope in the Novel. " In *The Dialogic Imagination：Four Essays*, edited by Michael Holquist, 84 - 258. Austin：University of Texas Press.

—. 1984. *Problems of Dostoevsky's Poetics*. Edited and translated by Caryl Emerson. Minneapolis：University of Minnesota Press.

Bal, Mieke. (1985) 2009. *Narratology：Introduction to the Theory of Narrative*. Toronto：University of Toronto Press.

Ballard, J. G. 1964. "Time of Passage. " *Science Fantasy* 21 (63)：85 -96.

Barnes, Julian (1989) "The Stowaway. " In *A History of the World in 10? Chapters*, 1 -30. London：Jonathan Cape.

Barnett, David. 2008. "When Is a Play Not a Drama? Examples of Postdramatic Theatre Texts. "*New Theatre Quarterly* 24 (1)：14 -23.

Barnett, Louise K. 1990. "Deconstructing*Gulliver's Travels*. " In *The Genres of Gulliver's Travels*, ed. Frederik N. Smith, 230 - 245. Newark：University of Delaware Press.

Barth, John. (1968) 1988. *Lost in the Funhouse: Fiction for Print, Tape, Live Voice*. New York：Random.

—. 1984. *The Friday Book: Essays and Other Nonfiction*. New York： G. P. Putnam's.

Barthes，Roland. (1968) 2001. "The Death of the Author. " In *The Norton Anthology of Theory and Criticism*, edited by Vincent B. Leitch, 1466 – 1470. New York： Norton.

—. 1974..*S/Z*. Translated by Richard Miller. New York： Hill and Wang.

Bartlett，Robert. 2008. *The Natural and the Supernatural in the Middle Ages: The Wiles Lectures Given at the Queen's University of Belfast*, 2006. Cambridge： Cambridge University Press.

Bauman，Richard. 1986. *Story*, *Performance*, *and Event: Contextual Studies of Oral Narrative.* Cambridge： Cambridge University Press.

—. 2005. "Tall Tale. " In *Routledge Encyclopedia of Narrative Theory*, edited by David Herman, Manfred Jahn, and Marie-Laure Ryan, 582. London： Routledge.

Beck，Ulrich. (1997) 2000. *What Is Globalization?* Translated by Patrick Camiller. Cambridge, UK： Polity Press.

Beckett，Samuel. (1954) 1977. "The Calmative. " In *Four Novellas*, 51 – 68. London： Calder.

—. (1963) 1990. "Play. " In *Samuel Beckett： The Complete Dramatic Works*, 305 – 320. London： Faber & Faber.

—. (1967) 1995. "Ping. " In *Samuel Beckett. The Complete Short Prose*, 1929—1989, edited by S. E. Gontarski, 193 – 196. New York： Grove Press.

—. (1969) 1995. "Lessness. " In *Samuel Beckett. The Complete Short Prose*, 1929—1989, edited by S. E. Gontarski, 197 – 201. New York： Grove Press.

Bellamy，Liz. 1998. *Commerce*, *Morality*, *and the Eighteenth-Century Novel.* Cambridge： Cambridge University Press.

—. 2007. "It-Narrators and Circulation： Defining a Subgenre. " In *The*

Secret Life of Things: Animals , Objects , and It - Narratives in Eighteenth Century England, edited by Mark Blackwell, 117 - 146. Lewisburg pa: Bucknell University Press.

Benford, Gregory. 1980. *Timescape.* New York: Simon & Schuster.

Benhabib, Seyla. 1996. "Feminism and the Question of Postmodernism. " In *Knowledge and Postmodernism in Historical Perspective*, edited by Joyce Appleby et al. , 540 - 554. New York: Routledge.

Benston, Kimerley W. (2009) " Experimenting at the Threshold: Sacrifice, Anthropomorphism, and the Aims of (Critical) Animal Studies. "*PMLA* 124 (2): 548 - 555.

Bergen, Henry, ed. 1924. *Lydgate's Fall of Princes: Part I.* London: Oxford University Press.

Bernaerts, Lars, Marco Caracciolo, Luc Herman, and Bart Vervaeck. 2014. "The Storied Lives of Non-Human Narrators. "*Narrative* 22 (1): 68 - 93.

Bertocci, Adam. 2010. *Two Gentlemen of Lebowski: A Most Excellent Comedie and Tragical Romance.* New York: Simon and Schuster.

Bhabha, Homi K. 1994. *The Location of Culture.* London: Routledge.

Blackham, Harold John. 1985. *The Fable as Literature.* London: Athlone Press.

Blackwell, Mark. 2007a. " Introduction: The It-Narrative and EighteenthCentury Thing Theory. " In *The Secret Life of Things: Animals, Objects, and It-Narratives in Eighteenth-Century England*, edited by Mark Blackwell, 9 - 14. Lewisburg pa: Bucknell University Press.

—, ed. 2007b. *The Secret Life of Things: Animals, Objects, and It-Narratives in Eighteenth-Century England.* Lewisburg pa: Bucknell University Press.

Bode, Christoph. (2005) 2011. *The Novel.* Translated by James Vigus.

Malden ma: Wiley-Blackwell.

Bonheim, Helmut. 1983. "Narration in the Second Person." *Recherches Anglaises et Americaines* 16 (1): 69 - 80.

Booker, Marvin Keith, and Anne-Marie Thomas. 2009. *The Science Fiction Handbook*. Chichester, UK: Wiley-Blackwell.

Booth, Wayne C. (1961) 1983. *The Rhetoric of Fiction.* Chicago: University of Chicago Press.

Borges, Jorge Luis. (1941) 1999. "The Garden of Forking Paths." In *Collected Fictions*. Translated by Andrew Hurley, 119 - 128. London: Penguin.

Boyd, Brian. 2009. *On the Origin of Stories: Evolution, Cognition, and Fiction.* Cambridge ma: Harvard University Press.

Bradbury, Ray. (1952) 1976. "A Sound of Thunder." In *The Golden Apples of the Sun*, 135 - 150. Westport ct: Greenwood Press.

Brenton, Howard. 1980. *The Romans in Britain.* London: Eyre Methuen.

Breuer, Miles J. 1931. "The Time Flight."*Amazing Stories* 6 (3): 274 - 281.

Brewer, Derek. 1980. *Symbolic Stories: Traditional Narratives of the Family Drama in English.* Cambridge: Cambridge University Press.

—. 2001. "A Supernatural Enemy in Green in Sir Gawain and the Green Knight." In *Supernatural Enemies*, edited by Hilda Ellis Davidson and Anna Chaudhri, 61 - 70. Durham nc: Carolina Academic Press.

Brewster, Scott, et al., eds. 2000. *In human Reflections: Thinking the Limits of the Human.* Manchester, UK: Manchester University Press.

Bridgeman, Teresa. 2007. "Time and Space." In *The Cambridge Companion to Narrative*, edited by David Herman, 52 - 65. Cambridge: Cambridge University Press.

Bridges, Thomas. 1770. *The Adventures of a Bank-note.* Vols. 1 and 2. London: Davies.

Brier, Søren. 2011. "Cybernetics." In *The Routledge Companion to Literature and Science*, edited by Bruce Clark and Manuela Rossini, 89 – 100. London: Routledge.

Brinker, Menachem. 1995. "Theme and Interpretation." In *Thematics: New Approaches*, edited by Claude Bremond, Joshua Landy, and Thomas Pavel, 33 – 44. Albany: State University of New York Press.

Brontë, Charlotte. (1849) 2006. *Shirley*. Edited by Jessica Cox. London: Penguin Books.

Brooke-Rose, Christine. 1981. *A Rhetoric of the Unreal: Studies in Narrative and Structure, Especially the Fantastic*. Cambridge: Cambridge University Press.

—. 1986. Xorandor. Manchester, UK: Carcanet.

Buchanan Bienen, Leigh. 1983. "My Life as a West African Gray Parrot." In *Prize Stories* 1983: *The O. Henry Awards*, edited by Ed. William Abrahams, 173 – 188. Garden City nj: Doubleday.

Buchholz, Laura. 2013. "Unnatural Narrative in Postcolonial Contexts: Re-reading Salman Rushdie's*Midnight's Children*." *Journal of Narrative Theory* 42 (3): 332 – 51.

Buchholz, Sabine, and Manfred Jahn. 2005. "Space in Narrative." In Routledge Encyclopedia of Narrative Theory, edited by David Herman, Manfred Jahn, and Marie-Laure Ryan, 551 – 555. London: Routledge.

Budrys, Algis. (1960) 1977. *Rogue Moon*. Boston: Gregg Press.

Bunia, Remigius. 2011. "Diegesis and Representation: Beyond the Fictional World, on the Margins of Story and Narrative." *Poetics Today* 31 (4): 679 – 720.

Butler, Andrew M. 2003. "Postmodernism and Science Fiction." In *The Cambridge Companion to Science Fiction*, edited by Edward Jones and Farah Mendlesohn, 137 – 148. Cambridge: Cambridge University Press.

Butler, Robert Olen. 1996. "Jealous Husband Returns in Form of Parrot."

In *Tabloid Dreams*, 71 − 81. New York: Henry Holt.

Butts, Richard. 1987. "The Analogical Mere: Landscape and Terror in *Beowulf.*" *English Studies* 2: 113 − 121.

Cadden, Mike. 2005. "Children's Stories (Narratives Written for Children)." In*Routledge Encyclopedia of Narrative Theory*, edited by David Herman, Manfred Jahn, and Marie-Laure Ryan, 59 − 60. London: Routledge.

Calinescu, Matei. 1990. "Modernism, Late Modernism, Postmodernism." In *Criticism in the Twilight Zone: Postmodern Perspectives on Literature and Politics*, edited by Danuta Zadworna-Fjellestad, 52 − 61. Stockholm: Almqvist & Wiskell International.

Campbell, John W. Jr. (1938) 1948. "Who Goes There?" In *Who Goes There? Seven Tales of Science-Fiction*, 7 − 75. Chicago: Shasta.

Caracciolo, Marco. 2011. "The Reader's Virtual Body: Narrative Space and Its Reconstruction."*Storyworlds* 3: 117 − 138.

Carpentier, Alejo. (1944) 2002. "Viaje a la semilla." In *Guerra del tiempo, el acoso y otros relatos*, 13 − 28. Madrid: Siglo XXI.

Carroll, Lewis. (1865) 1994. *Alice's Adventures in Wonderland*. London: Puffin Books.

—. (1871) 1996. *Through the Looking Glass, and What Alice Found There*. London: Penguin.

—. (1889) 1991. *Sylvie and Bruno*. San Francisco: Mercury.

Carter, Angela. (1972) 1985. *The Infernal Desire Machines of Dr. Hoffman*. New York: Penguin.

—. 1986. *Nights at the Circus*. New York: Penguin Books.

Castle, Terry. 2005. "The Gothic Novel." In *The Cambridge History of English Literature: 1660 − 1780*, edited by John Richetti, 673 − 706. Cambridge: Cambridge University Press.

Chatman, Seymour. 1978. *Story and Discourse. Narrative Structure in*

Fiction an Film. Ithaca ny: Cornell University Press.

—. 1990. *Coming to Terms: The Rhetoric of Narrative in Fiction and Film*. Ithaca NY: Cornell University Press.

Chaucer, Geoffrey. 1979. *The Canterbury Tales*. Translated into Modern English by Nevill Coghill. Harmondsworth, UK: Penguin.

—. 2005. *The Canterbury Tales*. Edited by Jill Mann. London: Penguin.

Chestre, Thomas. 1966. Sir Launfal. Edited by A. J. Bliss. London: Nelson.

Churchill, Caryl. (1979) 1985. Cloud Nine. In *Plays: One*, 243 – 320. New York: Methuen.

—. 1994. *The Skriker*. New York: Theatre Communications Group.

—. 1997. "Blue Kettle." In *Blue Heart*, 37 – 69. New York: Theatre Communications Group.

Clark, Anne. 1975. *Beasts and Bawdy*. London: Dent.

Clark, Stephen R. L. 1995. *How to Live Forever: Science Fiction and Philosophy*. London: Routledge.

Clarke, Bruce. 2008. *Posthuman Metamorphosis: Narrative and Systems*. New York: Fordham University Press.

Clum, John M. 1988. " 'The Work of Culture': *Cloud Nine* and Sex/Gender Theory." In *Caryl Churchill: A Casebook*, edited by Phyllis R. Randall, 91 – 116. New York: Garland.

Clute, John. 2004. " 'Fantasy' from *The Encyclopedia of Fantasy*." In *Fantastic Literature: A Critical Reader*, edited by David Sandner, 310 – 15. Westport ct: Praeger.

Cohen, Ralph. 1988. "Do Postmodern Genres Exist?" In *Postmodern Genres*, edited by Marjorie Perloff, 11 – 27. Norman: University of Oklahoma Press.

Cohn, Dorrit. 1978. *Transparent Minds: Narrative Modes for Presenting Consciousness in Fiction*. Princeton nj: Princeton University Press.

—. 1990. "Signposts of Fictionality: A Narratological Approach." *Poetics*

Today 11 (4): 775 – 804.

—. 1999. *The Distinction of Fiction*. Baltimore: Johns Hopkins University Press.

Cohn, Ruby. 1973. *Back to Beckett*. Princeton nj: Princeton University Press.

Colombat, Jacqueline. 1994. "Mission Impossible: Animal Autobiography." *Cahiers Victoriens et Edouardiens* 39: 37 – 49.

Connor, Steven. 2004. "Postmodernism and Literature." In *The Cambridge Companion to Postmodernism*, edited by Steven Connor, 62 – 81. Cambridge: Cambridge University Press.

Cooper, Pamela. 1991. *The Fictions of John Fowles: Power, Creativity, Femininity*. Ottawa: University of Ottawa Press.

Coover, Robert. 1969. "The Babysitter." In *Pricksongs and Descants: Fictions by Robert Coover*, 206 – 230. New York: Plume.

—. 1977. *The Public Burning*. New York: Viking Press.

Cortázar, Julio. (1966) 2005. "The Other Heaven." In *All Fires the Fire and Other Stories*, translated by Suzanne Jill Levine, 128 – 152. London: Marion Boyars.

—. (1967) 1985. "The Continuity of Parks." In *Blow-Up and Other Stories*, translated by Paul Blackburn, 63 – 65. New York: Pantheon.

Cosslett, Tess. 2006. *Talking Animals in British Children's Fiction*, 1786 – 1914. Aldershot, UK: Ashgate.

Cox, Katharine. 2006. "What Has Made Me? Locating Mother in the Textual Labyrinth of Mark Z. Danielewski's *House of Leaves*." *Critical Survey* 18 (2): 4 – 15.

Crater, Theresa L. 2000. "Septimus Smith and Charles Watkins: The Phallic Suppression of Masculine Subjectivity." *Journal of Evolutionary Psychology* 21 (3 – 4): 191 – 202.

Crimp, Martin. 1997. *Attempts on Her Life*. London: Faber and Faber.

Cross, Roseanna. 2008. " ' Heterochronia ' in *Thomas of Erceldoune*, *Guingamor*, ' The Tale of King Herla, ' and *The Story of Meriadoc*, *King of Cambria.* " *Neophilologus* 92: 163 – 175.

Crossley, Robert. 2005. "The Grandeur of H. G. Wells. " In *A Companion to Science Fiction*, edited by David Seed, 353 – 363. Malden ma: Blackwell.

Culler, Jonathan. 1975. *Structuralist Poetics: Structuralism, Linguistics, and the Study of Literature.* Ithaca NY: Cornell University Press.

—. 2004. "Omniscience. " *Narrative* 12 (1): 22 – 34.

Currie, Gregory. 2010. *Narratives and Narrators: A Philosophy of Stories.* Oxford: Oxford University Press.

Currie, Mark. 2007. *About Time: Narrative, Fiction and the Philosophy of Time.* Edinburgh: Edinburgh University Press.

—. (1998) 2011. *Postmodern Narrative Theory.* New York: St. Martin's Press.

Danielewski, Mark Z. 2000. *House of Leaves.* New York: Pantheon Books.

—. 2006. *Only Revolutions.* New York: Pantheon Books.

Dannenberg, Hilary P. 1998. " Hypertextuality and Multiple World Construction in English and American Narrative Fiction. " In *Bildschirmfiktionen: Interferenzen zwischen Literatur und neuen Medien*, edited by Julika Griem, 265 – 294. Tübingen: Narr.

—. 2008. *Coincidence and Counterfactuality: Plotting Time and Space in Narrative Fiction.* Lincoln: University of Nebraska Press.

Davenport, Guy. (1975) 1979. "The Haile Selassie Funeral Train. " In *Da Vinci's Bicycle: Ten Stories by Guy Davenport*, 108 – 113. Baltimore: Johns Hopkins University Press.

—. (1976) 1979. "The Invention of Photography in Toledo. " In *Da Vinci's Bicycle: Ten Stories by Guy Davenport*, 121 – 130. Baltimore: Johns Hopkins University Press.

Dawson, Paul. 2009. "The Return of Omniscience in Contemporary Fiction." *Narrative* 17 (2): 143 – 161.

—. 2014. *The Return of the Omniscient Narrator: Authorship and Authority in Twenty-First Century Fiction.* Columbus: Ohio State University Press.

Defoe, Daniel. (1722) 1995. *The Fortunes and Misfortunes of the Famous Moll Flanders.* London: Everyman.

De Jong, Irene J. F. 2005. "Epic." In *Routledge Encyclopedia of Narrative Theory*, edited by David Herman, Manfred Jahn, and Marie-Laure Ryan, 138 – 140. London: Routledge.

Delany, Samuel R. (1974) 1996. *Dhalgren.* With a Foreword by William Gibson. Hanover: Wesleyan University Press.

DelConte, Matt. 2003. "Why You Can't Speak: Second-Person Narration, Voice, and a New Model for Understanding Narrative." *Style* 37 (2): 204 – 219.

Dennis, Abigail. 2008. " 'The Spectacle of Her Gluttony': The Performance of Female Appetite and the Bakhtinian Grotesque in Angela Carter's *Nights at the Circus.*" *Journal of Modern Literature* 31 (4): 116 – 130.

Derrida, Jacques. 2002. "The Animal That Therefore I Am (More to Follow)." *Critical Inquiry* 28 (2): 369 – 418.

De Villo, Sloan. 1988. "The Self and Self – less in Campbell's *Who Goes There?* and Finney's *Invasion of the Body Snatchers.*" *Extrapolation* 29 (2): 179 – 188.

Dick, Bruce, and Amritjit Singh, eds. 1995. *Conversations with Ishmael Reed.* Jackson: University Press of Mississippi.

Dick, Philip K. 1966. *Now Wait for Last Year.* Garden City nj: Doubleday.

—. (1968) 1996. *Do Androids Dream of Electric Sheep?* New York: Del Rey.

—. (1968) 2002. *Counter-Clock World.* New York: Vintage.

—. (1975) 1987. "A Little Something for Us Tempunauts." In *The Collected Stories of Philip K. Dick. Volume 5: The Little Black Box*, 404 -416. Los Angeles: Underwood-Miller.

Dickens, Charles. (1866) 2009. "The Signal - Man." In *Three Ghost Stories*, 7 -26. Rockville md: Serenity.

Diderot, Denis. 1981 (1748). *Les bijoux indiscrets*. Edited by Jacques Rustin. Paris: Gallimard.

Diedrick, James. 1995. *Understanding Martin Amis*. Columbia: University of South Carolina Press.

Dilley, Frank. 1982. "Multiple Selves and Survival of Brain Death." In *Philosophers Look at Science Fiction*, edited by Nicholas D. Smith, 105 -116. Chicago: Nelson-Hall.

Docherty, Thomas. 1983. *Reading (Absent) Character: Towards a Theory of Characterization in Fiction*. Oxford: Clarendon Press.

—. 1991. "Postmodern Characterization: The Ethics of Alterity." In *Postmodernism and Contemporary Fiction*, edited by Edmund J. Smyth, 169 -188. London: Batsford.

Doležel, Lubomír. 1990. *Occidental Poetics: Tradition and Progress*. Lincoln: University of Nebraska Press.

—. 1998. *Heterocosmica: Fiction and Possible Worlds*. Baltimore: Johns Hopkins University Press.

—. 2010. *Possible Worlds of Fiction and History: The Postmodern Stage*. Baltimore: Johns Hopkins University Press.

Donaldson, A. K., ed. 1895. *Melusine*. London: Kegan Paul, Trench, Trübner.

Douglas, Aileen. 2007. "Britannia's Rule and the It-Narrator." In *The Secret Life of Things: Animals, Objects, and It-Narratives in Eighteenth-Century England*, edited by Mark Blackwell, 147 -161. Lewisburg pa: Bucknell University Press.

Dowell, Coleman. 1976. *Island People*. New York: New Directions.

Durst, Uwe. (2001) 2007. *Theorie der phantastischen Literatur*. Berlin: lit.

—. 2008. *Das begrenzte Wunderbare: Zur Theorie wunderbarer Episoden in realistischen Erzähltexten und in Texten des "magischen Realismus."* Berlin: lit.

Eco, Umberto. 1983. *Postscript to "The Name of the Rose."* San Diego: Harcourt Brace Jovanovich.

—. 1990. *The Limits of Interpretation*. Bloomington: Indiana University Press.

Eddison, E. R. 1922. *The Worm Ouroboros*. London: Jonathan Cape.

Elick, Catherine L. 2001. "Animal Carnivals: A Bakhtinian Reading of C. S. Lewis's *The Magician's Nephew* and P. L. Travers's *Mary Poppins.*" *Style* 35 (3): 454 –471.

Eliot, George. (1859) 2001. *Adam Bede*. Edited by Carol A. Martin. Oxford: Clarendon Press.

—. (1874) 1986. *Middlemarch: A Study of Provincial Life*. Edited by David Carroll. Oxford: Clarendon Press.

Englert, Hilary Jane. 2007. "Occupying Works: Animated Objects and Literary Property." In *The Secret Life of Things: Animals, Objects, and It Narratives in Eighteenth-Century England*, edited by Mark Blackwell, 218 –241. Lewisburg pa: Bucknell University Press.

—, 1999. *The Epic of Gilgamesh: The Babylonian Epic Poem and Other Texts in Akkadian and Sumerian*. Translated and with an introduction by Andrew George. London: Penguin.

Escoda Agustí, Clara. 2005. " 'Short Circuits of Desire': Language and Power in Martin Crimp's *Attempts on Her Life.*" *Ariel* 36 (3 –4): 103 – 126.

Evans, Walter. 1985. "The English Short Story in the Seventies." In *The English Short Story 1945 –1980: A Critical History*, edited by Dennis Vannatta, 120 –172. Boston: Hall.

Fauconnier, Gilles, and Mark Turner. 2002. *The Way We Think: Conceptual Blending and the Mind's Hidden Complexities.* New York: Basic Books.

Federman, Raymond. 1971. *Double or Nothing.* Chicago: Swallow Press.

—, ed. 1975a. *Surfiction: Fiction Now...and Tomorrow.* Chicago: Swallow Press.

—. 1975b. "Surfiction— Four Propositions in Form of an Introduction." In *Surfiction: Fiction Now... and Tomorrow*, edited by Raymond Federman, 5 - 15. Chicago: Swallow Press.

Festa, Lynn. 2007. "The Moral Ends of Eighteenth-and Nineteenth-Century Object Narratives." In *The Secret Life of Things: Animals, Objects, and It Narratives in Eighteenth-Century England*, edited by Mark Blackwell, 309 - 328. Lewisburg pa: Bucknell University Press.

Fforde, Jasper. 2001. *The Eyre Affair.* London: Hodder & Stoughton.

—. 2002. *Lost in a Good Book.* London: Hodder & Stoughton.

—. 2003. *The Well of Lost Plots.* London: Hodder & Stoughton.

—. 2004. Something Rotten. London: Hodder & Stoughton.

—. 2007. *First among Sequels.* London: Hodder & Stoughton.

—. 2011. One of Our Thursdays Is Missing. London: Hodder & Stoughton.

—. 2013. The Woman Who Died a Lot. London: Hodder & Stoughton.

Fielding, Henry. (1749) 1974. *The History of Tom Jones: A Foundling.* Introduction by Alan Pryce-Jones. London: Collins.

Finlayson, John. 2005. "Reading Chaucer's *Nun's Priest's Tale*: Mixed Genres and Multi-Layered Worlds of Illusion." *English Studies* 86 (6): 493 - 510.

Finney, Brian. 2003. "A Worm's Eye View of History: Julian Barnes's *A History of the World in* 10 1/2 *Chapters.*" *Papers on Language and Literature* 39 (1): 49 - 70.

Finney, Jack. (1955) 1976. *The Body Snatchers.* Boston: Gregg Press.

Fitch, Brian T. 1991. *Reflections in the Mind's Eye: Reference and Its*

Problematizations in Twentieth-Century French Fiction. Toronto：University of Toronto Press.

Fitzgerald, Robert F. 1988. "Science and Politics in Swift's Voyage to Laputa." *Journal of English and Germanic Philology* 87 (2)：213 – 339.

Fletcher, Alan J. 2000. "*Sir Orfeo* and the Flight from the Enchanters." *Studies in the Age of Chaucer: The Yearbook of the New Chaucer Society* 22：141 – 177.

Flint, Christopher. 1998. "Speaking Objects：The Circulation of Stories in Eighteenth – Century Prose Fiction." *pmla* 113 (2)：212 – 226.

Fludernik, Monika. 1994a. "Introduction：Second – Person Narrative and Related Issues." *Style* 28 (3)：281 – 311.

—. 1994b. "Second – Person Narrative as a Test Case for Narratology：The Limits of Realism." *Style* 28 (3)：445 – 479.

—. 1996. *Towards a "Natural" Narratology*. London：Routledge.

—. 2001. "New Wine in Old Bottles? Voice, Focalization, and New Writing." *New Literary History* 32 (3)：619 – 638.

—. 2003a. "Natural Narratology and Cognitive Parameters." In *Narrative Theory and the Cognitive Sciences*, edited by David Herman, 243 – 267. Stanford：csli.

—. 2003b. "Scene Shift, Metalepsis and the Metaleptic Mode." *Style* 37 (4)：382 – 400.

—. 2008. "Narrative and Drama." In *Theorizing Narrativity*, edited by John Pier and José Ángel García Landa, 355 – 383. Berlin：De Gruyter.

—. 2010. "Naturalizing the Unnatural：A View from Blending Theory." *Journal of Literary Semantics* 39 (1)：1 – 27.

—. 2011. "The Category of 'Person' in Fiction：*You* and *We* Narrative Multiplicity and Indeterminacy of Reference." In *Current Trends in Narratology*, edited by Greta Olson, 101 – 141. Berlin：De

Gruyter.

—. 2012. "How Natural Is 'Unnatural Narratology'; or, What Is Unnatural about Unnatural Narratology?" *Narrative* 20 (3): 357 – 370.

Fokkema, Aleid. 1991. *Postmodern Characters*. Amsterdam: Rodopi.

Forman, Maurice Buxton, ed. 1935. *The Letters of John Keats*. London: Oxford University Press.

Forster, E. M. (1927) 1954. *Aspects of the Novel*. New York: Harcourt, Brace & World.

Foster, Hal. 1996. *The Return of the Real: The Avant-Garde at the End of the Century*. Cambridge ma: mit Press.

Foucault, Michel. (1966) 1970. *The Order of Things: An Archaeology of the Human Sciences*. New York: Pantheon.

Fowler, Alastair. 1987. *A History of English Literature: Forms and Kinds from the Middle Ages to the Present*. Oxford: Blackwell.

Fowles, John. (1969) 2004. *The French Lieutenant's Woman*. London: Vintage.

Franzen, Jonathan. 2002. "Mr. Difficult." In *How to Be Alone*, 238 – 269. New York: Farrar, Straus and Giroux.

Frayn, Michael. 1998. *Copenhagen*. New York: Anchor Books.

Frow, John. 2006. *Genre*. London: Routledge.

Fry, Stephen. 1996. *Making History*. New York: Random House.

Frye, Northrop. (1957) 2006. *Anatomy of Criticism: Four Essays*. Edited by Robert D. Denham. Toronto: University of Toronto Press.

Füger, Wilhelm. 1978. "Das Nichtwissen des Erzählers in Fieldings *Joseph Andrews*: Baustein zu einer Theorie negierten Wissens in der Fiktion." *Poetica* 10 (2 – 3): 188 – 216.

Fuller, David. 2004. "Shakespeare's Romances." In *A Companion to Romance from Classical to Contemporary*, edited by Corinne Saunders, 160 – 176. Malden ma: Blackwell.

Gagnier, Regenia. 2003. "Individualism from the New Woman to the

Genome: Autonomy and Independence." *Partial Answers* 1 (1): 103 – 128.

Gale, Steven H. 1984. "Harold Pinter's *Family Voices* and the Concept of Family." In *Harold Pinter: You Never Heard Such Silence*, edited by Alan Bold, 146 – 165. London: Vision Press.

Galvan, Jill. 1997. "Entering the Posthuman Collective in Philip K. Dick's *Do Androids Dream of Electric Sheep?*" *Science Fiction Studies* 24 (3): 413 – 429.

Gatten, Brian. 2009. "The Posthumous Worlds of *Not I* and *Play.*" *Texas Studies in Literature and Language* 51 (1): 94 – 101.

Genet, Jacqueline. 1991. "Yeats's *Purgatory*: A Re-assessment." *Irish University Review* 21 (2): 229 – 244.

Genette, Gérard. (1972) 1980. *Narrative Discourse: An Essay in Method.* Translated by Jane E. Lewin. Ithaca NY: Cornell University Press.

—. (1983) 1988. *Narrative Discourse Revisited.* Translated by Jane E. Lewin. Ithaca NY: Cornell University Press.

Gibson, Andrew. 1996. *Towards a Postmodern Theory of Narrative.* Edinburgh: Edinburgh University Press.

Gibson, William. 1984. *Neuromancer.* New York: Ace Books.

Gildon, Charles. 1709. *The Golden Spy.* London: J. Woodward and J. Morphew.

Glanvill, Joseph. 1681. Saducismus Triumphatus: or, Full and Plain Evidence Concerning Witches and Apparitions. London: J. Collins.

Glaz, Adam. 2006. "The Self in Time: Reversing the Irreversible in Martin Amis's *Time's Arrow.*" *Journal of Literary Semantics* 35: 105 – 122.

Goetsch, Paul. 1998. "Der koloniale Diskurs in *Beowulf.*" In *New Methods in the Research of Epic— Neue Methoden der Epenforschung*, edited by Hildegard L. C. Tristram, 185 – 200. Tübingen: Narr.

Goffman, Erving. 1974. *Frame Analysis.* New York: Harper & Row.

Gomel, Elana. 2010. *Postmodern Science Fiction and Temporal Imagination.* London: Continuum.

—. 2014. *Narrative Space and Time: Representing Impossible Topologies in Literature.* London: Routledge.

Good, Maeve. 1987. *W. B. Yeats and the Creation of a Tragic Universe.* Totowa nj: Barnes & Noble.

Gordon, Robert. 2003. "Family Voices: Pirandello and Pinter." *Pirandello Studies* 23: 22 – 34.

Grahame-Smith, Seth. 2009. *Pride and Prejudice and Zombies.* Philadelphia pa: Quirk Books.

Greer, Joanne Marie. 2002. "Return of the Repressed." In *The Freud Encyclopedia: Theory, Therapy, and Culture,* edited by Edward Erwin, 496 – 497. New York: Routledge.

Greimas, Algirdas-Julien. (1966) 1983. *Structural Semantics: An Attempt at a Method.* Translated by Danielle McDowell et al. Lincoln: University of Nebraska Press.

Gribbin, John. 1984. *In Search of Schrödinger's Cat: Quantum Physics and Reality.* Toronto: Bantam.

Griffin, Dustin. 1994. *Satire: A Critical Reintroduction.* Lexington: University Press of Kentucky.

Griffin, Robert, ed. 1995. *Fascism.* Oxford: Oxford University Press.

Grishakova, Marina. 2011. "Narrative Causality Denaturalized." In *Unnatural Narratives, Unnatural Narratology,* edited by Jan Alber and Rüdiger Heinze, 127 – 144. Berlin: De Gruyter.

Gross, George E., and Isaiah A. Rubin. 2002. "Clinical Theory." In *The Freud Encyclopedia: Theory, Therapy, and Culture,* edited by Edward Erwin, 87 – 94. New York: Routledge.

Guérin. (1756) 1890. *Du chevalier qui fist parler les cons.* Paris: Librairie des Bibliophiles.

Gumbrecht, Hans-Ulrich. 2004. *Production of Presence: What Meaning*

Cannot Convey. Stanford: Stanford University Press.

Gurnah, Abdulrazak. 2007. "Themes and Structures in *Midnight's Children.*" In *The Cambridge Companion to Salman Rushdie*, edited by Abdulrazak Gurnah, 91 – 108. Cambridge: Cambridge University Press.

Guy of Warwick. Edited by Helen Moore. Manchester: Manchester University Press, 2006.

Hagena, Katharina. 1999. "Phantastische Räume in Pamela L. Travers' *Mary Poppins.*" *Inklings: Jahrbuch für Literatur und Ästhetik* 17: 70 – 83.

Hainsworth, Bryan. 1991. *The Idea of Epic.* Berkeley: University of California Press.

Hale, Edward Everett. 1881. "Hands Off. "*Harper's New Monthly Magazine* 62 (371): 556 – 573.

Hall, Stuart. 1985. "Signification, Representation, Ideology: Althusser and the Post-Structuralist Debates. " *Critical Studies in Mass Communication* 2 (2): 91 – 114.

Hamburger, Käte. 1973. *The Logic of Literature.* Translated by Marilynn J. Rose. Bloomington: Indiana University Press.

Hamilton, Natalie. 2008. "The A-Mazing House: The Labyrinth as Theme and Form in Mark Z. Danielewski's *House of Leaves.* " *Critique* 50 (1): 3 – 15.

Harrison, Bernard. 1991. *Inconvenient Fictions: Literature and the Limits of Theory.* New Haven ct: Yale University Press.

Hassan, Ihab. 1987. *The Postmodern Turn: Essays in Postmodern Theory and Culture.* Columbus: Ohio State University Press.

Hawkes, John. 1993. *Sweet William: A Memoir of Old Horse.* New York: Penguin.

Hawkesworth, John. 1752. "Unnamed. "*Adventurer* 5: 25 – 30.

Hawking, Stephen. 1988. *A Brief History of Time: From the Big Bang to*

Black Holes. Toronto: Bantam Books.

Hawking, Stephen, and Leonard Mlodinow. 2005. *A Briefer History of Time.* New York: Bantam Books.

—. 2010. *The Grand Design.* New York: Bantam Books.

Hayles, N. Katherine. 1999. *How We Became Posthuman: Virtual Bodies in Cybernetics, Literature, and Informatics.* Chicago: University of Chicago Press.

Hayman, David. 1987. *Re-forming the Narrative: Toward a Mechanics of Modernist Fiction.* Ithaca NY: Cornell University Press.

Heaney, Seamus. 2000. *Beowulf: A New Verse Translation.* New York: Farrar, Straus and Giroux.

Heath-Stubbs, John. 2001. "Lamias." In *Supernatural Enemies,* edited by Hilda Ellis Davidson and Anna Chaudhri, 73 – 78. Durham nc: Carolina Academic Press.

Heinlein, Robert A. 1951. *The Puppet Masters.* Garden City nj: Doubleday.

—. (1959) 1987. *Starship Troopers.* New York: Ace Book.

Heinze, Rüdiger. 2008. "Violations of Mimetic Epistemology in First-Person Narrative Fiction." *Narrative* 16 (3): 279 – 297.

Heise, Ursula K. 1997. *Chronoschisms: Time, Narrative, and Postmodernism.* Cambridge: Cambridge University Press.

Heng, Geraldine. 2003. *Empire of Magic: Medieval Romance and the Politics of Cultural Fantasy.* New York: Columbia University Press.

Henke, Suzette A. 1981. "Virginia Woolf's Septimus Smith: An Analysis of 'Paraphrenic' and the Schizophrenic Use of Language." *Literature and Psychology* 31 (4): 13 – 23.

Herman, David. 1998. "Limits of Order: Toward a Theory of Polychronic Narration." *Narrative* 6 (1): 72 – 95.

—. 2001. "Spatial Reference in Narrative Domains." *Text* 21 (4): 515 – 541.

—. 2002. *Story Logic: Problems and Possibilities of Narrative*. Lincoln: University of Nebraska Press.

—. 2005. "Storyworld." In *Routledge Encyclopedia of Narrative Theory*, edited by David Herman, Manfred Jahn, and Marie-Laure Ryan, 569 – 70. London: Routledge.

—. 2009. *Basic Elements of Narrative*. Malden ma: Wiley-Blackwell.

—. 2011a. Introduction to *The Emergence of Mind*, edited by David Herman, 1 – 40. Lincoln: University of Nebraska Press.

—. 2011b. "Storyworld/Umwelt: Nonhuman Experiences in Graphic Narratives." *SubStance* 140 (1): 156 – 81.

Herman, Luc, and Bart Vervaeck. 2005. *Handbook of Narrative Analysis*. Lincoln: University of Nebraska Press.

Hirakawa, Sukehiro. 1996. "The *Divine Comedy* and the Nō Plays of Japan: An Attempt at a Reciprocal Elucidation." *Comparative Literature Studies* 33 (1): 35 – 58.

—. 1913. *Historia Meriadoci and De Ortu Waluuanii: Two Arthurian Romances of the XIIIth Century in Latin Prose*. Edited by J. Douglas Bruce. Göttingen: Vandenhoeck & Ruprecht.

—. 1754. *The History and Adventures of a Lady's Slippers and Shoes: Written by Themselves*. London: M. Cooper.

—. 1760. *History of a French Louse; or the Spy of a New Species in France and England*. London: T. Becket.

Hite, Molly. 1983. *Ideas of Order in the Novels of Thomas Pynchon*. Columbus: Ohio State University Press.

Hollinger, Veronica. 2005. "Science Fiction and Postmodernism." In *A Companion to Science Fiction*, edited by David Seed, 232 – 247. Malden ma: Blackwell.

Homer. 2015a. *The Iliad*. Translated by Peter Green. Berkeley: University of California Press.

—. 2015b. *Odyssey*. Translated with introduction and notes by Barry B.

　　Powel. Oxford: Oxford University Press.

Horace. 2011. *Satires and Epistles*. Translated by John Davie. Oxford: Oxford University Press.

Horkheimer, Max, and, Theodor W. Adorno. (1944) 2002. *Dialectic of Enlightenment: Philosophical Fragments*. Edited by Gunzelin Schmid Noerr. Translated by Edmund Jephcott. Stanford: Stanford University Press.

Hunter, J. Paul. 2003. "*Gulliver's Travels* and the Later Writings." In *The Cambridge Companion to Jonathan Swift*, edited by Christopher Fox, 216 – 240. Cambridge: Cambridge University Press.

Hurley, Kelly. 2002. "British Gothic Fiction, 1885—1930." In *The Cambridge Companion to Gothic Fiction*, edited by Jerrold E. Hogle, 189 – 207. Cambridge: Cambridge University Press.

Hutcheon, Linda. 1988. *A Poetics of Postmodernism: History, Theory, Fiction*. New York: Routledge.

Huyssen, Andreas. (1984) 1986. "Mapping the Postmodern." In *After the Great Divide: Modernism, Mass Culture, Postmodernism*, 178 – 221. Bloomington: Indiana University Press.

Irwin, W. R. 1976. *The Game of the Impossible: A Rhetoric of Fantasy*. Chicago: University of Illinois Press.

Iser, Wolfgang. 1996. "Why Literature Matters." In *Why Literature Matters: Theories and Functions of Literature*, edited by Rüdiger Ahrens and Laurenz Volkmann, 13 – 22. Heidelberg: Winter.

Iversen, Stefan. 2011. "'In Flaming Flames': Crises of Experientiality in Non-Fictional Narratives." In *Unnatural Narratives, Unnatural Narratology*, edited by Jan Alber and Rüdiger Heinze, 89 – 103. Berlin: De Gruyter.

—. 2013. "Unnatural Minds." In *A Poetics of Unnatural Narrative*, edited by Jan Alber, Henrik Skov Nielsen, and Brian Richardson, 94 – 112.

Columbus: Ohio State University Press.

Jahn, Manfred. 2005. "Cognitive Narratology." In Routledge Encyclopedia of Narrative Theory, edited by David Herman, Manfred Jahn, and Marie-Laure Ryan, 67 – 71. London: Routledge.

Jahn, Manfred, and Sabine Buchholz. 2005. "Space in Narrative." In Routledge Encyclopedia of Narrative Theory, edited by David Herman, Manfred Jahn, and Marie-Laure Ryan, 551 – 55. London: Routledge.

James, Henry. (1898) 1966. *The Turn of the Screw*. Edited by Robert Kimbrough. New York: Norton.

—. (1903) 1984. *The Ambassadors*. Edited by Allan W. Bellringer. London: Allen & Unwin.

Jameson, Fredric. 1981. *The Political Unconscious: Narrative as a Socially Symbolic Act*. London: Methuen.

—. 1991. *Postmodernism, or, the Cultural Logic of Late Capitalism*. Durham nc: Duke University Press.

Jencks, Charles. 1992. "The Post-Modern Agenda." In *The Post-Modern Reader*, edited by Charles Jencks, 10 – 39. London: Academy Editions and St. Martin's Press.

Jernigan, Daniel. 2004. "*Traps, Softcops, Blue Heart*, and *This Is a Chair*: Tracking Epistemological Upheaval in Caryl Churchill's Shorter Play." *Modern Drama* 47 (1): 21 – 43.

Joffe, Phil. 1995. "Language Damage: Nazis and Naming in Martin Amis's *Time's Arrow*." *Nomina Africana* 9 (2): 1 – 10.

Johnson, B. S. 1973a. "Broad Thoughts from a Home." In *Aren't You Rather Young to Be Writing Your Memoirs?*, 91 – 110. London: Hutchinson.

—. 1973b. *Christie Malry's Own Double-Entry*. London: Collins.

Johnson, Samuel. 1810. *The Works of Samuel Johnson ll. d.* Vol. 2. London: Luke Hansard & Sons.

—. 1824. *The Works of Samuel Johnson ll. d , with an Essay on His Life and Genius by Arthur Murphy , Esq.* Vol. 4. London: Thomas Tegg et al.

—. 1825. *The Lives of the English Poets.* London: Jones. Johnson-Laird , P. N. 1983. *Mental Models: Towards a Cognitive Science of Language , Inference , and Consciousness.* Cambridge ma: Harvard University Press.

Johnstone, Charles. (1760 – 1764) 1794. *Chrysal; or , the Adventures of a Guinea.* 4 vols. London: T. Cadell.

Jones, Edward, and Farah Mendlesohn, eds. 2003. *The Cambridge Companion to Science Fiction.* Cambridge: Cambridge University Press.

Jones, Gwyneth. 2003. "The Icons of Science Fiction." In *The Cambridge Companion to Science Fiction*, edited by Edward Jones and Farah Mendlesohn, 163 – 173. Cambridge: Cambridge University Press.

Jones, Sara Gwenllian. 2005. "Fantasy." In *Routledge Encyclopedia of Narrative Theory*, edited by David Herman, Manfred Jahn, and Marie-Laure Ryan, 160 – 161. London: Routledge.

Josipovici, Gabriel. (1974) 1990. "Mobius the Stripper." In *Steps: Selected Fiction and Drama*, 133 – 152. Manchester: Carcanet.

Joyce, James. (1916) 1993. *A Portrait of the Artist as a Young Man.* Edited by R. B. Kershner. Boston: Bedford Books.

—. (1922) 1984. *Ulysses: A Critical and Synoptic Edition.* 3 vols. Prepared by Hans Walter Gabler et al. New York: Garland.

—. (1939) 1976. *Finnegans Wake.* New York: Penguin.

Kacandes, Irene. 1993 "Are You in the Text? The 'Literary Performance' in Postmodernist Fiction." *Text and Performance Quarterly* 13: 139 – 153.

—. 1994. "Narrative Apostrophe: Reading, Rhetoric, Resistance in Michel Butor's *La modification* and Julio Cortázar's 'Graffiti.'" *Style* 28 (3): 329 – 349.

Kafka, Franz. 1915. *Die Verwandlung.* Leipzig: Kurt Wolff Verlag.

Kane, Sarah. 1995. *Blasted*. London: Methuen.

—. (1998) 2001. *Cleansed*. In *Sarah Kane: Complete Plays*, 105 – 151. London: Methuen.

Kasten, Madeleine. 2005. "Allegory." In *Routledge Encyclopedia of Narrative Theory*, edited by David Herman, Manfred Jahn, and Marie-Laure Ryan, 10 – 12. London: Routledge.

Kearns, Katherine. 1996. *Nineteenth-Century Literary Realism: Through the Looking Glass*. Cambridge: Cambridge University Press.

Kelly, Douglas. 1992. *The Art of Medieval French Romance*. Madison: University of Wisconsin Press.

Kennedy, Thomas E. 1992. *Robert Coover: A Study of the Short Fiction*. New York: Twayne.

Kennedy, William. 1983. *Ironweed*. New York: Viking Press.

Kenner, Hugh. 1973. *A Reader's Guide to Samuel Beckett*. London: Thames and Hudson.

Kieckhefer, Richard. (1989) 2000. *Magic in the Middle Ages*. Cambridge: Cambridge University Press.

Kilgore, Chris. 2014. "From Unnatural Narrative to Unnatural Reading: A Review of *A Poetics of Unnatural Narrative*." *Style* 48 (4): 629 – 636.

Kilgour, Maggie. 1995. *The Rise of the Gothic Novel*. London: Routledge.

Kilner, Dorothy. 1781. *The Adventures of a Hackney Coach*. Dublin: C. Jackson and P. Byrne.

—. (1783) 1851. *The Life and Perambulations of a Mouse*. Philadelphia: Appleton.

—, 1984. *King Horn*. Edited by Rosamund Allen. New York: Garland.

Klauk, Tobias, and Tilmann Köppe. 2013. "Reassessing Unnatural Narratology: Problems and Prospects." *Storyworlds* 5: 77 – 100.

Kline, Barbara. 1995. "Duality, Reality, and Magic in *Sir Gawain and the Green Knight*." In *Functions of the Fantastic: Selected Essays from the Thirteenth International Conference on the Fantastic in the Arts*, edited by

Joe Sanders, 107 – 123. Westport ct: Greenwood Press.

Kneale, James. 1996. "Lost in Space? Exploring Impossible Geographies. "
In *Impossibility Fiction: Alternativity, Extrapolation, Speculation*, edited
by Derek Littlewood and Peter Stockwell, 147 – 162. Amsterdam:
Rodopi.

Knight, Damon. (1959) 1965. *A for Anything*. New York: Walker.

Knowlson, James. 1997. *Damned to Fame: The Life of Samuel Beckett*.
London: Bloomsbury.

Kotzwinkle, William. 1976. *Doctor Rat*. Nuffield: Ellis.

Krell, Jonathan F. 2000. " Between Demon and Divinity: Mélusine
Revisited. " *Mythosphere* 2 (4): 375 – 396.

Kristof, Ágota. 1986. *Le grand cahier*. Paris: Éditions de Seuil.

Kyd, Thomas. 1970. *The Spanish Tragedy*. Edited by J. R. Mulryne. New
York: Hill and Wang.

Kyng Alisaunder. Edited by G. V. Smither. London: Oxford University
Press, 1952.

Labov, William. 1972. *Language in the Inner City: Studies in the Black
English Vernacular*. Philadelphia: University of Pennsylvania Press.

—, 1992. *Lai de Guingamor*. In *Lais Féeriques des XIIe et XIIIe siècles*.
Edited by A. Micha. Paris: GF Flammarion.

Lamb, Jonathan. 2011. *The Things Things Say*. Princeton nj: Princeton
University Press.

Laskaya, Anne, and Eve Salisbury. 1995. " Sir Orfeo. " In *The Middle
English Breton Lays*, edited by Anne Laskaya and Eve Salisbury, 15 –
59. Kalamazoo mi: Medieval Institute.

Lau, Kimberley J. 2008. "Erotic Infidelities: Angela Carter's Wolf Trilogy. "
Marvels & Tales: Journal of Fairy-Tale Studies 22 (1): 77 – 94.

Lawley, Paul. 1994. "Stages of Identity: From *Krapp's Last Tape* to *Play*. "
In *The Cambridge Companion to Beckett*, edited by John Pilling, 88 –

105. Cambridge: Cambridge University Press.

Le Goff, Jacques. 1984. *The Birth of Purgatory*. Translated by Arthur Goldhammer. Chicago: University of Chicago Press.

Le Guin, Ursula. 1971. *The Lathe of Heaven.* New York: Charles Scribner's Sons.

—. (1975) 1989. "Direction of the Road." In *The Wind's Twelve Quarters*, 267 – 274. London: VGSF.

Leibniz, Gottfried Wilhelm. 1969. *Philosophical Papers and Letters.* Vol. 2. Edited and translated by Leroy E. Loemker. Dordrecht: Reidel.

Leinster, Murray. (1934) 1974. "Sidewise in Time." In *Before the Golden Age*, edited by Isaac Asimov, 537 – 583. Garden City nj: Doubleday.

Lem, Stanislaw. 1985. *Microworlds: Writings on Science Fiction and Fantasy.* Edited by Franz Rottensteiner. London: Harcourt, Brace & Company.

Lessing, Gotthold Ephraim. 1974. *Werke: Sechster Band. Kunsttheoretische und kunsthistorische Schriften.* Munich: Carl Hanser. Levecq, Christine. 2002. "Nation, Race, and Postmodern Gestures in Ishmael Reed's *Flight to Canada.*" *Novel* 35 (2 – 3): 281 – 298.

Lewis, Matthew. (1796) 1998. *The Monk: A Romance.* Edited by Christopher MacLachlan. London: Penguin.

Lewis, W. S., et al., eds. 1980. *Horace Walpole's Miscellaneous Correspondence.* Oxford: Oxford University Press.

Leyner, Mark. 1992. *Et Tu, Babe.* New York: Vintage.

Lifton, Robert Jay. 1986. *The Nazi Doctors: Medical Killings and the Psychology of Genocide.* New York: Basic Books.

Lightman, Alan. 1993. *Einstein's Dreams. New York:* Pantheon Books.

Link, Viktor. 1980. *Die Tradition der außermenschlichen Perspektive in der englischen und amerikanischen Literatur.* Heidelberg: Winter.

Lipking, Lawrence. 1996. "*Frankenstein*, the True Story; or Rousseau Judges Jean-Jacques." In *Mary Shelley: Frankenstein*, edited by J. Paul

Hunter, 313 – 331. New York: Norton.

Littlewood, Derek, and Peter Stockwell, eds. 1996. *Impossibility Fiction: Alternativity, Extrapolation, Speculation.* Amsterdam: Rodopi. *Lola rennt (Run Lola Run).* Dir. Tom Tykwer. X-Filme Creative Pool, 1998.

Luckhurst, Mary. 2003. "Political Point-Scoring: Martin Crimp's *Attempts on Her Life.*" *Contemporary Theatre Review* 13 (1): 47 – 60.

Ludwig, Sämi. 1999. "Grotesque Landscapes: African American Fiction, Voodoo Animism, and Cognitive Models." In *Mapping African America: History, Narrative Formation, and the Production of Knowledge,* edited by Maria Diedrich, Carl Pedersen, and Justine Tally, 189 – 202. Hamburg: lit.

—. 2002. *Pragmatist Realism: The Cognitive Paradigm in American Realist Texts.* Madison: University of Wisconsin Press.

Lyotard, Jean-François. (1979) 1997. *The Postmodern Explained.* Translated by Don Barry et al. Minneapolis: University of Minnesota Press.

Mäkelä, Maria. 2013a. "Cycles of Narrative Necessity: Suspect Tellers and the Textuality of Fictional Minds." In *Stories and Minds,* edited by Lars Bernaerts et al., 129 – 153. Lincoln: University of Nebraska Press.

—. 2013b. "Realism and the Unnatural." In *A Poetics of Unnatural Narrative,* edited by Jan Alber, Henrik Skov Nielsen, and Brian Richardson, 142 – 166. Columbus: Ohio State University Press.

Malory, Sir Thomas. (1485) 1983. *Caxton's Malory: A New Edition of Sir Thomas Malory's Le Morte Darthur. Based on the Pierpont Morgan Copy of William Caxton's Edition of* 1485. Edited by James W. Spisak. Berkeley: University of California Press.

Mangum, Teresa. 2002. "Dog Years, Human Fears." In *Representing Animals,* edited by Nigel Rothfels, 35 – 47. Bloomington: Indiana University Press.

Mann, David A. 2002. "Repetition Compulsion." In *The Freud Encyclopedia: Theory, Therapy, and Culture*, edited by Edward Erwin, 477 – 478. New York: Routledge.

Map, Walter. 1983. *De Nugis Curialium: Courtiers' Trifles*. Edited and translated by M. R. James. Oxford: Clarendon Press.

Marcus, Amit. 2012. "Resolving Textual Discrepancies in Fictional Story Worlds: Two Approaches and Further Suggestions." *Journal of Literary Semantics* 41: 1 – 24.

Margolin, Uri. 1984. "Narrative and Indexicality: A Tentative Framework." *Journal of Literary Semantics* 13: 181 – 204.

—. 1986. "The Doer and the Deed: Action as a Basis of Characterization in Narrative." *Poetics Today* 7 (2): 205 – 225.

—. 1994. "Narrative 'You' Revisited." *Language and Style* 23 (4): 1 – 21.

—. 2005. "Character." In *Routledge Encyclopedia of Narrative Theory*, edited by David Herman, Manfred Jahn, and Marie-Laure Ryan, 52 – 57. London: Routledge.

Marlowe, Christopher. 1993. *Doctor Faustus: A-and B-Texts* (1604, 1616). Edited by David Bevington and Eric Rasmussen. Manchester: Manchester University Press.

Marshall, Ashley. 2005. "*Gulliver*, Gulliveriana, and the Problem of Swiftian Satire." *Philological Quarterly* 84 (2): 211 – 239.

Martin, Heather C. 1986. *W. B. Yeats: Metaphysician as Dramatist*. Waterloo, Canada: Wilfried Laurier University Press.

Mather, Cotton. 1689. *Memorable Providences, Relating to Witchcrafts and Possessions*. Boston: R. P.

McCaffrey, Anne. 1969. *Decision at Doona*. New York: Ballantine Books.

McHale, Brian. 1987. *Postmodernist Fiction*. New York: Methuen.

—. 1992a. *Constructing Postmodernism*. London: Routledge.

—. 1992b. "Elements of a Poetics of Cyberpunk." *Critique* 33 (3): 149 – 175.

—. 2001. "Weak Narrativity: The Case of Avant-Garde Narrative Poetry." *Narrative* 9 (2): 161 – 167.

—. 2005. "Postmodern Narrative." In *Routledge Encyclopedia of Narrative Theory*, edited by David Herman, Manfred Jahn, and Marie-Laure Ryan, 456 – 460. London: Routledge.

McInerney, Jay. 1984. *Bright Lights, Big City*. New York: Vintage.

McLaughlin, Robert. 2012. "Post-Postmodernism." In *The Routledge Companion to Experimental Literature*, edited by Joe Bray, Alison Gibbons, and Brian McHale, 212 – 223. London: Routledge.

McNamara, Kevin R. 1997. "*Blade Runner*'s Post-Individual Worldspace." *Contemporary Literature* 38 (3): 422 – 446.

Memento. Dir. Christopher Nolan. Summit Entertainment, 2000.

Miéville, China. 2004. "Marxism and Fantasy: An Introduction." In *Fantastic Literature: A Critical Reader*, edited by David Sandner, 334 – 43. Westport ct: Praeger.

Mikics, David. 2007. *A New Handbook of Literary Terms*. New Haven ct: Yale University Press.

Mikkonen, Kai. 1999. "The Metamorphosed Parodical Body in Philip Roth's *The Breast*." *Critique* 41 (1): 13 – 44.

Miller, D. A. 1988. *The Novel and the Police*. Berkeley: University of California Press.

Minsky, Marvin. (1975) 1979. "A Framework for Representing Knowledge." In *Frame Conceptions and Text Understanding*, edited by Dieter Metzing, 1 – 25. New York: De Gruyter.

Moody, Rick. 1995. "The Grid." In *The Ring of Brightest Angels around Heaven: A Novella and Stories*, 29 – 37. Boston: Little Brown, and Company.

—. 2005. *The Diviners*. New York: Little, Brown.

Moraru, Christian. 2005. Memorious Discourse: Reprise and Representation in Postmodernism. Madison nj: Fairleigh Dickinson University Press.

Morgan, Richard. 2002. *Altered Carbon*. London: Victor Gollancz Ltd.

Morrison, Kristin. 1983. *Chronicles and Canters: The Use of Narrative in the Plays of Samuel Beckett and Harold Pinter.* Chicago: University of Chicago Press.

Müller, Günther. 1948. "Erzählzeit und erzählte Zeit." In *Festschrift für P. Kluckhohn und H. Schneider*, edited by their students from Tübingen, 195 – 212. Tübingen: Mohr.

Nabokov, Vladimir. 1962. *Pale Fire.* London: Weidenfeld and Nicolson.

—. 1975. *Look at the Harlequins*. London: Weidenfeld and Nicholson.

Nagel, Thomas. 1979. *Moral Questions*. Cambridge: Cambridge University Press.

Nahin, Paul J. (1997) 2011. *Time Travel: A Writer's Guide to the Real Science of Plausible Time Travel.* Baltimore: Johns Hopkins University Press.

Nealon, Jeffrey T. 1993. *Double Reading: Postmodernism after Deconstruction.* Ithaca NY: Cornell University Press.

Neumann, Birgit, and Ansgar Nünning. 2009. "Metanarration and Metafiction." In *Handbook of Narratology*, edited by Peter Hühn et al., 204 – 211. Berlin: De Gruyter.

Newman, Bernard. (1948) 2010. *The Flying Saucer.* Yardley pa: Westholme Publishing.

Nicol, Bran. 2009. *The Cambridge Introduction to Postmodern Fiction.* Cambridge: Cambridge University Press.

Nielsen, Henrik Skov. 2004. "The Impersonal Voice in First-Person Narrative Fiction." *Narrative* 12 (2): 133 – 50.

—. 2010. "Natural Authors, Unnatural Narration." In *Postclassical*

Narratology: Approaches and Analyses, edited by Jan Alber and Monika Fludernik, 275 - 301. Columbus: Ohio State University Press.

—. 2011a. "Fictional Voices? Strange Voices? Unnatural Voices?" In *Strange Voices in Narrative Fiction*, edited by Per Krogh Hansen et al., 55 - 82. Berlin: De Gruyter.

—. 2011b. "What's in a Name? Double Exposures in *Lunar Park*." In *Bret Easton Ellis: American Psycho*, *Glamorama*, *Lunar Park*, edited by Naomi Mandel, 129 - 142. London: Continuum.

—. 2013. "Naturalizing and Unnaturalizing Reading Strategies: Focalization Revisited." In A Poetics of Unnatural Narrative, edited by Jan Alber, Henrik Skov Nielsen, and Brian Richardson, 67 - 93. Columbus: Ohio State University Press.

Nieuwland, Mante S., and Jos J. A. van Berkum. 2006. "When Peanuts Fall in Love: n400 Evidence for the Power of Discourse." *Journal of Cognitive Neuroscience* 18 (7): 1098 - 1111.

Niven, Larry. (1968) 1971. "All the Myriad Ways." In *All the Myriad Ways*, 1 - 11. New York: Ballantine Books.

Niven, Larry, and Jerry Pournelle. 1985. *Footfall*. New York: Del Rey Books.

Noe, Marcia. 1998. "(Mis)Reading the Region: Midwestern Innocence in the Fiction of Jay McInerney." *Midamerica* 25: 162 - 174.

Nünning, Ansgar. 1996. "Zwischen der realistischen Erzähltradition und der experimentellen Poetik des Postmodernismus: Erscheinungsformen und Entwicklungstendenzen des englischen Romans seit dem Zweiten Weltkrieg aus gattungstheoretischer Perspektive." In *Eine andere Geschichte der englischen Literatur*, edited by Ansgar Nünning, 213 - 240. Trier: wvt.

—. 2003. "Narratology or Narratologies? Taking Stock of Recent Developments, Critique and Modest Proposals for Future Usages of the

Term. " In *What Is Narratology?*, edited by Tom Kindt and Hans-Harald Müller, 239 – 275. Berlin: De Gruyter.

Nünning, Ansgar, and Roy Sommer. 2008. " Diegetic and Mimetic Narrativity: Some Further Steps towards a Narratology of Drama. " In *Theorizing Narrativity*, edited by John Pier and José Ángel García Landa, 331 – 354. Berlin: De Gruyter.

O' Brien, Flann. (1939) 1967. *At Swim-Two-Birds.* London: Penguin Books.

—. (1967) 2001. *The Third Policeman.* London: Flamingo.

Ochs, Elior, and Lisa Capps. 2001. *Living Narrative: Creating Lives in Everyday Storytelling.* Cambridge ma: Harvard University Press.

Olsen, Lance. 1986. " A Guydebook to the Last Modernist: Davenport on Davenport and *Da Vinci's Bicycle.* " *Journal of Narrative Technique* 16 (2): 148 – 161.

—. 1987. *Ellipse of Uncertainty: An Introduction to Postmodern Fantasy.* New York: Greenwood Press.

Olsen, Stein Haugom. 1987. *The End of Literary Theory.* Cambridge: Cambridge University Press.

Orr, Leonard. 1991. *Problems and Poetics of the Nonaristotelian Novel.* Lewisburg pa: Bucknell University Press.

Ovid. 1998. *Metamorphoses.* Translated by A. D. Melville, with introduction and notes by E. J. Kenney. Oxford: Oxford University Press.

Oyeyemi, Helen. 2009. *White Is for Witching.* London: Picador.

Palmer, Alan. 2004. *Fictional Minds.* Lincoln: University of Nebraska Press.

—. 2005. " Realist Novel. " In *Routledge Encyclopedia of Narrative Theory*, edited by David Herman, Manfred Jahn, and Marie-Laure Ryan, 491 – 492. London: Routledge.

—. 2010a. " Large Intermental Units in *Middlemarch.* " In *Postclassical Narratology: Approaches and Analyses*, edited by Jan Alber and Monika

Fludernik, 83 – 104. Columbus: Ohio State University Press.

—. 2010b. *Social Minds in the Novel*. Columbus: Ohio State University Press.

Pamuk, Orhan. (1998) 2011. *My Name Is Red.* London: Faber.

Pavel, Thomas. 1975. " 'Possible Worlds' in Literary Semantics. " *Journal of Aesthetics and Art Criticism* 34 (2): 165 – 176.

—. 1986. *Fictional Worlds*. Cambridge ma: Harvard University Press.

Peake, C. H. 1977. *James Joyce: The Citizen and the Artist*. Stanford: Stanford University Press.

Peirce, Charles Sanders. 1955. *Philosophical Writings of Peirce*. Edited and Introduction by Justus Buchler. New York: Dover.

Perloff, Marjorie. 1985. "Postmodernism and the Impasse of Lyric. " In *The Dance of the Intellect: Studies in the Poetry of the Pound Tradition*, edited by Marjorie Perloff, 172 – 200. Cambridge: Cambridge University Press.

Petitjean, Tom. 1995. "Coover's 'The Babysitter. ' " *Explicator* 54 (1): 49 – 51.

Petterson, Bo. 2012. " Beyond Anti-Mimetic Models: A Critique of Unnatural Narratology. " In *Rethinking Mimesis: Concepts and Practices of Literary Representation*, edited by S. Isomaa et al. , 73 – 92. Cambridge, UK: Cambridge Scholars.

Pfister, Manfred. (1977) 1988. *The Theory and Analysis of Drama*. Cambridge: Cambridge University Press.

Phelan, James. 1989. *Reading People, Reading Plots: Character, Progression, and the Interpretation of Narrative.* Chicago: University of Chicago Press.

—. 1996. *Narrative as Rhetoric: Technique, Audiences, Ethics, Ideology.* Columbus: Ohio State University Press.

—. 2005. *Living to Tell about It: A Rhetoric and Ethics of Character Narration*. Ithaca NY: Cornell University Press.

—. 2011. "Rhetoric, Ethics, and Narrative Communication: Or, from Story and Discourse to Authors, Resources, and Audiences." *Soundings* 94 (1–2): 55–75.

Phelan, James, and Wayne C. Booth. 2005. "Narrator." In Routledge Encyclopedia of Narrative Theory, edited by David Herman, Manfred Jahn, and Marie-Laure Ryan, 388–392. London: Routledge.

Pierce, John J. 1994. *Odd Genre: A Study in Imagination and Evolution.* Westport ct: Greenwood Press.

Pinter, Harold. 1967. *The Lover, Tea Party, The Basement: Two Plays and a Film Script.* New York: Grove Press.

—. 1979. *Betrayal.* New York: Grove Press.

—. 1981. *Family Voices.* In Pinter Plays: Four, 279–296. London: Methuen.

Pirandello, Luigi. (1921) 1998. *Six Characters in Search of an Author.* New York: Dover Thrift.

Plato. 1970. *Plato in Twelve Volumes: The Republic II Books VI–X.* Edited and translated by Paul Shorey. Cambridge ma: Harvard University Press.

Popper, Karl. (1934) 1959. *The Logic of Scientific Discovery.* New York: Basic Books.

Pountney, Rosemary. 1988. *Theatre of Shadows: Samuel Beckett's Drama 1956–1976.* Gerrards Cross, UK: Colin Smythe.

Powers, Richard. 1989. Gain. New York: Farrar, Straus and Giroux.

—. 2003. *The Time of Our Signing.* London: Heinemann.

Pratt, Mary Louise. 1977. *Toward a Speech Act Theory of Literary Discourse.* Bloomington: Indiana University Press.

Price, Martin. 1983. *Forms of Life: Character and Moral Imagination in the Novel.* New Haven ct: Yale University Press.

Priest, Graham. 1997. "Sylvan's Box: A Short Story and Ten Morals."

Notre Dame Journal of Formal Logic 38 (4): 573 - 582.

—. 1998. "What Is So Bad about Contradictions?" *Journal of Philosophy* 95 (8): 410 - 426.

Propp, Vladimir. (1928) 1958. *Morphology of the Folktale.* Edited by Svatava Pirkova-Jakobson. Translated by Laurence Scott. Bloomington: Indiana Research Center in Anthropology, Folklore and Linguistics.

—, 1985. *The Purple Rose of Cairo.* Dir. Woody Allen. Orion Pictures.

Pynchon, Thomas. 1973. *Gravity's Rainbow.* New York: Viking.

—, 2000. *Ramayana.* Translated by William Buck, with introduction by B. A. van Nooten. Berkeley: University of California Press.

Rand, Ayn. (1968) 1971. *Night of January* 16*th.* New York: Plume.

Readings, Bill, and Bennet Schaber, eds. 1993. *Postmodernism across the Ages: Essays for a Postmodernity That Wasn't Born Yesterday.* Syracuse ny: Syracuse University Press.

Real, Josef Hermann. 2005. "Satiric Narrative." In *Routledge Encyclopedia of Narrative Theory*, edited by David Herman, Manfred Jahn, and Marie-Laure Ryan, 512 - 513. London: Routledge.

Reed, Ishmael. 1969. *Yellow Back Radio Broke-Down.* London: Allison & Busby.

—. 1972. *Mumbo Jumbo.* New York: Avon Books.

—. 1976. *Flight to Canada.* New York: Random House.

Ricardou, Jean. 1971. *Pour une theorie du nouveau roman.* Paris: Seuil.

Richardson, Brian. 1987. " 'Time Is Out of Joint': Narrative Models and the Temporality of Drama." *Poetics Today* 8 (2): 299 - 310.

—. 1989. " 'Hours Dreadful and Things Strange': Inversions of Chronology and Causality in *Macbeth.* " *Philological Quarterly* 68 (3): 283 - 294.

—. 1994. "I etcetera: On the Poetics and Ideology of Multipersoned Narratives." *Style* 28 (3): 312 - 328.

—. 1997a. "Beyond Poststructuralism: Theory of Character, the Personae of Modern Drama, and the Antinomies of Critical Theory." *Modern Drama* 40: 86 – 99.

—. 1997b. "Remapping the Present: The Master Narrative of Modern Literary History and the Lost Forms of Twentieth-Century Fiction." *Twentieth Century Literature* 43 (3): 291 – 309.

—. 2000. "Narrative Poetics and Postmodern Transgression: Theorizing the Collapse of Time, Voice, and Frame." *Narrative* 8 (1): 23 – 42.

—. 2002. "Beyond Story and Discourse: Narrative Time in Postmodern and Nonmimetic Fiction." In *Narrative Dynamics: Essays on Time, Plot, Closure, and Frames*, edited by Brian Richardson, 47 – 63. Columbus: Ohio State University Press.

—. 2005. "Causality." In *Routledge Encyclopedia of Narrative Theory*, edited by David Herman, Manfred Jahn, and Marie-Laure Ryan, 48 – 52. London: Routledge.

—. 2006. *Unnatural Voices: Extreme Narration in Modern and Contemporary Fiction*. Columbus: Ohio State University Press.

—. 2007. "Plot after Postmodernism." *Drama and/after Postmodernism*, edited by Christoph Henke and Martin Middeke, 55 – 66. Trier: wvt.

—. 2011. "What Is Unnatural Narrative Theory?" In *Unnatural Narratives, Unnatural Narratology*, edited by Jan Alber and Rüdiger Heinze, 23 – 40. Berlin: De Gruyter.

—. 2015. *Unnatural Narrative: Theory, History, and Practice*. Columbus: Ohio State University Press.

Richardson, Brian, and David Herman. 1998. "A Postclassical Narratology." *pmla* 113 (2): 288 – 290.

Rimmon-Kenan, Shlomith. (1983) 2002. *Narrative Fiction*. London: Routledge.

Robbe-Grillet, Alain. 1965. *La maison de rendez-vous*. Paris: Minuit.

—, 1875. *The Romance and Prophecies of Thomas of Erceldoune.* Edited by James A. H. Murray. Early English Text Society, o. s., 61. London: Trübner.

Ronen, Ruth. 1986. "Space in Fiction." *Poetics Today* 7 (3): 421 − 438.

—. 1994. *Possible Worlds in Literary Theory.* Cambridge: Cambridge University Press.

Rooke, Leon. 1983. *Shakespeare's Dog.* New York: Alfred A. Knopf.

Roth, Philip. 1972. *The Breast.* New York: Holt, Rinehart, and Winston.

Rowling, J. K. 1999. *Harry Potter and the Prisoner of Azkaban.* London: Bloomsbury.

—. 2000. *Harry Potter and the Goblet of Fire.* London: Bloomsbury.

—. 2007. *Harry Potter and the Deathly Hollows.* London: Bloomsbury. *Bibliography.*

Royle, Nicholas. 1990. *Telepathy and Literature.* Cambridge ma: Basil Blackwell.

—. 2003a. "The 'Telepathy Effect': Notes toward a Reconsideration of Narrative Fiction." In *Acts of Narrative*, edited by Carol Jacobs and Henry Sussman, 93 − 109. Stanford: Stanford University Press.

—. 2003b. *The Uncanny.* Manchester, UK: Manchester University Press. Rushdie, Salman. 1981. *Midnight's Children.* London: Jonathan Cape.

—. 1985. "*Midnight's Children* and *Shame.*" *Kunapipi* 7 (1): 1 − 19.

Ryan, Marie − Laure. 1991. *Possible Worlds, Artificial Intelligence, and Narrative Theory.* Bloomington: Indiana University Press.

—. 1992. "The Modes of Narrativity and Their Visual Metaphors." *Style* 26 (3): 368 − 387.

—. 2001a. *Narrative as Virtual Reality: Immersion and Interactivity in Literature and Electronic Media.* Baltimore: Johns Hopkins University Press.

—. 2001b. "The Narratorial Function: Breaking Down a Theoretical

Primitive. "*Narrative* 9 (2): 146 – 152.

—. 2003. "Cognitive Maps and the Construction of Narrative Space." In *Narrative Theory and the Cognitive Sciences*, edited by David Herman, 214 – 242. Stanford ca: csli.

—. 2005a. "On the Theoretical Foundations of Transmedial Narratology." In *Narratology beyond Criticism: Mediality, Disciplinarity*, edited by JanChristoph Meister, 1 – 23. Berlin: De Gruyter.

—. 2005b. "Possible-Worlds Theory." In *Routledge Encyclopedia of Narrative Theory*, edited by David Herman, Manfred Jahn, and MarieLaure Ryan, 446 – 450. London: Routledge.

—. 2006a. *Avatars of Story*. Minneapolis: University of Minnesota Press.

—. 2006b. "From Parallel Universes to Possible Worlds: Ontological Pluralism in Physics, Narratology, and Narrative." *Poetics Today* 27 (4): 633 – 674.

—. 2009a. "Space." In *Handbook of Narratology*, edited by Peter Hühn, John Pier, Wolf Schmid, and Jörg Schönert, 420 – 433. Berlin: De Gruyter.

—. 2009b. "Temporal Paradoxes in Narrative." *Style* 43 (2): 142 – 164.

—. 2012. "Impossible Worlds." In *The Routledge Companion to Experimental Literature*, edited by Joe Bray, Alison Gibbons, and Brian McHale, 368 – 379. London: Routledge.

Ryder, Mary Ellen. 2003. "I Met Myself Coming and Going: Co (?) – Referential Noun Phrases and Point of View in Time Travel Stories." *Language and Literature* 12 (3): 213 – 232.

Salomon, David A. 1994. "The Brotherhood of Unfulfilled Early Promise: Tommy Wilhelm in Saul Bellow's *Seize the Day* and 'You' in Jay McInerney's *Bright Lights, Big City*." *Saul Bellow Journal* 12 (2): 37 – 43.

Sanchez, Reuben. 2007. "Mark Twain, Hank Morgan, and Menippean

Satire in *A Connecticut Yankee in King Arthur's Court.* " *Studies in American Humor* 3（15）：19 – 43.

Saunders, Corinne. 2009. "Religion and Magic." In *The Cambridge Companion to Arthurian Legend*, edited by Elizabeth Archibald and Ad Putter, 201 – 17. Cambridge：Cambridge University Press.

—. 2010. *Magic and the Supernatural in Medieval English Romance.* Cambridge, UK：D. S. Brewer.

Saunders, Graham. 2002. "Love Me or Kill Me"：Sarah Kane and the Theatre of Extremes. Manchester, UK：Manchester University Press.

Saunders, Marshall. (1893) 1920. *Beautiful Joe: A Dog's Own Story.* New York：Grosset & Dunlap.

Savage, Sam. (2006) 2008. *Firmin: Adventures of a Metropolitan Lowlife.* London：Phoenix.

Sawyer, Andrew. 2002. " 'Backward, Turn Backward'：Narratives of Reversed Time in Science Fiction." In *Worlds Enough and Time：Explorations of Time in Science Fiction and Fantasy*, edited by Gary Westfahl, George Slusser, and David Leiby, 49 – 62. Wesport ct and London：Greenwood Press.

Schaeffer, Jean-Marie. (1999) 2010. *Why Fiction?* Translated by Dorrit Cohn. Lincoln：University of Nebraska Press.

Schaeffer, Jean-Marie, and Ioana Vultur. 2005. "Mimesis." In *Routledge Encyclopedia of Narrative Theory*, edited by David Herman, Manfred Jahn, and Marie-Laure Ryan, 309 – 310. London：Routledge.

Schank, Roger C. 1986. *Explanation Patterns：Understanding Mechanically and Creatively.* Hillsdale nj：Erlbaum.

Schank, Roger C. , and Robert P. Abelson. 1977. Scripts, Plans, Goals and Understanding：An Inquiry into Human Knowledge. Artificial Intelligence Series. Hillsdale nj：Erlbaum.

Schlobin, Roger C. 1979. *The Literature of Fantasy：A Comprehensive, Annotated Bibliography of Modern Fantasy Fiction.* New York：Garland.

Schmid, Wolf. 2005. "Defamiliarisation." In Routledge Encyclopedia of Narrative Theory, edited by David Herman, Manfred Jahn, and Marie Laure Ryan, 98. London: Routledge.

Schneider, Ralf. 2001. "Toward a Cognitive Theory of Literary Character: The Dynamics of Mental-Model Construction." *Style* 35 (4): 607 – 640.

Scholes, Robert, James Phelan, and Robert Kellogg. 2006. *The Nature of Narrative*. Oxford: Oxford University Press.

Schwab, Gabriele. 1994. "Nonsense and Metacommunications: Reflections on Lewis Carroll." In *The Play of the Self*, edited by Ronald Bogue and Mihai I. Spariosu, 157 – 179. Albany: State University of New York Press.

Schwarz, Daniel. 1989. "Character and Characterization: An Inquiry." *Journal of Narrative Technique* 19 (1): 85 – 105.

Schweitzer, Darrell. 2005. "Ghosts and Hauntings." In *The Greenwood Encyclopedia of Science Fiction and Fantasy: Themes, Works, and Wonders*, edited by Gary Westfahl, 338 – 340. Westport ct: Greenwood Press.

Scott, Helenus. 1782. The Adventures of a Rupee. London: J. Murray.

Scott, Kim. 1999. *Benang: From the Heart*. Fremantle: Fremantle Press.

Searle, John R. 1975. "The Logical Status of Fictional Discourse." *New Literary History* 6 (2): 319 – 332.

—. 1980. "Minds, Brains, and Programs." *Behavioral and Brain Sciences* 3: 417 – 457.

Sebold, Alice. 2002. *The Lovely Bones*. Boston: Little, Brown.

Seed, David, ed. 2005. *A Companion to Science Fiction*. Malden ma: Blackwell.

—, 1880. *The Sege off Melayne and the Romance of Duke Rowland and Sir Otuell of Spayne*. Edited by Sidney J. Herrtage. London: Trübner.

Sell, Roger D. 2000. *Literature as Communication: The Foundations of*

Mediating Criticism. Amsterdam：John Benjamins.

Sewell，Anna.（1877）1945. *Black Beauty*. New York：Dodd，Mead.

Shelley，Mary Wollstonecraft.（1818）1823. *Frankenstein: Or，the Modern Prometheus*. London：Thomas Davison.

—. 1826. *The Last Man*. London：Henry Colburn.

Sherzer，Dina. 1987. *Representation in Contemporary French Fiction*. Lincoln：University of Nebraska Press.

Shklovsky，Viktor.（1921）1965. "Art as Technique." In *Russian Formalist Criticism*, edited by Lee T. Lemon and Marion J. Reis，3 – 24. Lincoln：University of Nebraska Press.

Sidney，Sir Philip.（1580）1974. *The Countess of Pembroke's Arcadia*：*The Old Arcadia*. Edited by Jean Robertson. Oxford：Clarendon Press.

—.（1595）2001. "An Apology for Poetry." In *The Norton Anthology of Theory and Criticism*, edited by Vincent B. Leitch，326 – 362. New York：Norton. Sim，Stuart，ed. 2011. *The Routledge Companion to Postmodernism*. 3rd edition. London：Routledge.

Simmons，Dan. 1990. *The Fall of Hyperion*. Garden City nj：*Doubleday*.

Sims，Christopher A. 2009. "The Dangers of Individualism and the Human Relationship to Technology in Philip K. Dick's *Do Androids Dream of Electric Sheep?*" *Science Fiction Studies* 36（1）：67 – 86.

Slocombe，Will. 2005. " 'This Is Not for You'：Nihilism and the House that Jacques Built. " *Modern Fiction Studies* 51（1）：88 – 109.

Slusser，George E.，and Robert Heath. 2002. "Arrows and Riddles of Time：Scientific Models of Time Travel. " In *Worlds Enough and Time*：*Explorations of Time in Science Fiction and Fantasy*, edited by Gary Westfahl，George Slusser，and David Leiby，11 – 24. Westport ct：Greenwood Press.

Slusser，George E.，and Eric S. Rabkin，eds. 1987. *Intersections*：*Fantasy and Science Fiction*. Carbondale：Southern Illinois University Press.

Smetacek，Victor. 2002. "Balance：Mind-Grasping Activity. " *Nature* 415

（January 31, 2002）: 481.

Smollett, Tobias. (1769) 1989. *The History and Adventures of an Atom.* Edited by O. M. Brack Jr. Athens: University of Georgia Press.

Spacks, Patricia Meyer. 2006. *Novel Beginnings: Experiments in Eighteenth Century English Fiction.* New Haven ct: Yale University Press.

Spark, Muriel. 1973. *The Hothouse by the East River. London: Macmillan.*

Spaulding, A. Timothy. 2005. *Re-forming the Past: History, the Fantastic, and the Postmodern Slave Narrative.* Columbus: Ohio State University Press.

Spolsky, Ellen. 2002. "Darwin and Derrida: Cognitive Literary Theory as a Species of Post-Structuralism. "*Poetics Today* 23 (1): 43 – 62.

Sprague de Camp, L. (1939) 1941. *Lest Darkness Fall.* New York: Henry Holt and Company.

Springer, Mary Doyle. 1978. *A Rhetoric of Literary Character: Some Women of Henry James.* Chicago: University of Chicago Press.

Stableford, Brian M. 2006. *Science Fact and Science Fiction: An Encyclopedia.* New York: Routledge.

—. (2005) 2009. *The a to z of Fantasy Literature.* Lanham ma: Scarecrow Press.

Stanley, E. G. 1956. "Old English Poetic Diction and the Interpretation of *The Wanderer*, *The Seafarer*, and *The Penitent's Prayer.* " *Anglia* 73: 413 – 466.

Stanzel, Franz Karl. 1984. *A Theory of Narrative.* Translated by Charlotte Goedsche. Preface by Paul Hernadi. Cambridge: Cambridge University Press.

Starke, Sue P. 2005. "Romance. " In *Routledge Encyclopedia of Narrative Theory*, edited by David Herman, Manfred Jahn, and Marie-Laure Ryan, 506 – 508. London: Routledge.

—, 1968. *Stastny Konec (Happy End).* Dir. Oldrich Lipsky. Filmové Studio Barrandov.

Stefanescu, Maria. 2008. "World Construction and Meaning Production in the 'Impossible Worlds' of Literature." *Journal of Literary Semantics* 37: 23 – 31.

Sternberg, Meir. 1978. *Expositional Modes and Temporal Ordering in Fiction*. Bloomington: Indiana University Press.

—. 1982. "Proteus in Quotation-Land: Mimesis and the Forms of Reported Discourse." *Poetics Today* 3 (2): 107 – 156.

—. 2007. "Omniscience in Narrative Construction: Old Challenges and New." *Poetics Today* 28 (4): 683 – 794.

Sterne, Laurence (1759 – 167) 1980. *The Life and Opinions of Tristram Shandy, Gentleman*. New York: New American Library.

Stevenson, Randall. 2005. "Modernist Narrative." In *Routledge Encyclopedia of Narrative Theory*, edited by David Herman, Manfred Jahn, and Marie-Laure Ryan, 316 – 321. London: Routledge.

Stockwell, Peter. 1996. Introduction to *Impossibility Fiction: Alternativity, Extrapolation, Speculation*, edited by Derek Littlewood and Peter Stockwell, 3 – 9. Amsterdam: Rodopi.

—. 2005. "Science Fiction." *Routledge Encyclopedia of Narrative Theory*, edited by David Herman, Manfred Jahn, and Marie-Laure Ryan, 518 – 520. London: Routledge.

Stoker, Bram. (1897) 2011. *Dracula*. Edited by Andrew Elfenbein. Boston: Longman.

Stoppard, Tom. 1968. *The Real Inspector Hound*. London: Faber and Faber.

—. (1972) 1973. "Artist Descending a Staircase." In *Artist Descending a Staircase and Where Are They Now?*, 7 – 54. London: Faber & Faber.

Sung, Hae – Kyung. 1996. "The Poetics of *Purgatory*: A Consideration of Yeats's Use of Noh Form." *Comparative Literature Studies* 35 (2): 107 – 15.

Suvin, Darko. 1979. *Science Fiction: On the Poetics and History of a Literary Genre.* New Haven ct: Yale University Press.

Swift, Jonathan. (1726) 2003. *Gulliver's Travels.* Edited by Robert Demaria Jr. London: Penguin.

Szalay, Edina. 2005. "Gothic Novel." In *Routledge Encyclopedia of Narrative Theory*, edited by David Herman, Manfred Jahn, and Marie-Laure Ryan, 208 – 209. London: Routledge.

Tammi, Pekka. 2006. "Against Narrative ('A Boring Story')." *Partial Answers* 4 (2): 19 – 40.

——. 2008. "Against 'Against' Narrative." In *Narrativity, Fictionality, and Literariness: The Narrative Turn and the Study of Literary Fiction*, edited by Lars-Åke Skalin, 37 – 55. Örebro, Sweden: Örebro University Press.

Taylor, Holly A., and Barbara Tversky. 1992. "Spatial Mental Models Derived from Survey and Route Descriptions." *Journal of Memory and Language* 31 (2): 261 – 292.

——. 1996. "Perspective in Spatial Descriptions." *Journal of Memory and Language* 35 (3): 371 – 391.

Thackeray, William Makepeace. (1848) 2001. *Vanity Fair: A Novel without a Hero.* Edited with an Introduction and Notes by John Carey. London: Penguin.

Thomas, D. M. 1981. *The White Hotel.* London: Victor Gollancz.

Todorov, Tzvetan. (1966) 2008. "The Typology of Detective Fiction." In *Modern Criticism and Theory: A Reader*, edited by David Lodge and Nigel Wood, 226 – 32. London: Longman.

——. 1973. *The Fantastic: A Structural Approach to a Literary Genre.* Translated by Richard Howard. Cleveland oh: Press of Case Western Reserve University.

——. (1978) 1990. *Genres in Discourse.* Translated by Catherine Porter. Cambridge: Cambridge University Press.

Toker, Leona. 1993. *Eloquent Reticence: Withholding Information in Fictional Narrative*. Lexington: University Press of Kentucky.

Tolkien, J. R. R. (1937) 1966. *The Hobbit*. New York: Ballantine Books.

—. 1966. "On Fairy-Stories." In *The Tolkien Reader*, edited by J. R. R. Tolkien, 3 – 84. New York: Ballantine Books.

—. (1975) 1986. *Sir Gawain and the Green Knight, Pearl, and Sir Orfeo*. Edited by Christopher Tolkien. Translated by J. R. R. Tolkien. London: Unwin.

Tolkien, J. R. R. , and E. V. Gordon. 1967. *Sir Gawain and the Green Knight*. 2nd edition. Revised by Norman Davis. Oxford: Clarendon Press.

Tomashevsky, Boris. (1921) 1965. "Thematics." In *Russian Formalist Criticism*, edited by Lee T. Lemon and Marion J. Reis, 61 – 95. Lincoln: University of Nebraska Press.

Traill, Nancy H. 1991. "Fictional Worlds of the Fantastic." *Style* 25 (2): 196 – 210.

—. 1996. *Possible Worlds of the Fantastic: The Rise of the Paranormal in Literature*. Toronto: University of Toronto Press.

Travers, P. L. 1934. *Mary Poppins*. New York: Harcourt.

—. 1935. *Mary Poppins Comes Back*. New York: Harcourt.

—. 1943. *Mary Poppins Opens the Door*. New York: Harcourt.

Turner, Mark. 1996. *The Literary Mind*. New York: Oxford University Press.

—. 2002. "The Cognitive Study of Art, Language, and Literature." *Poetics Today* 23 (1): 9 – 20.

—. 2003. "Double-Scope Stories." In *Narrative Theory and the Cognitive Sciences*, edited by David Herman, 117 – 142. Stanford ca: csli.

Turner, Michael. 1999. *The Pornographer's Poem*. Toronto, ON: Doubleday Canada.

Twain, Mark. (1889) 1983. *A Connecticut Yankee in King Arthur's Court*.

Edited by Bernard L. Stein. Berkeley: University of California Press.

—, 1956. *The Vedas*. Edited by Friedrich Max Müller. Calcutta: Susil Gupta.

Vint, Sherryl. 2010. *Animal Alterity: Science Fiction and the Question of the Animal*. Liverpool, UK: Liverpool University Press.

Virgil. 2008. *The Aeneid*. Translated by Sarah Ruden. New Haven ct: Yale University Press.

Voltaire. 1913. *Correspondance de Voltaire*. Edited by Lucien Foulet. Paris: Hachette.

Walker, Steven F. 2005. "Myth." In*Routledge Encyclopedia of Narrative Theory*, edited by David Herman, Manfred Jahn, and Marie-Laure Ryan, 329 – 330. London: Routledge.

Wallace, David Foster. 1989. "Westward the Course of Empire Takes Its Way." In *Girl with Curious Hair*, 231 – 373. New York: Norton.

Walpole, Horace. (1764) 1966. *The Castle of Otranto: A Gothic Story*. 2nd edition. Mineola ny: Dover.

Walsh, Richard. 2007. *The Rhetoric of Fictionality: Narrative Theory and the Idea of Fiction*. Columbus: Ohio State University Press.

Walton, Kendall L. 1990. *Mimesis as Make-Believe: On the Foundations of the Representational Arts*. Cambridge ma: Harvard University Press.

Warf, Barney, and Santa Arias, eds. 2009. *The Spatial Turn: Interdisciplinary Perspectives*. London: Routledge.

Warhol, Robyn. 1986. "Toward a Theory of the Engaging Narrator: Earnest Interventions in Gaskell, Stowe, and Eliot."*pmla* 101 (5): 811 – 818.

Waters, Steve. 2006. "Sarah Kane: From Terror to Trauma." In*A Companion to Modern British and Irish Drama: 1880 – 2005*, edited by Mary Luckhurst, 371 – 382. Malden ma: Blackwell.

Watt, Ian. 1957. *The Rise of the Novel: Studies in Defoe, Richardson and Fielding*. London: Chatto & Windus.

Watzlawick, Paul. 1976. *How Real Is Real? Confusion, Disinformation,*

Communication. London: Souvenir Press.

Waugh, Patricia. 1984. *Metafiction: The Theory and Practice of Self - Conscious Fiction*. London: Routledge.

Weil, Kari. 2012. *Thinking Animals: Why Animal Studies Now?* New York: Columbia University Press.

Weiss, Katherine. 2001. "Perceiving Bodies in Beckett's *Play*." In *Samuel Beckett Today/Aujourd' hui: An Annual Bilingual Review/Revue Annuelle Bilingue* 11: 186 - 193.

Wells, H. G. (1895) 2005. *The Time Machine*, edited by Patrick Parrinder. London: Penguin.

—. (1933) 1980. "Preface to *The Scientific Romances*." In *H. G. Wells's Literary Criticism*, edited by Patrick Parrinder and Robert M. Philmus, 240 - 245. New York: Barnes & Noble.

Wells, Lynn. 2003. *Allegories of Telling: Self-Referential Narrative in Contemporary British Fiction*. Amsterdam: Rodopi.

Wessel, Johann. 1785. *Anno* 7603. Copenhagen: P. Horrebow.

Wheale, Nigel. 1991. "Recognising a 'Human-Thing': Cyborgs, Robots, and Replicants in Philip K. Dick's *Do Androids Dream of Electric Sheep?* and Ridley Scott's *Blade Runner*." *Critical Survey* 3 (3): 297 - 304.

Wiest, Ursula. 1993. "'The Refined though Whimsical Pleasure': Die *you* Erzählsituation." *Arbeiten aus Anglistik und Amerikanistik* 18: 75 - 90.

—. 1999. *Messages from the Threshold: Die You-Erzählform als Ausdruck liminaler Wesen und Welten*. Bielefeld, Germany: Aisthesis.

Williamson, Jack, and John Campbell. 1942. "Minus Sign." *Astounding Science-Fiction* 30 (3): 43 - 79.

Wilson, Ann. 1997. "Hauntings: Ghosts and the Limits of Realism in *Cloud Nine* and *Fen* by Caryl Churchill." In *Drama on Drama: Dimensions of Theatricality on the Contemporary British Stage*, 152 - 167. Houndmills, UK: Macmillan.

Wilt, Judith. 1981. "The Imperial Mouth: Imperialism, the Gothic and Science Fiction." *Journal of Popular Culture* 14 (4): 618 -628.

Wittgenstein, Ludwig. (1922) 1955. *Tractatus Logico-Philosophicus*. London: Routledge & Kegan Paul.

—. 1958. *Philosophical Investigations*. Oxford: Blackwell.

Wolf, Werner. 1993. Ästhetische Illusion und Illusionsdurchbrechung in der Erzählkunst: Theorie und Geschichte mit Schwerpunkt auf englischem illusionsstörenden Erzählen. Tübingen: Niemeyer.

—. 2005. "Metalepsis as a Transgeneric and Transmedial Phenomenon: A Case Study of the Possibilities of 'Exporting' Narratological Concepts." In*Narratology beyond Literary Criticism: Mediality, Disciplinarity*, edited by Jan Christoph Meister et al. , 83 - 108. Berlin: De Gruyter.

Woolf, Virginia. (1925) 2000. *Mrs. Dalloway*. Edited by David Bradshaw. Oxford: Oxford University Press.

Wright, Ronald. 1997. *A Scientific Romance*. London: Anchor.

Wurlitzer, Rudolph. 2008. *The Drop Edge of Yonder*. Columbus, OH: Two Dollar Radio. Wyndham, John. (1956) 1959. "Opposite Number. " In *The Seeds of Time*, 121 - 139. Harmondsworth, UK: Penguin.

—. (1961) 1965. "Random Quest. " In *Consider Her Ways and Others*, 131 - 173. Harmondsworth, UK: Penguin.

Yacobi, Tamar. 1981. " Fictional Reliability as a Communicative Problem. "*Poetics Today* 2 (2): 113 - 126.

—. 1988. "Time Denatured into Meaning: New Worlds and Renewed Themes in the Poetry of Dan Pagis. "*Style* 22 (1): 93 - 115.

—. 2001. "Package Deals in Fictional Narrative: The Case of the Narrator's (Un)Reliability. "*Narrative* 9 (2): 223 - 229.

Yeats, W. B. (1939) 1953. "Purgatory. " In *The Collected Plays of W. B. Yeats*, 429 -436. New York: Macmillan.

Zeifman, Hersch. 1984. " Ghost Trio: Pinter's *Family Voices*. " *Modern*

Drama 27 （4）: 486 - 493.

Zoran, Gabriel. 1984. "Toward a Theory of Space in Narrative." *Poetics Today* 5 （2）: 309 - 335.

Zunshine, Lisa. 2008. *Strange Concepts and the Stories They Make Possible.* Baltimore: Johns Hopkins University Press.

扫码查看索引